テリ文庫

ミステリマガジン700【海外篇】

創刊700号記念アンソロジー

杉江松恋・編

早川書房

7363

目次

ミステリマガジン700【海外篇】

創刊700号記念アンソロジー

決定的なひとひねり

A・H・Z・カー

小笠原豊樹◎訳

The Crucial Twist

A. H. Z. Carr

《ミステリマガジン》1961年9月号

A・H・Z・カー（一九〇二～一九七一）

シカゴ大学、コロンビア大学などで学位を取得した後、実業界入りして成功を収めた。政治学・経済学の専門家として著書も多く、『ビジネスはゲームだ』（68年／早川書房）、自己啓発書『「幸運の人」になる技術』（52年／成甲書房）などの邦訳もある。また、第二次世界大戦中には政府機関に入り、国内外で重要ポストを歴任した。特筆すべき事実として、フランクリン・D・ローズヴェルト大統領に経済学顧問として、ハリー・S・トルーマン大統領に特別補佐官として、それぞれ仕えてもいる。

戦前からカーは小説を書いていたが、ミステリ界で注目されることになったきっかけは、一九三五年に発表した短篇「勘で勝負する男」が一九四九年に本国版《EQMM》に再録されたことである。同誌が一九六〇年代初めまで実施していた年次コンテストの常連作家にもなっている。実業界での仕事が忙しかったため寡作であったが、他に例を見ない自由な着想の作家として独自の地歩を築いた。その奇想の作品群は『誰でもない男の裁判』（晶文社）で読むことができる。基本的には短篇作家だったが、A・B・カーベリー名義で *The Girl with the Glorious Genes*（1968）、カー名義で『妖術師の島』（71年／ハヤカワ・ミステリ）の二長篇を残した。後者はMWA賞最優秀新人賞の受賞作である。

初出：Esquire誌　1943年

ひとごろしとは奇妙なもので、こわいこわいと言いながらも、わたしたちはなんとなく一目《いちもく》おいてしまう。そういうところがありはしないだろうか。平凡かつ受動的な多数派であり、平穏無事に流れる生活のなかで、交通巡査といさかいをする程度の刺激しか持ちあわせぬわたしたちとしては、平然と自己主張の窮極的な行動に走る人と出っくわすと、いつも或る種の畏怖を感ぜずにはおられぬもののようである。

わたしは、気さくで物静かな妻の顔を見つめる。すると、羨望としか呼びようのない感情が、波のように襲ってくるのを感じる。わたしは、もう二度と、文明人に特有の恐怖や良心の呵責という網から脱け出すことはできないだろう。いかほど憎しみに燃えたところで、一人の人間をも殺せないだろう。だが妻はかつて、きわめて意識的に、故意に、三人の人間を殺したのである。

わたしたちの社会の伝統的バーバリズムと呼ばれるもの――狩猟とか、死刑とか、そういったものを、妻が昔から非常に嫌っていたという事実は、ちょっとした皮肉だと笑ってすませるわけにはいかない。わたしたち夫婦が上《かみ》キャッツキル（ニューヨーク州東部の山脈）へ引越してきた当時、このあたりの人の陥りがちな野蛮な生活を、妻が非難したのはいいとしても、その非難の仕方があまりにも感傷一点張りの極論だったので、わたしも少々うんざりしていたのである。四マイル先の村には肉屋があるから、わたしがサディストの楽しみにふける理由は何一つない――というのが妻の意見だった。モルモットでさえが、神聖にして犯すべからざるものだというのである。

その結果、相当な時間にわたる意見の交換があり、やがてわたしたちの五十エーカーの森林に、「地内禁猟」の高札が出されたのだった。それからというもの、鹿狩りやキジ狩りのシーズンがめぐってくるたびに、鉄砲をかつぎ、犬をひっぱり、そらっとぼけて地内に立ち入る男たちに、高札の文句を教えてやることが、わたしの仕事の一つとなったのである。わたしは、自分が偽善者になったような気持だった。実際、偽善者だったのである。

何よりも苛立たしいのは、妻がわたしよりも射撃が上手だという事実だった。ときどき果樹園を射撃場に見立てて、アマゾンのように無造作に射撃の腕前を披露するのだが、そんなとき、わたしがくやしがると、妻は面白そうな顔をするのである。しかし、さっき言ったように三人の人間を殺すまでは、この才能を非実際的な練習についやすことだけで、妻はけっこう満足していたのだった。

不愉快な噂もすでに消えた。今ならば、事件を冷静に物語ることもできると思う。こんな次第なのである。

あたたかい十月の或る朝、わたしたちは芝生に出て、妻は猫をスケッチし、わたしは仕事をしていた。すると、一台の平凡な小型セダン車が坂道を上って来て、わが家のドライブ道へ入った。わたしたちのように、行きどまりの坂道のてっぺんに住んでいて、一番近い隣人でも半マイル離れていると、通りすがりの人というのが、たいそう珍しいのである。

車には一人の男が乗っていた。わたしは立ちあがって、男に挨拶をした。うちのアイルランド種のセッター犬、シリアスも、むっくり起きあがって、男に近づき、匂いをかいだ。大男である。ゆったりした感じの茶色の服を着ている。それが上等な服なので、屈強な体の恰好がすこしやわらげられていた。顔は血色がよく、髭はきれいに剃ってある。青い目はするどく、鼻はかたちがよく、口と顎はしっかりした感じで、そのときのわたしは、気持の良い顔つきだと思った。しかし、わたしは昔から人相を見るのは下手なのである。

ソフトをぬぐと、男の砂いろの髪には、白いものがまじっていた。男は馴れなれしく、シリアスの首をポンと叩き、にっこり笑って言った。「突然お邪魔して申しわけありません」その声は上品でいくらか甲高かった。発音には、かすかに外国訛りがあった。

チャールズ・ヘックリンですと自己紹介したその男は、有名な美術館の名を刷りこんである名刺をよこした。それから男は言った。「何カ月か前に雑誌で読みましたが、お宅にはアメリカ初期の家具のコレクションがおありだそうですね」

ありますとわたしたちは言った。一年ばかり前に、妻の祖母から立派な家具を沢山ゆずられたのが、たちまち室内装飾業者に狙われるところとなり、近くに避暑に来ていた『美しい家庭』誌の編集長の頼みで、カメラマンが写真をとりに来たこともあったのである。そして、つやつやした紙の雑誌に、わが家の家具の写真が載ったのを見て、わたしたちはたいそう満足したものだった。

「その話に引かれてうかがいました」と、ヘックリンは言った。「つまり、これがわたしの仕事でしてね。わたしは、ここの主事をしていまして――」男は美術館の名をゆびさした。「ちょっと休暇をとって、このあたりの山をドライブしているうちに、思い出したものですから。そのファイフの家具というのを、ぜひ拝見したいのです。われわれの美術館では、現在、ファイフに非常な関心を寄せておりますので」

妻とわたしは、思わず顔を見合せ、目で笑った。わたしは前々から、家のなかの立派な骨董品のかずかずが、わが家の銀行預金の額とどうも不釣合であるように感じていたし、妻もまた、多すぎる遺品の一部を、適当に処分したいという希望を持っていたのである。しかし美術商を呼ぶことは、なんだかうまく丸めこまれそうな気がして、ためらっていたのだった。ヘックリン氏の訪問は、天の助けではなかろうか。相手が美術館ならば、まちがいはあるまい。

　そこで、わたしたちは、よろこんで訪問客を家のなかへ招じ入れヘックリン氏はいかにも専門家らしい意見を開陳して、たちまち、わたしたち二人の尊敬をかち得た。殊に、ファイフの長椅子と、ギリンガム作の箪笥を前にして、訪問客は一段と雄弁になったのである。

「率直に申しましょう」と、一わたり家じゅうを案内されてから、ヘックリン氏は遂に言った。「このファイフとギリンガムの二点を美術館に推選したいのです。もし、およろしければ、値段を決めていただけませんか」

　わたしたちも、おなじ程度に率直だった。その二点の真の価値というものは、わたしたちも確かめたことはない。けれども、適当な値段だと納得がいきさえすれば、いつでも喜んで手放したいと思うと言ったのである。

「それでしたら、こんな方法はいかがでしょう」と、ヘックリン氏は言った。「来週でも、わたしから美術館の同僚に話しまして、館の予算を確かめます。そして、その額をお知らせいたしますから、あとは、そちらで信頼なさる専門家に御相談いただくということにしては」

　これは非常に満足すべきやり方であると思われたのである。わたしたちは、ヘックリン氏がたいそう好きになった。こちらが売りたいものを買ってくれる人ほど、たやすく友情を感じやすい相手というものは、そうざらにはいないのではあるまいか。

妻はヘックリン氏に、昼食をたべていってくれと言い、ヘックリン氏は承諾した。昼食の席上、ヘックリン氏は田舎の生活についてなかなか知的な好奇心を示した。しかし、氏自身は、本能的な都会生活なのだそうである。あたりに人がいないと淋しくて仕方がないという。そしてわたしたちに質問した。こんな場所にお住まいで、淋しくはありませんか。使用人の問題は、どう解決しておられますか。犬や猫や、一般に動物というものは、わたしも好きです。ここは冬の寒さがひどくはありませんか。そんな四方山ばなしのうちにヘレン・マードックがたべものを運んで来た。この人は一マイルほど離れた場所に住み、毎日、車で通って来ては、妻の家事を手伝ってくれている。

一度だけ、ヘックリン氏は妙な教養のギャップのようなものを見せたが、その裏の意味がわたしには分らなかった。妻は近代絵画の小さなコレクションを自慢にしていて、そのなかには、デュフィとユトリロと、ジョン・マリンとが、一枚ずつ入っている。これは結婚生活数年間のうちに、妻が自分の服飾費を節約して買い溜めたものだが、これは女性としては稀に見る行為であると、わたしは信じている。さて、会話の運びから、妻が絵描きであることを知ると、ヘックリン氏はそれらの絵を眺めて、妻にこう言った。「奥さんがお描きになったのですか」

妻は仰天して、「いいえ、もちろんちがいますわ。わたしも、こんな絵が描ければいいと思いますけれど」と言い、男の顔をまじまじと見た。

ヘックリン氏も、自分のとんでもない誤りに気づいたらしく、笑って言った。「ああ、奥さん、失礼しました。わたしは近代絵画のことは何一つ知らないのです。どうも偏屈な人間でして、家具のことは分りますが、それも百年以上昔のものでないといけません」

やがて、ヘックリン氏はたいそう丁寧に、日をあらためて御連絡いたしますと約束し、車で去った。手を振っているその姿を見とどけてから、わたしは言った。「運がよかったじゃないかね」

妻はうなずいたが、その顔はなにがなし心配そうだった。そのときもう直観的に、事の真相を摑んでいたと、妻はあとになって言い張るのだが、このような女性特有の直観というものは、ちょっと眉唾ものではないだろうか。それにしても、この場合に限り、わたしは妻を信じないわけにはいかないのである。

「でも」と、妻は言った。「絵のスタイルぐらい見分けがつかないのは変ねえ。とても変じゃない？　デュフィとマリンの絵が同一人物の作品だなんて、考えられる？」

「いや」と、わたしは何となく弁護した。「絵のこととなると、まるっきりメクラのような人がいるものだよ」この話はこれで立消えになった。

つづく一週間というもの、わたしたちは、たとえば『御所有の貴重な家具二点につき検討いたしました結果、当美術館としては、まことに勝手ながら、五千弗《ドル》にておゆずりいただきたく……』などという手紙を、楽しい白昼夢でもみるように待ち佗びていたが、ヘックリン氏のことはそれほど念頭になかったのである。しかし、氏がふたたび姿を現わした夜のこと、偶然のことから氏の話が出たのを記憶している。

その晩、わたしたちは友人のペナロウ夫妻を客によんだのだった。エッチング作家として有名なジョージ・ペナロウは、美術館関係のことに詳しい。わたしは、ヘックリンという人を知っているかと訊いてみた。ジョージは、いや、聞いたことがない、と言ったのである。

ペナロウ夫妻は、夜半すこし前に帰った。夕食の手伝いに来ていたヘレン・マードックは、それより数時間前に車で帰った。妻とわたしは、しばらくのあいだ、とりとめのない話をした。それから、妻は灰皿の掃除を始め、わたしは窓辺に立って、あたりの夜景を楽しんだ。

大きな月が山の端にのぼり、わが家の果樹園は、いつものように月光を浴びて、銀色と黒の幻想的な舞台のように見える。今にも何か茶番狂言でも始まりそうな雰囲気である。と、出しぬけに、予告もなしに、ヘックリン氏が、あけっぱなしの玄関から入って来た。家の角に隠れて、このチャンスを待っていたらしい。

「これは」と、わたしは言い、妻は喘ぐような声を出した。

小さな黒いオートマチック拳銃を片手に構えたヘックリン氏は、微笑しているが、その微笑は唇だけである。わたしがまっさきに思ったのは、どうして男の目や口が陰険なのに気がつかなかったのだろう、ということだった。どうしてこれが気持の良い顔つきに見えたりしたのだろう。

男は、妻を見つめて言った。「びっくりなさらないで下さい、奥さん。あなたや御主人に乱暴したりはいたしません。わたしの言う通りにして下されば ね。腰をおろして下さい――その椅子に」男は背のまっすぐな二脚の椅子をゆびさした。

わたしたちは顔を見合せ、その椅子に腰をおろした。言うべきことは皆無のように思われた。しかし、男らしいところを見せることを妻が期待しているような気がしたので、わたしは舌で唇をなめて呟いた。「一体なんのことです」

男は顔をしかめて、わたしの方に向き直った。「静かにしなさいと言うのに。喋ると怪我をしますよ」

わたしはすこし落着きを取戻しかけていた。「うちに盗むほどの値打ちの物はないよ。一体どうしたわけだね」わたしはまだ男の意図をつかめなかったのである。

男は言った。「おなじことを何度も言わせるな。静かにしていろ」

妻がささやいた。「あなた、この人の言う通りにして」だが、それでもわたしは黙らなかった。自分の無頓着な気持が、なんだか頼もしくさえ思えてきて、わたしはヘックリンに言った。

「きみはどうかしているのじゃないか。うちの使用人のトム・マードックは、そこの道のつきあたりに住んでいるのだよ。今晩うちへ来てくれる筈なのだ」これはもちろん嘘である。

ヘックリンは歯をむきだして、意地わるそうなしかめっ面になり片手に拳銃を構え、片手をポケットに入れて、わたしに近寄った。わたしが立ちあがろうとすると、男は、「すわれ」と言った。その声の物凄さに、わたしはたちまち気を変えた。すると男は、わたしの頬を三度、平手で張った。

その打撃は、わたしの肉体よりもむしろプライドを傷つけた。身内に吹き始めた臆病風は、われながら浅ましい限りだった。わたしはそのまま坐っていた。男が言った。「これで分ったな。二人とも静かにしていろ。何も喋るな。黙って坐っているんだ。そうすりゃ怪我はさせない。さもないと――」

妻が何か言いかけたが、男が物凄いしぐさで妻の方に向き直ったので、わたしは思わず「いけない」と呟き、妻の手を摑んだ。妻は口をつぐみ、ヘックリンは開かれた窓に近寄った。そして、いらいらと、道路の様子をうかがっている。

まもなく、坂道を上ってくる車の、低いエンジンの響きがきこえた。ほとんど同時に、台所のドアのあたりで、シリアスがクンクン鼻声を出し始めた。それは普段のシリアスらしくもなかった。この犬は、夜おそく車が上ってくると、いつでも猛烈に吠えるのである。

妻は蒼くなって、むらのある声で、「犬に何をなさったの」と言った。ヘックリンは返事をしない。芝生を横切って、家の方へ走ってくる足音がきこえ、一人の男が玄関から入って来た。背の低い、たくましい男である。顔の下半分を色物のハンカチで覆っているところは、いつか見たハリウッドの西部劇映画に出てくる悪漢にそっくりだった。悪漢は、小さな手押車を押して来て、玄関のホールにそれを止めた。このとき初めて、わたしは事の次第を悟ったのである。

「電話」と、ヘックリンが言い、電話をゆびさした。背の低い男は、ホールに戻り、電話のコードをナイフで切断した。

わたしが坐っている位置からは、小さな、幌をかけたトラックらしきもののシルエットが、路上に見えるだけだった。トラックは百八十度回転して、今来た方角を向いて止っている。黙って坐っていることの屈辱感に耐えきれなくなったわたしは、せいぜい冷静な、あれ理性的な声で、こう言った。「ちょっと聞きなさい、ヘックリン、あなたはまさか、あれをぶじに運び出せると思っているのじゃないだろうね」

男はわたしをちらと見て、「ジョー」と言った。

背の低い男が、ヘックリンの顔を見た。

「こいつの口数をすくなくしてやれ」と、ヘックリンは言った。

ジョーの目が、ハンカチの上で、細くなった。と思うと、ジョーは寄って来た。わたしは身を守ろうと立ちあがった。きっと、なぐられるだろう、と思ったのである。ところが、相手はわたしの向う脛をしたたか蹴り、わたしを椅子に押し戻した。

即刻、恐ろしい痛みが始まった。わたしは呻き声をあげた。妻が叫んだ。「この人をいじめないで！」

「だから言っただろう」と、ヘックリンはあっさり言った。「静かにしていな」

握りしめた妻の手は、死人の手のように冷たかった。苦痛と屈辱に我を忘れてはいても、もう一人の男が家に入って来たのを、わたしはちゃんと観察していた。その男も顔をハンカチで覆っていたがわたしの印象では、かなり若い男である。ジョーよりは背が高い。

その男は軽い口調でヘックリンに、「万事オッケー」と言った。あとで分ったことだが、ガレージに入れてあるわたしたちの車は、タイヤがズタズタに切り裂かれていた。男の言葉は、そういう意味合だったのである。

ヘックリンは、ジョーに向き直って言った。「あの銃を片付けろ」

ジョーは、銃架に近寄って、わたしたちの三挺のライフルと短銃をおろした。

「トラックに入れておけ」と、ヘックリンは言い、わたしに向き直った。「ほかには、ないか」

わたしは、かぶりをふった。ホールのそばの箪笥には、最近死んだ妻の実弟のこまごました形見といっしょに、一挺の二二口径の連発銃が入っている。わたしには、その銃を取りに行ける見こみもなければ、そうするつもりもなかったが、これをヘックリンに白状することは、現在のみじめな屈辱感を更に倍加するだけであると思われた。それに、あの箪笥をひっかきまわされては、さぞかし妻が嘆き悲しむことだろう。

「ピストルはないか？」と、ヘックリンはこわい声で念を押した。

「あったら正直に言え。あとで見つけたら承知しないぜ」

「ピストルなんか、ないわ。ほんとうよ」と、妻が力をこめて言った。

ヘックリン氏は口をゆがめて、妻を眺めた。それから言った。「こいつらを縛れ」

長身の若者は、ポケットから太い縄を取り出し、巧みにわたしの手首と二頭筋を椅子の背に、くるぶしを椅子の足に縛りつけた。肉に喰いこむほど強《きつ》い縛り方である。

わたしは言った。「妻を縛る必要はない。あんた方の邪魔にはならない」
一、二秒、勿体をつけてから、ヘックリンはうなずいた。「よかろう。その女は、騒がなければ放っておけ」戻って来たジョーに言った。「女を見張れ」それから青年を引き連れて、ヘックリン氏は二階へ上って行った。
部屋から部屋へと、歩きまわる足音がきこえた。ジョーは、拳銃を構えて窓ぎわに立ち、覆面のなかに指をつっこんで、歯をせせった。わたしが見守っているのに気がつくと、不安になったらしい。口から指を離して、こう言った。「もう一発やられたいのかよ」

そして、わたしの方へ一歩踏み出したとき、折よく二階から、ヘックリンの声がきこえた。「うるさくなったら、絆創膏を貼ってやんな」ジョーはにやりと笑い、ポケットからセロテープを出した。

妻が言った。「ああ、やめて」

ちょっと芝居がかったしぐさで、ジョーはテープを適当な長さに切りとり、近寄って来たかと思うと、わたしの口からうなじにかけて、べったりと貼りつけた。このときの感覚だけは、二度と味わいたくないと思う。

すこし経って、ヘックリンがふたたび現われた。明らかにこういう仕事には熟練しているジョーは、命令を待たずに、二階へ上って行った。上から家具を動かす音が伝わって来た。まもなく、ジョーと、背の高い青年が、ジョージア産の足付箪笥《ハイ・ボーイ》の重みに喘ぎながらどしりどしりと階段を下りてきた。箪笥の中味を出すような手間はかけないとみえる。

ドアの近くまで持っていくと、それを手押車にのせた。芝生を横切り道路までつづく敷石道を、軋りながら去って行く手押車の音がきこえた。一分ほど経つと、二人は戻って来た。そして二階へ上りかけたとき、ヘックリンが乱暴な口調で言った。「無茶な動かし方をするなよ。分ったな?」二人は返事をしなかった。

それから一時間、かれらが出たり入ったりした動きを、一々記録しても無益であろう。要するに、わたしたちが黙って坐っている目の前で、わが家はすこしずつ空家に近づいていったのである。しかし、ヘックリンの鑑定眼のために付け加えれば、上等な品物は一つとして見逃されなかった一方、値打ちのない古物は一つも手をつけられなかったのだった。

　わたしの性格にはひどく現実的なところがあって、そのときのわたしが第一に考えたのは、保険のことだった。盗難保険の掛金は払ってあったかどうか。払ったとすれば、保険金はいくら貰えるか。わたしは懸命に思い出そうとした。

　それから、わたしはようやく警察のことを考えた。ヘックリンが立ち去ったあとで、もよりの電話へ車で駆けつければ——そのときはまだ車のタイヤが切られたことは知らなかった——知らせを受けた警察はただちに一隊を派遣してくれるだろう……などと考えているうちに、わたしがふと思い出したのは、数カ月前にボストン近辺で古代美術の貴重なコレクションが盗まれたという新聞記事のことだった。わたしは、だんだん心配になってきた。こういう美術品のたぐいは、いったん盗まれてしまうと、行方をつきとめるのが、非常に困難なのではあるまいか。そしてヘックリンが現行犯で捕まらぬ限り、警察に望みをかけても無駄ではないだろうか。

　あたかも交通事故を通りがかりに見物する人のように、受動的な不愉快な好奇心をいだいて、わたしは、わが家の財産がつぎつぎと運び出されるのを眺めつつ、そんなことを考えていたのである。あとで妻に、どんなことを考えていたかと訊ねてみた。妻は、よくおぼえていないと言った。しかし、シリアスが毒を盛られたのかしらと思ったと付け加えた。あとで分ったことだが、犬はほんとうに毒を盛られたのだった。それから妻は、わたしとおなじく、ライフル銃のことを考え、それを何とかして持ち出して、泥棒たちを追いつめ、わたしの縄をほどいて、警察に連絡しようと、はかない希望を抱いたとも言った。

妻が思い出したのは、それだけである。しかし、わたしが思うに妻はほかのことも考えたのだが、それは忘れようとしたに相違ない。わたしはそのとき、奪われていくのは家具だけではないと気づいて、俄かに気が滅入ったことを記憶している。家具だけではなく妻とわたしの関係のなかから、何ものかが奪われようとしていたのである。

つまり、危機におけるわたしの姿を思い出して、妻はわたしに失望するだろうということ。弁解はいくらでも可能である。妻としても、わたしがひどい怪我をしないですむには、こうなるのが一番よかったのだと、言うにちがいない。しかし、わたしという一コの男性が——あらゆる生物学的法則と社会的伝統によって、わが家を護ることを義務づけられている一コの男性が、指一本挙げることすら出来なかった、これは厳然たる事実ではないだろうか。

文明社会においても、あらゆる女性には——どんなに教養がありしとやかで、同情心にあふれた女性であるにせよ——穴居時代の基本的な原始本能がひそんでいる。すなわち、配偶者の咎めを受けぬ状況で暴行されたくはないという本能である。

わたしたち二人の沈黙は、すこしずつ意味深長なものとなっていった。妻の澄みきった横顔は、ひどく謎めいていた。あるいは、すくなくともわたしには、そう思われた。わたしは恐ろしい予想のもとに喘ぎ始めた。発せられず答えられなかった一つの疑問が、黒雲のようにわたしたちに覆いかぶさり、夜となく昼となくわたしたちの心を曇らせる、そんな時が必ず来るにちがいない。もちろん、妻は、そんなことなど考えもしなかったと言っている。それはそれでよかろう。

ヘックリンの一味は、二階での仕事を終え、居間に下りて来た。そして、いよいよファイフの長椅子を運び出そうとしたとき、ヘックリンがとつぜん口をきいたのである。ほかの二人は、長椅子を持ち上げたままの姿勢で、足をとめて、ふりむき、ヘックリンが妻にこう言うのを聞いていた。

「誤解してもらいたくないが、あんたにはずいぶんやさしくしているんだ。ずいぶん、やさしくね」

その口調は、筆舌につくしがたい。その言い方には、また顔の表情には、みだらなところはすこしもなかった。ジョーと呼ばれた男が、妻のそばを通るたびに、上から下までじろじろ眺めまわした、ある目つきに類するものは、すこしも現われていなかった。

ヘックリンは、おのれの自制心を誇らしく思っていたのだと、わたしは解釈する。そして――こんなことを書くのは馬鹿げているかもしれないが、わたしは確かにそれを感じたのだ――妻にそのことを感謝してもらいたかったのだと思う。

わたしは、ヘックリンの考え方を理解できるつもりである。おのれの優位性を全面的に、自由に利用することが当然であると考えている人間の一人、それがこのヘックリンなのだった。にもかかわらず、今や、ヘックリンは自制している。分っていただけただろうか。まちがいなく状況を察していただけただろうか。

ひょっとすると、数日前にわたしたちが歓待したことへのお返しとして、この男は自制していたのかもしれない。神経病患者《ニューロティック》のなかには、人に好かれたい一心が嵩じて、奇妙に不安定な、矛盾した行動に走る者が多いのである。

妻は、わたしと異なり、ヘックリンの考えよりもむしろ、絶えず横目を使うジョーの内心の動きのほうが、遙かに気がかりだったという。しかし、「ずいぶんやさしくしている」というヘックリンのことばが、妻を激怒させたのである。

歯をくいしばって、妻は言った。「豚！」

ヘックリンは、そのことばを聞きとれなかったが、意味だけは了解したらしい。ぱっと顔を赤黒く染めて、「ジョー」と言った。

背の低い男は、もうドアの外に出かかっていた長椅子の端を下におろして、こちらへやって来た。ヘックリンは言った。「女じゃない。男をやれ」

何事が起るのか分らぬうちに、ジョーはその硬い靴先で二度目の一撃を加えた。それはさっきとほとんどおなじ場所に命中した。わたしは、足の骨が折れたかと思うほどの激痛を感じた。

妻は悲鳴をあげた。「ああ！　この人は何も言わなかったのに！」

ずきずき響く痛みのなかで、ヘックリンの返事が聞きとれた。「あんたの足を蹴とばすよりいいだろう」

背の低い男は、まだわたしの前に立っていた。「もう一発やりますか」と、うながすように言った。

「もういい」と、ヘックリン。

ジョーは不承不承ドアの方へ行きかけて、妻の顔をのぞきこみ、にやりと笑った。「この女を痛い目にあわせてえよ」と、息を吸いこみながら言った。

「黙れ」と、ヘックリン。

長椅子は戸外へ運び出された。

ヘックリンはわたしたちに背を向けた。この男の口数が多くなってきたのは、仕事もそろそろ終りに近づき、邪魔の入る可能性がすくなくなったためだろう。もう時刻は午前二時に近く、コオロギの声をのぞけば、あたりはしんと静まりかえっていた。

妻の放った一語がまだ気になっているらしく、ヘックリンは目を伏せて、先刻の言葉のつづきを喋り出した。「あんたにどれだけ親切にしているか、分っちゃいないんだな。もっとひどいことだってやろうと思えばできたんだ。それを考えてもらいたいね」

今度は、妻も黙っていた。わたしはといえば、たとえ口をきけたとしても、意識の大半は足の痛みに占められていたのである。

ヘックリンはつづけて言った。「あんたを椅子に縛りつけて、一晩中そのままにしておくこともできたんだ。もっとひどいこともできた。もっとひどいことも」又もや間があき、ヘックリンは言い足した。「しかし、そんなことをする必要はないと思う。ジョーのような残忍なやり口は、好かないんだ」

やはりヘックリンは、妻に「ありがとう」と言ってもらいたかったのだと思う。妻が何も言わないので、男はくちびるを噛み、渋い顔をした。

ジョーと、もう一人の男が、戻って来た。それから数分のうちに家のなかの値打物はすべて路上に運び出された。居間に残ったのはピアノと、古い寝椅子と、半端ものの椅子だけである。

ここでヘックリンは、もう一度ジョーをわたしたちの見張りにつけ、室内を物色し始めた。戸棚のなかの銀器を調べ、これには大した価値がないと見切りをつけたらしい。次には、一ダースほどもある油絵を眺めて、顔をしかめ、妻の方に向き直って訊ねた。「これには値打ちがあるのか」

「それほどはありません」と、妻は静かに答えた。けれども妻がてのひらに爪を喰いこませているのが、わたしの目に映った。

ヘックリンは心が定まらぬように見えた。「ウソだろう」と、男は言った。「しかし…

…」とうとう肩をすくめた。扱いつけぬ獲物を持って行っても、危険が大きいばかりだと悟ったらしい。ヘックリンが手下に命令し、妻はほっと安堵の溜息をついた。「よし。これだけにしよう。積みこめ」

　二人の男は戸外のトラックへ駆けて行き、ヘックリンは窓辺にたたずんで、手下たちを見守った。もしもこれだけですんだのならばわたしたちの家具が奪い去られただけならば、きっと——いや、確かに——かれらの邪魔をするようなことを、わたしたちはしなかったと思う。わたしたちは、もはや待っているだけだった。苦しむ友の臨終を待つときのように、悲しくはあっても、これが早く終ることを祈るばかりだったのである。

　だが、このとき、ちょっとした不測の事態が発生した。危機的な状況にあって、事件のかたちを一変してしまう、あの決定的な一ひねりである。

　台所のバスケットから出て来た妻の愛猫が、音を立てずに居間に入り、立ちどまって大きく伸びをした。猫がいつも寝床代りにしていた御愛用の椅子は、失くなっている。いつも頭を擦りつけていたテーブルも、姿を消している。

　この変化におどろいた猫は、妙にひねくれた態度で、わたしたちの方へ近寄って来た。妻が片手を出したが、猫は見向きもしない。そしてヘックリン氏のズボンをはいた足を、暫時見つめ、おもむろに歩き出した。

　ヘックリン氏は窓の外を眺めていたので、猫に擦り寄られて、ぎょっとしたらしく、何やら下品なことばを口走った。猫はちょっと離れて、ヘックリンの顔をじっと見つめ、何ともいえぬ表情をしている。妻が何か言おうと口をひらきかけたとき、ヘックリンは乱暴に猫を蹴とばした。

男の靴は、小さな猫の顎骨の下に、ななめに喰いこんだ。猫は壁に吹っ飛び、妻はあっと叫んだ。そして、わたしの肩に掛けていた手を引くと、猫は身をよじって呻き声をあげ、まもなく口の隅から血がたらたらと流れた。妻はそうっと抱きあげ、椅子に戻って、膝に抱きかかえた。泣いてはいないが、妻の顔はまっかである。やがて猫は動かなくなった。

ヘックリンはわたしたちを見なかった。きっと恥じていたのだろう。路上から、家具と家具のぶつかる音がきこえてくると、まるで救われたように、荒々しく呟いた。

「馬鹿野郎め！　あれほど大事に扱えと言っておいたのに！」

男は、妻にむかって、「ここから動いちゃいけない」と命令した。妻が何かするだろうとは夢にも思っていないらしい。そして足早にドアを出て、芝生を横切った。

男が出て行くや否や、妻は立ちあがり、猫を敷物の上に置くと、玄関のホールへ走って行った。何をする気なのか、わたしはすぐには分らなかったが、妻のただならぬ表情におどろいて、貼りつけられたテープの下から、一生懸命、制止しようとした。

わたしの喉声を無視して、妻は弟の遺品を入れた簞笥にかがみこみ、二二口径の連発銃を取り出し、弾薬棚から実弾入りの箱をおろし、居間に戻って来た。そして、わたしがぞっとするほど落着いた手さばきで、銃に弾をこめ始めたのである。それがすむと、すこしのためらいも見せずに、窓ぎわに膝をつき、銃を肩に構えた。

トラックには電燈がついているので、八十フィートの彼方の路上、家具と家具にはさまれたヘックリンの姿はよく見える。トラックに長椅子を積み上げようとしている二人の手下を、さかんに督励する声がきこえる。室内のあかりを消すだけの余裕が妻にあってほしいと、わたしは祈った。さいわい、妻は窓ぎわのスイッチを切ってから、引金を引いた。

それはおどろくべき射撃だった。あとで確かめたことだが、弾はヘックリンの後頭部に命中した。男が、まるで竿から外れた案山子のように、ぶざまな恰好で倒れるのが、わたしの位置から見てとれた。

わたしは射撃練習のたびに感心してしまうのだが、今も妻はひどくきびきびした無駄のない動作で、薬莢を振り落し、打ち金を引きふたたび銃を構えた。残りの二人は、悪態をつきながらトラックから跳び下り、一人が――それはジョーだとあとで分った――トラックを楯にして、わたしたちに拳銃を射ち始めた。

一発の弾が、わたしの背後の壁にぶつかった。わたしは椅子をずらして、弾を避けようとした。だが強く縛《きつ》られているので、椅子をガタゴトいわせて、ほんのすこししか移動できない。

背の高い若者は、ヘックリンの死体に駆け寄り、それをトラックに引きずりこもうとした。これは今考えてみても、大した勇気だと思う。妻が二人目に射殺したのは、この男だった。三発の弾が、つづけさまに当った。一発は背骨に命中し、若者はぎゃっと叫んで、数秒間呻いていたが、すぐ静かになった。しかし、ほんとうに息を引取るまでには、しばらく間があったのである。

ジョーという男は、そのあいだにも、五、六発の弾を、わが家の窓に命中させていたが、それはいずれも狙いが高すぎた。仲間二人がやられたのに気がつくと、男はトラックの運転台に跳び乗り、エンジンをかけようとした。

妻はすばやく二発射ち、つづいてもう一発射った。

ロウ・ギアを入れられたトラックは、路上をのろのろと走り出し石垣にぶつかって停止した。月に照らされた雲を背景に、運転台のジョーの大きな頭がよく見える。妻はゆっくり狙いを定めて、もういちど射った。ジョーは、ふわりと視野から消えた。

あとで調べると、一発がジョーの肩に、一発が頸に、一発が頭に命中していたのである。ほかの的を使ったのなら、これはみごとな射撃だといえるかもしれない。

くらやみのなか、わたしたちは無言で、しばらく待ち構えた。地面の枯葉が、かすかな東風にあおられるほか、戸外には何の物音もきこえない。コオロギさえが、鳴りをひそめている。妻がシクシク泣き出した。

だいぶ経ってから、妻はわたしに近寄り、手でわたしの唇に触れた。テープが剝がされるときの感じを、わたしは思い出したくない。妻はぶるぶる震えながら、台所へ行き、庖丁を持って来て、わたしの縄を切ってくれた。戸外では、依然として、何事も起らない。わたしは立ちあがり、妻を抱きかかえた。わたしたちは一分間ほど、そのままの姿勢だった。やがてわたしは言った。「いつまでもこうしてはいられない。見に行ってみよう」

妻が返事をしないので、わたしは妻にキスして、銃を取り、裏口から外に出た。そうっと家の表にまわり、賊たちが死んだふりをしているのではないことを確かめた。

ヘックリンはまちがいなく死んでいたし、トラックのなかのジョーも同様だった。だが路上で動けずにいるもう一人の男には、わたしも弱ってしまったのである。意識を回復したらしく、ひどい苦しみようだった。この犯罪では終始ものも言わなかったこの男が、一番苦しまねばならないとは、なんとなく不公平なように思われる。わたしは抱き起そうとしたが、目をむいて唸るその様子に、思わず手をとめた。お終いに、上着を男の頭の下に敷いてやることで、わたしは良心と妥協したのだった。男は、警察が駆けつけたときは、もう死んでいた。

まっくらやみの室内へ戻る途中から、妻のすすり泣きがきこえた。それは腸をかきむしられるような泣き声だったが、いずれにせよ、ヒステリーの危機は過ぎ去ったもののようである。まもなく妻は気をとりなおし、わたしたちは一緒に外へ出た。

わたしたちの車のタイヤが切られていたので、わたしは死人をヘックリンのトラックから下ろし――それはもう何の恐怖もまじえずに出来た――そのトラックで、妻とわたしはマードック家へ行った。

これが事件の一部始終である。

警察と州当局に思いやりがあったので、事件はかなり早く新聞面から消え去った。しばらくのあいだ、妻とわたしは、このエピソードをわざと話題にしないよう努力していたが、遂に我慢しきれなくなり、ごく微細な点までお互いに語り合ったのだった。妻は現在では、きわめて冷静に、まるで他人事《ひとごと》のように、このときの射撃の模様を語ることができる。

実のところ、ある意味では、人を殺したという意識が、妻の物の見方をいいほうに変化させたと、わたしは考えているのである。妻は確かに考え方が柔軟になり、他人の弱点や非合理な行為にたいして、以前よりも寛大になった。つい先だっても、そんなに狩をなさりたいのなら、わたしは構わないのよと、妻はわたしに言ったのである。

だが不思議なことに――いや、不思議なことだろうか――わたしはもはや狩をしたいとは思っていない。

アリバイさがし

シャーロット・アームストロング

宇野輝雄◎訳

The Case for Miss Peacock

Charlotte Armstrong

《ミステリマガジン》1965年5月号

シャーロット・アームストロング（一九〇五～一九六九）

早熟な才能の持ち主で、わずか十二歳のときにオリジナルの脚本を書き上げたことがあるという。もともとは劇作家志望だったが、一九三九年に念願のブロードウェイ進出がかなった際に絶望的な不入りを体験する。そのころにミステリ小説を読み始め、自分でも手がけるようになった。

アームストロングに作家としての名声をもたらしたのは一九四六年に発表したノンシリーズものの長篇『疑われざる者』（ハヤカワ・ミステリ文庫）である。作品全体の趣向を早いうちに割ってしまう大胆な構成の作品であり、その状況下で生み出された一触即発の不安定な人間関係がどうなるかということが読者の関心の中心となる。こうした単純だが力強いプロットが彼女の作風の要となった。犯罪小説でありながら同時に素晴らしい人間賛歌にもなっている『毒薬の小壜』（56年／ハヤカワ・ミステリ文庫）はMWA賞最優秀長篇賞を獲得した彼女の代表作である。

骨太な印象の長篇とは一転して、短篇には技巧的な作品が目立つ。一九五七年に刊行された『あなたならどうしますか？』（創元推理文庫）はアームストロングの技巧の展示棚と言うべき一冊で、劇作経験者らしい徹底した人間観察が効いている。作中には不安に満ちた人生観が醸成され、衝撃を伴う結末がもたらされるのである。

初出：Ellery Queen's Mystery Magazine誌　1965年2月号

よそゆきのブルーのドレスのうえに古い黒のコートを羽織り、ハンドバッグをしっかりかかえて、ミス・メリー・ピーコックはさわやかな午後を満喫していた。白髪を風にそよがせながら二月の陽ざしのなかを濶歩する。女王様にでもなったような気分で店のウインドーをのぞいてまわる。こんなにたのしいことはない。

背の高い男がひとり、背後から近づいて、右がわに肩を並べる。つづいて、もうひとり、これまた長身の男が左がわへぬっと姿をあらわした。

「もしもし？」

ミス・ピーコックは足がもつれ、心臓がどきんとした。二人は制服の警官だ。

「ええ？　なんですの？」あえぎながらミス・ピーコックはこたえた。

「おそれいりますが、ちょっとそこまできていただけませんか？　おききしたいことがあるんです」

口調は横柄ではないが、いやだとはいわせない強いひびきがこもっている。

「でも……いきなり、そういわれても」

「協力してください。警察の仕事なんで」

言葉すくなだが、さりとて、懇願するような口ぶりでもない。

「ええ、それは——もちろん、お役にたつことでしたら」

ミス・ピーコックはとまどってしまった。でも、相手は警察官なんだから、なにもびくびくする必要はないと、自分の心にいいきかせる。

ミス・ピーコックがすなおにまわれ右すると、三人は物見高い通行人の視線をあびながら歩きだした。べつに屈辱は感じないでもすむと気がついて、安心した。だれも、あたしを知っている者はいない。あたしのほうで知っている者もいない。背の高い二人の警官のあいだにはさまれて歩きながら、ミス・ピーコックは歩幅をひろげ、歩調をはやめようと躍起になった。やおらして、一軒の店のなかへ連れこまれると、思わず、ほっと息をついた。

店は婦人物の洋品店で、トンネルのように細長いつくりだ。通路が一本、カウンターがひとつ、片がわの壁は商品の陳列棚になっている。店のいちばん奥のスツールに、ひとりの女が腰をおろし、そのわきに、また別の警官が立っている。女は染め毛らしいぼっさりした赤い髪を威勢よくふりあげると、おしろいを塗りたくった顔をこっちへむけて、憎悪のこもった茶色の目でミス・ピーコックをじろりとにらみすえた。

と、やにわに、女は猛り狂った、しゃがれ声でわめきだした。

「そう、その女よ！　その図々しいばあさんよ！　間ちがいないわ！」

ミス・ピーコックはたじろいだ。すると、茶色の背広を着たひとりの男が表の通りからとびこんできて、店内の警官にうなずいてみせ、明るい口調でいった。

「ミラーという刑事ですが、いったい、どうしたんです？」

「ええ、こうなのよ」赤毛の女はいちだんと怒声をはりあげ、両手と両肩を芝居気たっぷりに動かしはじめた。「あたしの名前はナオミ・ネルソン。この店の主人です。じつは、今朝、開店の用意をしようと、ここへやってくると、このばあさんが店のあくのを待ってたんです。もちろん店はまだ、あいちゃいません。まだ九時まえでしたからね。でも、だいじなお客さんだと思って、さっそく、店をあけてやった。そして、ふたりが店のなかへはいったとたん、このばあさん、あたしに拳銃をつきつけるじゃないの。どうお、この女の顔！　まさか、と思うでしょう」

「拳銃？」茶色の背広の刑事がいった。

「店のすみの、ごみすてのカンのなかに拳銃がありました」警官のひとりが説明する。

「それと、グレイのシルクの手袋が」

「そうなのよ！」ナオミはわめきたてる。「手袋まではめて、ほんとのプロよ、このばあさんは。拳銃をつきつけて、そこのカーテンの奥の倉庫へ、あたしをとじこめた。ええ、ほんとよ！　朝っぱらから、いったい、どうってこと！　あたしは青くなって、そのまま卒倒してしまった。気がつくと、倉庫の床にのびていて、手足をしばられていた。それと、どうお！　口のなかにはパンティーがつっこんである、あごはストッキングでしばってある。ほれ、ここに跡がついてるでしょ。手と足にも、この手首、ちょっとみて。ええ、もう、癪にさわるったらありゃしない！　残ってるのは、ごらんのとおり、レジでつかう釣り銭だけ。それじゃ、このばあさん、どうしたかってえと、あたしのかわりに店番をしていた。そうなのよ、朝から昼まで、あたしをあそこへ転がしておいて、自分がお客さんの応対をして、売りあげのお金をそっくり、せしめちゃったってわけよ。それどころか、暖房装置の音をぐんと高くして、あたしのうめき声がきこえないようにした。へたをしたら、あのまま、お陀仏になっちゃったかもしれないわ」

「で、どうして助かったんです？」私服の刑事がたずねた。

「いえ、それがね、お昼休みは、お客さんがわんさとおしかけてきて、ひとしきりすると、潮がひくみたいにすいちゃうんです。店のなかがガランとしちまうくらいに。それで、一時十五分すぎごろ……だったと思うんだけど……男のお客さんがはいってきて、『こんちは、こんちは』って声をかけてるのがきこえた。でもって、さては、あの女、もう逃げちまったんだと思って、床をバタンバタン鳴らしたところ、そのお客さんがみつけてくれたんです。でてきてみると、案のじょう、女はいない。でも、逃げきれなかったわけね。とにかく、警察のみなさんにはお礼をいいます。みなさんのおかげで、こうして犯人がつかまったんですからね。ええ、この女に間ちがいありません。どうお、おばあちゃん」ナオミはにくにくしげに毒づく。

みんなの視線をあびながら、ミス・ピーコックは説明した。

「なんのことやら、あたしにはさっぱりわからないわ。この……この女のひとには会ったこともないし、この店には足をふみいれたこともないんですから」

ナオミは芝居がかった笑い声をはりあげた。

「あなた、身許を証明できますか？」私服の刑事が質問する。

「名前はメリー・ピーコック。ミス・ピーコックです。でも、名前を名のる以外、これといって身許を証明するものは……」

「運転免許証は？」

「ありません。ただ、図書館の会員カードならもってますけど」

ミス・ピーコックは安心したようにハンドバッグのなかをかきまわしながら、

「もしかしたら、図書館の係員があたしの顔を知っているかもしれませんわ。預金通帳もありますけど、いま、ここにはもっていません。それから、アパートの管理人……ああ、困っちゃったわ」ミス・ピーコックはべつにしょげた様子でもなく、「このひと、勘ちがいをしてるんですわ」

「勘ちがいだなんて、とんでもない！」ナオミは憤然となった。

私服の刑事はふたりのあいだに割ってはいって、ミス・ピーコックにハンドバッグの中身をカウンターにあけてみてくれといった。いわれるままに、彼女はなかの品物を順々にとりだした。香水のにおいのする清潔なハンカチ。コンパクト。口紅。小銭入れ。二つ折りの札入れ。小銭入れはおもい。お札は五ドル札一枚に一ドル札が一枚。図書館の会員カードもだしてみせた。つぎにとりだしたのはいつも携帯している、柄に真珠をちりばめた小型ナイフ。これは兄のひとりが——兄たちはみんな、もう、世を去っていない——六十年まえにくれたものだ。つぎは、小さな食卓塩の容器。ほんの一インチほどの高さで、上端に振りだし口がついている。化粧用のティシュー・ペーパー。口臭どめのペパーミント。若い頃、教会からもらった皆勤賞のメダル。ちゃちな真鍮の安全ピンがいくつかついた小さなリング。そして、最後に、サイド・ポケットから折りたたんだ紙幣の束をとりだした。

「ほうれ！」

刑事の肩ごしに息をきらしながら、ナオミが絶叫した。

「やっぱり、そうだ！　それ、あたしのお金よ」

「失礼なこといわないで」と、ミス・ピーコック。「これは、あたしのものですよ」

「どうして、べつにしてあるんです？」私服の刑事は疑念をいだいた。

身をふるわせていたミス・ピーコックは心をおちつけていった。

「あたし、生活費をできるだけ……できるだけ切りつめて、一週間のきまった予算にあまりがでると、それをべつにしておくんです。ここにあるのは、お札で四十一ドル。きょう、こうして持ちあるいていたのは、あたらしいコートを買おうと思っていたからですわ」

赤毛の女が、またもや、わめき散らしそうになったので、警官たちは鳩首、協議しはじめた。店内は野次馬でごったがえして、騒々しい。熱気でむんむんしている。表の歩道からも通行人が店内をのぞきこんでいる。ミス・ピーコックは渦のなかに巻きこまれてしまったような気がして、混乱した頭のなかを整理しようと必死になりながら、カウンターのうえの品物をバッグにしまいはじめた。

そのうちにようやく、ひんやりした空気が吸えるようになった。茶色の背広を着た刑事が自分の車へのせてくれる。じろじろみつめている群集の顔をみると、彼女は急におそろしくなった。だが、車が走りだすと、気持ちをしずめて、きいてみた。

「これから、どういうことになるんですの？」

「ミス・ネルソンに署まできてもらって、タイプで供述書を作成します。それと、今朝、事件の現場にいあわせたお客……あなたをみたかもしれないお客を、さがしにかかる。本人からは名前がききだせないのでね。もっとも、お客さんの顔はみえなかったんでしょうが」

「で、このあたしのほうはどうなるんです？」

「わたしがアリバイをしらべることにします」

返事がないので、刑事はすぐにいいたした。

「といえば、おわかりでしょう？」

わかりすぎるほど、わかっている。

「それが、刑事さん」と、ミス・ピーコック。「あたしにはアリバイがないんです。なにしろ、ほんの二た月まえにフィラデルフィアからカリフォルニアにひっこしてきたばかりですから。フィラデルフィアには生まれてからずっと住んでいて、退職するまで、図書館の司書をやってましたの。でも、ここのところ二、三年、冬になるときまって、ひどい風邪をひくし、看病してくれる者もいないので、転地療養のつもりで、この気候のいいカリフォルニアへやってきたんです。いまも、ひとり暮らしで、親類はない。お友だちはいない。知人もいません。この近所にはね。ですから、あたしの顔をみて、おもいだしてくれるひとなんて、いないはずですわ。今朝のばあいはもちろん、ふだんでも」

「あなただって、まさか、透明人間じゃないでしょ、ピーコックさん」刑事は痛烈な皮肉をいう。

「まあ、透明人間みたいなものですわ」

「今朝、なんとなにをしたか、それはおぼえているでしょうね？」

「ええ、もちろん。けど、それをいちいち証明することはできませんわ。刑事さんにも、できないでしょうし」

「そりゃ、どうですかな」

ミラー刑事はミス・ピーコックのアパートのまえで車をとめた。彼女の手はふるえがちで、二階の自室のドアをキーであけるのにひと苦労する。でも、やっと成功した。私服のミラー刑事は家具のそろった寝室兼居間をぐるりとみまわし、こじんまりした簡易キッチンをのぞきこみ、それから、バスルームと独身者用の衣裳ダンスをしらべる。

「古いアパートですけど」とミス・ピーコック。「ペンキはぬりかえたばかりだし、部屋代も手ごろで、あたしにはもってこいですわ」

「なるほど。それじゃ、最初からはじめましょう。今朝は？」

「ちゃんと目をさましました」いささか子供じみた返事だ。

刑事は憮然とした表情で、

「時間は？」

「その点は、はっきりいえません。あたし、最近は、できるだけ遅く寝るよう心がけているもんですから」

ミス・ピーコックはかわいたくちびるをそっと噛んで、

「おきて、まず、コーヒーをわかした。それから、シャワーをあびて、ベッドをなおし、朝食の用意をして、食事をした。もちろん、ひとりぽっちでです」

「なにかの用事で、入口のドアをあけましたか？」

「ええ、牛乳瓶をなかにいれるためにね。けど、廊下には、だれもいませんでしたわ。だれの姿もみかけなかったし、あたしの姿をみたひともいません」

「で、それから」

「キッチンのあとかたづけをして、洗濯をした。洗濯物は、風とおしのいい屋上へ干しにいきました。けど、屋上には、だれもいなかった。あたしの姿をみた人間はいないわけですわ」

「それは、何時ごろです？」

「十時ごろ、だったと思います。屋上からもどってくると、あの鉢ととっくんで、枯れかかっている葉を切りおとしたり、いろいろ手入れして」

私服の刑事は窓ぎわに歩みよって、三つの鉢にうわっている活け花をとくと拝見した。水盤にいけたサツマイモは元気に芽をだしている。日陰で花を咲かしているアフリカすみれ。カンのなかで栽培をはじめたゼラニュームの挿し枝。先端が日なたからぬーっとのりだしているさまは、なんとなく滑稽だ。

「なるほど、よく手いれしてありますね」刑事は感心した。

「きのう、やっといてもよかったんですけどね」ミス・ピーコックは皮肉をいう。

刑事は彼女のほうをチラッとふりかえると、窓ぎわからはなれて、テーブルにのっている図書館から借りてきたらしい四冊の本に指をふれながら、

「殺人のミステリか？　図書館に勤務しておられるようなご婦人がね？」

「図書館で働いている女だって、おなじ人間よ」と、ミス・ピーコック。「ミステリ、あたし、大好きなんです」

「けっこうですな」刑事はかるく受け流して、「で、それから、どうしました？」

「夕食には厚切りの羊肉があったんですけど、それはそれとして、近くのスーパーマーケットへ、お昼の食料品を買いにいくことにしましたの。公園で食事をしようと思って。なにしろ、日中の太陽って、すばらしいでしょ。あそこの噴水のそばに腰をおろして、考えごとにふけるのがたのしみなんです。そりゃ、はたからみれば、放浪者みたいな現実ばなれした行動かもしれないけど……」

「で、それから？」

ミラー刑事は微笑をうかべまいと、しぶい顔もすまいと、必死になってこらえているような感じだ。

「しばらく、そこへすわったまま、買い物のことをあれこれ考えていました。こういう想像って、ほんとにたのしいもんですわ。やっと決心がついて、商店街のほうへ歩きだした

ら……」ミス・ピーコックはふいに言葉をきって、「あとのことはご存知でしょ」

というと、げっそりした様子で腰をおろしてしまった。

「失礼ですが、収入はどれくらいです？」

彼女は金額をおしえた。微々たる金額だった。

「でも、なんとか生活はしていけます。あたしは、もともと、倹約家ですから。むしろ、やりくり算段して、地道に生きていくほうが張りがあるくらい」

刑事の顔にうかんだ表情が疑惑なのか同情なのか、見当はつきかねたが、同情を買おうという魂胆など、彼女には毛頭なかった。

「そりゃ、わたしの生活も、ずいぶん窮屈に、苦しくはなってきました。人間だれしも、人生の終りに近づけば、そうなるんでしょうけど。かといって、こういう生活がいやなわけじゃありません」

「なるほど」刑事は当惑したような相槌をうつ。

「それに、おわかりでしょ」ミス・ピーコックは気負いたった口調で、「あたしのいったとおりだってことが、あたしには、やはり、アリバイがないんです。いままでにお話ししたことを立証しようったって、無理ですわ」

「さあ、その点はどうですかな」と、ミラー刑事。「まだ、あたってみてないんですから」

　隣室のドアをノックした。でてきたのは、でっぷり肥えた、赤ら顔の女性。私服の刑事は上品な、折り目ただしい態度で事情を説明した。相手のミセス・ブラッドリイも快く質問にこたえる。

「ええと……いいえ、この方には会っていません。とにかく、今朝は。ミス・ピーコック、とかおっしゃいましたね？　はじめまして」

「どうぞよろしく」口もとをこわばらせながら、ミス・ピーコックは挨拶をかえした。

「でも、シャワーをあびている音はきこえましたよ。たいしたことじゃないかもしれませんけど」

「それは何時ごろですか、奥さん？」

「さあ、はっきりはおぼえてませんわ。なにしろ、あたしも動きまわっていたもんですからね。けど、八時半まえだったことはたしかです。そのとき、外出したんですから」

「ピーコックさんの部屋のドアの外に牛乳瓶があったの、お気づきになりませんでしたか？」

「そんなにはやく外出するときは、まだ眠くて、目がしょぼしょぼしているし、ちょっと気がつきませんでしたわ」

「すると、ピーコックさんが部屋にいた時間、正確にはおぼえてらっしゃらないわけですね？　それはそうと、部屋のなかにいたのがピーコックさんだということは、たしかですか？」

「ええ、そりゃ、たしかです。この方、よく歌を歌ってますし、シャワーをあびながらね。〝過ぎにし日々の〟といったような歌を。それが、この壁ごしに……」

「あら、申しわけありません」ミス・ピーコックは恐縮したように、「ご迷惑をかけてるとは、ちっとも気がつかなかったもんで」

「いえ、いえ、迷惑だなんて、とんでもない、どうか、やめないでください。ああいう昔の讃美歌をきくのが大好きなんです、あたし。若い頃を思いださせてくれて、ほんと、どうか、おやめにならないで。ごめんなさい、よけいなことをいってしまって」

ミセス・ブラッドリイのまるい顔は、だいじな玩具《おもちゃ》をとりあげられてしまった子供みたいにふくれっ面になった。

いささか面くらった思いで首をかしげながら、ミス・ピーコックは刑事のあとについて、二階うえの屋上へあがっていった。そこには、もうひとり、おなじアパートの住人がいた。うら若い人妻で、うすいピンクの下着類のはいったバスケットをかかえ、洗濯バサミを手にして、せっせと洗濯物をほしている最中だ。

名前はミセス・テリー・ペイン。刑事の質問にこたえて、ミス・ピーコックにはまだ一度も会ったことがない、もちろん、姿をみかけたことはあるが、今朝はみていない、と説明する。

「ただ、ひとつだけいえるのは」と、ミセス・テリー・ペイン。「この方が洗濯物をほしにこられたのは九時四十分をすぎてからだったらしい、ということです。どうしてかというと、あたしが自分のものをほしにきたとき、この方の洗濯物はみあたらなかったからです」

「すると、ピーコックさんの干し物は、ひと目みて、すぐわかるというわけですね？」

「ええ、もちろん。まえにみて、気がついたことがあるんです。あたしは、ごらんのとおり、間がぬけているせいか」ミセス・ペインはやけに率直だ。「バーゲン・セールの特価品につい目がくらんで、こんなペラペラなものを買いこんでしまい、いつも、あとで後悔するんです。ところが、この方の下着、みてごらんなさい」

ミス・ピーコックは屋上に立ちつくしたまま、赤面したものやらどうやら、迷ってしまった。

「みるからに上品だわ」ミセス・ペインは言葉をつづける。「質がちがうのね。長もちする高級品なのよ。まあ、しょうがない。あたしは無神経なんですから」溜息をついて、

「ほかに用事はないんでしたら……」

というと、ミセス・ペインは立ち去っていった。

私服の刑事はミス・ピーコックにむかって、いんぎんに申しでた。あの洗濯物、どうや

ら、すっかり乾いているようですから、部屋へとりこむんでしたら、遠慮なく、どうぞ。わたしは階下《した》のロビーで待ってますから。ミス・ピーコックは深刻にかんがえながら、いわれるとおりにした。

屋上からおりてくる途中、ミス・ピーコックはアパートの管理人の話を小耳にはさんだ。

「あのひと、よけいなことをするタイプじゃありませんよ。苦情をいいにくるじゃなし、悶着をおこすじゃなし。それと、もうひとつ、部屋代は月はじめにきちんとはらいますからね。たまたま今朝にかぎって、あのひとの姿をみかけなかったとは、じつに残念だ。ああ、ピーコックさん、なにか、あたしにできることがあれば……」

「どうもありがとう、ガウルドさん」と、ミス・ピーコック。「せっかくのお言葉ですけど、万事、こちらの紳士の有能な手腕におまかせしてありますので」

茶色の背広の紳士はにこりともせず、

「郵便物はどうなっています？」

といって、一列にずらりと並んでいる真鍮の郵便受けに目をやった。

「ふだんでも、私用の郵便はほとんどきませんし、今朝は一通もきませんでした。アパートの居住人あてに広告が一枚はいってましたけど、これはスーパーマーケットへ買い物にいく途中、ゴミ箱にすててしまいました。くだらない広告ですもの」

「でしょうな」

失望したようにいうと、刑事はさきにたってアパートの外へでた。

「そのスーパーマーケットは、どっちです？」

近所の通りを刑事と肩をならべて歩いていきながら、ミス・ピーコックはいった。

「シャワーなら、泥棒だってあびますわ。れいの洗濯物の件でも、あたしがほしたという証拠はありませんものね」

「ありませんな」

刑事はうわの空でこたえ、通りの両側に目をくばっている。角のガソリンスタンドのまえで足をとめ、刑事は給油ポンプのかたわらの男に声をかけた。

「こちらのご婦人、知ってますか？」

「ええ、おみかけしたことはありますけど」

スタンドの係員は愛想よくミス・ピーコックに会釈しながら、

「このご近所の方ですね？　毎日のように、ここをとおっていかれるところをみると」

「今朝はどうでした？」

「はあ？」

係員は、どうしてそんな質問をするのかとききなおし、警察で調べていることがあるのだといわれると、急に用心ぶかくなった。

「たぶん、とおられたんじゃないですか。はっきり断言はできませんけどね。なにしろ、こういう忙しい仕事をしているもんで……どうも、すみません」

「そう。無責任なことをいうより、ずっとごりっぱだわ」ミス・ピーコックはかえって感心した様子だ。

スタンドの係員は刑事のほうにむかって、

「いやあ、はっきり証言できないのが癪なくらいですよ。あたしには娘がふたりいるんですがね、歩くときの姿勢はきちんとして、って、なん度、口をすっぱくしていいきかせたかしれません。年じゅう、いってるんです……『あの女優をみろ。ああいう歩きかたをすりゃ、健康にいいだけじゃない、スタイルもよくなるんだぞ』ってね。だから、この方がここをとおるたびに、あの娘たちにみせてやりたいもんだ、そうすりゃ、いつか、この方みたいに堂々とした歩きかたをするようになるだろうって、そう思うんです」

家庭の事情まであけっぴろげにしゃべってしまってバツがわるくなったように、係員は顔を赤くして、かるく会釈すると、うしろへひきさがってしまった。


ミス・ピーコックと刑事は歩きだした。みれば、なるほど、ミス・ピーコックの背中はピンとのびて、足どりはいかにもかるやかだ。

スーパーマーケットはかなり大きい。レジの係の娘はブロンドの髪をお化けの頭みたいにふくらませ、小さな顔は窮屈そうで、ずるがしこい表情をしている。

私服の刑事が事情をひととおり説明すると、娘はさっそくぺらぺらやりだした。

「ええ、このひとなら、しょっちゅうみえてますよ。そのたびに、ほかの性《たち》のわるいお客さんの横っつらを思いっきりひっぱたいてやりたくなるんです。このひとはレディーですよ。この目で、ちゃんとみてますからね」

「というと？」

「いえね、はっきりいって、買い物はあまりたくさんしません。でも、自分の番をちゃんと待ってるひとなんです。ところが、ほかのデブの奥さん連中ときたら、品物をぎっしりつめこんだ手押し車を二台もえっさえっさ押してきて、でんと頑張っちゃって、わきへのいてやろうともしない」

娘は身をくねらせながら、手にした鉛筆で脳天のあたりをがりがりかいて、

「ほんとに、頭にきちゃうわ、あんなのをみると」

「で、このお客さん、今朝は買い物にこられたかい？」

「さあ、どうかしら。こられました？」

刑事がとめるよりはやく、ミス・ピーコックはうなずいてみせた。

「ええ、そういえば、みたわ」

レジの娘は大声をはりあげる。大げさに目をみはってみせるところなど、ウソをいってる証拠だ。

「何時ごろ?」

「今朝よ」娘はけろっとして、肩をすくめる。

「で、買った品は?」

娘はつけまつげをピクピクッとふるわせて、

「スペイン・タマネギを一個」

と大声でこたえると、あたっているかしら? というように、ミス・ピーコックのほうをチラッと横目でみる。そして、得意気な表情をうかべると、あわてて真顔をとりつくろい、とぼけた口調でいいたした。

「そうよ、どうしておぼえてるかってばね、一度、『タマネギをこんなにたくさん、なにをなさるんですの?』って、おききしたことがあるんです。ええ、そういういいかたをしたんです。もちろん、からかい半分にですよ。だって、いつもきまって、一個ずつ買っていかれるんですもの。そしたら、栄養になるから、ナマのまま、サンドイッチにいれて食べるんだ、というご返事。だから、おぼえてるんですよ。そうですね?」

ミス・ピーコックは啞然として息をのみこんで、

「ええ、そんな話をしたこと、あたしもおぼえているわ。でも、あれは一と月ほどまえの話よ」

と、こたえ、娘に微笑んでみせた。

「それで、いつも、お元気そうなんだわ」娘はまたもや威勢のいい声をはりあげる。「お年寄りって、たいてい、もうろくしてるでしょ？　でも、このひとはちがう。お世辞じゃない、ほんとよ」

　私服の刑事はうやうやしく娘に礼をいって、ミス・ピーコックを店外へさそいだした。刑事と視線があうと、ミス・ピーコックは思わず笑みをうかべた。

「どうも、ああいう目撃者じゃ、信用できませんわね。話はあてずっぽうですもの」

「で、あたってましたか？」

「いちおう、あたってましたわ。今朝は、ロールパンを二個、小さなトマトを一個、中くらいの大きさのスペイン・タマネギを一個、あそこで買ったんですの。ほれ、ハンドバッグに小さなナイフをいれてもっていたの、ごらんになったでしょ。それと、食卓塩と、あれでもって、公園でサンドイッチをこしらえたんです」

　刑事はとたんに目をまるくして、

「だったら、その現場、だれかがみて、おぼえているはずだ」

「さあ、どうかしらね」ミス・ピーコックはたいした反応をしめさない。

　二人はその小さな公園まで歩いていった。刑事は草原や、樹木や、飲料用の噴水をひとわたりみまわしてから、

「今朝、ここで、だれかの姿をみかけました？」

ミス・ピーコックはいつものベンチへ腰をおろした。

「ええ、みましたわ……子供がふたり、あそこにいる紺の服を着たかわいい女の子と、グリーンの服を着た女の子がそうです」

刑事は女の子たちのそばへ歩いていくと、わきへしゃがんで話しかけた。と、そこへ、原っぱのむこうの一軒の家から、ひとりの若い奥さんがとびだしてきた。

ミス・ピーコックはうっとりした目で、ことのなりゆきをみまもっていた。刑事は、どうやら、おきまりの質問を発したらしく、相手の若い奥さんは、敵意のこもった態度をしめし、早口でしゃべりだす。が、途中で、ふいに片手をふりあげると、近くへ車をとめようとしているもうひとりの若い女を呼びよせた。その女が二人のそばへやってくると、子供たちは、これ幸いとばかりに、逃げだしてしまう。やがて、二人の女と刑事はぶらぶら歩きながら、こっちへやってきた。

「小さな子供がいれば、だれだって、公園でうろうろしているひとを警戒しますわ」と、片方の女が話している。「ええ、あのひとの姿、みましたわ。ただ、今朝はみかけませんでしたけど。もちろん、ここにいなかったということじゃありません。なにしろ、今朝は、美容院に予約がしてあって、大いそぎで家をとびだしたもんですから。子供たちは、このサリーがみててくれることになっていたんです。美容院からもどってくると、こんどは、サリーが歯医者さんにでかけていき、そのあいだ、あたしが子供たちにお昼を食べさせて、てるんです」

遊びの相手をしていた。そう、学校が休みの日には、こうして交代で面倒をみることにし

「そうなのよ」

もう片方の奥さんが話のあとをひきつぐ。顔は左右が妙にゆがんで、麻酔のコカインに中毒してしまったようだ。

「もしかしたら、あのひと、あたしが歯医者へでかけたときに、ここへやってきたのかもしれないわ。そうだと断言はしたくないけど。子供たちのほうはどうなんです？　なにか、いってました？」

「あのひとだともいうし、あのひとじゃないともいう……ま、話の内容しだいで返事をどっちかにきめようって寸法らしいですな。年齢は、いくつです？」

「七つです」二人の母親はやけ気味の口ぶりで異口同音にこたえる。

「しかし、おふたりとも」刑事は意気ごんだ表情で、「あのひとが、きょう、あそこのベンチで即席のお弁当をこしらえて、食べている現場はみてないんですね？」

二人は首を横にふる。髪をセットしてきたほうの奥さんは激情にかられたように、

「そりゃ、外見や態度で性格を判断するのは無理ですわ。でも、あたしは、あのひとの態度になんとなく好感をおぼえた。おなじ女性として、心から尊敬したくなるような……」

「あたしもよ」コカイン中毒の女が口をさしはさむ。「年齢《とし》をとるのはまっぴら御免だけ

ど、もし、おばあさんになったら……」

二人はいっせいにミス・ピーコックのほうを盗みみた。

当のミス・ピーコックはいつもどおり背すじをピンとのばした姿勢で、ベンチにすわっていた。太陽は西の空に沈みかけて、そろそろ肌寒くなってきた。それでも、胸のうちはほのぼのとして、とても気持ちがいい。たとえ、これで聞きこみ捜査が終了するにしても、あたしにはいぜんとしてアリバイがない。あたしの身柄は警察当局に拘束されたまま。そうして、事件の被害者は、このあたしが犯人だと主張している。おかしな話だ、と心につぶやいた。まったく奇妙な運のめぐりあわせだ。

「ねえ」コカイン中毒の奥さんはたまりかねたように、「まさか、あのひとがやったんじゃないでしょうね？　あたしは、そうだと信じたくないけど」

こんどは、ニュー・ヘア・スタイルの奥さんが指を鳴らした。なにやら、思いだしたらしい。

「そう、そのお弁当よ！」と本人は絶叫する。「いや、なにもいわないで。あたしに話させてちょうだい。子供たちを家へ呼びいれてから、あたし、お昼に食べたいものは？ってきいてみたの。そしたら、あの子たちのいわく……トマトと生《なま》のタマネギをはさんだサンドイッチが食べたい、ですって」

「ええっ？」コカイン中毒の奥さんは金切り声をあげて、「まさか、あんた、それを食べさせたんじゃないでしょうね、バービイ？」

「食べさせたわよ」と、ニュー・ヘア・スタイルのバービイ。「いいじゃないの？　もっとも、ロールパンはなかったから、かわりに、ふつうの食パンをつかったんだけど。どうお？」

バービイは刑事の顔をのぞきこんで、

「あの子たち、どこで、そんなサンドイッチの話をきいてきたのかしら？」

「ミス・ピーコックが食べていたからでしょうな」刑事はカブトをぬいだ。

「だったら、もはや、いうことなしね」バービイは痛快そうに結論をくだした。

ミラー刑事は二人の奥さんに礼をのべて、ひきとらせた。二人は子供たちが遊んでいるほうへ、のんびりした足どりで歩いていきながら、何度もこっちをふりかえって、にっこり微笑んでみせる。

私服のミラー刑事はミス・ピーコックのところへやってくると、笑顔もみせずに、車をとってくるまで、ここで待っていてもらえますか、と頼んだ。ミス・ピーコックは承諾した。

ほどなく、もどってきた刑事は、もちまえの丁重な態度でミス・ピーコックを車のフロント・シートに案内した。

「ようやく、あたしも信用されたようですわね」と、ミス・ピーコック。

「そんなに気にすることはなかったんですよ」刑事はまるで上の空だ。

「ただし、肝心のアリバイは成立したわけじゃない」ミス・ピーコックは快活な口調で、

「あの子供たちも、あたしがそんなサンドイッチをこしらえているところをみたのは、きょうじゃなかったのかもしれないわ。ま、たんなる推定だわね」

「でしょうな」というだけで、刑事は前方をにらんでいる。

「で、これから、警察ですの？」

「ええ、そうです」ミラー刑事はふっと溜息をもらす。

ミス・ピーコックも溜息をもらした。すっかり安心したように。


二人は署内の一室へはいっていった。そこでは紺の背広を着た刑事がデスクのまえにすわって、ピンクのナイロンの仕事着に白いセーターを羽織ったひとりの女と話をしている。

「こちら、ミセス・ノーウッド――」紺の背広の刑事が紹介する。「れいの洋品店から二軒目のパン屋で働いている店員さんです。今朝、あの店でスリップを一枚買ったというんで、参考人としてきていただいたんですが」

「ノーウッドさん、こちらのご婦人、まえに会ったことありますか？」

ミス・ピーコックを紹介するような調子で、ミラー刑事は訊ねた。

ミセス・ノーウッドはもともとヤブにらみの目をチラッと横にむけて、

「さあ……どうかしら。会ったおぼえはありませんわ」

場所がら、あがってしまって、自信はなさそうだ。

「では、あなたの応対をしたのはこのひとではない、といいきれますか？」

「いえ、そうともいいきれないわ」ピンクの仕事着姿の女店員は両手をにぎりしめて、「相手の顔なんか、そんなに注意もせず、品物のほうばかりみてましたからね。ただ、若い女じゃなかったことはたしかですね」

ミラー刑事は内心でやきもきしている。ミス・ピーコックにはそれが感じとれた。そこで、両手をデスクにのせると、ピンクの女店員のほうへ身をのりだして、こうたずねた。

「だったら、あたしのこの声、ききおぼえあります？」

「うーん、いいえ。でも、あたしの耳はあてにならないし、正直にいって、どっちともいえないわ。しかたないでしょ」

「ええ、そうですとも」ミス・ピーコックは相手の苦境に同情する。

紺の背広の刑事は咳ばらいをして、茶色の背広の刑事のほうをふりむいた。ミラー刑事は目をまるくしている。しかし、ミス・ピーコックは推理をめぐらして、質問をつづけた。

「買った品物に目をうばわれていたのは、当然ですわね。だとしたら、その品物をあなたにわたした相手の手はみえたはずだと思うんだけど、その手、手袋をはめてました？」

「手袋？　ええ、いくらぼんやりしているわたしでも、そんなことくらいは気がつくわ」

ミセス・ノーウッドはミス・ピーコックの手をみおろすと、ふいに頬を上気させて、きっぱりといいきった。

「まあ、相手はだれだか知らないけど、このひとじゃなかったことだけはたしかよ」

「というと？」ミラー刑事はすかさず追及する。

「だって、あたしがみたその女性の指、爪がぎりぎりのところまで噛みつぶしてあったんですもの。ところが、どうお！」

ミス・ピーコックの爪はふつうの長さで、みるからに清潔。それに、無色のマニキュアで淡い光を放っている。

紺の背広の刑事がこっそり耳うちするような調子でいった。

「ところで、れいの拳銃の出所が判明しました。やはり、通信販売店から買ったしろもので、グレンディルの事件で使用された兇器とおなじやつです。容疑者もあがっていますし」

「ピーコックさんを自宅へ送りとどけて、すぐもどってくる」と、ミラー刑事。

車にのりこむと、ミス・ピーコックは刑事に声をかけた。

「ただし、確実な証言といえば、あのミセス・ノーウッドの言葉だけですわね」

刑事はふんと鼻を鳴らす。

「それに、今朝、あたしがあの店にはいかなかったという点をまだ立証できないことも事実ですわね？」

「ええ、そうです」刑事は不愛想な返事をする。

「ま、結局は、陪審で……」

「陪審なんか関係ありませんよ」刑事は吐きだすようにいってのける。「あなたは、どうも、ミステリを読みすぎている嫌いがある」

「でも……」

「でももヘチマもない。この世には、人格というものがある。いわゆる人望なるものがね。あたしには勘でわかる。ずばりいって、あなたは犯人じゃない。だから、いいかげんに、もう……」刑事は口ごもって、「いや、これは失礼」

さすがのミス・ピーコックも神妙に口をつぐんでしまった。ミス・ピーコックの手をとって車からおろしてやると、刑事は後悔するような口調でいった。

「どうも、ちょっぴり気がたっていたもので、申しわけありません、ピーコックさん。とんだご迷惑をかけてしまって、心からおわびします」

「あら、とんでもない」ミス・ピーコックは大声をはりあげて、「どうか、おわびだなんて、よしてください。むしろ、あたしのほうこそ、楽しい午後をすごさせていただいて、お礼を申しあげなきゃ」

ミス・ピーコックは片手をさしのべた。ミラー刑事はふかぶかと頭をたれすぎて、せっかくの美しい爪にキスをしそこなってしまった。

ミス・ピーコックはおしとやかに身をひくと、女王様のように、しずしずと城内へもどっていった。透明人間どころか、心の奥底まで見ぬかれてしまった小さな自分だけのお城へ……。

終列車

フレドリック・ブラウン

稲葉明雄◎訳

The Last Train

Fredric Brown

《ミステリマガジン》1967年5月号

フレドリック・ブラウン（一九〇六〜一九七二）

さまざまな職業を経験した後に作家業を開始した。校正係や速記者などの職種の経験は、『不思議な国の殺人』（50年／創元推理文庫）などの新聞記者を主人公とした長篇に活かされている。彼の青春は狂乱の二〇年代から世界大恐慌までの時代と重なっており、食えないときには皿洗いやボーイ見習いなどの不安定な仕事もこなした。本当に無一文になり、列車のただ乗り（いわゆるホーボー）をして職探しに行ったこともある。ブラウンの長篇作品には明日をも知れぬ者ならではの哀感が漂うものが多いが、こうした貧困生活を経験したことと無縁ではないだろう。

一九三〇年代半ばから短篇作家として活動を開始し、一九四七年に第一長篇『シカゴ・ブルース』を発表してMWA賞最優秀新人賞を獲得している。同作に始まる〈エド&アンブローズ・ハンター〉シリーズがブラウンの看板だが、むしろノンシリーズ作品のほうが評価は高い。『手斧が首を切りにきた』（50年）、『3、1、2とノックせよ』（59年）などはサイコ・サスペンスの収穫であり、『悪夢の五日間』（62年）の誘拐トリックは秀逸である。短篇作家としても読むべき作品をいくつも書いており、『まっ白な嘘』（53年。以上、創元推理文庫）所収の「笑う肉屋」「町を求む」「うしろを見るな」などが代表作だ。ＳＦ分野でも傑作が多い。

The Last Train by Fredric Brown
初出：Weird Tales誌　1950年1月号

エリオット・ヘイグは、これまで多くの酒場でしてきたと同じように、独りカウンターに腰をおろした。そとは黄昏《たそがれ》、それも一風かわった感じの黄昏だった。酒場のなかは、ぼんやりと影が濃く、いっそ戸外よりも暗い感じだった。カウンターの背後にめぐらされた青い鏡が、いちだんとその効果をつよめていた。その鏡をのぞくと、朦朧とした青い月光をあびた自分のすがたが映っているように思われた。うっすらではあるが、間違えようのない自分が、そこに認められた。四、五杯はさかずきを重ねていたけれど、けっして二重像ではなく、像は一つだった。断じて一つに相違ないのだった。

何時間か飲みつづけているときはいつもそうだが、いまも、今度こそあれをやってのけよう、と彼は思った。

『あれ』というのは、漠然とした大きなことだった。それはすべてを意味していた。つまり、一つの生活を脱出して、前々から考えつづけていた別の生活へ、一大飛躍を遂げるという意味だった。なんということはない。人なみの成功をおさめたエリオット・ヘイグという三百代言まがいの弁護士から、生活上のあらゆる煩雑さから、人間関係から、法律の条文のぎりぎりの内側、あるいはわずかにその外側において合法的な術業をめぐらすような仕事から、ひと思いにおさらばするという意味にすぎないのだった。それはまた、意味とか意義とか動機とかをなくしてしまった存在に、彼を結びつけている習慣のきずなをたち切ることでもあった。

鏡のなかの青い映像をみて、彼は憂欝になり、いつにない烈しさで、動きたい、たとえあと一杯の酒のためでもよいから、ほかの場所へいきたいという衝動をおぼえた。そこで、ハイボールの最後の一と口をすすり終えると、とまり木から堅い床へすべりおりた。

「あばよ、ジョウ」

そう言いすてて、ふらふらと戸口へ歩きだした。

「どこかで大火事が起ってるにちがいねえ」と、バーテンがいった。「あの空をごらんなさい。ひょっとすると、町はずれの材木置場かもしれないな」

バーテンは表にめんした窓によりかかり、外の空を見あげた。

ヘイグは外へでてから空を見あげた。まるで遠くの火事が照り映えているみたいに、空は桃色がかった灰色を呈している。だが、その色はヘイグの立っている位置からみえる空ぜんたいを蔽っていて火災の方角の見当すらつかなかった。

あてもなく南へむかって歩きだした。遠くから汽車の警笛がきこえてきて、彼をはっと我に返した。なぜだ、なぜ今夜ではいけないのだ、とヘイグは思った。あのおなじみの衝動、何千という、不首尾におわった宵の想い出が、今夜はいっそう強くよみがえった。いまも彼は停車場へむかって歩いていた、が、これは、今までに何度となくやったことである。しばしば、汽車の出発を眺めるところまで達し、そうやって眺めながら、おれはあの列車に乗るべきなのだ、と考えるのだった。実際には一度も乗りはしなかったが。

停車場から半丁ほど手前までくると、けたたましいベルの音や、しゅっしゅっという蒸気の音、そして汽車の出発する物音が耳にたっした。たとえその汽車に乗る度胸があったとしても、すでに手遅れなのだった。すると突然、今夜はちがう、今夜こそほんとうにあれに乗るのだ、という気持が彼をとらえた。現在着ているままの服、いまポケットに持ちあわせている金で、ずっと以前から企てていたように……絶好の機会だ。失踪届を出すなら勝手に出すがいい。あれこれ臆測するのも自由だ。自分がいなくなれば急に仕事がこんがらがるだろうが、それも誰かに任せておけばいい。

停車場の二、三軒こっちにある酒場の、開け放したドアのまえで、ウォルター・イェイツが言っていた。

「やあ、ヘイグの旦那。今夜はまったく、美しい北極のオーロラですな。こんなにきれいなのは初めて見やしたよ」

「オーロラだって？」と、ヘイグはきき返した。「おれはまた大火事の照り映えかと思っていたが」

ウォルターはかぶりを振った。

「とんでもねえ。北のほうをご覧なさるがいい。あっちの空はあんなにふるえてましょう。オーロラでさあ」

ヘイグはふり返って、街路ぞいに北のほうをみやった。その方角に赤みがかった光が——たしかに『ふるえている』とはうまく形容したものだ。それは美しくもあったが、その正体を知ってさえ、多少の畏怖を感じさせた。

ヘイグはふたたび踵《きびす》をかえし、ウォルターのわきを通って酒場へはいり、注文を言いつけた。

「のどが乾いてるんだが、一杯くれないか？」

しばらくしてヘイグは、ハイボールをガラス棒で掻きまぜながら訊ねた。「ウォルター、つぎの汽車は何時だい？」

「行先きは？」

「どこだっていい」

ウォルターはちらっと掛時計を見あげて、

「あと二、三分。もう、すぐにも発車しますぜ」

「そいつは早すぎる。こいつを全部飲んじまいたいんだ。で、その次のは？」

「十時十四分に一本あります。たぶん今夜の最終でしょう。とにかく十二時までのね。十二時には店を閉めるから、そのあとのは知りませんや」

「行先きは――おっと待った、行先きはいわないでくれ。知りたくないんだ。が、そいつに乗りたいことは乗りたいね」

「行先きもわからずに？」

「行先きなんぞかまわないんだ」ヘイグは言いなおした。「それからな、ウォルター。これは真面目な話なんだが、ひとつ頼みたいことがある。もし新聞でおれの失踪記事を読んでも、今夜、おれがここに来たってことは、絶対にしゃべらんでほしい、おれがどんな話をしたかもね。おれ自身、だれにも話さないつもりでいるんだ」

合点だ、というようにウォルターはうなずいた。

「ひとことも口外しませんや、旦那。旦那はこれまでずっと、うちのいいお客だった。他人はしらず、あたしの口から洩れる気づかいはありませんぜ」

ヘイグのからだが止り木の上で揺れた。視線がウォルターの顔にさだまって、うすら笑みがみえた。今の対話には、なにか奇妙な、お馴染みのもの、といった感じがあった。まるで、これと同じ問いを以前にしたことがあって、まったく同じ返事をもらった記憶がある、というような。彼はするどく訊ねた。

「ウォルター、おれは今とおなじことを前に言ったかね？　何べんぐらい言った？」

「さあて、六ぺんか——八ぺんか——十ぺんぐらいにもなりますかね。よく覚えてませんが」

「そうか」と低声につぶやいて、ヘイグはウォルターの顔を見つめた。その顔がぼやけて二つにわかれたが、ちょっと気をとり直すと、また一つに戻って、辛抱づよく、皮肉な笑いを浮かべていた。それでわかった。ああした問題は十ぺんよりも多かったのだ。

「ウォルター、おれはアル中だろうか？」

「そんなこた、ありませんよ、旦那。たしかに、たくさん召し上がりますが、でも——」

もうそれ以上ウォルターの顔を見る気がしなかった。

グラスに視線を落すと、からっぽなのに気がついた。もう一杯おかわりを注文して、ウォルターが酒を注いでいるあいだに、カウンターのむこうの鏡にうつった自分の顔を見つめた。有難いことに、この店の鏡は青くない。けれど、たとえ菫色の鏡であっても、自分の二重像を見せられるのは、けっしていい気持のものではなかった。双生児《ふたご》のヘイグ——すなわちヘイグ&ヘイグ——これも使いふるした洒落《しやれ》で、あの列車に乗りたい理由の一つでもあった。乗りたい、だって？　冗談じゃない、酔っていようが素面《しらふ》だろうが、あの汽車に是が非でも乗るつもりなのだ。もっとも、この台詞《せりふ》だって、あの無気味なお馴染みの響きをもっていた。

　何度になるだろう？　グラスを見おろすと中身は、四分の一に減っていた。もう一度みやると、ふたたび半分以上に増えており、ウォルターがしゃべっていた。

「火事のようですぜ、旦那、大火事らしい。オーロラにしちゃ、だんだん輝きが強くなってくる。ちょっくら表へ出てみましょう」

　だが、ヘイグのほうは止り木から動かなかった。ふたたび眼を上げるとウォルターはカウンターに戻って、ラジオをいじくっていた。

「火事かね？」とヘイグは訊いた。

「違いないようです。十時十五分のニュースを聞けば、はっきりしまさあ」

　ラジオはジャズをがなり立てていた。いらいらさせる高調子のクラリネットが、弱音器《ミュート》をかけた金管楽器と落ちつきのないドラムにかぶさって響いている。

「もうすぐ出ますよ、この局だから」

「い、い、い、」

「もうすぐ出るって――」

　腰を浮かせながら、ヘイグは、すんでに止り木から転げ落ちそうになった。

「じゃ、今、十時十四分頃なんだな？」

　返事を待つ気もなかった。ちょっと床が傾いたような感じをおぼえたが、そのまま、開けはなした戸口へ突進した。二、三軒さきの駅舎を通りぬければいい。間に合うぞ。ほんとうに間に合うのだ。突然、なにも酒のちからを借りる必要などなかったのだ、と思われてきて、足は千鳥足でも、頭は水晶のように澄んでいる感じになった。それに汽車というやつは、めったに正確な時刻について出ることがない。また、ウォルターがいった『もうすぐ』にしても、三分か、二分か、四分かわかったものではない。見込みはある。

石段につまずいて転んだけれど、ほんの二、三秒のおくれで立ちあがり、走りつづけた。切符もちゃんと買えた。出札の窓口を抜けてプラットホームへ出た――と、列車の赤いテール・ランプが、わずか数ヤード先を動いてゆく。数ヤードだが、それは絶望的な距離だった。十ヤード。百ヤード。しだいに薄れていった。

駅員がプラットホームのはしに佇んで、遠ざかってゆく列車を見送っていた。駅員はヘイグの靴音を聴きつけたのにちがいない、肩ごしに声をかけてきた。

「お気のどくに、乗りおくれましたね。いまのが終列車ですよ」

この出来事のおかしさに、ふと気づいたヘイグは、思わず笑いだした。間一髪、といっても手のとどく距離で汽車をつかまえ損ねたその感じに、乗り遅れなどという大げさな言葉を使うのはこっけいだ。それに、まだ早朝の始発列車があるじゃないか。あとはもう一度、駅舎にもどって、そいつを待っていればいい――。

「つぎの始発は何時だね？」と、彼はたずねた。

「ご存じないのですな」と、駅員が答えた。

はじめてヘイグはふり向いて、相手の顔をみた。かなたの空は緋色に燃えていた。駅員はくり返した。

「ご存じないのですな。あれが最後の列車だったんです」

憎悪の殺人

パトリシア・ハイスミス

深町眞理子◎訳

The Hate Murders

Patricia Highsmith

《ミステリマガジン》1967年11月号

パトリシア・ハイスミス（一九二一～一九九五）

初期の習作を除けば、ハイスミスの実質的なデビュー作は一九五〇年の『見知らぬ乗客』（角川文庫）である。同書はアルフレッド・ヒッチコックが映画化したことで有名になったが、ミステリ史上初めて交換殺人テーマを扱ったという事実によってもよく知られている。一九五五年の『太陽がいっぱい』（角川文庫）もルネ・クレマン監督で映画化され、この二作でハイスミスの名声は不動のものとなった。『太陽がいっぱい』の主人公であるトム・リプリーの登場する連作をハイスミスは以降も手がけていくのだが、並行して単発のサスペンスを書き続ける。強迫観念に支配されて自分と他人の人生を歪めてしまう登場人物たちが彼女の作品中では重要な役割を担うことが多く、その人物造形や心理描写ゆえに読者は不安をかきたてられる。際立ったアンチ・ヒーローであるリプリーは読者の倫理観を揺さぶる存在だが、単発作品では自身の存在さえも疑いたくなるほどに感覚が攪乱されるのである。『11の物語』（70年／ハヤカワ・ミステリ文庫）他に収録されている短篇はハイスミスのもう一つの武器というべきもので、長篇以上に尖鋭的な語りが楽しめる。同書所収の「すっぽん」「かたつむり観察者」などの短篇を足がかりにしてその世界に分け入ると、ミステリ短篇についての先入観が覆される思いがするはずだ。

初出：Ellery Queen's Mystery Magazine誌　1965年5月号

アーロン・ウッドブリッジは、六時十分に仕事から帰ってきた。五時に郵便局がしまったあと、郵便物の仕分けを手伝うために、しばらく残業をしたのだった――きょうがいつもとすこしも変わらない日だという印象を与えるためであり、さらに、ロジャー・オヘーアの死体が、予備の郵袋をしまってある裏の物置のなかで、朱に染まってころがっていようとも、自分がいささかも気分をたかぶらせたり、局を出るのを急いだりはしていない、と思わせるためでもあった。だれがあれを見つけるだろう、そうアーロンは思った。局長のマックか？　マックの伜のボビーだろうか？　それとも配達員のひとり？　だれが見つけようと、自分としてはどうでもよいことだ。

アーロンはやや腹のせりだした中柄の男で、年は五十五、こめかみのあたりが白くなりかけた、癖のない黒い髪をしていた。黒縁の、分厚いレンズの眼鏡をかけていたが、それが彼の目に、漠とした、つかまえどころのない印象を与えていた。事実、アーロンの目はつかまえどころがなかった。年とともに、ますます彼はひとを正視するのを嫌うようになっていた。全体に落ち着きがなく、神経質で、郵便局での仕事を嫌悪しているが、そのくせ、あくまでもそれにしがみついているつもりでもあった——たとえここでなくても、どこかの郵便局で、恩給がつくまで、一生をかけた労苦の報酬が得られるまで、それまではなんとしてもがんばりとおすのだ。

アーロンはキッチンへ行くと、いつも皿洗いに使っている黄色の石鹼で、ごしごしと手を洗った。それから、食卓兼用のデスクに腰をおろし、日記帳として用いている分厚い帳簿をひらいた。そして書きはじめた——

九月二十八日

きょう、ロジャー・オヘーアを殺した。かねての計画どおり、時刻は正午ちょっと過ぎ、他の局員が昼食に出かけた留守だ。私もロジャーにあとをまかせて、十二時に局を出るはずだった。ロジャーは一時にわれわれと入れかわりに出かける。それで十二時二十分ごろ、彼は肩ごしにこちらを見て、いつものばかにしたような口調で言った。「あんたは食事に行かないのか？」

そのとき彼はカウンターにむかって立ち、為替の帳簿を見ていた。私は重いホッチキスを手にすると、それで彼の後頭部を思いきり殴りつけた。最初の一撃で頭蓋骨が砕けたはずだが、念のために、さらに何度かつづけてホッチキスをふりおろした。それから、ぐったりした彼の体を裏の物置にひきずってゆき、郵袋の上に投げだした。

結局、いつものように家へ食事には帰らなかったが、いちおう一時前に局を出て、一時ごろ、みなの帰るのを見はからってから、もどった。マックにロジャーはどうしたと訊かれたとき（二時ごろだった）には、「十二時ちょっと過ぎに出かけたとき以来、一度も見かけていませんよ」と答えた。

マックは驚いたようだったが、なにも言わなかった。あすの朝、ロジャーが出てこなかったら、マックは彼の自宅に電話するだろう。でなければ、今晩、帰宅しなかったとき、家族が騒ぎはじめるか。だが死体が見つかるのは、二、三日、先になるだろう。なぜなら裏の物置は、めったにあけられたためしなどない場所だから。

ロジャー・オヘーア、第一号

アーロンはペンを帳簿の溝に置くと、そっと手をこすりあわせ、いま書いたところをながめた。文字は小さく、きちょうめんで、インクは黒だった。つぎの犠牲者は、局長のマックにするとしよう。あのいい気なしたり顔を、この世から抹殺してやるのだ。あの咎めるような首ふり癖、あのぞんざいな横目づかいをやめさせてやるのだ——まるで彼マックの見る相手は、だれであれ、またなんであれ、下の下の存在でしかなく、偉大なる郵便局長、エドワード・マカリスター様から、わざわざ言葉をかけてやるにもあたいしないと言わんばかりの。

そのくせ、あのばかなボビーがなにをしようと、いっこうに平気。それというのも、ボビーが自分の伜だからだ。「とうさん、八セントの航空郵便はどこにあるの？……とうさん、ちょっと早退けさせてもらってもいい？　ヘレンとデートがあるんだ」

よし、ボビーを第三号にしよう。気をつけろよ、ボビー。

アーロンはまた流しのところへ行くと、かがみこんで、流しの下の青と白の市松模様のカーテンのかげから、洗浄剤その他の壜といっしょに立っているライウィスキーの壜をとりだした。そしてたっぷりと一杯つぐと、氷をいくつか落とし、目を細めてすすりはじめた。つづいて、コーンビーフハッシュの罐をあけ、中身をフライパンに入れると、その中央に卵をひとつ割り落とした。

心のどこかを、今晩はなにか特別なもの、たとえばステーキとか、でなければせめて、ラムチョップかポークチョップでも奮発すべきではないか、との考えがよぎったが、それも一瞬にして消え、それ以上、この簡素な食事にたいする不満は起きなかった。妻と暮らしていたころ、彼女はよくこのコーンビーフハッシュ愛好癖をからかったものだ。そして言う――あなたの味覚は囚人の味覚だと。ちょっとのあいだ記憶が混乱して、ヴェラがほほえみながらそう言ったのだったか、それとも、鼻であざわらいながら言ったのだったか、よく思いだせなかった。まあいい、たぶんべつの機会に、どちらもやったのだろう。

最後に彼女は、彼を見捨てることでけりをつけた。そして、そのときはたしかに鼻であざわらっていた。なあに、こっちはかえってせいせいしたさ、そうアーロンは思った。彼はそれで苦しみもせねば精神的な打撃も受けず、健康を損ねもせねば失職もせず、その他、ヴェラの予言したような、どんな憂き目にもあわなかった。ただイースト・オレンジの郵便局をやめ、ニュー・ジャージー州のコッパーヴィルに移ってきただけだ。そしてここで、このコッパーヴィル郵便局に、なんなく同種の仕事を見つけた。

「くたばりやがれ、あんな女」

アーロンはそうつぶやくと、テーブルの上の、きちんとたたんだ新聞をひきよせた。その目は活字の上を左右していたが、そのじつ、なにも読んではいなかった。彼は早くも遅くもない着実なペースで食べつづけた。一度、席を立って、二杯めを皿に盛った。それでハッシュはおしまいだった。

子供たちもくそくらえだ、そうアーロンは考えていた。ビリーはもう二十四になる――いや、二十七だ。そしてイーディスは二十三、その若さで、すでにあの下種野郎の子を三人も産んでいる。そう、かつてはアーロンが子供たちの未来に輝かしい希望を託していた、そんなときもあった。ことに、ビリーが大学を卒業し、公認会計士になった当座は。だがイーディスは大学二年のときに恋に落ち、そのまま結婚してしまった。それも、大学も出ていない、ろくすっぽ金もないとんま野郎と。アーロンは当然ながら激怒して、結婚を解消させようとはかったが、そのときイーディスはすでに妊娠していて、結婚解消は問題外だった。

アーロンは歯嚙みした――そうするだけの理由はちゃんとありはしなかったか？　そしていま、娘夫婦が、三人のガキをかかえて、フィラデルフィアの貧民窟のどこかに住んでいると聞けば、自分の正しさは立証されていはしないか？　それなのに、ビリーは妹をかばい、ヴェラもそれに同調した。アーロンにとって、それは自分の世界全体がとつぜん正気を失って、物事の正しい秩序をくつがえしてしまったようなものだった。彼はただひとり健全な精神の、教育の、そしてよき生活の防衛のために踏みとどまり、家族は――みな結託して――彼にそむき、彼を、また、彼が子供たちの生まれたとき以来、あるいはそれ以前から終始そのために戦いつづけてきたすべてのものを、裏切ったのだ。

アーロンは逆上して家をめちゃめちゃにした。壁に飾られた絵をひきずりおろして踏みにじり、カーテンを引き裂き、皿を一枚残らず床にたたきつけた。ついにヴェラがわっと泣き伏して、わたしは出ていくといい、その言葉どおり出ていった。そして彼はそれを制止しなかった。

「ほっとけ」アーロンはインスタントコーヒーをすすりながら、そっとつぶやいた。「勝手にさせろ！」行きたきゃ行かせるがいい——あの、精神科の医者に診せろの、牧師に相談しろのいう、口うるさいお題目といっしょに。「ちぇっ」アーロンは蔑みをこめて舌打ちした。一瞬、血が沸きかえり、やがて静まった。

いまの彼は、かつてなかったほど平穏な暮らしをしていた。独身のよさは、いくら言葉を尽くしても、とても言いつくせるものではない。金も以前よりはよほどよくたまるようになっていて、わずかなあいだに、結婚後の全年月をうわまわる貯金ができていた。昨年など、夏にヨットを借り、西インド諸島を一周しようかという考えさえもてあそんだものだ。だが結局はそれを延期し、今年もまた延期した。それよりも、もっと金をためて、ヨーロッパへ行くほうがいい。手軽で安上がりな西インド諸島なんかより、そのほうがずっとおもしろい。

そう、生活はいまや快適そのものだった——同僚として働かねばならぬ、あの不愉快な連中を除いては。彼らが彼に自己の職業を嫌悪させ、さまざまな小道具やらゴム印やら秤やら、その他、局内のありとあらゆる便利器具を嫌悪するように仕向けているのだ。いまはもう、コッパーヴィルにきてから三年にもなる。それがそんなに長かったとは思えないときもあれば、もっと長かったように感じられるときもある。今夜は、さほど長いとは思えなかった。

ロジャー・オヘーアには、大学へやっている男の子がひとりと、高校へやっている男の子がひとりある。それと細君も。アーロンは肩をすくめた。いまは同情している場合ではないのだ。

彼は皿洗いをすますと、二、三枚のシャツとパジャマを洗濯槽にひたし、早々とベッドにはいった。アーロンは眠ることが好きだった。毎晩、必ず十時間は眠った。

翌朝はからりと晴れあがった好天で、気温も入り口のそばの寒暖計で見たところでは、華氏六十二度という絶好のものだった。アーロンの家は、家主の家の裏手に建てられた離れ家ふうの建物で、正面に通じる車道の突端にあり、向かいは、家主が自家用の空色のビュイックを入れておくガレージだった。アーロンの家と家主の家とのあいだは、まばらな芝生になっていて、アーロンのドアからその芝生を斜めにつっきり、車道の二本の殺風景なわだちの手前の一本へと、うっすら踏み分け道がつづいていた。家から郵便局までは約五ブロック、途中、二階建ての家々や、楡や楓の街路樹の立ち並ぶ街並みを通ってゆくのだった。

マックはすでにきていた。いつでも真っ先に、八時ちょっと前に出勤するのだ。

「おはよう、アーロン」と、顔をあげようともせずに言う。

「おはよう」アーロンは答えて、奥の壁のフックに上着をかけた。

マックはゆっくりと切手のシートを、カウンターの下の大きな平たい引き出しに入れていた。切手シートをしまうのに、彼はいつも長い時間をかけた。しまう前に、まずそれを眼前にかざし、じっくりながめるのだ。とくにそれが新種の切手の場合には。だが彼がほんとうに楽しんでいるのは、四セントのリンカーンとか五セントのワシントンとかいった、ごくありふれた切手のミシン目をながめることなのだった。この有様を政府に見せてやりたい、そうアーロンは思った。合衆国政府は、公務員たる郵便局長、ニュー・ジャージー州はコッパーヴィル郵便局の上級職員が、いかに多くの時間を、ただの給仕にでもできるような半端仕事に費やしているか、ぜひその実態を知るべきなのだ。

マックの背後の大きな平らなデスクの上に、〈だらけるな〉と大書したカードが立っていた。見ていると目がちかちかしてきて、しまいには痛くなってくるというしろものだ。このちょっとした拷問は、肉太の黒い文字の上下に、たがいちがいにひいてある灰色の縞の効果によるものだった。この縞のために、文字の輪郭がぼやけて見えるのだ。アーロンはそのカードをくるりと後ろ向きにし、朝の郵便の仕分けをするあいだ、それが目にはいらないようにした。

局内はすでにのぼせるほど暑くなっていた。いくらなんでも、これではちとゆきすぎだ。だがアーロンはけさにかぎって、ストーブのところまでそれを消しにゆくのをためらった。それは大型の石油ストーブで、壁からちょっと離して置いてあり、煙突が天井へむかって直立し、そこからまた直角に曲がって、建物の外へ出ている。マックをはじめ他の局員は、これがいかにも家庭的な、前世紀の遺物といった雰囲気を持っていて、《ミューザック》でBGMを流すというモダンな局舎に、ある種の滑稽味を添えてくれると言い、むしろ自慢にしていた。

局にはいってきて、カウンターのところで待つものには、だれにでもこのストーブが見え、たぶんその熱気を感じることもできるだろう。アーロンに言わせれば、たとえばきょうなどはまるきり火を焚く必要などない日なのだが、にもかかわらず、マックは出勤するとすぐ、いつものように焚きつけたのだ。マックは暑さを好み、その暑さのなかで、わざわざワイシャツ姿になって勤務するのが好きだった。おかげで他の局員は、終日、汗をかいて過ごさねばならない。

アーロンはマックが切手の引き出しをしめ、それから《ミューザック》のところへ歩いていって、そのスイッチを入れるのを見まもった。すぐに音楽が鳴りだした――『オン・ザ・サニー・サイド・オヴ・ザ・ストリート』の途中からだ。

あいつめ、わざとおれが出勤するまで待って、あれをつけやがった、とアーロンは思った。おれがあれを好かんのを知っているからだ。

「アーロン――仕分けしなきゃならん郵便物が待ってるぞ」マックが言い、さっきアーロンが〈だらけるな〉の札を裏返しにしたデスクの上の、束ねた郵便物のほうへあごをしゃくってみせた。

「いまやろうとしてたところです」アーロンは言ったが、あまりきびきびした返答ではなかった。彼は最初の束をとりあげ、紐をほどいた。いま一目で見てとったところでは、そこにはざっと八百通からの郵便物があった。これらすべてを、配達員たちが午前中の巡回に出かける九時から九時半までのあいだに、分類しておかねばならないのだ。

宛て名の町名から直接に区域の別を読みとりながら、彼は広いデスクの上で郵便物を分類していった。コッパーヴィルは小さな町で、配達区域番号を付するまでもない。ばさっ、ばさっ、ばさっ。カウンターの外のロビーにある私書箱に入れる分は、デスクの上の、それぞれグループ別に番号をふった整理箱に落としこんでゆく。請求書、雑郵便、雑郵便、請求書、球根のカタログ、通信販売のカタログ、雑、雑、雑。

ロジャー・オヘーアがはいってきた。アーロンはちらりとそちらを見たきりで、すぐにまた眉間に皺を寄せ、かがみこんで仕事をつづけた。マックとロジャーが挨拶をかわしているのが聞こえた。

「すこしはよくなったかね？」マックがロジャーに言った。

「ええ、おかげさんで。重曹をちょっぴり飲んで、一眠りしたら、けろりと治っちまいましたよ」ロジャーが答える。

マックは漫然とカウンターに片肘をかけたなりでつづけた。「しかし、どうしてああいうことになったのかね？　パイ・アラモードでも食べすぎたんじゃないのか？」くっくと笑ってみせる。

「いや、ビーフシチューですよ」ロジャーが言った。「ただのビーフシチューしか食べなかったんです。それが……」

アーロンはむかむかし、聞くのをやめられればいいと思った。ちょっとのあいだだが、ほんとうに聞くのをやめていた。が、そのとき、音楽が耳にはいってきた――息苦しくなるようなバリトンが、たっぷりメロディーを利かせたヴァイオリンを伴奏に、『ジス・オールモスト・ウォズ・マイン』を歌っている。

きのう、ロジャーが二時に食事から帰ってきたときのことを、アーロンは思いだした。ロジャーが顔をしかめてマックに言うのが聞こえた。「まずいですよ、なにかにあたったらしい。腹がきりきり痛むんですが、すみません、午後は休ませてくれませんか」アーロンはそれを思いだしたくなかった。いま仕分けしている封筒の表の、宛て名や私書箱番号に注意を集中する。ミセス・リリー・フォスター、リリー・フォスター、リリー・フォスター。離婚女性だ。町で帽子店をひらいていて、だれよりもたくさんの郵便物を受け取る。

「やあアーロン」と、上着をかけにいったロジャーが、もどってきながら言った。「けさはどうだ、あの怪物に油をくれる仕事は、え？」頭をぐいとそらして、六フィートばかり離れた床の中央に立っている、高さ四フィートほどの黒い機械を指してみせる。

アーロンはロジャーのけちな皮肉にお義理にほほえんでみせ、同時にうなずきかえした。

こいつよりも礼儀正しくふるまうのだ、そう自分に言い聞かせる。なぜならおまえはこいつよりもましな人間なんだから。だがそう思いながらも、その醜悪な機械のほうはちらりとも見ない。それを憎悪しているのだ。

かつては彼も、この機械がなんのためのものか知っていたことがあった。が、どういうものか、その後、その知識を心から抹殺してしまったのだ。いまではそれがなんの機械か、まるきり知らない。ほんとうに知らないのだ。それはまるで、つぶれたギロチンのようにも見えた――さながらなにか巨大な手がギロチンの上にかかり、それを原形もとどめぬまでに押しつぶしてしまったように。そうなのだ――だがそれにしても、いったいなんなのだろう？　秤だろうか？　郵便物の山を、三フィート立方から十インチ立方の大きさに圧縮する機械か？　人の手を砕く機械か？　それとも足を？　頭を？　おれはあんなものとはいっさいかかわりを持ちたくない！　マックにむかってそう怒鳴っている自分の声を、いまだにまざまざと思い浮かべることができる。あれは一カ月前だったろうか？　六カ月前だったろうか？――とにかく、マックからそれについてなにかをせよと命じられたときのことだ。

アーロンの心はふたたび空白になり、顔には満足げな微笑が浮かんだ。そう、その黒い機械がどんな働きをしているのか、自分は知らないし、知りたいと思いもせず、また永遠に知ることもないだろう。どっちにしろ彼らは、それを知らないというだけの理由で、自分を解雇するなどできっこない。自分を解雇するなんてこと、彼らにできるはずはないのだ。こっちはちゃんと試験に合格した公務員なのだから。

とはいえ、ひねもす鳴り響く音楽は彼を狂気に駆りたて、いっそのこと辞表をたたきつけてしまいたいと思うこともよくあった。死の伴奏音楽か、アーロンはしばしばそう思った。いつだったか、ニューヨークのどこかで、死ぬほどいやなある場所——歯医者だったか、それともほかの医者?——へ行くために、エレベーターに乗っていたときのこと、そのエレベーターの天井からも、同様の胸のむかつくような音楽が流れてきたものだ。その甘ったるいヴァイオリンの調べは、神経を和らげることを計算してのものだったろうが、じつのところ、すこしも効果はなかった。それが処刑室へ歩いてゆく死刑囚の心を、すこしも慰めなどしなかっただろうように……どんなばかでも知っている音楽が、なにかを糊塗するために演奏されている——なにか、あまりに恐ろしくて、人間の心にはとても直視できない実態をぼやかすために……

配達員たちが出勤してきはじめた。「おはよう、アーロン」とか、あるいはただ「おはよう」とかいう挨拶に、アーロンはうなずいたり、かすかに鼻を鳴らしたりするだけで答えた。ボビーがやってきて、仕分けを手伝いはじめた。時刻はすでに九時十五分になっていた。ボビーは手ばやかった。アーロンもなんとか仕事のスピードをあげようと、焦って作業を進めた。能率をあげたかったからではなく、ただボビー・マカリスターふぜいに負けるのは業腹だったからだ。ボビーはまるまると肥えた若者で、いまだに小僧っ子みたいににきびだらけだった。どこにひきずっていくにしても、こいつはちと大荷物だな、とアーロンは思った。

それでもその午後には、頭のなかでボビーを抹殺する計画をたてはじめていた。あまりにそれに熱中しすぎて、ちょっとのあいだ彼は、何人もの客が、重量をはかってほしい小包や、切手を買わねばならぬ手紙を手にして待っているのに、なにもせずにぼんやりカウンターに向かっていた。

見かねてロジャーが近づいてきて、言った。「おい、しっかりしろ、アーロン。お客さんがあんなに行列してるじゃないか！」

アーロンは彼に目を向け、心のなかで言った。おまえさんは死んだよ、ロジャー。おれにがみがみ言えた立場じゃないぜ。おまえさんは死んでる、そしてそれに気づいてさえいないんだ。そのあと、アーロンはうっすら笑い、にわかにいそいそと仕事にもどった。

それからというもの、毎晩――たいがいは日記のなかでだ、紙の上でのほうが、いい思案が浮かんだから――アーロンはボビー・マカリスター殺害の計画を練った。その途中で、ボビーの父親のマックのほうが、この計画のためには適切な犠牲者であるような気がしてきた。でなければ、この計画はむしろマック向けに仕立てたほうが、より適切であるのか。となると、これはナイフを用いることを意味する。マックはボビーより痩せている。ボビーほど深くナイフを突きたてなくてもすむだろう。

ある朝、アーロンは家を出るときに肉切り庖丁を持ってゆき、五時ちょっと過ぎ、局内に二人きりになったところを見すまして、マックを刺殺した。マックはフックにかけた上着をとろうとして、片腕をあげたところだったが、そこを背後から突き刺したのだ。マックはうろたえた表情でわずかにこちらに向きなおろうとしたきり、そのままずるずると床にくずおれた。アーロンは彼をそのままにしてそこを出た。ただ死体をまたいで外に出ただけだ。

その一部始終は、いつものように日記に記入した。一ページ全体が、ぎっしり詰まった文字で埋まった。

翌日は、ロジャーともマックとも口をきかなかった。二人とも死んだ人間なのだ。もちろん、一度か二度は、彼らにたいしてうなずいてみせることは避けられなかった。挨拶のためではなく、彼らが言ったり訊ねたりしたことに、答えるための便法として。だがこれは、彼らと意思をかよわせることとは異なる。実際に彼らと口をきくのとはちがうのだ。

十日間がこうして過ぎ、マックやロジャーやボビーや、ときには配達員からさえ向けられる胡散くさそうな視線も、いっこうに気にならなかった。ただ口をきかないというだけで、ひとをどうこうすることはできないのだ。そうではないか？　彼は日記に書きつけた
——

奇妙なことだ――死人が局内を歩いているというのは。もうじき自分が局でただひとりの生き残りになると思うと、不思議な気がする。ある日、私はそこを出て、無人の局舎に自分の手で鍵をかける――あのいまいましい音楽を消したあとでだ。私は唯一の生存者となる。つぎの犠牲者はボビー。そのあとは配達員たち――たぶん、最初はヴィンセントになるだろう。彼がいつも嚙んでいるチューインガムのにおい、毎朝、そばを通るたびに、ぴしゃりと肩をたたいてくる彼の癖に、ほとほとうんざりさせられているからだ。

毎晩、そうやって欠かさず日記の記入をつづけ、ほかに、昼食のために帰宅したときにも、きまって半ページは記入を怠らなかった。

結局、ボビーはハンマーで撲殺することにした。最初の一撃は、たんに意識を失わせるだけにとどめる。これはボビーの体格と力を考えた場合、どうしても必要なことだ。だがそのあとの打撃こそ、止めの一撃となる。アーロンは手持ちのハンマーの柄を五インチほど切り詰め、オーバーのポケットに入れて持ち歩いても、外からは見えないようにした。

はじめてそのハンマーを局へ持っていったのは、十一月十日の金曜日だった。彼はボビーが局を出るとき、あとをつけてゆくつもりだったが、その時刻は五時ちょっと前になるとわかっていた。ボビーはいつも金曜日にはヘレンとデートがあったからだ。

その日一日、ボビーはアーロンのほうをちらちらうかがっていた。ボビーのもじゃもじゃした黒い眉毛は、どこか当惑しているように見えた。アーロンがボビーのほうを見るたびに、ボビーもこちらを見ていた。でなければアーロンの視線が、ひとりでにボビーの目に吸いよせられてゆくのか。

というわけで、きょうはあれを決行するのに適した日ではない、そうアーロンは判断した。午後五時、ボビーはまだ局舎に残っていて、アーロンは帰宅するためにフックからコートをとった。ところが、ひどくいらいらさせられたことに、ボビーもコートをとるや、いっしょに出てきたではないか。

「ねえアーロン――」

「じゃあわたしはこっちへ行くから」アーロンはさえぎった。住まいはボビー父子とは正反対の方角にある。

「いや、いいんだ、そこまでいっしょに行くよ。ねえアーロン、いったいあんた、近ごろどうしたっていうんだ。なにか気に入らないことでもあるのか?」アーロンはいまや足早に歩いていたが、ボビーは遅れずについてきながら言った。

「近ごろ?」アーロンは神経質にくすくす笑いながら言った。「べつになにも」

「これがおれの知ったことじゃないってことはわかってるんだ、アーロン。それにあんたのことに口をつっこもう、なんて料簡もない。しかし、もしあんたになにか――そう、なにかおれたちへの不満でもあるのなら、話してくれないか、どうだい？」

その〝おれたち〟がアーロンをいらいらさせた。それは彼らがみなぐるになって、自分を迫害しようとしていることを暗示していた。

「話したくないね」アーロンは言った。

「ほう」ボビーはますます困惑した顔になった。「すると、文句はあるんだが、それを話したくはないというんだね」

「そのとおりだ」アーロンは引導でも渡すように、力をこめて言いきった。

「なるほど。――あの、じつはね、あした、うちで蹄鉄投げのゲームをやるんだが、あんたもこないか？　あすは休みだからね、ご承知のとおり。復員軍人の日《ヴェテランズ・ディ》（十一月十一日。「第一次大戦休戦記念日」から改称されたもの）だから」

「ああ」ボビーはおれをばかだとでも思っているのだろうか？　あすが休みだということも知らないとんまだと？「いまや世間では、あすを第一次大戦休戦記念日《アーミスティス・ディ》と呼ぶだけの勇気を持ちあわせないってわけさ。いつだって復員軍人の日《ヴェテランズ・ディ》なんだ」

ボビーはお義理にくっくと笑った。彼は歩調を落としはじめていた。「じゃああした、きてくれるね？　ヴィンスもくると言ってる。天気は上々のはずだよ。ゲームのあと、ビールでもやりながら――」

アーロンは唐突に歩みを止め、のびあがるように背をそらした。「せっかくだがお断わりするよ。二、三、手紙を書かなきゃならないんでね」彼はボビーの表情が、徐々に驚きのそれから不信のそれへと変わるのを見ていた。ボビーはアーロンの普段の暮らしに、手紙を書き送るような友人がひとりもいないとでも思っているのだろうか？「とにかく誘ってくれてありがとう、ボビー。じゃおやすみ」

そして、それ以上はボビーになにも言わせず、アーロンは足早に歩み去った。

その夜はアーロンにとって屈辱に満ちた一夜となった。彼はわれとわが身に失望している自分を感じた。ちゃんと計画しておきながら、その日のうちにボビーを殺さなかった許しがたい臆病者——いや、日中だけではない、帰路に二人して暗い歩道を歩いていながら、なぜあのとき殺さなかったのだ。自分の日記にたいして、顔向けができぬ気持ちだった。でなければ、あれほどなにかをやってみせると、自分に、また日記にも誓っておきながら、結局はなにもやりとげられなかったという、そんな不面目な記入をすることに臆しているのか。

あまりに自分に腹が立って、その夜はほとんど眠れなかった。つづく二日間は、みじめな週末になった。

月曜日、ロジャーがカウンターの上に山積している大量の小包をかたづけるべく、手を貸してくれと頼んできたとき、アーロンはいともきっぱりと、いとも明瞭に言ってのけた。

「おまえさんは死んだよ」

ロジャーはあんぐり口をあけた。

ボビーはアーロンを凝視した。

カウンターの向こうにいて、いまの会話を小耳にはさんだ二、三の客は、あっけにとられた顔をした。なかのひとりはそっと笑った。

アーロンはロジャーを見た。この目つきで、おまえさんは身がすくんで動けなくなるはずだ、そう思った。事実ロジャーは、ひどく怯えた表情になった。

「いったいどうしたんだ、あいつ？」ロジャーはボビーに言った。

ボビーはアーロンに歩み寄った。「どうしたんだ、アーロン？　気は確かか？」

「ああ確かだとも」アーロンは昂然と言ったが、そのじつ、不眠のために目が真っ赤に充血していることは承知していた。

彼らはアーロンに早退けするようにすすめた。なんだかすごく疲れているように見えるぜ、みんなは口々にそう言った。彼は抗弁しようとしたが、すぐに断念した。このまま家に帰って、なにが悪いんだ。この焦熱の音楽地獄にいて、いったいなにが楽しいんだ。

アーロンは家に帰り、日記帳に記入した。ロジャー・オヘーアに、おまえは死んでいると言ってやったこと、そしてそれによって局全体を混乱におとしいれてやったこと。二、三日休暇をとるがいい――帰りぎわにマックはそう言った。なんという屈辱！　あの連中がこのおれに命令するのか？

とはいうものの、ここで二、三日、休養するってのも悪くはないな、そうアーロンは思い定めた。三日めにマックから手紙がきて、これは彼、つまりマックとロジャーとの一致した意見だが、このさい思いきって医者にかかってはどうかと言ってきた。アーロンはこれまであまり働きすぎた。根を詰めすぎて過労気味なのだ。医者に診せれば、きっと適当な強壮剤を処方してくれるだろう。

この文面は、ヴェラを想起させた。

マックはそれを冗談めかして言おうとする努力さえしていたが、アーロンはすこしも感心しなかった。マックは言っていた——もしアーロンの自宅に電話があれば、電話をかけるか、さもなくばじかに訪ねるかするところなのだが、邪魔になると悪いと思い、遠慮した、と。この手紙自体、アーロンには煩わしいものでしかなかったし、事実、これがきたために、ますますいらいらがつのる結果となった。

翌日から、アーロンは仕事に出た。クリスマスの郵便ラッシュが始まろうとしていた。これはアーロンには一年でもっとも忌むべき時期であり、休養を要するという口実で、これを回避できたら、どんなにありがたかったか知れないが、休養を要するというのは、そもそもマックの考えだったから、いまさらマックを喜ばせてやるつもりはさらさらなかった。

アーロンは忌まわしい義務をひとつひとつかたづけていった。いつもの多数の種子のカタログに代わって、何百、何千もの無意味なグリーティング・カードが氾濫し、種子や球根のはいった小箱の類が、とつぜん芽をふいて、巨大な、手に負えないカートンの奔流となった。石油ストーブまでが、自らの熱気に酔って踊っているようだった。だれもがホワイト・クリスマスを願い、《ミューザック》もまた、日に最低五回はその歌をわめきたてることによって、自己の最善を尽くしていた。

ホワイト・クリスマスは、ちょっぴり早く十二月二十日にやってきた。この冬になって二度めの大雪で、かりにクリスマス当日までにこれ以上は降らなくても、休みのあいだは、じゅうぶんに保つだろうと思われた。局員たちは、だれも陽気に鼻歌を歌ったり、口笛を吹いたりし、いつもより長くカウンターの向こうの客と無駄話をし、包装が不完全だったり、重量や大きさが超過している小包にたいしても、常にない忍耐心を発揮した。アーロンにはその理由がわかっていた。コッパーヴィルでは、みんながクリスマスには郵便局員にチップをはずむのだ。だがおれはごめんだ。おれはたかだか一ドルぽっちのけちな祝儀のために、連中におべっかをつかったりするものか！

「重量超過ですよ」アーロンはまっすぐ客の目を見ながら、そっけなく言う（彼が他人の目を正視するのは、こんなときぐらいのものだ）。あるいはまた、「こんな紐じゃ保ちませんよ、見ればわかるでしょうが」――そして、それでもその客が、いったん家に帰って、包装をしなおしてこいという暗示に気づかないようだと、いたってあからさまな言葉でそう言うのだ。

こうしたやりとりを小耳にはさむと、マックは笑顔でカウンターの下に手をのばし、麻紐の玉と鋏とをとりだして、客に渡す。でなければ、いまここで包みをあけて、中身の一部を取り除き、残りをもう一度、包装しなおしてはどうかとすすめる。ついには、麻紐の玉と鋏とは、常時カウンターの上に置いておかれるようになり、それがまたアーロンには癪の種なのだった。

アーロンは郵便局のすべての人間を、はいってくる客をも含めて、いままで以上に憎悪するようになっていった。しかもなお悪いことには、近ごろはあまりに疲れがひどくて、すこしも殺人計画がはかどらない。それでもあるとき、ふと爆弾のことを思いついた。もしも郵便局に持ちこまれてくるカートンのひとつが、時限爆弾であり、到着後二十分ぐらいで爆発するように仕掛けられていたとしたら……

アーロンは自分の手で爆弾をつくり、それをだれかに送る小包らしく見せかけて、局に持ちこむことを夢想した。受取人はだれであろうと、いっこうにかまわない。場合によっては、自分の名を差出人の欄に書いておいたって平気なのだ。なんとなれば、それが爆発するときには、その小包も、局のなかにいる人間も、残らず粉微塵になってしまうのだから。彼自身は、爆発の起こる寸前に、ちょっと空気を吸ってくるとかいう口実で、局舎を出ればいい。

だが、そもそもその爆弾がどうすればつくれるのか。たとえ自家製のお粗末なやつであっても、アーロンには製造法がわからなかった。中身はむろんニトログリセリンだろう。だが起爆装置はどうする？　目覚まし時計に接続するのでは？　たぶんコッパーヴィル町立図書館にでも行けば、なにか文献があるだろう。というわけで、いまのこの繁忙期が過ぎて、多少疲労が回復したら、さっそく図書館へ行ってみることにした。

クリスマス前日。郵便局はいままでにもまして狂躁的な様相を呈していた。マックがライを一壜、局に持ちこんでき、アーロンを除くだれもが、隙を見ては、ひねもすそれをちびちびやっていた、そんな日、ボビーが石油ストーブをひっくりかえした。アーロンは彼がそれにつまずき、大きなカートンを二つ肩にのせたまま、前のめりに泳ぐのを見ていた。ストーブがけたたましい金属音とともに傾き、がちゃんと床に倒れるのを目にして、彼はとっさになにが起ころうとしているかをさとり、なぜいままで自分でそれをひっくりかえすことを思いつかなかったのかと、歯噛みしたい気持ちになった。

ボビーが頓狂な悲鳴をあげた。流動性の焔が一瞬にして床の上を走り、そのまま狂ったように燃えつづけた。目の隅で、アーロンはカウンターの向こうの客が、口々に助けをもとめながら外へとびだすのを見た。マックは洋服箱のように見える平たい箱で、床の火をたたき消そうとしていた。

「こりゃいかん、こりゃいかん!」ロジャーはおろおろと叫びながら、それでも気の狂ったダンサーのように、焰を踏みにじっていた。彼のズボンの折り返しは、早くもくすぶりはじめ、黒い煙がしだいに濃くなっていった。

アーロンはカウンターのそばにいて、これまでのところ、ぼんやりながめる以外になにもしていなかった。ストーブから流れだした油が、床に並べてあった郵袋を火につつみ、火焰と煙とで、裏口への通路を遮断しようとしていた。いまや正面入り口が唯一の逃げ道であり、それに気づくのと同時に、アーロンはすぐさま行動を起こした。

彼はカウンターの下の、ストーブからいちばん遠い位置に置いてあった予備の石油罐に手をのばした。そして蓋をゆるめると、罐を横倒しにして、石油が例のギロチン機械の前の床を、一直線に流れてゆくのにまかせた。それは横手の壁まで流れ寄ると、そこでぴしゃりとはねかえって、そのうち一本の細い舌が、燃えさかる焰にひきよせられるように横へそれ、たちまち焰と合流した。焰は石油の流れを伝って、一瞬のうちに罐にまで達し、アーロンはあわてて飛びすさると、カウンターをくぐって外に出た。

背後では悲鳴があがっていた。いまや正面への逃げ口も断たれてしまったのだ。

出あいがしらに、アーロンは局舎にとびこもうとしている二、三人の男とぶつかった。だが彼らは消防士ではなく、マスクもかぶっていなかったから、とてもなかへははいれなかった。アーロンは歩道のはたの雪の土手にまでたどりつくと、そこでわなわなとくずおれた。

　消防車がけたたましく半鐘を鳴らしながら到着した。だが、彼らが鳶口でたたきこわしたドアや正面の窓から、やっとホースをさしこんで火を消しとめたときには、すでに郵便局は、ぶすぶす煙を噴きあげる黒焦げの骨組みだけを残して、一山の灰燼と化していた。聞くともなしに聞いた周囲の野次馬のささやきから、アーロンは、自分を除いて、だれひとり局舎から脱出できたものはいなかったのを知った——表口からも裏口からも、だれひとり。

　警官が事情を聴きにアーロンに近づいてきた。そしてアーロンは即座に言った。「わたしがやりました。故意にです。わたしがストーブを押し倒し、石油を床に撒き散らしたんです」

　ほかにも質問をしかけてきたすべての人間——消防士、警察署長、そしてコッパーヴィル・ヴォイス紙の記者——に、アーロンはおなじ話をくりかえした。

「きっとあいつは気が転倒してるんだ。自分がなにを言ってるのかもわかっちゃいないんだよ」だれか懐疑的な傍観者が言っていた。

「さあ、そうとも言えんぜ」べつの声が言った。「あいつは変わり者だ。あらゆる人間を憎悪してるんだ。おれはとうからあいつに目をつけていた」

　そしてもちろん、アーロンに目をつけていたものは、ほかにも大勢いた。

群衆にまじった犠牲者の身内のだれかれは、もう何カ月も前から、アーロンの奇妙な行動について聞かされていたと語った。同僚にむかって、あんたはもう死んでいると言ったこと、そして、明らかにそれを本心から望んでいたらしいこと。

「もし彼が自分でやったと言ってるんなら、ほんとうにそうなんでしょうよ」だれか女が言っていた——マックの細君にちがいない、そうアーロンは思った。

いまやアーロンは、自分が両方のこと——ストーブをひっくりかえしたことと、予備の石油を撒いたこと——その両方をやったと信じて疑わなかったから、その陳述はきわめて強い説得力を持っていた。

というわけで、警察はついにアーロンを拘引した——本人の身の安全のためにだ。数日後、彼は身柄を州拘置所に移され、そこで洗濯室の仕事を選んだ。拘置所には、専属の精神分析医がひとりいて、週に一度、グループ治療を行なっていた。アーロンもそれに出席させられたが、そこでは結局、一度も口をひらこうとしなかった。彼にとって、人生はいまや退屈至極なものになりつつあったが、それでも彼は、自分がそんじょそこらの人間にはやれないこと——軽蔑すべき人間を絶滅させること——をやりとげたと自負していた。それゆえ彼にはいくばくかの心の平安があり、したがって彼は模範囚だった。

マニング氏の金のなる木

ロバート・アーサー

秋津知子◎訳

Mr. Manning's Money Tree

Robert Arthur

《ミステリマガジン》1978年10月号

ロバート・アーサー（一九〇九～一九六九）

ロバート・アーサーの短篇集はまとまった形で訳出されたことがないが、アルフレッド・ヒッチコック名義で執筆した〈カリフォルニア少年探偵団〉シリーズの長篇シリーズが刊行されている（日本では一九八七年の再版からアーサー名義）。これはヒッチコック自身と少年探偵トリオが主役を務めるジュヴナイル連作だ。

アーサーはフィリピン生まれで、石油会社に勤務しながら短篇を寄稿する生活を送っていた。一九三七年にMGMのシナリオライターに起用されて会社を辞め、以降は小説、脚本の執筆から映画製作まで広範な分野で活躍した。プロデューサーとして参加した映画の中にはフリッツ・ラング監督「復讐は俺に任せろ」（原作はウィリアム・P・マッギヴァーン『ビッグ・ヒート』）などがあり、アボット&コステロの〈凸凹〉シリーズの何本かもアーサーが手がけている。

彼の名を知らない読者でも、不可能犯罪ものの古典である「ガラスの橋」（『密室殺人コレクション』原書房）や「五十一番目の密室」（『51番目の密室』ハヤカワ・ミステリ）といった作品の題名は聞いたことがあるはずだ。そうした真髄を極めた謎解き作品から人生の機微を描いた小品まで幅広く手がけており、奥行きが深い。全貌を明らかにすることが望まれる作家の一人である。

Mr. Manning's Money Tree by Robert Arthur
初出：*Mystery and More Mystery*（1966）

正午きっかりに砂色の髪の好青年、ヘンリー・マニングは檻のような出納室の鉄棒のはまった窓を閉めた。書類かばんと帽子をとると、彼は出納室の外に出て、ゆったりした足どりで銀行の正面玄関に歩いていった。書類かばんには魔法びんとサンドイッチが二つ入っている。天気のいい日、この前途有望な若き出納局長補佐、ヘンリーが公園で昼食をとる習わしであることはみんなが知っていた。

ヘンリーがドアの外に出ると、銀行の裏手にいた二人のグレイの背広の男がうなずき合った。そしてそのうちの一人がそっとヘンリーの後を尾《つ》けはじめた。ヘンリーはほとんど即座に男に気づき、心臓が早鐘のように打ち始めた。探偵の尾行がついたということは、自分の逮捕はもう時間の問題だということだ。そして、それは同時に、今は怪しげなところはみじんもない魔法びんの中に無事収まっている一万ドルを、どこかに隠すチャンスはもうなくなってしまったということだ。

彼は月曜から尾行に気がついていた。もう今日あたり銀行側は、過去一年間に会計から二万ドルを着服したのはヘンリー・マニングだという確証を摑んだに違いない。ごく当たり前の正直な人間が株の投機熱にとりつかれ、ずるずるとこんな深みにまではまり込んでしまったことに、彼は我ながら不思議な気がした。はじめは独立資金を得るためにひとやま当てたいと思ったのだ。次は損失の埋め合わせをするために自分の鋭い読みに期待をかけ、その次は……

要するに二万ドルは跡形もなく消え、銀行に返すことはできなくなってしまったのだ。既に他人の金を二万ドルも使い込んですっかり図太くなったヘンリーは、そこで更に一万ドルを横領した。しかし、いつ何どき自分を捕えるかも知れぬ探偵が後を尾けていては、いったいどこにその金を隠すことができよう？

彼が公園に着いた時、ちょうどレイクサイド・バスが一台止まっていてドアが閉まろうとしていた。突然あるインスピレーションが湧いて彼はドアがしゅるしゅると音を立てて閉まるバスに飛び乗った。尾行者がバス停に飛び出し、走り去るバスを手の施しようもなく見送るのが窓外に見えた。ヘンリーはひとりにっこりした。これで問題の一つは解決した。

しかし、まだ最大の難問が控えていた。彼には逃亡する意志は毛頭なかった。罰は潔く受けるつもりだ。残りの半生をお尋ね者として過すなどまっぴらだった。しかし彼は、第二の人生を始める時、ぜひともいま書類かばんの中にあるこの金に頼りたかった。でも、いったいどうすれば刑期を終えて再び自由の身となるまで誰にも見つからぬ場所に金を隠すことができるだろう？

「メルウッド・エステイツ」ほどなく運転手が告げた。「終点です」

ヘンリーはバスを降りた。そこは最近町の周辺にとみに増加した小さな新興住宅地の一つだった。そっくり同じような家が百軒ほど、芝生を植えたばかりの造成地に階段状に並んでいる。その中の一軒が我が家であるかのように、彼はきびきびした足どりでバス停を後にした。しかし、心は絶望で暗かった。ここはあまりにも明けっぴろげでがらんとしすぎている。いったいどこにものが隠せるというのだ。どうしてあと一日の猶予が許されないのだろう？　今はもう手配の網が張りめぐらされているはずだ。だが、あと一日ありさえすればどこか安全な場所に……

まるで電気に打たれたようにふいに彼はその場に釘づけになった。そこは道の曲り角だった。十五メートルほど離れたところに一軒のこぎれいな羽目板壁の家が、何も植わっていない芝生の真ん中に立っている。そしてヘンリーのほとんどすぐ脇の芝生に深い穴があいていて、その穴の向うに植えるばかりになった苗木が置いてあった。根元をズックでくるんだ、青々とした見事なエゾマツだ。

人かげはなかった。ヘンリーは帽子をとって額の汗を拭った。そして偶然のように見せかけて穴の中に帽子を落した。彼は帽子を拾うために身をかがめると、書類かばんから魔法びんを出し、すばやく穴の底のやわらかな土と堆肥の中に隠した。

すべては二十秒たらずで終った。黒い髪の、決活そうながっしりした躰つきの男が、水の入ったバケツをさげて庭の小道をやって来た時、ヘンリーは元通りまっすぐ立って植木を感心したように眺めていた。

「お宅の木をちょっと見せてもらっているところですよ」ヘンリーは近所の人間のようになれなれしく声をかけた。「立派なもんですね」

「でしょう」男は嬉しそうにのどの奥でくっくっと笑った。「大きな木がいいって注文をつけたもんで、だいぶぼられたけど」彼はバケツを下に置き、ヘンリーは一歩前に踏み出した。

「ぼくに手伝わせて下さい」

ヘンリーは木が植えられ、周囲の土が固められるまでその場に留まった。薄茶色の髪の魅力的な若い女が戸口に姿を現わし、彼らの作業を見守った。若夫婦か、まだあまり裕福とはいえないな――車寄せの値段の安い車を見てヘンリーは思った。彼は心の中で彼らの幸運を祈った。逮捕の待ち受ける銀行に戻るためゆっくりと歩き出しながら、彼はそれとは知らず問題解決に力を貸してくれたこの見知らぬ若夫婦に、一種の愛情のようなものさえ感じるのだった。

ヘンリーが再びこの木を見たのは、それから三年半の後だった。その時には彼は以前より躰に肉が付き、顔つきも老け、口髭をはやし、そして手に職をつけていた。刑務所の自動車修理工場で熟練した機械工となったのだった。

木も変わっていた。今ではすっかり立派なエゾマツの若木に成長している。その辺をぶらぶら歩きながら、家もまた大きくなっていることに彼は気づいた。車が二台入る車庫が新たに出来ていた。以前の古いセダンが片側に入っている。そして折しもはるかに高価そうな車が帰ってきて、中から見覚えのあるがっちりした躰つきの男が降り立った。景気がよさそうな様子だ。絹糸のような茶色の髪の毛を耳のあたりになびかせながら、若妻があどけない声を立てる丸々とした赤ん坊を抱いて出迎えた。

よかったとヘンリーは思った。若夫婦は金まわりが良くなったようだ。あれなら新しい木を買うことができるだろう、自分がこのエゾマツを掘り起して——びっくり仰天して彼は足を止めた。よく成長した若木を掘り起すのがどんなに大仕事か、これまで一度も考えてみたことがなかったからだ。このあたりも今では人の多い賑やかな郊外になっている。パトカーも定期的に巡回しているだろうし、時をわかたず人が往き来している——たとえ夜中でも見咎められずに木を掘り起すことは絶対にできまい。

　ごくりとつばをのんで彼は歩きはじめた。自分自身まで出し抜いてしまったような感じだった。あまりにも安全なところに隠しすぎて、自分でも手が出せないのだから。

　結局、彼は一つの計画をあみ出した。あの木は合法的に手に入れるほかあるまい。ということは、つまり、あの家を買わねばならぬということだ。むろん、今すぐ買うわけにはいかない。そんな金は持っていないし、持主が売りたがっているという兆候もない。だが、彼には待つという手がある。一万ドルのためなら辛抱づよくもなれる。若夫婦の暮し向きは良さそうだし、家族は増えつつある。そのうち、もっと大きな家が欲しくなるだろう。そして、その頃には彼の方でも金ができているはずだ。

　いったん計画を立てるとヘンリーは一刻も時間を無駄にしなかった。彼は髪を染めて人相を変え、彼の金の木を所有している男、ジェローム・スミスがよく利用する近くの自動車修理工場に勤めた。

　彼はジェローム・スミスと親しくなろうと精いっぱい努めたが、今ではすっかり恰幅の良くなったスミスは、まるでもっと大きなことで心が一杯だというように無愛想で気短かだった。

　だが、ぶっきらぼうなジェローム・スミスとはひきかえに妻のコンスタンスは魅力的だった。初めてヘンリーの勤務中にガソリンとオイルの補充に来た時、彼女は自分の方から声をかけてきた。

「あなた、新しく来た人ね？」彼女の声は快く響いた。ヘンリーはうなずいた。

「先週入ったばかりです、ミセス・スミス。ラジエーターとバッテリーの点検もついでにしておきましょうか」

「えっ、お願いするわ」

コンスタンスは作業が済むのを車の内でおとなしく待っていた。カー・ラジオから静かな音楽が流れている。

「モーツァルトですね？」ヘンリーは言った。

「あら、そうよ。あなた音楽にくわしいの？」コンスタンスは興味をひかれたように茶色の髪の容姿のいいヘンリーを見た。

「ほんの少し」ヘンリーは謙虚に答えた。「終りましたよ、ミセス・スミス。でも、近いうちに一度エンジンを調整した方がいいですね。二、三時間、車があくことがあったら電話して下さい。わたしが車をとりにうかがいますから」

「ありがとう、そうするわ」一週間後、彼女から電話がかかった。ヘンリーは音がかすかになるまでエンジンを調整した。車を返しに行くと、コンスタンスは庭の芝生で息子と遊んでいた。

「この子ピーターっていうのよ」彼女はヘンリーから車のキーを受取りながら言った。

「こんにちは、ピーター、さて、どうかなあ、きみは犬が好きかい？」ピーターはまじめな顔でじっとヘンリーをみつめた。ヘンリーはポケットからパイプクリーナーの箱を出すと、その一本を器用な手さばきでひねり、見る間に耳の大きな犬を作り上げた。ピーターは大喜びでそれを摑んだ。

「わんわんだ！」ピーターは叫んだ。

「まあ、ほんとに良くできてるわ！」コンスタンスも感嘆した。「ありがとう、それから車の方もどうもありがとう」

「お役に立てて嬉しいです」ヘンリーはほのぼのとしたものを心に感じながら修理工場に戻った。スミス家の者と親しくなることは、将来スミスが家を売りに出す時、最初にそれを知る人間の一人となるための計画の確かに一部だった。しかし、コンスタンスに会うことを待ちわび、彼女がなにか車のことで修理工場に立寄らぬ日が四、五日も続くとゆううつな気分になるというのは計画にはないことだった。にもかかわらず、事実はそういう具合だった。ヘンリーはスミス一家が早く引越すことを望む代わりに、いつまでもここにいればよいと願うようになった。

ヘンリーが修理部門の責任者になる頃には、彼とコンスタンスの友情は車の修理を待つ間の短かいおしゃべりや、寒い朝、エンジンをスタートさせに行って台所でコーヒーを御馳走になる程度に限られてはいたものの、ゆるぎない、両者にとって大切なものになっていた。二人は本や音楽や演劇について語り、ヘンリーはコンスタンスもまた彼同様、二人の会話を楽しんでいることに気づいていた。しかし、最近のジェローム・スミスは商用でなにかと家をあけがちだった。そのため、ヘンリーは二人の友情が他人から後ろ指をさされぬよう充分に気を配った。

しかし、それにもかかわらず、ジェロームが次第に仕事の関心を西部の方に移しつつあるのに気づき、間もなく彼が家族を西部に移すことは間違いないと考えると、ヘンリーはゆううつになる一方だった。それゆえ、ある朝コンスタンスから電話がかかり、取り乱した声で家まで来てもらえないかと頼まれた時は、いよいよ恐れていた時が来たのだと確信した。車を走らせながら、彼の心は重かった。

コンスタンスは青ざめた顔で彼を居間に招じ入れた。

「ヘンリー、実はある事が起って……」無理にほほえもうとしながら彼女は言った。「そのことを友達のあなたに話すべきだという気がしたの」

「ぼくを友達と考えてもらって嬉しいです」

「ちょっと話しにくいことなんだけど。あの――」彼女の声は辛うじて聞きとれるほどだった。「夫とわたしの仲はもうずいぶん以前から疎遠だったの。夫はしじゅう出張で家をあけていたし、家にいる時だって……まあ、とにかく、あの人はいまネバダにいるわ。あそこで何か仕事を始めるとかで、当分あっちにいることになるらしいの。それで……今朝きた手紙であの人が言うには、いっそのことあちらに家を構えようかと思うが、この際、わたし達は離婚してはどうかって」

「離婚？」ヘンリーは信じられぬというように彼女の顔をみつめた。

「わたしはむろん承知するつもりよ。冗談じゃないわ、わたしを必要としない夫なんて、わたしの方でも要らないわ」彼女の笑い声はいささか震えていたが、とにかく涙は抑えた。

それからの彼はもはや仕事の用がある時に限らず、折あるごとにその小さな家を訪れた。彼はコンスタンスに医院の受付の仕事を見つけてやり、部下の機械工の母親に頼んでコンスタンスの家の家政婦になってもらった。コンスタンスはジェローム・スミスがしぶしぶ差し出した扶助料をきっぱり辞退し、家と、いうまでもないことだが、ピーターの養育権だけを受取った。

この間、ヘンリーはコンスタンス母子が不自由な思いをしないよう何くれとなく心を配ることで頭がいっぱいで、その晩、コンスタンスをコンサートに連れて行った後、いつの間にか彼女に結婚を申込んでいる自分に気づくまで、あの金の木が自分のものになるかもしれないということは考えてもみなかった。

彼女が自分にとっていかに重要な存在かということを話している最中に、とつぜん彼は、もし彼女が自分と結婚すればあの木は自分のものになるということに気づいたのだった。彼は言葉を切り、自分は本当に彼女を愛しているのだろうか、それとも単に隠してある金を取り戻したいだけなのだろうかと恥じ入りながら考えた。金めあてかもしれないという可能性に彼は動揺し、口ごもったのでコンスタンスは優しく笑った。

「ヘンリー、あなたプロポーズをしているの？」

「えっ。くそ！　ぼくはあなたを愛してるんだ！」ヘンリーは思わず口走った。

コンスタンスは彼の顔を見てほほえんだ。「あなたがそんな悪い言葉を使うのは初めて聞いたわ。本気なのね。ほんとにそれがわたしとピートに対するただの同情からではないのなら――」

「ほんとだとも」彼女に言いながら、それが嘘ではないことが自分でもわかっていた。「コンスタンス、ぼくはきみに妻になって欲しいんだ。そしてピートはぼくの息子に」

彼女はじっと彼の顔をみつめて長いこと黙っていた。

「いいわ、ヘンリー」やっと彼女は言った。「わたしたち、喜んで」

そこでヘンリーはその曲り角の小さな家に移り住み、ついに金の木の持主になった。だが、それは彼にとっては結婚のもたらした最小の成果だった。

上品で愛情に満ちた妻とかわいい息子を得た今、盗んだ金に何の用があろう？

しかし、一年後、修理工場の持主が引退することになった時、その金は役に立つことがわかった。ヘンリーにはその事業を買いとるだけの現金がなかった。しかし彼は現金のありかを知っていた――自分の家の庭先にあるのだ。そこで彼は大胆に何枚もの手形にサインをした。なんとなれば、いざとなれば彼にはすぐにもそれを払うことができるのだから。

それほどひどくはなかったが不景気が訪れ、ヘンリーが庭を歩きまわりながら立ち止っては青々としたエゾマツの芳香をかぎ、なんとかしてこの木を掘り起さずにすます手はないかと思案にくれる夜が幾夜となくあった。彼はなんとなくその木に手をつけるのが嫌でたまらなかった。そして結局いつもなんとか掘り起さずにすむのだった。

一方、ジェローム・スミスの写真がちょくちょく新聞に現われるようになった。彼はラスベガスの賭博場付きの新しい大きなホテルの所有者の一人となり、金髪のすごい美人のコーラスガールと結婚していた。ヘンリーもコンスタンスもこれっぽっちも気にかけなかった。

二人の間にはアンという娘もできた。子供たちは年々成長していった。

ヘンリーは金の木を頼りに自動車の販売代理権を買った。その後はまた、暗闇の中で木の傍らに立ち、この芳香をかぐのもこれが最後かもしれない、なぜならいよいよ明日こそ長く地中に埋まっていた金を掘り出さねばならないのだからと考える不安な夜が何度も訪れた。しかし、彼は危機を切り抜けた。

それ以後、商売は繁昌しはじめ、その気になればそれまでのような質素な生活をしなくてもすむようになった。しかし、ヘンリーには貯めねばならぬ金があり、彼は貯金を続けた。そして、ついにその日が来た――久しい以前、若かった彼が書類かばんに盗んだ金を入れ、銀行を出たあの日とちょうど同じようによく晴れた日だった。書類かばんを――あの同じ書類かばんを――小脇に抱えて再びその銀行に入って行く彼の髪には白いものがまじり、顔には歳月と生活が皺を刻んでいた。

銀行を出た時、書類かばんは空だった。彼はその日までの利息をつけて三万ドルを返したのだ。彼の表情には微妙な変化があった。彼は世間に対して心安らかに家路についた。

その夜、彼は金の木の下に立ち、自分に与えられた天の恵みの数々を数えた――献身的な妻、愛くるしい娘、元気のよい義理の息子、好調な事業、幸福、尊敬、そして心の平和。

この木の根元に埋めた金は既にその効力を発揮したのだ。もうその金のことは忘れて、今では彼が愛情をそそぐようになったこの美しいエゾマツをこのまま生き永らえさせてやろう。彼は手を伸ばしてエゾマツの松葉をなでてやった。

「よくやったぞ、おまえは」彼は言った。「あの隠した金をわたしから今まで守り通したんだからな。もうおまえを掘り起したりはしない。いつまでもここに立っていいんだ」

しかし、その年の秋のこと、大西洋のハリケーンが上陸してとつぜん進路を変え、この町を直撃した。終日、風が吹き荒れ、激しい雨が叩きつけた。夜になって嵐はますますその猛威をふるった。通りには折れた木の枝やごみの罐、吹きとばされた破片類が散乱していた。

ヘンリーがコンスタンスと一緒に居間でラジオのハリケーン情報を聞いていると、電燈が消え、ラジオが沈黙した。その時、中庭の方でぎしぎしというすごい音と一段と高くなった悲鳴のような風の音が響いた。恐ろしい予感にかられて窓にとびついた彼の眼に、まさにその時、暗闇の中であの彼の誇りとするエゾマツが地面にポッカリと穴をあけて根こそぎ倒れるところがおぼろに見えた。

彼はまるで友人が死んだような衝撃を受けた。やがて彼は、人目にふれぬうちに長い間隠されていたあの魔法びんを回収しなければならないことに気づいた。

夜明けと共に彼は起き出した。嵐はやんでいた。古い服を着、ブーツをはいて彼はエゾマツの根元の穴に降り立った。

朝陽に当って何かがきらりと光った。彼は土の中にそっと手を入れた。それは魔法びんの銀色の中びんだった――外側の金属部分はとっくの昔に錆びて剝れ落ちていた。だが、ガラスの中びんには何の変化もなく、栓もきっちり閉まっている。彼はナイフを取り出してだましだましコルクの栓を抜き、びんを振った。中から二枚の紙片が落ちた。他には何も入っていない。紙きれが二枚だけ。彼はそれを拾い上げた。

一枚は古い新聞の切り抜きだった。それが彼の写真入りの、横領罪で逮捕された時の記事であることを彼はショックを感じながら見てとった。もう一枚はただの便せんの切れ端しで、そこにはジェローム・スミスの太い、ごつごつした筆蹟でこう書いてあった。〝おれの睨んだ通りだった。ありがとうよ、相棒〟

いささか呆然としてヘンリーは家の中に入り、台所のテーブルの前に座った。この長い年月、彼があんなにも頼りにしていた金はあそこになかったのだ！　彼が埋めて二十四時間も経たぬうちにジェローム・スミスが掘り出していたのだ。その金でスミスはエレクトロニクスの会社を買い、それを不法な賭博装置を作る会社に変え、やがてネバダに賭博場のある大きなホテルを所有するようになり、ついにはアメリカ中で不法な利益を上げる全国的な賭博組織の大立て者にまでなったのだ。

真相を知ったショックは徐々に消えていった。それにとって代わったのは、深い謙虚な感謝の念だった。人生というのはとんでもなく複雑なしろものだ。彼が盗み、埋め、しかし実際には使わなかった金は、彼に家族と成功と満足を与えてくれた。その金はジェローム・スミスには――

ヘンリーは首を振り、スミスが〝ありがとうよ、相棒〟と書きつけた紙片を取り上げた。そして、その文の下に几帳面な字でこうしたためた。〝どういたしまして〟

それから、その紙片を封筒に入れ、宛名を書いた。彼はジェローム・スミスが今どこにいるのか正確な住所は知らなかったが、最近の新聞で読んだことから推して、単にジョージア州アトランタの連邦刑務所気付として送れば、手紙は間違いなく彼の手元に届くと判断したのだった。

二十五年目のクラス会

エドワード・D・ホック

田口俊樹◎訳

Reunion

Edward D. Hoch

《ミステリマガジン》1979年4月号

エドワード・D・ホック（一九三〇〜二〇〇八）

エラリイ・クイーン原作のラジオドラマでミステリのおもしろさに目覚めたというホックは、不可能趣味の横溢した魅力的な謎とその解決を書くことに生涯を捧げた作家だった。MWAのエドガー賞授賞式晩餐会で起きる殺人を描いた『大鴉殺人事件』（69年／ハヤカワ・ミステリ）などの長篇もあるが、その本質はやはり短篇作家であった。

シリーズキャラクターの作品を一つずつ収録した『ホックと13人の仲間たち』（日本独自編纂／ハヤカワ・ミステリ）という短篇集もあるくらいホックは探偵役を数多く生み出したが、その双璧は無価値なものばかりを盗む〈怪盗ニック・ヴェルヴェット〉と年代記風に田舎医師の活躍を描く〈サム・ホーソーン〉のシリーズだろう。それに準じるものとして、超常現象風の謎を合理的に解決する〈サイモン・アーク〉と、コネティカット州の殺人課刑事〈レオポルド警部〉シリーズがある。後者は、どちらかといえば人物描写を苦手とするホックが、メグレ風の人間味ある探偵の造形に挑んだもので、作中で扱われる謎の魅力はもちろんのこと、主人公レオポルドのキャラクターにも一読の個性がある。本シリーズは『こちら殺人課！』（日本独自編纂／講談社文庫）以外に訳書がなく、刊行が望まれるところだ。

Reunion by Edward D. Hoch
初出：Saint Mystery Magazine誌　1964年10月号

レオポルド警部のオフィスは、煤煙の汚点《しみ》ですすけた警察の建物の二階の奥まったところにしまい込まれた恰好で、配置されていた。おそらくそのためだろう、彼が一般の訪問客を受けるということは滅多になかった。彼の下で働いている、たとえばフレッチャーのような刑事がたまに駄弁ったり、いちゃもんをつけに来たり、また選挙が近づいて来ると政治屋どもが穴ぐらから這い出して来たりすることも時にはある。しかし、彼のデスクの反対側に置かれた、使い古しの背のまっすぐな椅子に坐る者は、彼の仕事に関連するかなり特殊な人種がほとんどだった。すなわち殺人容疑者たちである。

ハリー・トリヴァーは刑事でも政治家でもない。またレオポルドが知る限り殺人者でもない。彼はボイラーのセールスマンで、レオポルドが彼に会うのはほとんど二十五年ぶりだった。

「少しも変わってないね」とハリー・トリヴァーは言った。「すぐに分ったよ」レオポルドは笑いながら煙草を差し出して言った。「いや、頭のてっぺんは少々うすくなってきたしね。高校の頃は腹がこんなに出っぱるなんて考えるのも不愉快だったものだが」

ハリー・トリヴァーは煙草を断わって答えた。「煙草は三年前、そう、四十の坂を越えた時にやめたんだ。君も煙草の害についての新聞記事を何度となく読むうちにびくつくようになると思うがね」

「ハリー、われわれの仕事じゃ夜道を歩くことの方が危険なんでね」

「そうか、君は殺人課だかなんだかのチーフなんだったっけ？」

レオポルドは彼の地位についての最も一般的な誤解に苦笑して答えた。「いや、そういう訳じゃないんだ。だいたいこの町の警察には殺人課なんてないよ。そんなたいそうなものは。もっとも私の扱う事件のほとんどが殺人であることにまちがいはないけど。でも私の話はいいよ。どうせろくな話はないから。それより君の方はどうなんだい？　それに今日の用件は？」彼にはまだ一日の仕事が半分残っていた。その仕事を割いて会うほどハリー・トリヴァーは彼にとって大事な友という訳ではなかった。

「うん、二十五年になるね」

レオポルドは怪訝な顔をした。「何が？」

「われわれが高校を卒業してからだよ。それで何人かで集まった時にね、クラス会を持つべきだって話になってね」

「なるほど」

「どうだね。悪くないだろう？」

レオポルドは今はもう記憶の底に沈んでいる二十五年前の顔と名前を思い出そうとした。その二十五年の間にはいろいろなことがあった。大学に進み、軍隊に行き、西部で警察の仕事に就き、十年間の結婚生活に破れてまた東部へ戻って来た。そして生まれ故郷でこの警部の職に就いたのだった。彼はこの町が気に入っていた。ここの夏の風の音、冬の積雪が好きだった。たぶん、と彼は時々思った。故郷に帰ったということが少しでも淋しさを紛らわせてくれるのだろう。少くとも今のような時を除いて。

「私にはなんとも言えないな」とレオポルドは率直に答えた。

「まあ、昔のようにみんなでヴェニス公園へピクニックに行こうと思ってるんだ。女房や子供やみんな連れて」

「残念ながら私には連れて行ける家族はいなくてね」

「いや、そんなことは二の次さ。とにかく昔の連中に会うだけでいいんだ。実際、私の子供だってたぶん来たがらないだろう。今みんな高校に行ってるんだが」

「いつやるんだ？」

「六月の第一日曜。つまり実際の卒業時期に合わせる訳だ。ちょっと早めかもしれないが」

「分った、考えとくよ、ハリー」

「おいおい、それじゃ困るんだよ。手伝って欲しいんだ。昔のクラスの連中を探して連絡を取ってもらいたいんだ」

「でもね、そんな時間は——」

「いや、君ならできるさ。ここに名簿があるんだが」彼はかがむとブリーフケースからぶあついカバーのついた上質紙の冊子を取り出した。それはそれまでレオポルドの記憶からまったく消されていた代物だった。「憶えてるかな?」

「ああ、憶えてる」

ハリー・トリヴァーは鈍い光を放っている金箔を押した、模造皮表紙の上をいつくしむように指で撫でた。「われらが青春の日々だよ! 確かにそんな日々がわれわれにはあった。そこで君にやって欲しいのは、この中の数人の、まあ、十人かそこらだと思うけど、名前を調べて連絡してもらいたいんだ。そういうことは君が適任なんだよ。なにせ君は刑事なんだから」

「ああ、そうだが、でも……」

「頼むよ! 懐かしい友のために」

レオポルドは相手の中年の眼の奥をのぞき込み、断わっても無駄な気がした。「分ったよ。君の代わりに何人かの人間に連絡してみよう」

「よかった。そう言ってくれると思ったよ。FとGで始まる人間だけでいいんだ。十三人しかいない」

「分った。でも、その名簿は置いてってくれないか。どうも私のは見つかりそうもないんでね」

トリヴァーはいささか物惜しみする様子で名簿を差し出した。「丁寧に扱ってくれよ。大事にしてるんだから」

レオポルドはうなずいた。「ここから名前を選んでタイプしてもらうよ。そしたらすぐに返す」

「そうしてもらえると有難い。でもできるかい？　あと五週間しかないが」

「大丈夫だ、ハリー。任しといてくれ」

トリヴァーは立ち上がると握手を交わして言った。「会えてよかったよ、レオポルド」

「いずれ連絡する」

小男はうなずいた。「ところで、いつになったらこの建物は新しくなるんだい？　相当いたんできているようだけど」

「そういうことは市議会に話してくれ、ハリー。連中はこれでもまだ贅沢すぎると思ってるようだから」

トリヴァーが出て行ってからしばらくレオポルドは名簿をぱらぱらとめくった。懐かしい名前と写真のところ、ハリー・トリヴァーに送られた送別のことばが走り書きされたところで手を休めながら。それはジョージ・ワシントン高校の卒業名簿で、戦争の始まるすぐ前のものだった。

その頃がどんなだったか思い出された。その記憶は彼を滅入らせた。

次の二日間でレオポルドは自分で作ったリストのうち十一人を手早く片付けた。男のうち八人は電話帳に載っており、九人目の男は電話帳にはなかったが、市の住民票で分った。女性ふたりはトリヴァーの助けを得て居場所をつきとめることができた。ひとりはニューヨークにおり、彼は電話でクラス会開催の旨を伝えた。ほとんどどんな相手か憶えていない時でも、電話をかけることは彼をいくぶんわくわくさせた。そしてその度に彼はつくづく齢をとったものだと思った。といって、そうした現実をとくと見たいとも思わなかったが。

電話のなかった男はジム・グローヴスという名で、町の西側のアパートメントに住んでいた。レオポルドは家に帰る道すがら、ある晴れた午後にその男のところに寄った。ジム・グローヴスはちょうど近くの工場の夜勤に出るところだった。高校時代、ワシントン高校のフットボールチームのスター的クオーターバックで、レオポルドも彼のことはよく憶えていた。二十五年経ってもほとんど変わっていなかった。

「レオポルド！　憶えてるとも！　ずいぶん久しぶりだなあ」

ふたりは握手を交わし、レオポルドは手短かにクラス会のプランについて彼に話した。

「六月の第一日曜、ヴェニス公園で。もし奥さんと子供がいるのなら、連れて来てくればいい」

にわかにジム・グローヴスはふさぎ込んだ顔付きになった。「みんなボストンの女房の実家にいるよ。別居中なんだ」

「それはよくないね」

「よくあることさ。何年も連れ添った挙句に女房の奴は俺たちの結婚は失敗だったと決めつけやがった」

「でもいずれにしても君はクラス会に来られるんだろう？」とレオポルドは早く返事をもらおうとせかした。そうした家族の話題は避けたかった。

「もちろん。みんなに会えるのは楽しいよ。チームの奴には特にね。いいかい、ちゃんと全員探し出してくれよ」

レオポルドはちらっとリストを見やった。

「ハリー・トリヴァーがクラスの大半に連絡を取っている。私の分もふたりだけ残して全員終わった。そのふたりについて君が何か知っていれば、ハリーに連絡を取り直さなくても済むんだけど」

「クラスメイトの何人かとは時たま会ってるよ。何て奴だい？　探してるのは」

「シャーリイ・フェイズン……」

「ああ、彼女ならクウェインと結婚したよ。あの生徒会長をやっていた、憶えているだろう、チャック・クウェイン。この町にいるよ。チャックの方は大学へ行ってエンジニアになったんだ。郊外にでかい家を建てて住んでいる」

レオポルドはメモを取った。「ありがとう、助かった。それともうひとり、ジョージ・フィッシャーなんだが」

グローヴスはしばらく返事をしなかった。困惑したようなはりつめたような顔で、ただレオポルドを見つめ返した。「憶えてないのか？　なあ、ジョージ・フィッシャーに何が起こったか憶えてないのか？　彼はヴェニス公園の卒業ピクニックで溺れ死んだじゃないか」

「そうだった」とレオポルドは沈痛に答えた。そして何年も経ったというもののどうしてあの夜のことを忘れてしまったのか、自分自身を訝った。「彼とは親しくなくて、名簿に写真も載っていたものだから、あの晩死んだのが彼だということを忘れていた」

「うん、名簿はあの事件の前にはもうできていたからね。あの時もみんなで名簿に載っている名前を読みあげたのを憶えてるよ。ジョージか、まったく可哀そうなことをしたな。

でもね、俺は彼の死についてはずっと何か妙なものを感じてたんだ。誰かが彼をボートから突き落としたんじゃないかとね」

「もう昔の話だ」とレオポルドは用心深く答えた。

「そうとも。もう行かなくちゃ。あのサイレンが鳴る前に。とにかく連絡は取ってくれよ。必ず行くから」

「分った」とレオポルドは答えた。

「可哀そうなジョージ」とグローヴスは眼を落として呟いた。そしてしばらく考えてから尋ねた。「ところで君は何をしてるんだい、レオポルド？　昔はクラスの優等生だったけれど」

「市の公務員さ」とレオポルドは階段を降りかけて答えた。「刑事をやってる」


チャックとシャーリイ・クウェインは成功しているようだった。彼らの家は小高い丘のてっぺんにあり、他の分譲住宅よりも一段高くなっていた。レオポルドのナイーヴな眼には五万ドルはする代物として映った。車から降りた時、彼はもうちょっとましなネクタイをしめてくれればよかったと後悔した。

彼らにはレオポルドはすぐに分った。それは彼が〝ほとんど変わっていない〟せいだったが、彼の方も彼らがすぐに分った。シャーリイ・フェイズンは三年のクラスで最も人気のある女子生徒だったが、玄関で彼女と向かい、レオポルドはさもありなんと思った。フットボールの試合での彼女のチア・リーダーぶりは今も印象深いし、どちらかといえば退屈な水泳大会に彼女の水着姿を見ようと何人もの男子生徒が集まったことが、改めて思い出された。

しかし彼は彼女がチャック・クウェインと結婚したことについては、いささか驚いていた。チャック・クウェインは三年の時、大接戦の末に生徒会長に選ばれたのだが、それは相当汚ないキャンペーンのたまもので、そのことはいずれ彼が政界にでもうってでそうだと思わせたものだった。この丘の上の邸宅を見る限り、そうした彼の才覚はほかの方面で使われたようだが、レオポルドは彼がどんな戦略で成功したのか、ふと思わずにはいられなかった。

「まあ、はいってくれよ」とクウェインは促した。「もちろんシャーリイは知ってるよね、はっはは！」どうやらそういうのが彼のお得意のジョークらしかった。「飲まない？スコッチにライにラムにウォッカ。何でも言ってくれ。生活はうまく行ってってね」彼のうしろから窓を通して夕陽が差し込み、一瞬彼の灰色の髪を赤く染めた。

レオポルドは彼らのあとについて、一段低くつくられた居間にはいった。豊かな生活ぶりを示す家具でいっぱいだった。「いいところだね」とレオポルドは気のこもらぬお世辞を言った。

た。

「ああ、気に入っている」クウェインはレオポルドに勧めようとはせず、葉巻に火をつけた。「飲みものは？　それとも勤務中は駄目かな？」

「私の仕事を知っているようだね」

「知らない訳がないじゃないか。殺人事件の度にレオポルド警部の名前は新聞に載るもの。そうだろう、シャーリイ？」

彼女は黙ってうなずくと、レオポルドのところまでやって来て彼の腰かけている椅子の肘掛けに腰をおろした。スリムなオレンジ色のスラックスをはいて若々しいいでたちだった。レオポルドは彼女もすでに四十三になっているのだと自分に言いきかさねばならなかった。「でも警部が仕事でうちに見えたとは思わないけど」とシャーリイはうれしそうに言った。「どうなの、警部？　クラス会のことでしょう？　ハリー・トリヴァーからチャックの方にもう連絡があったのよ」

レオポルドは彼女を見上げて微笑んだ。「じゃあ私は無駄足を運んだ訳か」

「そう、もし何もお飲みにならないのならね」

「オーケイ」と彼は溜息まじりに答えた。「それじゃあ、スコッチの水割りを。ただし一杯だけ」

チャック・クウェインが居間の隅につくられたホームバーで水割りをつくりながら言った。「家に何でもそろっているというのはまた欠点もあってね。子供たちがわれわれのいない時に盗み飲みするんだよ。でもまあ、酒というものはいろいろものを教えてくれるし、それに私だって子供の頃によくやったことだし」

「君はエンジニアなのか?」とレオポルドは尋ねた。

「そうだ。今金が集まってくるのは何といっても技術畑だよ。というのもね……」

「チャック、仕事の話はやめて。彼とは二十五年ぶりで会ったのよ。わたしは彼にクラス会のことを聞きたいわ」

「私の知ってることは全部トリヴァーから聞いたと思うけど。私はただ彼に引っぱり込まれただけでね。ヴェニス公園が会場で、ちょうど三年の時の卒業ピクニックになぞらえようというのが趣旨なんだそうだ」

「なるほど」とチャックが言った。「憶えてるよ」

「自分でも妙なんだが、あの日溺死したジョージ・フィッシャーについて私はまるっきり忘れてた。今日の午後ジム・グローヴスと会って、彼が思い出させてくれるまでは」

「きっと憶えていたくないことだからよ」とシャーリイが言った。

「でもあの事件が起きた時、われわれは三人ともすぐ近くにいた」レオポルドは続けて言った。「だから今は逆にまるで昨日のことのように思い出すことができる。君は彼が落ちるところを見たんだよね、チャック?」

クウェインはうなずいた。「その場に着いたのは少しあとだが。カヌーをボートハウスに返す途中だったんだよ。彼もそうしようとしてたんだと思う。ずっと彼は私の前方にいたけど、流れのちょうど曲がっているところで、叫び声と水しぶきの音が聞こえたんだ。彼がろくでもないカヌーから転落して、水の中でもがいているのが見えた。ぞっとしたよ」

「でもどうしてこんな話をするの？」とシャーリイが言った。「三人とも楽しい話じゃないでしょう。あの時わたしは彼と婚約までしてたんだから」

「君は彼を水の中から引っぱり出すのを手伝ったんだよね」とレオポルドは尋ねた。

彼女はうなずいた。「あの日何人かはそれまでに泳いでいて、わたしはまだ水着をつけたままだった。チャックの助けを呼ぶ声で駈けつけたわ。もう真暗だったけれども、ジョージがカヌーを転覆させたっていう叫び声で、何人かが水の中に飛び込み、彼を見つけるには見つけたけど、もう遅かったのよ」

その彼女のことばにレオポルドの記憶はますますはっきりしてきた。彼自身は泳ぎは苦手で、闇に黒々と光る水におじけづいて、その悲劇の場所のすぐ上方にあった石橋まで駈けたのだった。そしてそこから懐中電灯を照らして、シャーリイともうひとり誰かがジョージを引きあげ、草の茂ったバンクに寝かせるのを見守っていたことが思い出された。そこがヴェニス公園と呼ばれるのは、入り組んだ小川の流れと小橋のためだった。ピクニックとカヌー遊びのためにうまく造園されていて、ニューヨーク州の中のヴェニスといった趣きがあった。小川の深さは大体六フィートから七フィートで、さほど危険な深さとはいえない。しかしあの夜はジョージ・フィッシャーにとっては命取りの深さとなった。クラスの者たちはみんなで彼を介抱したが、小一時間ほどして何が起きたのか全員が思い知らされた。彼は死に、卒業ピクニックは突然の悲劇で幕を閉じた。

「ところで君のほかに彼を引っぱり出したのは誰だった？」とレオポルドは尋ねた。

「ジム・グローヴスだったと思うわ」

レオポルドはうなずいた。「そうじゃないかと思った。でも今日彼がそのことを言わなかったのは妙だな」

「彼は何と言った？」とチャック・クウェインが口をひらいた。

「いや、別に何も。ただ、何か妙だというんだよ。あの事件は何かおかしいとね」

シャーリイ・クウェインが笑って言った。「あなたは二十五年も経った今、あれを殺人事件にしようとしているの、警部さん」

レオポルドもつられて笑った。「まさか」

チャックが葉巻の吸い口を調べながら言った。「いずれにしてももう手遅れなんじゃないかい？　二十五年も経ってるんだから」

「時効のことを言ってるのなら、殺人には時効はないんだ」

「ねえ、もっと楽しい話をしましょうよ」とシャーリイがしびれを切らして言った。「とにかくもう一杯どう？　警部さん」

「いや、もう行かなければ。それにおしゃべりしに来た訳じゃなくて、ただクラス会のことを伝えに来ただけだから」

「でもこういうことがあったヴェニス公園がクラス会の会場としてふさわしいかどうか。きみはどう思う？」とチャックが言った。

レオポルドは立ち上がった。「そうだね、ハリー・トリヴァーに話してみるよ。たぶん彼もジョージ・フィッシャーのことは失念していたんだろう」

「彼だけじゃないよ。みんな忘れていた」

レオポルドはうなずいた。「ああ、ジム・グローヴス以外はね。彼だけはちゃんと憶えていた」


その夜遅くレオポルドはハリー・トリヴァーの自宅に電話をかけた。ハリーはしたたか酔っているような様子だった。「おい、どうした？　なにやってんだ？　ちゃんと全員に連絡ついたか？」

「ああ、ジョージ・フィッシャー以外は。彼はもう死んでるからね」

「ジョージ……ああ、そうだった。彼の名が名簿に載ってたことを忘れていたよ」

「ハリー」

「何だ？」

「クラス会の場所をどこか別のところに移すべきだとは思わないか？　ヴェニス公園だとあの事件がいやが上でも思い出される」

「何で？　何のこと言ってるんだ？」

「もちろんフィッシャーのことだよ」

「みんな忘れてるさ」

「いや何人かは憶えてる。それどころかあれは事故ではなかったと思っている者だっている」

「何だって？　やめろよ、レオポルド。警察のバッジをおでこにつけるような真似は。俺はあんたに何人かの人間に連絡をつけてくれと頼んだだけだぜ」

「分った。悪かった」レオポルドは受話器を置いて煙草に火をつけた。かなり長い間オフィスのくもりガラスを見つめた。いったい何だ？　昔のクラスメイトたちにいいところを見せようとしているのか？　いくら警察官でもこれはやりすぎじゃないか？　もう四十三だ。若くはない。忘れるんだ。今すぐ！

しかし翌日の午後彼は再びジム・グローヴスを訪ねていた。

グローヴスは眠そうな眼をこすりながらドアを開けてくれた。「よお、二十五年も会わなかったというのに、続けて二日も会うとはね」

「すまん、手間を取らせて」とレオポルドは言った。

「はいれよ。冷蔵庫にビールが冷えてるぜ」

「いや、いいよ。ちょっと訊きたいことがあって来たんだ。昨日君はフィッシャーの事件について妙なことを言ったね。誰かが彼をボートから突き落としたかもしれないって。どういう訳なんだ？」

「あんた仕事で来たのかい？　二十五年も経ってろくでもないことを解決しようというのか？」

「もし解決しなければならないことがあるのならね。確かに昔の話だが」

「解決しなければならないことか。分ったよ。なあ、フィッシャーは確かに泳ぎはうまくなかった。でもあのろくでもない川の幅はたったの十フィートなんだぜ」

「深さは？」

「六フィート。たぶんね。彼は歩いて水から上がることもできたはずだよ」

「しかし彼はそうしなかった」

「ああ、そうとも！　だって誰かが彼をカヌーから突き飛ばしたんだから」

「じゃあ誰かが水の上を歩いて行ったと言うのか？」

「たぶん別のカヌーに乗ってた奴だろう」とグローヴスは答えた。

レオポルドは煙草に火をつけた。「君の記憶は大したものだね。ほかに何か憶えていることはないかな？　あの晩ほかにカヌーに乗ってたのは？」

「クウェイン。あの時チャック・クウェインがフィッシャーのすぐうしろにいた」

「彼らの仲はよかったっけ？」

「そいつはどうかな」彼は台所にはいって水滴のついたビールを手に戻ってくると続けた。「よくはなかったな。例のシャーリイ・フェイズンにふたりとも熱をあげていたからな。フットボールの試合の時の彼女を今でも思い出すよ。まったくいかした女だった」

「でも、私が憶えてる限り、シャーリイにいかれていたのはほぼクラスの全員じゃなかったか？」

「ああ、そうとも。この俺だって一度はな」

「あの日ジョージはシャーリイと一緒だったっけ？」

「いや、俺の記憶じゃそうじゃなかった。フィッシャーはほかのに手を出していた。マージ・オルガード。憶えてるか？」

「おぼろげだが。髪の黒い、背の低い娘だっけ」

「そうだ」

「彼女は今何をしてるんだ？」

「結婚はしてないと思うね。時々町で彼女を見かけるんだよ。デパートに勤めてる」

「助かったよ、ジム。大した記憶力だな」

「ああ、時間があるなら、フットボールの試合についても聞いて欲しいね。工業高校相手に俺が八十五ヤード突っ走ってタッチダウンを決めた試合憶えてるか？」

「ああ、憶えてるよ、ジム。でもそれは今度来た時に聞かせてもらおう。もう君も仕事に出かける仕度をしなくちゃいけないんじゃないか」

「えっ？　そうか。遅くなった」彼は残りのビールを飲み干した。「また会おうぜ。遅くても六月のクラス会でまた会えるよな」

「もちろん」レオポルドは部屋を出た。そしてなんだかジム・グローヴスが気の毒に思えた。すぎ去ったよき時代を克明に憶えていることがかえって哀れな気がした。しかしそのことをとやかく言う資格は誰にもない、そう思い直した。

マージ・オルガードはFでもGでも始まる名前ではなかったが、レオポルドは彼女に会いに行った。彼女は町で一番大きなデパートに勤めており、彼が行った時にはキャンディ売場でジェリー・ビーンを小さなビニールの袋に詰めかえていた。数週間前にイースターがすんだばかりなので、それらはその時の売れ残りなのだろうと彼は思った。そしてふと、うさぎの形をしたチョコレートは溶かしてまた売るのだろうかと思ったりした。

「すみません、オルガードさん？」

「そうですが……」彼女は昔の明るい笑みを失っていなかった。四十代の影ははっきりとうかがわれたが。

「こんなに何年も経った後だからもう憶えてないと思うけど、レオポルドです。あなたと一緒の高校へ行っていた」

しばらく彼女の顔にためらう色がうかび、そしてそれはすぐに明るく輝いた。「まあ、どういうこと！　憶えてるわ、憶えてますとも！　どうしてるの？」

「まあ、なんとかかね。もしできれば二、三分話したいことがあるんだけど。コーヒーを飲めるような休み時間はある？」

「このデパートはわたしに預けられているのよ」そう言って彼女はすばらしい微笑をうかべ、ほかの店員のひとりに合図を送った。「あなたとコーヒーが飲めるなんて。もうほとんど誰とも会ってないもの」

デパートのけばけばしい食堂でふたりはコーヒーを飲みながら、昔の思い出話に花を咲かせた。そして最後に充分間《ま》を見はからってからレオポルドは尋ねた。「ジョージ・フィッシャーを憶えてる？　あの卒業ピクニックで溺死した――」

「ええ、憶えてるわ」突然彼女の眼がくもった。

「私はあの日のことを思い出そうとしていてね。あの時本当は何が起こったのか知りたいんだ。君はジョージと一緒だったよね？」

「死んだ時は別だったわ」

「うん、もちろん、死ぬ前のことだ」

「思い出すのは難しいわ。来月でちょうど二十五年も経つのよ。ハリー・トリヴァーがこないだクラス会について電話をかけてきたけど」

「知ってる」

「そう、あの日わたしはほとんどジョージと一緒だったわ。彼がカヌーを借りて公園の中をふたりで乗りまわした。小川や池になっているところや、橋の下や木の枝が水面におりているところや――」

「それで何があった？」

「さあ、憶えてないわ。そう、土手で休んだわね。柔らかい草の感触は憶えてる。それで暗くなってカヌーを彼が返しに行って、結局それが生きている彼を見た最後になってしまったわね。叫び声がして行ってみるとみんなで彼を救おうとしていた。恐ろしかった」

レオポルドは彼女の心を今さら乱したくはなかった。しかしぶつけなければならない質問がひとつ残っていた。「その、土手で休んでいる時、彼は、君にキスしたり、ネッキングしたりしたのかな？」

「何なの、これは？」彼女のくもった眼が突然疑惑に鋭く光った。「何のための質問なの？」

「フィッシャーの死を調べてるんだ」

「あなた警官か何かなの？」

「これは公けの捜査じゃない」と彼は口早に言ったが、すでに彼女の心は彼から遠のいていることに気づかざるをえなかった。立ち入りしすぎたと思わざるをえなかった。彼女はコーヒーを飲み干すと、ほとんど別れも告げずキャンディ売場に戻って行った。

レオポルドは溜息をつき、二杯目のコーヒーを注文した。今すぐ忘れるべきだ。今やっていることからは何もいいことは出て来やしない。それぞれの心に静かにほどよく埋もれている二十五年も前の記憶を、かき乱しているだけだ。ろくでもないお巡り根性がありすぎるんだ。だから疑心暗鬼になっている。たぶんこのこともそのせいなんだろう。

その夜、彼の行動を知ったハリー・トリグヴァーから彼の家に電話があった。その声からは彼が最初に見せた友好的な態度は、微塵もうかがえなかった。

「レオポルド、いったい君は何をしようとしてるんだ？」

「何のことだ？」

「分ってるじゃないか、ジョージ・フィッシャーの件だ。君はみんなを不愉快にさせている」

「えっ、誰をだね？」

「名前を言えというなら例えばマージ・オルガード。君が警察官だと知って彼女は怖がってるんだ。いったい彼女に何を尋ねたんだ？」

「別に何も」

「それに彼女の名前は君のリストにはないはずだ。まったく何をこねくりまわしてるんだね？」

「真実だよ」

「二十五年も経った今真実なんてどこにもありやしない。あるのは思い出だけだ。みんなを困らせるのはもうやめて欲しい。私もふくめて！」

「君を困らせる？」

「私はこのクラス会を成功させたい。それに殺人事件を持ち込んでみんなの意気があがると思うか？」

「誰も殺人事件だなんて言ってないよ。少なくとも今のところは」

「いいか、忘れろ。私がクラス会で君に頼んだことも何もかもだ。いいな？」

「今この時点でそうすることはできないね。思い出が心を放してくれない」

トリヴァーは荒々しく電話を切った。レオポルドは彼に少し悪い気がした。いや、ほかのほとんどの相手についても同じ気持ちだった。しかしことはもうすでに彼の手を放れていた。車輪が動き出したことを彼は感じていた。そしてその車輪は行き着くところまで行かなければ、止まりそうになかった。

その夜レオポルドはいやな夢を見た。夜明けのうす明りがさし始めた頃目覚めると、体にびっしょり冷汗をかいていた。しかしその夢はあの日の出来事をまるで昨日のことのように、鮮明に思い出させてもくれた。彼は石橋の上にいた。身を乗り出してつかんだ橋の石の手すりが濡れていた。水面がきらきらと光っている。シャーリイ・クウェイン、あの頃はシャーリイ・フェイズンだった。彼女が若い体にぴったりとはりついた水着で、濡れてぐったりとなったジョージの体を水の中から引き上げていた。そしてもうひとりジム・グローヴスが彼女を手伝っていた。着ているものはびしょ濡れで靴も片一方は川の中に落としたらしかった。

レオポルドは突然起き上がった。ジム・グローヴスは、その抜群の記憶力にもかかわらず、ジョージの体を引き上げるのを手伝ったことをどうして黙っていたのだろう？　なぜ？　それはただおれがそのことについて何も尋ねなかったからなのか？

レオポルドはベッドから転がり落ちるようにして出ると、急いで身支度をした。彼自身の憶測や記憶を離れて、署に行って記録を調べようと思ったのだ。オフィスに着くとすぐ、前夜の報告義務にかこつけてフレッチャーを呼んだ。

「報告書はまだできてませんよ」とフレッチャーは言った。「いったい何があったんです、警部？」

レオポルドは手を頭にやって言った。「私は知らんよ。君が話してくれ。昨日の宝石泥棒はどうなった？」

フレッチャーの笑みがひろがった。「片付きましたよ。ビルの前で捕まえた若造が全部吐きました」

「ダイヤの指輪はどうなった？」

「今まで聞いたこともないようなとんでもない手口です。奴さんには同じビル内で働いているガールフレンドがいましてね。三時きっかりに彼女がオフィスを出てコーヒーを買いに降りて来るようにしてあったんです。それで彼女がコーヒーのはいった紙コップを手に戻ってくるのを見はからって盗んだんです。そうして逃げる途中でその紙コップの中に指輪を投げ込んで、自分はそのまま走りさったって訳です。完全な手口ですよ」

「いや、そうじゃないね」とレオポルドは答えた。

「何ですか？」

「だって捕まえたんだろう？」

「ええ、まあ、そうですが、でも奴さんが折れてゲロしなければ、われわれの頭では永久に分らなかったでしょうね」

会話はレオポルドを疲れさせた。どんなものにも彼はウンザリさせられる気がした。

「完全犯罪って奴は時にわれわれ刑事の強迫観念になることがある。フレッチャー、私は今そいつに見舞われているのかな」

「何です？　警部、それは」

「二十五年前十八歳の少年が学校のピクニックの最中にヴェニス公園で水死した。実を言えば私自身その時の証人なんだが、今になって不可解な気がしている。もしかしたら誰かによって殺されたんじゃないかという気がし始めているんだ」

「警部、忠告します。忘れなさい。いいですか、そんな昔のことにかかずらわなくても、毎日新しい殺人が起こってるんですよ」

レオポルドは溜息をつき、椅子をまわして窓の外を見た。五月の上旬は彼の好きな季節だった。それはただ単に春が大地を元通りの生き生きとした姿に戻すからというのではなく、冬の気の滅入るような仕事を完成させる電気的な鼓動を感じることができるからだ。しかしその日の天候は気に入らなかった。

「君の意見は尊重しよう。しかし聞く訳にはいかんね。資料室へ行って当時の記録を探し出して来てくれ」

「いったい警部、何年前だっておっしゃいました？」

「来月で二十五年になる。でも記録から何か得られるはずだ。名前はジョージ・フィッシャー、ワシントン高校の三年生だった」

「そりゃ記録はあるでしょうよ。ほんの一トンばかりの埃の下にね」

「やってできない仕事じゃないんだから、ちょっとは私を喜ばせてくれよ」とレオポルドは言った。

フレッチャーは一時間近く悪戦苦闘し、戻って来た時には眉毛の上に埃が白く積もっていた。彼は背がまっすぐの椅子にくずれるように坐って、手にした法定サイズのバインダーの埃を吹き飛ばした。「まあ、ご満足して頂きたいものですな」

レオポルドは薄い唇に笑みをうかべた。「今日は何でも満足するさ。何が分った？」

「何が分るもんですか？　書類が全部揃ってくれていればいいですがね。いったいお偉方は古い資料をマイクロフィルムにしようなんてことは話し合いもしないんですかね？」

「新しいビルでも建てることになれば考えてくれるんだろうよ」と言ってレオポルドは急に記録を見たい気持ちが強まった。もしかしたら自分の名前が出てくるかもしれないと思ったのだ。幻影のように忘れ去った過去の自分がうかびあがってくるかもしれないと。

「何が見つかった？」

「あまり沢山はないです。そうですね、検死報告、子供の証言、それに担当刑事の報告書だけです」

「刑事？」レオポルドは身を乗り出した。「何で刑事が関係してるんだ？」

「分らないですね。何も書いてないです。でも少くとも最初は単なる事故とは考えなかったということですかね」

「うん、で、検死の結果は?」

「溺死です。それについては別に特別なことは書いてないです」

「外傷の痕とかはないのか?」

「何もないですね。髪の毛が少し引き抜かれているようですが。たぶんそれは救助した時のものでしょう」

レオポルドはちょっと宙を見る眼付きになった。「チャック・クウェインの証言はあるか?」

フレッチャーは書類を何枚かめくった。「あります。彼はフィッシャーの後方百フィートばかり離れてカヌーに乗っていたようです。暗かったが、時々雲の合間に日がのぞいていた。フィッシャーと同じボートには乗ってなくて、フィッシャーのボートにはマージ・オルガードという名の女の子が乗っていたと言ってますね」

レオポルドはうなずいた。「事故については?」

「ええと、流れがちょうど曲がっているところで、叫び声と水のはねる音がして、フィッシャーが水中でもがいているのを目撃したそうです。でも彼は泳げず、水にはいるのはためらわれて、それで助けを呼び、何人かが駆けつけた。その時はもうフィッシャーの体は水中にもぐっていて、何も見えなかったが、シャーリイ・フェイズンとジム・グローヴスが水に飛び込んだと言ってます。そして彼らが引き上げ、人工呼吸をほどこしたが、その時はもう遅かった」

「ほかの者の証言は？」

「待って下さい……ええと、シャーリイ・フェイズン――彼女はただひとり水着を着ていて、一番最初に水に飛び込んだようです。しかしグローヴスが少し遅れて彼女を手伝うまでフィッシャーを見つけることはできなかったと言ってます。グローヴスの方は服を着たままだったが、とにかくダイビングして彼女とふたりで引き上げた」

「グローヴスは何と言ってる？」

「ほぼ変わりませんね。ただ彼の方はその日早くシャーリイ・フェイズンと水泳をしていて、シャーリイは水着を着たままだったが、彼の方は着替えたんですね。彼らの泳いでいたプールは事故現場から百ヤードほど離れたところにあります。彼はまずクウェインの助けを呼ぶ声を聞いて、その声の方に走って行くと、すでにシャーリイが来てフィッシャーを探していたと言っています。それでふたりで助けた」

「マージ・オルガードについては？」

「クウェインの証言に出て来ます」

「分ってる、それ以外には？」

「彼女自身の非常に短いコメントだけですね。事故の前にフィッシャーと一緒にカヌーに乗っていたという」

「ハリー・トリヴァーはどうだ？」

フレッチャーは最後のページにざっと眼を通した。「ありませんね、何も。でも刑事の結論がありますよ」

「それは興味津々だね」

「ところがどうもつまらないんです。フィッシャーはカヌーの中で立ち上がった、そして落ちた。それだけしか書いてありません」

「なんで彼は立ち上がったんだ？」

フレッチャーは肩をすくめた。「さあ」彼は煙草を出して火をつけた。「でも警部、私は警部がなぜこれを殺人事件に仕立てようとなさるのか、それが分らないですね」

「それが仕事だからさ、ちがうかね」

「こんなに時間が経っていても？」

「もしそれがその時殺人事件だったのなら、それは今でも殺人事件だよ」

フレッチャーは汚れた窓から差し込む朝の光に青味がかって見える煙草の煙に眼を細めながら言った。「そりゃそうです。でも、もしそれが殺人事件だったのなら、警部も容疑者のひとりということになりますね」

レオポルドは眼をぱちくりさせた。彼はそんなふうには一度も考えてみなかった。

その日の午後、彼はマージ・オルガードの働いているキャンディ売場を再び訪ねた。彼女が三人ほどの子供客を片付けるのを待って、彼女に近づいた。

「またなの？」と言って彼女はきっと唇をむすんだ。「今日はコーヒーは飲みたくないわ。悪いけど」

「ひとつ訊きたいことがあるんだ」

「もう充分お訊きになったんじゃないの？」

「たしかにこの前は不躾なことを訊いた。でもあの日君は公園でフィッシャーとけんかはしなかったかい？」

彼女はほかの誰にも聞こえないように、体を彼に近づけた。

「ねえ、ここから出て行って。あなたの汚ない質問と一緒にここからどこかへ行って！いったい何だっていうの、こんなことをして何が面白いの？　あなたは学校の女の子たちと一度もつき合ったことがなかったんでしょう、そうでしょう？」

「マージ……」

「あの日ジョージとけんかなんかしなかったわよ。あの日はわたしの人生で一番幸福な日だった、彼が死ぬまでは。そのことはあなたがどんな汚ない質問をしようと変わらない。もちろんこの齢になってかなり記憶はうすれてしまったけれど、でも、ジョージ・フィッシャーはまだわたしの心で生きているわ」

それ以上レオポルドに言うことばは何もなかった。ただ、「悪かった。二度と君をわずらわせないよ」とだけ言った。そしてその場を離れて思った。不必要なせんさくで人を悩ませすぎてはいないだろうか？　たぶん無益なことなのだろう。二十五年も経っているのだから。

その夜、月はなかったが、空は澄んでいた。レオポルドがアパートに戻ると、建物の入口のところで屋上からレンガが落ちてきて彼の頭をかすめた。風のせいということもあるだろう。しかしその夜風はなかった。彼はリボルバーを手に屋上へ駈け昇った。しかし誰もいなかった。ただ非常階段が下りている裏の露路の角を駈け逃げる男の姿が一瞬見えた。彼は部屋に戻り、銃を枕の下にして眠った。それはそれまで一度もしたことのないことだった。

フレッチャーはサイクリングをしているティーンエイジャーの一団を避けて、警察の車をヴェニス公園に乗り入れた。「五月の土曜日だものな」と彼はいつくしむように言った。「みんな外に出ますよね」

レオポルドはその朝鏡台の抽斗からひっぱり出して来たパイプを吸っていた。サイクリングの一団が角を曲がるまで見つめて彼は言った。「公園というのはああいう連中のためにあるんだと思うよ」

「そう、それと暗くなってからは恋人たちのために。またたぶん時には殺人のためにもあるんでしょうね」

彼らは石橋を渡り、レオポルドはその途中でフレッチャーに車を停めるように言った。

「このあたりであることは確かなんだが。プールがまだあそこにあるからな」

「でも警部はこんな大きな橋だとはおっしゃいませんでしたよ」

「ああ、当時はもっと小さかった。でも変わったんだろう」彼はドアを開けて車から降りた。「ちょっと歩いてみよう、フレッチャー。天気もいいし」

フレッチャーも車を降りた。「警部はゆうべのことはやはりクラスの誰かが警部を殺そうとしたとお考えなんですか？」

「いや、そうは言えないよ。私を憎んでる奴なんていくらもいるからね。しかしこのところ私はこれにかかりきりだからな」そう思って彼はふと気になった。もし重大な殺人事件が今起きていたとしたら、こんなにジョージ・フィッシャーの水死事件にうちこんだだろうか？　今していることはまったく時間の浪費ではないだろうか？

フレッチャーは煙草に火をつけた。「今朝警部に言われた通りうちの若いのに屋上を調べさせたんですがね、何も見つからなかったですね。煙草の吸いがらひとつ」

レオポルドは不意に興奮を覚えた。プールの方向から狭い石橋に続く砂利道を歩きかけた時だ。「ここだ、フレッチャー！　まちがいない！」

突然彼はそれがまるで昨日起きたことのようにはっきりと思い出した。その石橋だった。公共事業促進局《W・P・A》への賛辞のことばがその橋には彫り込まれていたのだ。ほぼ三十年の間に人の足や車によってかなりぼやけてはいたけれども。彼は橋の中心に立って黒っぽい水を見下ろした。

フレッチャーは草の茂った水際に降りて十二フィートの巻尺を取り出した。そしてその一端をレオポルドに投げて渡し、まるいメタルのケースが錘りになった恰好でその先端が水面に接するのを見守った。「ＯＫ、警部。橋の上から水面までは九フィートありますね」

「橋桁からはどれくらいだ？　そこから見えるか？」

フレッチャーはその長い体軀をいっぱいにのばして、橋の突端に手をついた。「六フィートはないですね。たぶん五フィート十インチ前後」

レオポルドはうなずいた。「そうか、彼がカヌーに乗って立ち上がったとしたら、頭をぶつける高さだな」

「でも誰がカヌーに乗って立ったりします？」

「水死する連中さ。あの報告を書いた刑事については調べたか？」

フレッチャーはうなずいた。「ええ、七年前に退職してフロリダに越したそうで、二、三年前に死んでいます」

「まあ、どうせ彼に訊いたって覚えちゃいなかっただろうがな」とレオポルドは言った。「溺死か。フレッチャー、巻尺を川底に沈めて深さを計ってくれないか？」

フレッチャーはレオポルドのいる橋の上に戻った。そこからたっぷり十二フィートあった。フレッチャーが橋から上体をいっぱいに伸ばしてやっと巻尺は川底についた。「つまりおよそ六フィートですね」彼は単純な引き算をして言った。「まあ、溺れて不思議じゃない深さですよ」

「フィッシャーは背の高い奴だった。川の深さと同じくらいだ。なんで川岸まで歩こうとしなかったんだろう。ほんの数フィートの幅なのに」

「暗くてパニック状態だったんじゃないですか。よくあることでしょう。それにもしかしたらその時はもっと深かったのかもしれない」

レオポルドは首をふった。「ここの川は春に水かさが増す。だが六月になると今よりも浅くなるんだよ」

「だったら頭を打ったんでしょう、警部がおっしゃったように。それで気を失ったんでは？」

「しかし検死によれば頭に外傷はない。それにチャック・クウェインの話だと彼は水の中でもがいていたという。あきらかに意識はあったんだよ」

「じゃあ、何なんです？」

レオポルドは橋の上の乾いた砂利をもてあそび、記憶をたどった。「フレッチャー、水しぶきをあげられるくらいでかいものは車にないかな?」

「はあ?」

「何でもいい……そうだ、スペアタイアだ! スペアタイアを持って来てくれ」

しばらくしてフレッチャーは困惑した面持ちでスペアタイアを彼の前に転がしてきた。

「お望みの品は確かにこれなんでしょうね、警部?」

「それでなんとかなるだろう」とレオポルドは微笑みながら答えた。「君が水の中に飛び込みたいと言わない限りは」

「遠慮します。でも警部、何をなさるつもりなんです?」

レオポルドはタイアを石の手すりまで持ち上げた。「ちょっと試してみるのさ、フレッチャー」彼はタイアを川に落としてその水しぶきを調べた。「悪いがあれを拾って来てくれると、もう一回やれるんだがね」

フレッチャーは近くの木の枝を折ってそれを使ってタイアを岸に寄せた。「警部はご自分が何をなさっているのか、ちゃんと分ってやっておられるのだと思いたいですな」

レオポルドは待っている間パイプで石の手すりをこつこつと叩いた。「クラス会でみんなに会えるというのはきっといいことなんだろう」と彼は呟いた。「奇妙なものだな。職業や経済状態でもって年が経てばみんなまったくちがってしまう。昔はそれほど別々じゃなかった。しかし今私は刑事、ハリー・トリヴァーはセールスマン、マージ・オルガードは店員、シャーリイはチャック・クウェインと結婚し、チャックはエンジニアとして成功している。一方グローヴスは工員」

「そしてフィッシャーは死んだ」

「そうだ、フィッシャーは死んだ。それが人生って奴なんだろう。幸福になるものもいれば、死ぬ奴もいる」彼はもう一度タイアを落とした。しかししぶきは最初よりも少なかった。

「ご満足？　警部」

「ああ、満足だね。水しぶきが橋のこの手すりまで届くかどうか見たかったんだ。届かんね」

「それが何の証拠になるんです？」

レオポルドは肩をすくめた。しかし何も答えなかった。もう二十五年も経っている訳だが、答を出すのはまだ早すぎた。

その日そのあとで、彼はかなり取り乱したハリー・トリヴァーの電話を受けた。「あのな、レオポルド」と彼は挨拶もなく切り出した。「今夜何人かが集まってクラス会の打ち合わせをやる。あんたにも来てもらいたい」

「チャック・クウェインのところだ。はっきりとさせたい。あんたが今やってることを」レオポルドは受話器に溜息を吐いて言った。「分った。行くよ。何時だ？」

「どこでやるんだ？」

「八時すぎだ」

八時半にレオポルドはクウェインの家の車置きに車を乗り入れ、車が一台しか停まっていないのを見て意外な気がした。案の定そこに集まったのはクウェイン夫妻のほかはトリヴァーとマージ・オルガードだけで、みな相当不機嫌そうな顔付きで彼を迎えた。

彼はマージと向かい合って椅子に腰を下ろしたが、さすがに居心地はいいとはいえなかった。シャーリイ・クウェインが彼のほうはあまり欲しくもないマティニをつくってくれて、た。こういうふうに客にマティニを居心地の悪さをそえて出すのが、最近の洗練されたやり方なんだろうかと思わない訳にはいかなかった。「これで来るのは全部？」と彼は尋ねた。

「ジム・グローヴスにも言ったんだが、仕事があるということでね」トリヴァーがはっきりしない口調で答えた。

グローヴスが夜勤だったことを思い出して、レオポルドは前夜彼はどうしていただろうとふと思った。わざわざそれをチェックする必要のないことは分っていたけれども。彼にはもう誰が彼を殺そうとしたのかおよその見当がついていた。「それで、いったい何が今夜の議題なんだい？」

「君だよ」とチャック・クウェインがにこりともしないで答えた。「まずここにいるマージがもうクラス会には出ないと言っている。君のやった質問のせいで、そういう者がほかにも何人か出てきている」

「それで？」

「私は君に手を引けと言ったはずだ」とトリヴァーが言った。

「うん、私もそうしようと思った。しかし私の気を変えるものがあった」

「あなたはほんとうにジョージ・フィッシャーが……その、殺されたと思っているの？」

質問をしたのは、カクテルをいっぱい乗せたトレーを持って台所から戻ってきたシャーリイ・クウェインだった。

「そう、私は彼は殺されたと思っている。当時警察もその疑いを持っていた。もっとも何も解決はできなかったが」

「君は何かを解決したのかね？」とトリヴァーが尋ねた。

「さあ、分らない」

「でも君はまだこのばかげた捜査を続けるつもりなんだろう？」

クウェインがさきほどから椅子を立って、部屋の中をぐるぐる歩きまわっていた。それはレオポルドに、餌を待っている檻の中の虎を連想させた。

「うん、私は続けるつもりだ」と彼は答えた。「実を言うと、ここを出たあとでヴェニス公園へ行ってみようと思っている。自分の記憶をより明確にさせるためにね」

「こんな夜中に？」とシャーリィ・クウェインがいささか驚いたように訊き返した。

「事件は夜に起きているからね」と彼は答えた。その彼のことばはほとんど無意識に彼の唇にのぼってきたことばだった。OK、と彼は自分自身に言い聞かせた。私はこの中のひとりに話しかけているのだ。私を襲いに来るがいい。

もし彼がまちがっているのなら、真犯人は実はジム・グローヴスか他の者だったら、それはそれで彼には何の危険もない訳だった。彼は飲みものを飲み干して、暇乞いをした。

「待てよ！」とハリー・トリヴァーがとめた。「まだ何も話しちゃいないじゃないか。クラス会はどうなるんだ？」

「とりあえずわたしは抜きにしといてね」とマージが言った。「昔のことをああとやかく訊かれてはね」

「なあ、私の心配が分ったかね？　誰も来なくなってしまうんだよ。そういうものなんだよ」とトリヴァーが言った。

「すまん」レオポルドはそう答えた。そして実際悪い気がした。クラス会に対してではなく、ハリー・トリヴァーに対して。

レオポルドは川にかかった石橋にもたれ、石の冷たさを感じながらパイプをふかして一時間待った。死の危険が迫り来て、彼の身をかすめるのを待った。彼は確信していた。また殺人者が彼を殺そうとすることを。しかし一時間が二時間になろうとして、彼のその絶対的自信も揺らぎはじめた。たぶんあの会から抜け出られないでいるのだろう。それとも自分がまちがっているのか。もし犯人はジム・グローヴスか、それともほかの人間だったら？

たっぷり二時間が過ぎて、彼はパイプをたたいて燃えさしを川のぬかるみに落とし、帰ろうとした。その時だった。ほぼ二十フィートほど離れた木のうしろで黒い人の影が動いたのに気付いた。背骨を冷たい戦慄がかけ抜けた。「やあ、君」と彼は言った。「君を待っていたんだよ」

チャック・クウェインが陰から出て来た。夜の青白い光にその顔がうかびあがった。

「俺が来るのは分ってたのか？」

「分っていた」

「今度は銃を持ってるぞ」とクウェインは言った。凶器が月の光を受けてきらりと光るのがレオポルドの眼にも見えた。

「それはレンガよりはよかろうね。でも君はそれを使いはしない」

「どうして分る？」

「だって君は犯人じゃないからさ。私を殺したって君の女房の秘密は守れんよ。ジョージ・フィッシャーを殺したのはシャーリイだろう？　ちがうかね？」

チャック・クウェインはレオポルドが近くに隠れていたフレッチャーに合図をしたのにも気付かなかった。まるで生気を抜かれた人のようになって、レオポルドとフレッチャーが、彼から銃を奪った時も、まったく抵抗する気配も見せなかった。

「車に戻ろうや」とレオポルドが言った。「車の中で話を聞こう」

「なんでシャーリイのことが分ったんだ？　なんで？」

車に戻ったレオポルドはフレッチャーにテープレコーダーのスウィッチを入れるように合図を送った。のちに彼らはそれにクウェインのサインを取った。「思い出だよ」とレオポルドは答えた。「思い出と推理。意識を失わない限り、フィッシャーがあんなに浅い川であれほど早く溺れてしまうのは、どうも不可解だった。しかるに彼の頭に外傷はないし、君は彼が水の中でもがいているのを見たと言う。それでどんな可能性が考えられるか？　そう、誰かが水の中から引っぱって彼を溺れさせたんだよ」

チャック・クウェインは不意の寒さのせいか、それともたぶん記憶のせいか、身ぶるいをした。「こんなに何年も経ったあとで」彼はただそう言った。

「しかし何か明らかな証拠があっただろうか」とレオポルドは続けた。「それがあったんだ。フィッシャーの髪の毛だよ。その一部が抜かれていた。その日一日中彼はマージ・オルガードと一緒だったが、彼女はそんなことはしていない。では、誰か？　確かにみんなが彼を水から引き上げた時に、誰かが彼の髪を引き抜いたと考えられなくもない。でも、いったい人を救助する時にそんな乱暴なことをするものだろうか。それよりも私には、犯人が水の中で彼の髪の毛を引っぱって彼を溺れさせた、と考える方が自然に思えた。そこで次の疑問は当然誰がということになる。私はシャーリイ・フェイズンがフィッシャーの彼女だったのを思い出した。しかしあの日彼はマージと一緒だった。それが動機となる可能性は十分にある」

フレッチャーがうしろの座席で体をうごめかせて、煙草に火をつけた。とても静かな夜だった。

「それであの日のシャーリイの行動を追ってみると、どうも妙な点にぶつかったんだ。彼女はジム・グローヴスと泳いでいて、ジムの方は先にプールから引き上げた。彼女がプールを出たのは誰も見ていないが、彼女がフィッシャーを引き上げたことはわれわれみんな知っている。しかしチャック、彼女が彼のあとを追って水に飛び込んだところを証言できたのは君だけだった。もし、誰かが水の中でフィッシャーを溺れ死にさせたのだとしたら、それは彼を助け出したふたりのうちどちらかということになる。シャーリイ・フェイズンか、ジム・グローヴスか」

「なぜ?」それだけだった。ただ〝なぜ〟とチャックは呟いた。

「犯人はずぶ濡れじゃなきゃならんからさ。しかるにふたり以外に水につかっていた者はひとりもいない。シャーリイだけを除いてみんな服を着たままだった。そんなことを考えるうちに私は偶然私自身のうもれた記憶の中のあることに思いあたった。私があの日あの石橋のところから、ふたりがフィッシャーを引き上げるのを見守っていた時、橋の石の手すりが濡れていたことを不意に思い出したんだよ。湿ってたんじゃない。はっきりと濡れていたんだ。雨は降ってなかった。あの夜いくらか雲はあったが、月がでていたものな。そしてフィッシャーがいくらもがいたって水しぶきは橋まで達しない。そう、犯人はあの橋の上で、ジョージ・フィッシャーが何ら疑いもせずカヌーで下を通るのをじっと待っていたんだよ。その頭の上に飛びかかるために。しかしジム・グローヴスはすでに服に着替えていた。ほかのみんなもそうだった。ただシャーリイひとりが水着のままだった。プールを出たあとも。つまりただシャーリイひとりがフィッシャーのカヌーに飛び下りる前に、石の手すりを濡らすことができたんだよ」

「そんなんじゃない」とクウェインはほとんど呻くように言った。「彼女はそんなことを計画しやしなかった。彼女は橋のへりに坐って足をぶらぶらさせていただけだ。そこへ彼がカヌーを返しに来るのが暗がりの中に見え、彼がその下を通った時、二言三言ふたりはことばを交わした。彼女はマージ・オルガードについて尋ね、彼はそれに対して彼女を激怒させる返事をしたんだ。つまり――マージの方が、ネッキングがうまいとかなんとか。彼女は……ただ飛び下りただけだ。はじめから彼を殺そうなんて思ってやしなかった」

レオポルドは暗闇に向けて溜息をついた。二十五年も昔のことかもしれない。しかし今これでほんとうに再会できたのだと思った。

「それでそのことがシャーリイが君と結婚した理由なのか、チャック？　このことで彼女を脅して結婚をせまったのか？」

返事はなかった。クウェインの心はまだ過去の川岸をさまよっていた。「彼女は自分の力を知らなかったんだよ」と彼はひとりごちるように言った。「彼女は水泳がうまかった、スウィミング・チームにいたからね。フィッシャーが水の中では彼女にとって赤子をひねるようだということも、彼女は知らなかったんだ。彼女はたくましい女だった。今もそうだが」

「彼女に会いに行かなければならない」レオポルドはぴしゃりと言った。

「ああ」少し間があって、「どうするつもりだ？」

「分らない。分らんよ」

彼には分りすぎるぐらい分っていた。このケースを解決するのは不可能なことが。いったい何人があの夜シャーリイが水の中にいたことを憶えているだろう？　いやあの当時でさえあの暗がりの混乱した中で、彼女が救助者なのか殺人者なのか、見分けられた者がひとりでもいただろうか？　レオポルドの手持ちはといえばチャック・クウェインの供述と、彼らのやましい秘密がチャックを殺人者に変えかけたという事実だけだ。

小説なら、彼らが丘の上のクウェインの家に着くと、彼女はすでに自殺していたということになるのだろう。しかし実際はやつれた四十三の女が階段を降りてきて彼らを迎えた。彼女は急にふけこんだように見えた。そこにレオポルドがいるのを見て、すべてを察したかのようだった。

「子供が泣き出して」と彼女は落ち着いた口調でふたりに言った。「悪い夢を見たらしいの」

拝啓、編集長様

クリスチアナ・ブランド

山本俊子◎訳

Dear Mr. Editor...

Christianna Brand

《ミステリマガジン》1979年5月号

クリスチアナ・ブランド（一九〇七〜一九八八）

ブランドはマレーシア生まれの英国作家で、子供時代はインドに滞在していた。帰国後、十七歳のときに父親が破産したため、進学を諦めて就職することを余儀なくされる。モデルや販売業などさまざまな職についたが、その経験がデビュー長篇『ハイヒールの死』（41年／ハヤカワ・ミステリ文庫）には活かされた。

ブランドの最初の作家としての成功は、第三長篇『緑は危険』（44年／ハヤカワ・ミステリ文庫）でもたらされた。〈ケントの鬼〉と異名をとるコックリル警部が探偵役を務めるシリーズの一作である。『緑は危険』の舞台となるのは戦時下の病院であり、事件が解決するまで容疑者たちはその中で共同生活を強いられる。彼らは相互に疑惑を抱き合い、緊張感が高まるのである。ブランド作品では、そうした異様な状況下で推理が行なわれることが多く、幾通りもの仮説が呈示されては捨てられる多重解決も、だからこそ意味を持つ。一九四八年の『ジェゼベルの死』（ハヤカワ・ミステリ文庫）では、事件の圧迫から解放されようとして容疑者全員が自白をするという仰天の展開になるのである。

短篇の代表作はやはり「ジェミニー・クリケット事件」だろう。殺人現場の異様さは類例がなく、その状況に論理的な解釈が施される過程は圧巻の一語に尽きる。

Dear Mr. Editor… by Christianna Brand
初出：*What Dread Hand*（1968）

編集長様

　ご計画中の短篇集の原稿依頼のお手紙が、間違った住所に配達され――同封の手紙をごらんくだされればおわかりと思います――私自身、たった今そのことを知った次第で、残念ながら原稿は間に合いません。

　そういうわけですが、編集長個人として興味がおありかもしれないと思いましたので（お読みになってどうかあまりご自分をお責めになりませんように。この気の毒な婦人はあきらかにあたまがおかしかったのですから）この手紙を同封しました。もちろんこれは写しです。もとの手紙は死んだその女が手に握っていたのですが、手書きで、ひどく読みづらい上にあちこち汚点《しみ》だらけで、精神病医が〝錯乱〟と呼ぶ症状を顕著に示していました。今は警察にあります。この写しは、乱れた文章を直し、読みやすくしてありますが、原文のままではまったく意味をなしがたいものでした。

ご返送下さる必要はありません。

クリスチアナ・ブランド

同封の手紙

編集長様

あたしは今、台所で、お湯の沸くのを待ちながらこれを書いています。居間にはガスが充満しているし、また、ヘレンがいておそろしげな音――いびきみたいな――を立てているんです。へんな具合に体を丸くし、顔はまっ赤です。前の時は魚みたいに白くなっていましたが、あの時は溺れたので、事情は違います。溺れたといっても、人が来て助けあげたので、死んだわけではありません。それでもう一度殺さなくてはならなくなったのです。今度はガスです。短篇小説を書くために。

今回思いたったのは、あなたが手紙を下さって、今企画中の短篇集に短い話を書くようにと頼んでこられたからなのです。その手紙は今朝、玄関のテーブルの上に置いてあったのですが、封筒から半分はみ出していました。封筒はどうしたかわかりません。テーブルにはもう一まい、紙きれがのっていました。緑色の小さな紙でしたが、何のためのものか、注意しませんでした。短篇に関係のあるものだったのかしら？　手紙の書き出しは、〝親愛なる乙女へ〟となっていましたから、ヘレンに宛てたものではない、と思いました。だって、ヘレンはまだかなり美人ですが年は四十に近いのです。（よく考えてみますと、〝親愛なる乙女〟は一種の冗談で、この短篇集を書く作家はみな女性だということがわかります。だから、やはりヘレンに宛てたのかもしれません。でも、もうおそすぎます）ともかく、お手紙によれば、カラフルで恐ろしい場面のいっぱいある、ゾッとするような話、ということですが、いったいどういうわけであたしが――この手紙がヘレンに宛てたものなら、ヘレンが――そんな話を書かされることになったのか、さっぱりわかりません。ひょっとすると、いつかの、あの水に落ちた一件のことをご存知なのかも知れませんね。あたしとしては、当然ながら、すぐにあの時はほんとうにゾッとするような、恐ろしい思いをしたんですもの。ヘレンと二人だけで、霧のなかを、運河にそって歩いていたあの時。そして、あたしの手に握ったピストルを見た時のヘレンの顔。でも、あの時はヘレンは助けられてしまったので、ほんとうの殺人にはならなかったんです。

そしてその時、急に一つの考えが浮かんだのです。人は、同じ罪で二度罰せられることはできない、ということ。そうではありません？

あたしはヘレンを殺した罪ですでに罰を受けているんです。刑を言い渡されて、監獄に入ってきたのです。でも、ほんとうに殺したわけではありません。ですから、もう一度、今度は小説を書くためにヘレンを殺そうと思いついたのです。

で、朝食後、あのピストルを出してきました。

ヘレンはピストルを見て真青になりました。いえ、ピストルを見る前に、あたしの顔を見ただけで青くなったのです。「まあ、ミンナ、どうしたの？　ああ、どうしましょう、またなの？　また始まったの？」と叫びましたが、その調子はまるでお祈りをしてるようでした。そう言ってからはじめて、ヘレンはピストルに気がついたのです。そしてその時、恐怖は性質を変えました。それまではあたしのことだけを心配していたのが——それも奇妙なことですけれど——今度は、あたしに対する心配とともに、自分のことも心配になり出したのね。でも、それと同時にまた、ヘレンは腹を立てました。

「そのピストル、どこから出してきたの？」

「ずっと、あたしが持ってたのよ」

「運河へ落としたっていったんじゃなくて？　落としたっていうからあたしは黙ってたのよ、ピストルのことは」

「かくしてたのよ」

「あなた、約束したでしょう？　誓ったじゃないの。それだのに、今までずっと、あたしをだましてたのね。あたしは警察にはだまっていたのよ、あなたに不利になると思って。それだのに……それだのにあなたったら……」とヘレンが食ってかかりました。

「言えばよかったのよ。どうせあたしは刑を受けたんですもの。監獄に入れられたんですもの」とあたしが言いました。

ヘレンはまたいつもの口上を繰り返しはじめました。「ねえ、ミンナ、あれは刑ではないのよ、監獄なんかじゃないの。どうしてわからないの？　あなたの病気を癒すためだったのよ！　それであなたはよくなったじゃないの！　ね、ミンナ？」

よくなったですって！　あんな犯罪人たちと一緒に閉じこめておいて！　赤ん坊を殺したっていうミセス・ホーシットや、自分がグロリア・スワンソンだと信じ込んでたあの女――でもあたしは知ってたんです、あの女がグロリア・スワンソンであるはずはないって。グロリア・スワンソンがあんなところにいるはずはないじゃありませんか。それから、しょっちゅう夢みたいなことばかり言っては、一本注射打って下さい、とねだっていた女の子。そう、ヘレンには一本打ってやる。注射とはちょっと違ったものを。

この冗談をあたしはヘレンに話してやりました。

ヘレンは優しくなり、甘いことばであたしをなだめすかそうとしました。あの時、ピストルのことを言わなかったのは、あたしのためを思って、あたしによかれと思ってしたことだ。あたしを信じていたのだ。だから、今度はヘレンを信用して、ピストルを渡しなさい、というのです。「ええ、渡すわ。ちゃんと渡してあげることよ」とあたしは言いました。そして、笑わずにはいられませんでした。その洒落は、何度もあたしの頭に戻って来て、浮かんでは消えました。あたしは笑いつづけました。手を顔に当ててじっと立ちつくしていました。ヘレンは逃げ出そうとはしませんでした。そして、「ああ、かわいそうなミンナ！　かわいそうなミンナ！」と繰り返して言いました。

泣いていたのかもしれません。そして、「ああ、かわいそうなミンナ！」と繰り返して言いました。

「あたしのどこがかわいそうなの？　あたしが今あんたを殺したって、もう一度罰を食うことはないのよ。この前あたしは監獄に入れられたのに、あんたは死ななかったでしょ？　だから、今、殺してあげるわ」とあたしは言いました。

「あたしを殺したら、あなたにはだれもいなくなってしまうのよ。だれがあなたの面倒をみるの？」とヘレンは言いました。そして嘆願するように、「ねえ、ミンナ、あたしを殺したら、あなたはやっぱり病気がよくなっていないんだということがわかって、また……またあそこへ連れ戻されるのよ。それはほんとうよ、ミンナ。ね、わかってちょうだい」と言うのです。

「そんなことないわ。二度もそんなこと、しやしません」とあたしが言いました。

「ああ神さま、神さま、ミンナをお助けください。わからせてやってください」とヘレンは口走っていましたが、やがてあきらめたとみえ、方法を変えました。「ミンナ、今ここであたしを殺したら、だれがあなたの世話をするの？　だれがあなたの面倒をみて、あなたを守るの？　だれもそんなことしてくれる人はいないのよ。そして、またあそこへ連れて行かれるの。ほかにどうしようもないんですから」ヘレンは心からそう思って言っていたのだと思います。自分が殺されそうになっていることは全然考慮に入れてなかったのです。その時は。ただあたしのことだけを考えていました。あの人はこれまでずっと、あたしを子供のように世話してきたのです。父が生きていた頃からそうでした。母はずっと家にいませんでした。どこか病院に入っていて、だれも母のことは話さないのです。ヘレンは知っていたと思うのですが、あたしには教えてくれません。

「心配しなくていいのよ、ミンナ。あたしが面倒をみてあげるから」とヘレンは言うのです。どうして？　どうしてあたしはあの人に面倒をみてもらわなくちゃならないんでしょう？　いつもそれを思うと腹が立ちました。ええ、今だって考えるとむかむかするのです。時々あの人を殺したくなるのも、そのためかもしれません。一度、ヘレンは何かのことで腹を立ててこう言うんです。「あなたの世話をするためにあたしはジミー・ハンソンと結婚するのをあきらめたのよ。あたしは死ぬまでこんな……」そこまで言いかけてヘレンは口をつぐみ、悪かったわ、こんなこと言って、とあやまりました。それはそうでしょうよ。あたしだって、大勢の男と恋愛をしたのに、片端からあきらめさせられたんですもの。お金持にもなれたろうし、普通の女には考えられないような玉の輿にも乗れたんです。あの頃は、ルーマニアの王さまに言い寄られたこともあるのです。ほかにもたくさん、男はいました。みんな王さまか、そんな人たちで、すばらしい、立派な人たち……。

ここまで書いて、ふっと眠りこんでしまったらしいのですが、目がさめるとすぐ、ヘレンの様子を見ました。まだ同じ場所に横になっています。呼吸は前より静かです。もう半分死んでいるのでしょう。

ですからそういうわけで、結局、ピストルは撃ちませんでした。撃たないでほしいとヘレンがしきりに言うので、可哀そうになったのです。考えてみれば、小説を書くだけのために殺されるなんて、耐えがたいことかもしれませんものね。もちろんあたしはあなたが手紙をくれて小説を書くように言ってきたのだ、と繰り返し説明しました。そのためにこれよりほかのことは考えつかないのです。そして、この話はとてもいい筋書きだと思うんです。それに、一度人を殺した罪で罰せられた人間は、同じ罪でもう一度罰せられることはないのだから、殺したって一向に構わないのです。そこで、あたしは言ってやりました。「ねえ、あんた、死んでみない？」なぜってあたしは罪を着ることもないし、犯罪をかくしたり、そんなことは全然心配しなくていいんですから。あたしがやったってことが人に知れたってちっとも構わないんです。それであたしは言いました。「この前みたいにまた運河に沿って歩いて、突き落とすわ」するとヘレンは、「ああそうね、それがいいわ」と言いましたが、言いかたに熱が入りすぎてるんです。それであたしはピンと来ました。外へ出れば大勢の人が見ている。あたしがヘレンにピストルを突きつけて歩いてるところを見られてしまうにちがいない。（この前の時はもちろん、運河に着くまでヘレンは気がつかなかったんです。散歩に行くといって出たんですから）「それとも、ナイフがいい？　でなければ、毒を飲む？」

　今度は、ヘレンは注意深くあまり熱心な様子は見せませんでした。「だって、毒を飲めば苦しむんでしょう？」

「苦しまないようにしてあげるわ。ほんとは、死んでほしいとも思わないんだけど、小説のためだからしかたがないのよ」とあたしが言いました。

　ヘレンは悲しそうにあたしの顔を見ました。小説のために死ぬのは情けなかったんだと思います。依然としてあまり熱のこもらない調子で、「二人でいっしょに小説を書くっていうのはどう？」と言いました。

「だめよそんなの」とあたしが言いました。「あたしの小説ですもの。そう言って依頼してきたのよ。オリジナルな小説がほしいって」

　それでヘレンはそのことはあきらめたようでした。そして毒殺の方に戻りました。そしてまだあまり気のすすまない調子で、疑り深そうに、「もちろん、苦しまない毒もあるわね」と言い、急に思い出したように、「お台所にネズミ捕り用の毒があったわ。あれはネズミを苦しませないで殺すんですって」と言いました。

「そんなもの、憶えてないけれど」とあたしが言いました。

「あなたは知らないのよ。棚の上に置いてあるわ。小さな罐に入ってるのよ。白い粉」

あたしはヘレンを先に歩かせ、近くへ寄りすぎてピストルを取り上げられないように（もちろんそんなことになったらあたしはピストルを撃てばいいので、ヘレンにもそれはわかっていたはずですけれど）距離をとってあとからついていきました。ヘレンは棚のそばに行きました。なるほど、そこには小さな罐が置いてありました。戻る時、あたしはコップに水を入れて持って行きました。そして粉を全部、水の中に入れさせました。ヘレンは空になった罐を手に持って立っていました。あたしはまっすぐそちらを向いてピストルを構えました。教会の時計が鳴るのが聞こえました。十一時半でした。〝親愛なる乙女へ〟で始まるあなたの手紙を読んでから三時間です。「さあ、ヘレン、これから死ぬのよ」とあたしは言いました。とても悲しく思いましたが、どうしてもやらなくてはならないのです。「さあ、毒を飲んで」とあたしは言いました。

ヘレンはなみなみと水の入ったそのコップを左の手で持ちあげました。手が震えて、毒の水が片側からこぼれ落ちました。「右手を使うのよ。こぼそうったってだめ」とあたしが言いました。

それでヘレンはしぶしぶ、小さな罐を下へ置きました。すると、〝重炭酸ソーダ〟と書いたラベルが目に入りました。

あたしはものすごく腹を立てました。あたしはよく癇癪をおこすのですが、あんなに腹が立ったことはありません。それでどうしたか、思い出せないのですが、ちょうどさっきルーマニアの王さまや昔の恋人たちのことを書いていて急に意識がなくなったように、何が何だかわからなくなったのです。でも、わめき声をあげてヘレンにつかみかかったことだけは事実らしく、気がついてから、あたしは手をこすって、指にからまりついた髪の毛を取らねばなりませんでした。爪には血がついていました。ヘレンの顔は蒼白になっていました。前回、水の中から引き上げられた時のように青白く、あたしの爪のあとがすじになってついていました。そういえば、壁に押しつけられ、片腕で顔を防ぎながら何かしきりに言っていたヘレンの様子を思い出しました。体を震わせ、猿みたいにキイキイ声を出してしゃべりながら、もう片方の腕を突き出してはあたしの攻撃をかわそうとしていたヘレンの姿を。ヘレンは始終、「神さま、神さま、やめて、やめさせて！　ああ、神さま、お助け下さい、憐れんで下さい、こんなふうにして、こんなふうにして死なせないで下さい！」とお祈りを口走っていました。全部、自分のための祈りでした。あたしはもうそこにはありませんでした。自分が死んだら可哀そうなミンナはどうなるかというものきまり文句はひとかけらも出てきませんでした。あたしがやっと暴れるのをやめた時はあたしの体もひどく震えていました。あたしは椅子に坐って、銃だけをかまえました。ヘレンはそのまま壁ぎわにうずくまっていましたが、青白い顔にはなまなましく爪のあとがつき、目を半ば閉じ、すすり泣くように、あえぐように息をついていました。あたしたちはそのまま、長い間じっとしていました。ヘレンが声を立てるのをやめたあとも、動きませんでした。ヘレンが自分自身のことで動揺した――心から動揺した――のを見たことは二度しかありません。一度は、この前の時、あたしに突かれて水に落ちこもうとする瞬間で、もう一度は今です。でも、やがて、あきらめたようでした。今度ばかりはどうしても死なねばならないと観念したのでしょう。

それで、あたしが言いました。「悪かったわ。癇癪をおこして。あたしをごまかそうとしたからいけないのよ。ね、ヘレン、今度こそ、死ぬのよ。このお話、どうしても書かなくちゃならないんだから」

ヘレンは弱々しい声で言いました。「ミンナ、覚悟したわ。ガスで殺してくれる?」

「トリックはだめよ」とあたしが言いました。

ヘレンはものうげな声で、「ええ。もうそんなことする気力、ないわ」と言い、もう一度、「そんな気力、とてもないわ」と繰り返しました。

「あたし、ここに寝てますから、あなた、ガスの栓をひねってちょうだい。あたしはガスの口に顔を向けてるわ。その間ピストルをこっちへ向けてればいいでしょう」そう言ってからまた、あのものうげな、寂しげな、絶望したような声で続けるのです。

「もう逆らうのはやめるわ、ミンナ。あきらめます。死ななければならないなら、死にます。そのあと、あなたがどうなっても、あたしは知りません。とにかく、とてもあたしにはもう一度あんなことをやる元気はないわ。あたしはもう駄目。ガスは苦しみを与えないから……あたしにも、そしてあなたにも」

「何ですって？」とあたしはきっとなって言いました。

「大丈夫よ、そんな意味じゃないの。これだけの広さの部屋なら、ずっと向こうに寄っていれば、中毒することはないわ。ピストルで殺せば、気持ちが悪いでしょう？　殺されるほうも、殺すほうも」

「あんたは死んじゃうからだいじょうぶよ」

「死なないかもわからなくてよ。あたしにピストルを取り上げられるのが心配だから、近くへ来られないでしょう？　離れたところから撃って、殺しそこなったらどうなる？　あたしに怪我をさせただけで。それも、恐ろしい、ひどい怪我。顔とか、どこか……」そう言ってヘレンはその様子を心に描いてすっかり気分が悪くなったように目を閉じました。つまりヘレンは死ぬ時のことを言っているので、その死はもう目前に迫っているのです。ヘレンはガスでならきれいに安らかに死ねると思っていたのです。ところがそうではありませんでした。あの恐ろしげないびきと、まっ赤な顔……。

で、ヘレンはそこに横になり、あたしはガスの栓をひねるように言いました。ヘレンは言う通りにしました。そして口をガスの噴出するところに近づけ、吸いこみながら、じっとしていました。でも少しすると体を起こしました。そして、もういくらかふらふらするというように首を振ってから、「ねえミンナ、あたし、遺書を書くわ」と言いました。

「トリックじゃないでしょうね？」とあたしが言いました。

「あたしのためじゃないのよ」とヘレンは苦い口調で言いました。

「あなたのためなの。紙と鉛筆を持ってきてちょうだい。遺言を書いておきたいの」

「何を書くかわかったもんじゃないわ」

「そう言うだろうと思ったわ。そう、じゃ、あなたが書いてちょうだい。そしてそれをあたしに持たせて、それを握って死ぬわ。死ぬ時は手に持ったものをかたく握りしめるんですって。ですから、死んで発見される時、この遺言はかならず見つかるわ」

それで、あたしはヘレンのために紙きれに遺言を書いて渡してやりました。ヘレンは再び体を横にし、静かになりました。あたしはまたもとに戻って窓際に坐り、窓を細目に開けて、そこからピストルをさしこんでヘレンに向けて構えました。死ぬ時の様子は書かないことにしました。むごたらしいことは嫌いなんです。それに、そう長く時間もかからないでしょう。まもなくヘレンは意識を失ったようです。そばに行って、まぶたを押しあけてみました。だまされてはたまらない。あたしの見ていないすきにガスをよけたりしたかもしれない……。念のため、あたしは袖をめくり上げてヘレンの腕を爪で引っかいてみました。ヘレンは動きませんでした。あの恐ろしげないびきを立てながらじっと横たわっていました。どうやら大丈夫のようです。美しい顔も台なしでした。見るも恐ろしい顔をしていました。ガスのにおいがひどくなってきたので窓とドアを閉めて台所へ入りました。

死ぬまでにどのぐらいかかるのでしょう。

居間を出る前に、もちろん、あたしは遺言を書いたさっきの紙きれをヘレンの手から抜き取ってきました。こんな物は不要だからです。あたしがもう〝助け〟を必要としない、二度罰せられることはない、ということがあの人にはわからないのです。でもヘレンの思いやりはわかります。いかにもヘレンらしい……やさしい思いやりです。こういうふうに、いつもあたしを〝保護〟してきたのです。

「わたしは自分の命を断ちます」とヘレンはあたしに書かせました。そしてその紙きれを持って体を横たえたのです。

ふと見ると、それは、手紙が来た時に一緒に玄関のテーブルの上にあった紙きれでした。裏には……。

そう、この紙きれは小説とは何の関係もないものでした。裏にはこう書いてあったのです。

それは予告でした。

つまり、今日の正午から、〝数時間、本管のガスを止めます〟という予告なのです。

先刻かけたやかんが少しも沸いてこなかったのもそのためなのでした。

あの人は知ってたんです！　ヘレンは知っていたんです！　やっぱり、トリックだったのです！　そして、その間じゅう、あたしはここでこうして小説を書き、ヘレンはあそこで眠っていた。ガスを開けっぱなしにして。そしてその間に、最初に吸いこんだガスの毒気から恢復していた……

ほんとうに、ヘレンは、死にかけたふりをしていたんだろうか？　あたしがそばへ寄って、身をかがめて、あの人がたしかに気を失っている、そして死にかけている、と思った時も……？

あたしがあの紙片を……

あの紙片——自分で命を断ちますと書いたあの紙片を抜きとった時も……

この紙きれ、そしてこれはあたしが書いた文字なのです。

居間でだれか動く気配がする。

ピストル！　あたしのピストル！　あたしはヘレンのいるあの部屋にピストルを置いてきてしまったのです！

二伸

かん違いをなさってはおられないでしょうね？　この手紙を握っていたのは、死んだ方の女だ、と申し上げたのです。

C・B

すばらしき誘拐

ボアロー、ナルスジャック

日影丈吉◎訳

Guerre froide

Pierre Boileau, Thomas Narcejac

《ミステリマガジン》1981年2月号

ボアロー、ナルスジャック（一九〇六〜一九八九／一九〇八〜一九九八）

それぞれ単独で作品を発表していた二人が協同体制に入り一九五二年に長篇『悪魔のような女』（ハヤカワ・ミステリ文庫）で合作作家としてデビューを果たした。ピエール・ボアローは戦前からのキャリアがあり、『殺人者なき六つの殺人』（39年／講談社文庫）などが邦訳されている。トーマ・ナルスジャックは評論家としても活動し、『読ませる機械＝推理小説』（73年／東京創元社）他の著書がある。

第二次世界大戦後のフランスでは英米作品の影響を受けた犯罪小説（ロマン・ノワール）が流行したが、合作コンビはそれらとは一線を画した作品を目指した。心理劇の緊張感と意外性のある謎解きの興趣を合体させた現代的なサスペンスがその持ち味であり、『死者の中から』（54年／ハヤカワ・ミステリ文庫）、『呪い』（61年／創元推理文庫）などの佳作を量産している。特筆すべきは、SF的な設定が他に類例を見ない『私のすべては一人の男』（65年／早川書房）だろう。また、アルセーヌ・ルパン名義でルブランのパスティーシュも手がけている。

短篇集もいくつか邦訳があるが、『青列車は13回停る』（66年／ハヤカワ・ミステリ）は長距離列車が停まる十三の都市で起きる犯罪劇を描いた連作集であり、多彩な作風が楽しめる。

Guerre froide by Pierre Boileau and Thomas Narcejac
初出：Cahiers de l'Académie de Bretagne誌　1970年7号

「アントワネット、さあ……よく考えて……たぶん、ちょっとした、忘れてることがあるだろう？」

「いいえ。知ってることは全部、だんなさまに申しあげましたよ」

「おくさんは、いつものような恰好だったのかい？」

「まったく、いつもとおなじで。灰色のスーツと黒い手提と」

「宝石《いし》はどんなのを？　きみ、宝石のことを話さなかったが」

「それは、つけておいでになりません……腕輪だけでした、と思いますが……それから、出がけに、こう仰言いました。――だんなさまは外で夕食をなさるわ。あたし、帰る前にお茶を飲んでくる。あなたは晩の時間を好きにしていいわよ」

「それが四時半だったんだね？」

「もうちょっと、たってました。おくさまは五時の会合に遅れないように、急いでいらっしゃいましたわ」

ベルトンは、もう一度、勘定しなおした。彼女は七時半ごろ映画館を出たはずだった。シャンゼリゼで散歩に四分の一時間。で、八時十五分前。お茶となると……たっぷり一時間は見なければならない。そうすると、九時がらみになる。帰ってくるのに二十分……だが六月では、すくなくとも十時までは明るい。街には人出が多い。もし彼女に何か起ったとしても、見過《みすご》されることはあるまい。

「おくさまは、たぶん、お母さまのところへ、おいでになったんでは？」

ベルトンは肩をそびやかした。

「仮説を立てる方は、わたしに任せてくれ、アントワネット。それに、だいいち余計なお喋りをしてる時じゃなかろう、ええ？……まあ、きっと、たいしたことはないよ。さがっていい！」

たいしたことはない？　それは、どうだかわからなかった。電話が鳴った。

「こちらベルトン。ああ！　あんたか、カルチェ？……どうも、どうも、きみ……わたしかい、きょうは、うちにいるよ……ああ、ちょっと疲労気味でね……カタログのゲラ刷《ずり》は届いたかね？……よかろう、使いをよこしてくれ。ありがとう」

冬の流行か！　やっとはじめて彼は冷笑を洩らした。いいや、彼女は母親のところには泊らなかった。それに事故の犠牲者でもなかった……すると？……恋人ができた？……これも違う。マリ・クロオドは欲求不満じゃなかった。もし何かが彼女を冷淡な女にしていたとしてもだ！……彼女が苦労性だったら、もっと、ましだろう。情熱的だったら、一人の女だったら、そうとも！　そして、あの退屈きわまる、理屈屋の、絶対に妥協しない、挑戦のつもりでエイムの店で毛皮を買うような存在ではなかったら。もう我慢できない！彼をどんづまりまで追いつめるために、彼女はまた何をたくらんだのか？　たぶん、なんてことはなくホテルにでも泊ってるんだ。そして彼が詰問すれば、例の薄っぺらな微笑をうかべて、「じゃあ、あなたはどう、あなたのなさったこと、あたしに報告なさる？」と答えるつもりだろう。

また電話が鳴った。ベルトンは神経質に送受器をはずした。

「はい……わたしです……あなた、どなた？」

その声には聞きおぼえがなかった。

「あんたの細君のことなんだ……彼女、ゆうべ誘拐されたんだぜ……あんたさえ物わかりがよければ、彼女は何もひどい目に会わないだろうがね……」

わざと圧し殺した声だが、軽い南部訛りを、うまく匿せなかった。「コルシカ人だな！」と、ベルトンは考えた。

「何が欲しいんだ？」と、彼はどなった。

「さしあたっては、他言無用にねがいたいね。サツには、ひと言でも、だめだ、わかるね？……でないと、あんたはおくさんと、二度と生きてはお目にかかれなくなるぜ」

「冗談だろう？」

「待ちな！……ここにベルトン夫人のハンドバッグから、おれたちが見つけたものがあるんだ……鍵束、クリネックス、コンパクト、黄金《きん》のライター、身分証明書……あんたの細君は一九三八年二月十七日に、ディジョン（中仏コート・ドル県の県庁所在地）で生れたって書いてある……その通りかね？……身長は一メートル六十七。特徴は右頬の小さな傷痕……これでも、やはり冗談だと思うかい？」

「いいだろう」と、ベルトンが遮った。「いくらだ？」

「三十万」

「だが、そんなには持ってない！」

「おう！　パリ一流の毛皮商の一人がかい？……さあ、まじめにやろうぜ。あんたは明日それだけ、こさえるんだ……五十フラン札でな……どこに金包みを置いとくかは、あとでいう。それにひと言も喋るなよ。ベルトン夫人は若くて、きれいだ。惜しいよな！……」

　電話は切れた。ベルトンは彼の椅子にどっかり腰をおろした。彼は突然、圧しつぶされたのだ。苦しみにではない。喜びにである！　それは競馬の総掛金を独り占《スイプステク》めにしたような、何か実に予想もできない、実に例外的なものだった！……とはいうものの、それが彼に、彼の身辺に、いま起ったのだ！　こんなチャンスの到来を、かつて彼は願ってもみなかったろう！　それまで彼はちっとも運に恵まれなかった。最初、彼がマリ・クロオドの毒殺をはかったときは、彼女はじつに精力的な手当を受け、死の直前で危機から救い出された。青ざめ、痩せおとろえてはいたが、かなり元気な彼女が、彼の手許に帰されたのである。彼女がベルトン夫人でなかったら、たぶん救急の熱意も減少されたんだろう。だが、ベルトンほどの者の妻となれば、見殺しにはしない。二度目に彼は、それをはっきり悟らされた。ガスの放出をやったときだ。できる限りの手当がほどこされ……ラジオで稀少薬剤を求める呼びかけまで、おこなわれ、それがロシアから飛行機で送られて来た。貧乏人だけが死ぬ権利を持ってるみたいだ！　マリ・クロオドは、今後はもっと粗忽な行為に気をつけると約束した。そして、例外的に短い回復期が終ると、また模擬戦闘にとりかかった。彼にたっぷりお返ししようとしたのは彼女だった。彼の方は、あきらめていた。そういった試練が彼を、すっかり参らせてしまっていた。それが、ほら、いまになって……

片をつける手……しかも確実な方法を……いろいろ点検してみながら、けして彼は誘拐という仮定を本気にしてはいなかった。たしかに犯行の構成が、むずかしすぎる……共犯が必要だし、かたりの可能性を創りださなければならない。だが、ほんものの、どんなふうにでも自発的な誘拐なら、それは運命が帽子をぬいで挨拶してくれたようなものだ。それに、かれらは凶悪な感じの誘拐犯だった！　おそらくベルトンの看板にひかれて、大金のにおいを吸いこんだ、特にいえばマルセイユの、ぐるになった悪党どもか。三千万でも！　安いものだった！

　ベルトンは、つとめて気をしずめた。まだすこし震える指で、ヘンリ・クレイ（巻葉）に火をつけた。もちろん、まず第一に警察へ知らせる方がよかった。それは、相手がそうするなと、いったことだからだ。彼は司法警察の電話番号をさがした。

「もしもし、司法警察ですか？……こちらベルトン……毛皮のベルトンです……誘拐の件で、お電話してます……わたしの家内のことなんで……」

　むこうは、ちょっと動揺した。電話から離れないように、といわれた。電話は捜査班につながれた。不安はあったが、ベルトンは自分の力を味わっていた。

「ベルトンさん？……こちら司法警察官のサルロン……お話をうかがいましょう」

　ベルトンは、こさえごとは何もいわなかった。いいかげんな注釈はつけなかった。彼は事実を話した。彼の声はその場にぴったりの悲痛な調子を帯びていた。彼は他人の支えと忠言が必要な、寄るべのない哀れな男でしかなかった。

「ええ……ええ……」と、サルロンはいった。「あなたの立場に立って、やりますよ、ベルトンさん……あんなひどい犯罪は、ほかにありません……よく、われわれに知らせてくれましたね……」

「わたしは、かれらの条件を飲みましたよ」と、ベルトンは意向をはっきりさせた。「いまは、かれらが優勢です。わたしは払いますよ……それに、あなた方は、あまり早く介入しないように、お願いします。もし、かれらが何か不審に思ったら、わたしのかわいそうなマリ・クロオドは、もうおしまいでしょうからね」

「ご心配いりませんよ、ベルトンさん。われわれ、この手の犯罪には馴れてます。かれらの次の電話を待って、それを聞いたら、すぐ電話してください。われわれがすべて手配します……特に、勇気をなくさないようにね。ベルトン夫人が、ちっとも危険な目に会わないことは、わたしが保証しますよ。彼女を迫害しない方が、かれらには得なんですから」

「ありがとう」と、ベルトンはいった。「あなたのお言葉が、どれほど、わたしを力づけてるか、あなたには、おわかりになれないでしょう。ありがとう」

電話は午後のはじめに、かかって来た。やはりおなじ声だが、前よりも素気なく、威丈《いたけ》高《だか》で、背筋を凍らすような凄味を、ちょっぴりきかせていた。

「おれたちの条件は、こうだ……まず、もう一度いうが、五十フラン札で三十万……あすの朝、あんたは植物園に行く……ヴァリュベル広場（セーヌの左岸、植物園の前にある）からはいると、すぐ右に、熊と闘ってる猟師をあらわした像があって……」

「知ってる」と、ベルトンは遮った。

「九時きっかりに、あんたは熊の足のあいだへ金包みをおいたら、すぐそこを離れる……あとを振返らずにな。あんたが間違いなくやれば、細君は午前中に解放だ……あんたは見張られているからな……いまでも、そうだぜ。で、ちょっとでも勝手に怪しい動きを見せたら、わかるね……ばっさり、だ！　あんたの細君が、どこに埋められたかも、あんたにはわかるまいな」

こんなふうに示された犯人からの便りは、気持よく聞けるものではなかった。電話器をおいたとき、ベルトンの手は湿っていた。

「あのコルシカ野郎ども」と、彼は考えた。「いったい警察は、やつらから、わたしたちを解放するために、何を待つことがあるんだ？」とはいえ彼は一分も、むだにしなかった。まず銀行に電話して金を用意させる。ついでに紙幣の番号を記録してもらいたいとたのんだ。サルロンは、この方面から捜査を推進するのに事欠かないだろう。つまり、どんな些細なことも、おろそかにしてはならないのだ。それから彼は司法警察を呼び出した。

「来ましたよ！……かれらは指示して来ました。それは……」

サルロンは彼を、おし止めた。

「しッ！……何もいわないで。わたしに会いに来てください……それに、誰にも、あとをつけられないようにしてね」

「でも、どうやって？」

「それほど、むずかしいことじゃありませんよ……動きだしたバスに乗る……出入口の二つある商店をぬける……地下鉄の飛乗り……映画にあるようなことを、ふつうの生活でもやるでしょうが！」

ベルトンはちょっと眉をひそめさせられた。彼のような男に三文小説の馬鹿げた道化をやらせるなんて、役どころが違う！　まるきり柄に合わない！　しかしながら事件は、彼が予見しなかった刺戟的な調子になっていた。彼はベントレーとアルファ・ロメオと、どっちの車を選ぶかに迷い、結局あとの方にしたが、わけはそれが赤くて、つまり、よけい目標になりやすかったからだ。これを見張る連中が、交通ラッシュの中で見失うとしたら、よほどのへまだといえる。とはいえ彼は充分、眼を光らせた。バックミラーは、おだやかな影かたちしか写して見せない。つきまとう後続車はなかった。彼はゆっくり運転した。すべてが決ってしまうのは、たぶん今のようなときだ。かわいそうなマリ・クロオド！　別離が、これほど簡単にできるとは！　だが、彼女は臍まがりだった！　献身の美徳を持った女もいる。そして一方、人をいらいらさせるために造られたような、いつもいきりたち、いつも毒を持って、まるで侮辱にすごい喜びを感じるようなのがいる。ベルトンは我にもなく回復期にむかう病人のような気分になった。彼はシャトレの劇場から遠くない駐車場に車を入れて、あとの道は歩いて行った。司法警察の階段をあがるとき、それらしい顔つきをつくるのに彼は一苦労した。

彼を待ちうけていたのは三人だった。同席を申し出たシャルモン警視、サルロン、それに小柄な若い男で、ひどく興奮しているように見えるのは、フリルウ刑事。かれらは、ながながと彼の手を握った。まるで彼がもうやもめになってしまったかのように。で彼は例の話をまた、はじめからして聞かせた。

「きみはその像を知ってる?」と警視が若いフリルゥにたずねた。

「よく知ってます。鉄門をはいると、すぐ右側です」

「そこらに、かくれる場所がつくられるかね?」

「とんでもない!」と、ベルトンが遮った。「その点、かれらは厳重に念を押してます。ちょっとでも怪しいようすを、けどられれば、一巻の終りですよ。わたしには、どんな危険も冒せません。どんなのでも絶対に。この賭は危険すぎます。家内が解放されてからなら、ご随意にやってください」

「だが、われわれも、そのつもりなんですよ」と、警視がいった。「約束します、ベルトンさん。あなたには自由にやって頂きましょう。だが、そのひまに、われわれも捜査にかかりますよ。どうやるか手がかりを与えてくだされればね。さあ、そこで……最近ひまを出した使用人……召使いなんか、おりませんか?……誘拐者は、たぶん現場に手引を持っていたでしょうから」

ベルトンは頭を振った。

「使っている者全部について、そういえると思いますね」

「よろしい」と、警部はきっぱりいった。「われわれが適当にやりますよ。いまからは、あなたはもう一人きりじゃない、と思ってください。見えないが、ちゃんといる、というのが、こういう場合の、われわれのモットーでしてね。あなたは、どうやって、ここへおいでになりましたか？」

「歩いてね。サルロンさんに忠告して頂いたとおりに。誰にも、あとをつけられなかったのは、たしかですよ」

「けっこう。お宅へお帰りください。そして、もし、たとえば銀行へお出かけとか、また外出する用がおありなら、もう、あなたを見張っている連中をまこうなんて、なさらないこと。反対に、かれらの手紙にあった禁足令を尊重していることを、証明して見せてやりなさい」

「紙幣の番号を記録するように、たのんどきましたが」

「いいところに気がつきましたね。だが、五十フラン札をさばくのは、とても易しいんです。そのことは、かれらも知っています。かれらを挙げるには、そういうものじゃ、だめですよ。さいわい、われわれには、ほかの方法があります……ご心配いりませんよ、ベルトンさん。われわれの勝ちですよ」

またまた握手、ますます共感的な態度で。いまはもう待つしかなかった。ベルトンはすごすご帰って来た。これほど馬鹿げてるんだ、仲違《たが》いなんてものは！　そこでは、お互いに気持を探りあい、永遠の憎しみを誓いあうのだが！……マリ・クロオドは実際に悪い女だったろうか？　お互い寛容を忘れるようになったそもそものはじめに、どちら側にほんとうの非があるのか？　それは彼自身だろうか？……その午後はさんざんだった。ベルトンは身代金をとりにゆくために、かなり派手な鞄をえらんだ。紙幣は、意外そうな顔つきをうまくつくろえない出納係が支払ってくれた。

このぶ厚い札束は血の代償をあらわすものだった。が、ということをベルトンは、もちろん彼自身にいって聞かす気にはなれなかった……そのうち決定の時が来た。机の上に一列に並べた束を前にして、彼は長いこと考えこんだ。こいつを指定された場所においてくれば、マリ・クロオドは解放されるだろう。彼女は、きっと猛烈にいきりたって帰って来て、そして、すべてが、またはじまる……ふてくされ、口論、嘲罵、呪咀、挑戦。「あんた、あたしを殺したいんでしょう、ええ？　いっぺん……そういってごらん……でも、あんた卑怯すぎるわよ、うちのおやじさん……」ベルトンは耳を塞ぎたくなる。いや！　こんなことは、もう、たくさんだ！……

彼は三十万フランを抽出にしまった。こいつの始末は、あとでつける。さしあたっては……彼は雑誌や古新聞を掻集めて、それを見たところ銀行券と同じかさの束にした。そして、それをやってるあいだ彼は、マリ・クロオドが彼をあおりたてるのを聞いていた。

「あんたは、あたしが何をやろうとしてるか考えてる……あたしを間抜けだと思ってるのね！……あんたは悪がしこいかも知れない。でも、ほかの人たちだって馬鹿じゃないわよ……」もう、たくさん！　もう、たくさん！　むきになって彼は包み紙の端を折畳み、スコッチ・テープで貼って包みをまとめた。が、彼が貼って塞いで、いやでも沈黙させたのは、あるいは彼女の口だったろう。さあ、よし！　彼はとうとうおとなしくなった。もし、サルロンが、いつかコルシカ人どもをつかまえるとして、かれらは一杯食わされたことを、やはりいい立てるかも知れないが、警察はかれらのいうことなど、まともには取らないだろう。ベルトンほどの者には誰も勝てないのだ！……

……翌日、九時にベルトンは人気のない植物園にはいって行った。記念碑は右側の花壇の中央にあった。熊の頭の上に、鳩が一羽とまっていた。ベルトンは低い金網を跨ぎ越して、獣の足のあいだに包みをおいてから、胸をどきどきさせながら、彼の車へ駈けつけた。

広い園道の角の、アイスクリーム屋の木造バラックの中に潜んで、サルロンとフリルウは、その場のなりゆきを見まもっていた。若いフリルウはカメラ（映画用）を構えて、連続撮影に備えていた。

「きみのお客だ」と、サルロンがつぶやいた。

一人の男が、いま花壇の前に足をとめ、あたりを伺っていた。カメラがジージー音を立てた。彼は灰色のレインコートを着ていた。鍔《つば》をさげた灰色のフェルト帽。予定どおりの動き。彼はベルトンがやったように金網を跨いだ。彼の手は包みをつかみとった、ぐるりに眼をくばった。それでおしまい。彼はもう公園を出ていた。

「やつを取逃がしちゃうぞ」と、サルロンが、うなるようにいった。

かれらは駈けだした。いや大違いだった。その男は静かな散歩者のように、急ぎも振返りもせず、歩いて遠ざかってゆく。サルロンは手配りがちゃんとできてるのを、たしかめた。すでにアノニム四〇三は歩道を離れていた。もっと遠くでは小型トラックが一台、あとからくる者に合流しようとしていた。もし、かれらのうち一人も、最後まで尾行を続けるのに成功しないとしたら、それはまことに不運というものだ。男はむしろ、そこらを、ぶらついているように見えた。彼は巻煙草に火をつけ、あい変らず、のんきな足どりで、セーヌ河に沿って行った。

「ちきしょう」と、サルロンがいった。「やつは、ベルトンがわれわれにたれこまなかったと、思ってるんだ」

「ぼくの考えでは」と、より小説的想像力に富んだフリルゥが意見を挟んだ。「かれらが女をつかまえているうちは、われわれが何もしないことを、彼は知っている……だが、すぐわかるさ……やつは間違いなく何かやろうとするよ」

かれらはすこし間《ま》を詰めた。サン・ベルナル河岸を越すと、男はトゥルネル河岸を通り、次はモンテベロ河岸だった。

「それにしても、ちょっときついな！」と、サルロンは文句をつけた。

とうとう、サン・ミシェル河岸に出た。正面に警視庁の白い長い塀が眼についた。男は橋を渡った。

「まさか、われわれを寝ぐらに連戻すんじゃなかろう！」と、フリルウが叫んだ。

しかしながら、男はいまやオルフェブル河岸の方へ曲ってゆく。

「やつはまっすぐに、そこへ向ってるぜ」と、サルロンがいった。

三十六号の前で男は合図した。女が一人、彼と合流した。かれらは建物の穹窿《きゅうりゅう》の下にはいって行った。

「ばかな話だ！」と、フリルウが不服そうにいった。

中庭を通りぬけると、いまの一組《ひとくみ》が階段をあがってゆくのを見つけ、かれらは走って、三階の踊り場にたどり着いた。かれらは守衛にたずねた。

「男と女が来たろう？」

守衛は、ひとつのドアを指した。

今度は、かれらが、そこへはいった。例の男はいまシャルモン警視に挨拶をしたところで、かれらの方へ腰を屈め、

「訴訟代理人のデルテイル弁護士です」

あの声だ。ベルトンが描写した南部訛りのある声だった。

「そして、こちらは、わたしの依頼人で友だちの、ベルトン夫人。わたしには、あなた方

の証言が、ちょうど必要なんです。この包みはたしかに、半時間前、植物園で、わたしがさらってゆくのを、ごらんになったものでしょうか？……その後、手を触れていません。たしかめてください！」

彼はシャルモンの方へ向きを変えた。

「もう二度もですよ、警視さん、わたしの依頼人のマリ・クロオド・ベルトン夫人は、ご主人が彼女を殺そうとしたことを、地区署に届け出てるんです。彼女の言い分は、まじめに取上げられませんでした。それほど、彼女の告発は薄弱に見えたんですな！……そこで、わたしが、ちょっとした術策を講じてみたわけでして……」

喋りながら彼は、スコッチ・テープをはがし、包みをあけにかかった。

「わたしが馬鹿なのかも知れないが、あるいはベルトンさんは、チャンスに飛びついたかも知れない……見てください！」

新聞紙や雑誌が、警視の机の上に散乱した。

名探偵ガリレオ

シオドア・マシスン
山本俊子◎訳

Galileo, Detective
Theodore Mathieson

《ミステリマガジン》1981年6月号

シオドア・マシスン（一九一三～一九九五？）

マシスンはサンフランシスコの出身で、カリフォルニア大学バークレイ校を卒業後、十二年にわたりハイスクールで教鞭をとっていた。作家としてのデビュー作は、本国版《EQMM》の一九五八年十月号に掲載された「名探偵クック艦長」である。同作は後に『名探偵群像』（60年／創元推理文庫）としてまとめられることになる連作の最初の一篇だ。マシスンの着想の肝は、探偵役の人選にあった。主人公は職業としての探偵ではなくて一生に一度だけ探偵役を務めることになるアマチュアなのだが、一般人ではなく、別の業績で歴史に名を轟かせた人物なのである。アレクサンダー大王やレオナルド・ダ・ヴィンチ、フローレンス・ナイチンゲールといった有名人がそれぞれの立場や専門知識を活かして謎解きに挑戦している。『名探偵群像』後に発表された作品が単行本未収録の形で残っているが、本書収録作のガリレオ以外では、作家のアレクサンドル・デュマとスコット・フィッツジェラルド、俳優ジョン・バリモアなどが探偵役として起用されている。

長篇作品では『悪魔とベン・フランクリン』（61年／ハヤカワ・ミステリ）の著書がある。発明家として、またアメリカ独立宣言の起草に参加した政治家として知られる人物の二十代での活躍を描いた作品である。

Galileo, Detective by Theodore Mathieson
初出：Ellery Queen's Mystery Magazine誌　1961年10月号

一五九〇年の春の或る晩、若き教授ガリレオ・ガリレイはS・マリア通りをアルノ川に向かって歩いていた。ときおり月に照らされた街をふり返ってみたが、人の気配はなかった。メッツォ橋の中ほどにさしかかった時、ガリレオは足をとめて息をつき、橋の下に水嵩を増しながらうずを巻いて流れている水の音に耳を傾けた。

周囲にはピサの町がなごやかに静かにひろがり、地平線につらなる鐘楼や円屋根、つき出した回廊などが明るい夜の空に黒いシルエットを描き出していた。ちょうどその時、大聖堂の鐘が静かな暖かい夜の空気を震わせて甘くやさしい音をひびかせはじめた。しばらく休んでから、ガリレオは橋を渡り終えて町の南の区域に入り、少し行ったところでわき道に曲がった。その道は狭かったが、両側にはかなり大きな邸が並んでいた。ガリレオは正面に白い石を使った四角い建物の前で止まった。大学の哲学の教授のジョフレ

・タレーガの家である。

ガリレオがノックすると、どっしりと肥った家政婦が出てきて、カラブリア訛りをまる出しにして愛想よくあいさつし、ガリレオを居間に招じ入れた。

「お嬢さまは今居られませんのですが、先生」と家政婦はにこにこしながら言った。「ルッカの叔母さまのところをお訪ねで。あした、帰っておいでです」

「知っているよ、ギリア。今日はシニョーレ・タレーガに会いに来たんだ」

「では旦那さまに申しあげてきます」

待つ間もなく、乗馬服姿のジョフレ・タレーガが出て来た。タレーガは革の手袋をぬいでテーブルの上に投げた。

「ああ、レオか」タレーガは両手を拡げて、がっちりした赤毛の若い教授を迎えた。「今、月夜のカスチナ通りを馬で散歩してきたところだよ。ギリアがきみのことを心配してるような言いかたをしていたが、なるほど元気がないね。何かわたしで力になれることがあるかね」

ガリレオは気位の高い、くちびるの薄いこの相手をじっと見つめた。剣を持っても自信のある、痩せてはいるが頑丈そうな体軀。

「アドバイスをいただきたいと思いましてね」とガリレオが言った。「大学の同僚として、また、ぼくを家に呼んでくださるただひとりの友人として、どうしたらいいか、ご意見をきかせていただきたいんです」

　ガリレオはポケットから折りたたんだ紙を出して渡した。タレーガはランプの前に身をかがめ、ゆっくりとその手紙を読んだ。

「〝お前は悪魔の手先になってアリストテレスの学説をくつがえしたが、見ていろ、今にかならず悪魔が本性を現わすだろう〟ふむ。これをどこで受け取ったのかね、レオ」

「今日の午後、講義が終わってから生徒が教室を出たあと、講壇の机の上にあったんです」

「きみは最近、何の講義をしているのかね」

「重さの違う物体は同じ物質の中を異った速さで落下する、というアリストテレスの説を検討していたんです。例えば、今日は、重さのちがう木製の玉を傾斜面の上にころがすと、玉は同時に下に着く、ということを実験で証明しました」

「じゃあきみはアリストテレスの説をひっくり返したというわけだ！」とタレーガが叫んだ。

「そうです。実験を見てくれる人にはだれにでも証明できます」

　タレーガは舌を鳴らした。「きみも知ってるはずだ、大学の教授陣は一致してきみの実験に反対しているんだよ。この手紙は教授のだれかが書いたものじゃないのかね」

「そうですね。ぼくは一番若僧だし、神さまのように思われているアリストテレスの権威を傷つけるようなことをやったんですからね。しかし、ぼくはこれは外部の人間じゃないかと思うんです」

「で、だれだ？」

「ジョバンニ・デ・メディチ」

「大公の弟のジョバンニかね？」

タレーガはぎくりとした様子だった。スペインのカタロニア出身で今はやもめとなっているこの教授は、結婚によってメディチ家とは遠縁に当たる。そのために金銭的にうるおうということはなかったにしろ、タレーガは名門とのつながりを誇りに思っていたのだ。

「ぼくがこのピサに来たばかりの頃、ジョバンニ・デ・メディチが、自分の考案した浚渫《しゅんせつ》機《き》を見てくれというもんですから、見てやったことがあるんです。その時ぼくは、この機械はとうてい使いものにはならない、と言った」

「ものには言いかたってものがあるよ。そういうことも少しは勉強したまえ」

「そうかもしれませんね。しかし、本当のことだったんです。それはともかく、ジョバンニって男も頑固なやつですね、大きな浚渫機を作ってリヴォルノの港の泥を浚《さら》おうとしたんです。ところが、機械は何の役にも立たなかったばかりか、泥に埋まりこんで、掘り出すこともできなくなっちまった。それ以来というもの、ジョバンニはぼくと行き会うたびに、悪魔を追っ払うしぐさをするんです」

「レオ、きみは危険な敵を作る性格とみえるね。わたしにアドバイスしろっていったって
むりだな」とタレーガは言った。
「しかし、あなただったらどうします？　ジョバンニにあの手紙を見せて、説明を要求し
ますか」
「いいかね、レオ。きみはすぐカッとして相手につっかかるが、そういう衝動は押さえな
くちゃ。大学の教授陣の中だって、きみの敵は一人や二人ではないはずだ。きみに対する
わたしのアドバイスは、自分を押さえろということだよ。とりわけ、ジョバンニ・デ・メ
ディチを敵にまわすなんてことはやめ給え。そんなことをすると、学長と深刻なトラブル
になるぞ」
　ガリレオは不安げに肩をすくめた。「わかってますよ、シニョーレ・タレーガ。あなた
のおっしゃる通りです。ぼくは気が短いんです。でも、あなたまでが腹を立てて、もうお
嬢さんに会いにくるなどと言わないでくださいよ」
　意外にもジョフレ・タレーガはにっこりと笑い、両手をガリレオの肩にのせた。「いや、
いつでも訪ねてきなさい。歓迎するよ」
　その後まもなく、ガリレオはタレーガの家を出たが、だれか後をつけてくるらしいのに
気づいた。二度ばかり、後ろの敷石に足音が聞こえた。ガリレオが足をとめるとその足音

もとまる。ガリレオはついてくるものを疲れさせてやろうと心を決めて足を速めた。そして、北西の方角に向かって幅の広い道路を行き、大学の前を通り過ぎて、広場に出た。広場のまわりには、白い大理石の高い建物が三つ、月光の中に巨人のようにそびえ立っていた。大聖堂と、洗礼堂と、斜塔である。

ガリレオは、曲者《くせもの》が依然としてついてくるのを確かめてから、広場の草むらを横切り、斜塔のわきを通って裏の墓地に入った。暗がりに入るとガリレオは壁に身を寄せて待った。足音が聞こえ、一人の男が前を通りかかった。ガリレオはいきなり声をかけた。

「どうしてわたしのあとをつけてきた」

男はさっとふり向き、ベルトから短剣を抜くと、切先を若い教授の胸にぴたりと当てた。「悪魔《ディアーボロ》め！」と男は小声で言った。「今ここでお前を殺すこともできるんだ、ガリレオ・ガリレイ。しかし、言うことを聞くならあとにしてやってもいい。どうだ！」

「わたしが何をしたというんだ。何のために脅迫するのか」

月の光に照らし出されたその男は、まだ若く、背が高く、強そうで、精悍な顔の上半分には面をつけている。そして、再び口を開いた時、その声には聞き覚えがあった。

「二度とリビア・タレーガの家を訪ねてはならない！」

「どうしてだ？　わたしはお嬢さんを崇拝している」

「そうか。そうに違いない、お前はいつも夜こっそりと、裏通りから壁を乗りこえてあの人の窓に入っているんだから」

「そんなことをした覚えはない！」とガリレオは言った。「いつも、公然と父君の許可をえてお嬢さんを訪ねているんだ。それも、かならず家庭教師と一緒にだぞ」

「ウソだ！　友だちが、お前が窓から入るのを見たと言っている」

「そうか、じゃあウソをついているのはきみの友だちだ。そいつは無実のわたしを殺させてきみにスキャンダルを起こさせようとしているんだ。わたしばかりではない、そんなことをやったものはいるはずがない。お嬢さんはそんなふうにして男を部屋に入れるような人ではないからね。そういうことをする人だと知って、なおあの人を愛することができると思うかね？」

ガリレオの真剣なことばは若い相手の心を動かしたとみえ、ガリレオの胸に当てた短剣から力が抜けた。

「お前の言うことは本当らしい。ぼくもそれを願う。しかし、リビア・タレーガとのつき合いはやめろ！」

そして男は姿を消した。

翌日、まったく思いがけなくガリレオはその脅迫者に再会した。アルノ川の岸に立って〝橋取り合戦〟に声援を送っている群衆にまじって戦いを見物している時だった。

年に一度、メッツォギオルノ（アルノ川以南のピサ）とトラモンターナ（ピサの北の半分）とが、メッツォ橋の上で戦うことになっていた。目標は、両軍がそれぞれ相手方の領分（橋の向こう半分）に突入することである。

ガリレオの目の前で、戦士たちはそれぞれの川岸に勢揃いし、進行係の合図の笛で橋の上に突進した。戦士たちは武器を持ち、鉄かぶとをかぶって胸板をつけていた。その時、トラモンターナ側の一人の若い戦士がガリレオの目をひいた。面のようにま深くかぶった鉄かぶとのかげに、ガリレオは一瞬、ゆうべ自分をつけてきたあの若者を見たのだ。

戦の間じゅう、ガリレオはその若者をじっと見ていた。進行係が戦い終わりの笛を吹き鳴らすと、若者は喝采する群衆から身を退き、一人でラ・チェルビアの狭い道を下っていった。ガリレオはすぐ後を追い、追いつくと肩を叩いた。

「ああ、あなたですか」若者は鉄かぶとをぬぎ、ふてくされた顔を教授に向けながら言った。

ガリレオは驚いて目をしばたたいた。若者は、ガリレオの数学の授業にやってくるパオロ・サルビアーティだったのだ。大学の最終学年にいる優秀な法科の学生だった。

「シニョリーナ・タレーガのところできみに会ったことはなかったかな……」とガリレオがようやく口を開いて言った。

学生は否定することさえバカバカしいというように肩をすくめた。「それで、ぼくの正体がわかってどうされます？」

　ガリレオは小さな噴水を取りかこむ大理石の囲いのへりに坐って腕を組んだ。

「このことはだれにも言うまい。その代わり、わたしがシニョリーナにこっそりと会いに行ったなどと言ったやつの名前を教えろ」

「それはできません」

「じゃあ、このことを学長に報告するよ」

「だめです！　先生に襲いかかったなんてことが知れたら、大学を追放になります。これまでの勉強は全部水の泡になる」

「じゃあ、言いたまえ」

　若者は両手を握りしめ、一瞬、もう一度ガリレオに襲いかかるかと見えた。「その方は教授のひとりです。でも、名前だけはかんべんしてください」

「教授のひとりだと！　そんなにまでしてぼくの講壇から流れだす真理をはばみたいのか。さあ名前を言うんだ、サルビアーティ！」

　しかし、法科の学生は首を振り、走るように行ってしまった。

　二日目の晩だった。ガリレオは大学に近い小さな自分の家で眠っていたが、壁に何かがどさりとぶつかる音で目を覚ました。横になったまま耳をすましていたが、聞こえるものは、遠く舗石の上にひびくロバの足音と、隣りの旅館のあるじが大きな声でときおり洩らすねごとばかりだった。しかしさっきの音が気になってしかたがないのでガリレオは起きあがり、灯をともして玄関の扉をあけた。

一見して外にはだれもいないことがわかった。川の方から魚の匂いがただよってきた。この時間になるといつも匂うのだ。扉を閉めようとして、しきいの上に置かれている紙切れに気がついた。

〝もう一度警告する。広場で偶像を破壊するのはやめろ！〟

ガリレオは紙切れを手の中にまるめた。もう一度外に目をやった時、歌声が聞こえ、だんだんと近づいてきた。ガリレオはその歌声の主を聞き分けた。

「ビンチェンツィオ——ペッティロッソ！」とガリレオは叫んだ。「こんなにおそく何をしているんだ！」

すると、ガリレオが最も信頼している二人の優秀な学生が暗闇から現われて親しげにほほ笑んだ。ひとりは手にワインのびんを持っていた。

「先生が今日、どうも元気がなかったので、はげましてあげなくちゃ、と思ったんです」と小さい方の学生が言った。この学生は並み外れて首が細く、鳥のように軽く見えたためにペッティロッソ（コマドリ）と呼ばれていた。

「ふん。その通りかもしれん」とガリレオは言った。「まあ入れ」

二人の訪問者がテーブルに坐ると、若い教授は陶器のカップを三つ持ってきてワインをたっぷりと注ぎまわした。

しばらくしてガリレオは、「これが戸口に置いてあった」と紙切れをテーブルに投げ出した。「道でだれかに会わなかったかね」

「いいえ」とペッティロッツォは言い、紙切れの文字を読んでビンチェンツィオに回した。

「だれが書いたとお思いです？」

「最初は外部かと思ったが、今は教授のひとりだと思っている」

「でも、どうしてこんなことを？」

「教授連は、ぼくの主張があいつらの尊敬するアリストテレスの教えと一致しないことを怒っているのさ」ガリレオは急ににやりとした。「ねえ、ビンチェンツィオ。どうしたものかね。きみは大胆な男だ。きみならどうする」

ビンチェンツィオ・バルビエリーニは手をもみ、顔をしかめた。体が大きく、ハンサムで、カールしたブロンドの髪を衿の上に垂らしているこの男は、ときどきひどく軽薄になり、街の女たちとのいきさつを得々とひけらかしたりするのだが、ガリレオに対してはもっぱら尊敬と愛情を見せていた。ガリレオにすっかり心服していて、つねに前向きで探求をやめないその姿勢ばかりでなく、頑固で妥協的でないしゃべりかたまでそっくり身についていた。

「その教授に制裁を加えるべきですよ」とビンチェンツィオがようやく答えた。「じゃあこうしましょう、先生。この親友ペッティロッソ――この男はぼくにとっちゃ兄弟同然なんです――と二人で教授を一人一人観察します。そして犯人を見つけたら知らせます」

「いや、それはやめてくれ」とガリレオは急いで言った。「手紙の主はわからない方がいいんだ。わかったらぼくは何もかも忘れてそいつを襲っちまうかもしれないからね」

「じゃあ、どうするんですか」とペッティロッソが聞いた。

ガリレオはカップのワインを飲み干してから答えた。

「公開実験をやろうと思うんだ。そうすれば、あんな警告状でぼくを脅やかすことはできなくなるよ。これまでは用心して実験は教室だけでやってきた。しかし、こうなったら、真昼間、ピサの全市民の目の前で、アリストテレスの学説の誤りを証明してやる！」

「木の玉の実験ですね！」とビンチェンツィオが叫んだ。

「その通り！　しかしこんどは鉄の玉を使おう。一ポンドの玉と、十ポンドの玉だ。そしてそれをどこか高いところから落とす。少くとも二百キューービットの高さはなくてはならない」

「洗礼堂から？」

「いや、斜塔から落とそう」

実験計画の噂はたちまち拡がった。早くも翌日、学長はガリレオを部屋に呼び、白いひげをこすりながら、難しい顔で言った。

「ガリレオ・ガリレイ、来週公開実験をやるという話を聞いたが、賢明なことだろうかね」

「何をおっしゃいます、学長。ぼくがこの大学へ就任した時、あなたは真理の光をもって無知を追放するように、と言われたではありませんか」

「その通りだ。しかし、広場で偶像を破壊するのは危険だということをきみは聞いたことがないのかね」

　ガリレオは思わず耳を疑い、学長の顔を見つめた。そしてポケットから例の手紙をとり出して学長の前に置いた。

「これを書いたのはあなたですか」

　学長は眉を上げて手紙を読み、そしてつぶやいた。「これとまったく同じ言葉をわたしが今使ったというわけだね。恐らく、だれかがそう言うのを聞いたからだろう。いや、これを書いたのはわたしではない。しかし、この警告は正しいと思わないかね。こういうものに逆らって公開実験をやるのは愚かなことだ」

「ではあなたまで警告されるわけですね。それとも、ぼくには発見したものを公開してみせる権利はないとおっしゃるのですか」

学長はため息をついた。「いや、ガリレイ、そこまでは言わない。やりたいならやるがよい。しかし、きみの望みをかけたものがあそこの墓地の聖なる土に埋められてしまうようなことのないよう、くれぐれも気をつけてくれ！」

公開実験の日、墓地につづく広場に立って斜塔の鐘が正午を打つのを待っているガリレオの耳には、学長の言葉が鳴りひびいていた。しかし、ガリレオは自信を失うまいと自分にいい聞かせた。今朝、ピサの市民たちがまだ眠っている夜明け前に、二人の助手とともに今日これからやるのと全く同じ実験をやって成功したではないか。恐らくだれかが見ていたのだろう、ビンチェンツィオが、大聖堂の回廊でたしかに足音が聞こえたと言うのだが、それきり何も起こってはいない。

さて、太陽は中天に達し、教授たちは笑いさざめきながら広場をぶらついていた。多くのものがガリレオの方に嘲笑的な、あるいは敵意のある目を向けていた。

きっと何かが起こると予期した町の人々も集まってきていた。小さな子どもを連れた母親、暇のある人々、そしてまた鋭い表情の聖職者たち。ガリレオは僧侶たちがイエズス会の人々であることを願った。イエズス会の聖職者にはすぐれた科学者が多かったからだ。ガリレオはまた、群衆のなかに学長があるのを認めた。大聖堂のかげの石のベンチにかけていたが、すぐそばにはジョバンニ・デ・メディチがごうまんなくちびるを嘲笑に歪ませて立っていた。

　塔の鐘が十二時を打ちはじめた。笑い声とざわめきは止まり、みんなが目をガリレオの方に向けた。ガリレオは鐘の余韻がすっかり消え、鐘楼守りが塔の下に一つだけある長い扉から出てきて、若い男――ガリレオはそれがパオロ・サルビアーティであることに気づいた――のそばに並ぶまで待っていた。そして、両手を上げ、高い、はっきりとした声で話した。

「こちらを見てください。二人の助手が、それぞれ鉄の玉を持っております」ガリレオは、うしろのビンチェンツィオとペッティロッソを指さした。「一つの玉は一ポンド、もう一つの玉は十ポンドの重さがあります。われわれはこの玉を塔の上まで持って上がり、塔の傾いている側の、なわで囲いをした場所に落とします。アリストテレスの信奉者であるあなたがたは、異った重量の物体を同時に同じ高さの場所から落とすならば、物体は異った時刻に地上に達すると信じておられる……」

「その通りだ」とデ・メディチが群衆のなかから叫んだ。「重い方の物体が、その重さに比例して速く落下する」

「それはまちがっているとわたしは信じます。そして、アリストテレスの考えのまちがいを証明してみせます。見ていてください」

　不機嫌な群衆のざわめきの中に、ガリレオはビンチェンツィオとペッティロッソの二人を従えて塔の中に入っていった。そして三人は、鐘楼からロープを吊り下げている塔の中央の空間をコイル状に取りかこむ六つのらせん階段を登っていった。鐘楼のすぐ下にある頂上の回廊に達すると、ガリレオは立ちどまって息をととのえた。その時、後ろにペッティロッソしかいないのに気づいた。

「ビンチェンツィオはどうした？」とガリレオは聞いた。

「今来ます、先生」とペッティロッソが言った。「下の回廊の扉から外をのぞいてるんです。女のことが心配なんですよ。今日の実験を見にきていないらしいので」

「ビンチェンツィオ！」とガリレオは呼んだ。「ぐずぐずしている時間はないんだ！」

次の瞬間、体の大きい方の助手がはあはあいいながら階段を登ってきた。たしかに元気がない。目の下には黒いくまができ、男ぶりのいいその顔は青ざめていた。

「だから言っただろう、きのうの晩はむりをするなって」とペッティロッソが笑いながら言った。

「うるさい！」とビンチェンツィオはどなり、ガリレオにおとなしく頭を下げた。「すみません、先生。どうぞ、進めてください」

ガリレオはガウンのポケットから二枚の四角い絹のあみをとり出し、それを回廊の床にひろげ、それぞれ真中に注意深く鉄の玉を置いた。そして、あみの四隅を持って二つの玉を両手に下げ、大理石の手すりに身を近づけた。ビンチェンツィオは師の足のかかとをしっかりと押さえた。ガリレオはぐっと身をのり出してはるか下の群衆を見下ろした。

「さあ、見ていてください！」とガリレオはしんとした真昼の空気の中に叫んだ。

二つの玉を持った手をさしのべ、両手が水平になっているのをたしかめてから、ガリレオは同時に手を離した。玉は落ちていった。絹のあみはほとんど目には見えず、漂っていたが、玉はガリレオの目の下にどんどん小さくなった。そして二つの玉が一瞬、見えなくなったと同時に、地上に達して上げた埃りがパッと目に映った。

「やった！」とガリレオは二人の助手に言って笑い、回廊の床に置いてあるもう一組の、一ポンドと十ポンドの玉を指さした。「そっちの用意をしてくれ」

ガリレオは塔の階段を下りていった。見物人の何人かは成功をよろこんでかけ寄ってくるだろう、と期待したが、だれ一人動くものはいなかった。ガリレオが塔の入口の扉から外に出ると、少し離れたベンチに坐っていた猫背の鐘楼守りの老人が、おもしろおかしくもない、という顔でガリレオを見た。

「いったいどういうことだ！」とガリレオはつぶやいた。「意味がわからないのだろうか」

しかし、すでに群衆の大部分はあきらかに実験に失望して広場から歩み去っていた。ガリレオが塔をまわってなわを張った場所に行ってみると、そこにはごく僅かの教授と学生が残っているだけだった。上を見ると、ペッティロッソとビンチェンツィオがバルコニーから身をのり出しているのが見えた。二人も、反応がまったくないのでがっかりしたとみえる。

「見ましたか」とガリレオは残っていた少数の人々に向かって言った。「二つの物体は同時に地上に落ちたでしょう！」

二人の教授がそばに寄ってきてガリレオの手を握った。

「きみの言う通りだ。これできみの説は証明された。大したもんだ」と一人が言った。

ガリレオは他の人々の方を向いた。「何か質問がありますか。助手たちが、もう一度同じ実験をする準備をしておりますが」

質問のあるものはいないようだった。ガリレオは塔の上で待っている助手に、もう下りてきてよい、という合図をしかけた。その瞬間、ガリレオは驚きの叫びを発した。

というのは、ちょうどその時、二人の学生がバランスを失って手すりの上から身をすべらせ、まっさかさまに下に落ちてきたのだ。二人のサイズの違いを観察するだけの時間はじゅうぶんにあった。ビンチェンツィオは肉づき豊かで重く、ペッティロッソは鳥のように小さかった。そして再び、二つの物体は同時に地上に達した。

その夜、ガリレオが夕食のテーブルに向かって、一口も食べることができず黙然と坐っていると、大学からの使いの者が、学長が会いたいという旨の言づてを持ってやってきた。

若い教授が行くと、学長は黒いローブに毛皮のへりのついた学長帽をかぶり、深刻な面持ちで坐っていた。校庭に向かって開いている窓から学生が声を揃えて叫ぶのが聞こえた。

〝こおろぎ、こおろぎ、わたしのこおろぎ、

花嫁ほしけりゃ……〟

「市民の多くは、悪魔がきみの助手を塔の手すりから投げ落としたのだと思っている」と老学長は言った。「二人が落ちたあとすぐに、きみは学生を塔の入口に立たせ、だれも逃げられないように見張りをさせておいて塔に登った。きみの調査に手ぬかりはなかったと思う。鐘楼守りのアプロイーノは、実験を見ている間だれもそばを通らなかった、と言っている」

「事故が起こった時に、あの男はあそこから離れたにちがいありません」とガリレオは声に絶望のひびきをこめて言った。

「しかしほんのわずかな間のことだ。犯人が塔の頂上から六つの階段をおりて逃げるだけの時間はなかったはずだ。そのうえ困ったことに、アプロイーノは悪魔の足音を聞いたと言っている」

「そんなことをあなたはお信じになりますか！」

「いや、わたしはただ、きみに反対する力の強さを言っているのだ。この事件はちゃんとした手続きを踏んで捜査しなくてはならない。そして、塔の上でいったい何があったのか、

きみにも説明してもらわなくてはならない」

「学長、前にも言いましたように、二人は身をのり出しすぎて落ちたんです。ぼくが上にいた時も、下に落ちそうな感じがしたので、ビンチェンツィオがぼくの足を押さえていてくれたのです」

「二人が同時に落ちた。これは偶然とみるのかね」

「ありえないことではないでしょう。一人が、助けようと思って手をのばし……」

「手をのばしたのが見えたかね。わたしはきみのそばに立っていたが、見えなかった。何人かの目撃者は、二人が単に手すりから滑りおちたのではなく、投げ落とされたのだ、といっている」

「そんなふうに見えただけですよ。塔の上にはあの二人の助手以外にだれもいなかったんです！」

「ほんとにそう思っているのかね、ガリレオ・ガリレイ。じゃあ、二回目の実験用の玉はどうしたんだ」

ガリレオは息をのんだ。「どうしてそれをご存知なんです？」

「忘れたのかね、わたしはきみについて塔の上まで登ったのだよ。きみが、助手が二度目の実験をする準備をしている、と言ったすぐあとだったから、どこにおいてあるかと見たんだ。一度目と同じ玉のセットがあったはずだ。そうではないかね」

「そうです」とガリレオは答えた。

「じゃあきみはその玉がどこへいったのか説明しなくてはなるまい。人は、悪魔が持っていったのだと言うだろう。そうではないということをきみは証明しなくてはならない。こういうことに関して、わたしはウソをつくことはできないからね」

ガリレオは不安げに手で赤い髪をかき上げた。「あの砂がどこから来たものかわかりさえすれば……」

「砂？」

「回廊の床の上にこぼれていた砂です、ぼくがはじめに登った時にはなかった――それはたしかです！」

「役人がフランスから帰ってくるまでにあと一日か二日しかない。その間に考えをまとめておきたまえ。同僚の面前に自分の発見をひけらかすとトラブルが起こるとわたしは言っただろう？　その傲慢の代価をきみは支払わなくてはならない」

「必ず犯人を探し出してみせます」ガリレオの声は震えていた。

「きみ自身のためだ、何とかして探しだしなさい」

学長室を出てから、ガリレオは絶望的な気持で長いあいだ街をさまよっていたが、気がつくと大聖堂の前に来ていた。一人の老婆が中から出てきて立ちどまり、また戻って、暗緑色の青銅の扉――浮き彫りにした小さなトカゲが黄金《きん》いろに光っている――を撫でた。何百という人が幸運を求めてそこを毎日撫でるのだ。ガリレオはそれを見ながら、そんなふうに簡単に自分を慰めることのできる信仰というものをうらやましく思った。……そうだ、話をすることは何らかのヒントを呼び起こすかもしれない。ガリレオは身をめぐらし、ジョフレ・タレーガの家の方角に足を向けた。

ドアをノックするとギリアが出てきたが、今日は快く迎えてはくれなかった。「シニョーレ・タレーガは今日一日お具合が悪かったのですが、お会いになるそうです。ここでお待ちください」

ガリレオは自分の耳を信じることができず、しびれたような気持で閉ざされたドアをじっと見ていた。やがて、ドアは再びあき、ジョフレ・タレーガが立っていた。

「きみが来るのを待っていた」とタレーガは冷たく皮肉な口調で言った。「学長から話をきいたよ。あみを手から放して、二つの玉が同時に土の上に落ちた時のきみの勝ち誇った気持はよくわかる。しかし、そういう傲慢は災厄を呼ぶ。きみは自分の身に破滅をまねいた。きみとはもう絶交だ。リビアもルッカから帰ってきてこの恐ろしい事件のしらせを聞いたが、今後きみとの交際はやめさせる。もうこの家には来ないでくれたまえ」

ガリレオは言葉もなくそこを辞し、また道を戻っていった。広場をよぎるとき、ジョバンニ・デ・メディチにばったり会った。若い公子はガリレオをじろりとにらみ、片手を剣のつかにかけた。

「ガリレオ・ガリレイ、今の自分を見ろ。リヴォルノのおれの機械と同じように泥沼にはまり込んでいるじゃないか。いつまで大きな顔をして講義を続けるつもりだ」

公子の敵意は、あびせられた冷水のように感じられた。ガリレオは深く息を吸い込んだ。すると心は立ち直り、激しい感情の動きは静まった。そのまま行き過ぎようとすると、デ・メディチはガリレオの腕をつかんでささやいた。

「いいか、これだけは知ってもらいたい。ただし、他言は無用だ。これは前もってこのことを知らせてやったことで、お前から感謝されてもいいんだ。あの手紙を書いたのはおれだ！」

「しかしまた、どういうわけで？」

「おれはお前の血の気の多いことを知っている。お前は大学の同僚があれを書いたと思って頭にくるにちがいない。そしてばかげた挑戦に出てますます人気を落とすだろう。それが狙いだったのさ」

ガリレオが感じたのは怒りでなく、不思議な安堵の感情だった。今やなすべきことは明白となった。ガリレオは手をふりはらい穏やかに言った。

「そうか、それならぼくにもこれからすることがある。自分のやったことの後始末をつけなくてはならんからね」

すぐその足でガリレオは墓地の壁のすぐ外にある鐘楼守りの小さな家に行った。小男はガリレオを家に迎え入れた。中に入ると、だんろの前にかの法律学生、パオロ・サルビアーティが立っていた。

「そんなに驚かないでください、先生」とサルビアーティが言った。「鐘楼守りのギゼッペ・アプロイーノはぼくのおじなんです」

「わたしは今非常に困った立場にいるんだ、サルビアーティ。きみのおじさんに教えてもらいたいことがあるんだが、おじさんはわたしがここにいることを迷惑に思っているようだから……」

「おじさん！」と若者は鋭い声で言った。「先生を助けてあげてくれるね。いいかい？」

鐘楼守りは手のひらを上に向け、肩をすくめた。

「わかったよ。何だね、先生」

「今朝、夜明け前にぼくは塔の鍵を貸してくれといってお前さんのところに来た。そして、リハーサルが終ってから返した。そのあと、だれか鍵を借りにきたものがあるかね」

「いいや、だれも来なかったね」

「しかし、塔の入口は日中は開けたままになっているんだろ？」

「ああ。日の出にわしが戸をあけて朝一番の鐘を鳴らし、夕方、終わりの鐘を鳴らす時に閉める」

「お前さんはいつも塔の下にいるのかね？」

「いや。朝、日の出から昼まで、庭で仕事をする」

ガリレオは満足げにうなずいた。「学長の話では、お前さんは悪魔の足音を聞いたそうだな」

「ああ。二度ばかり、聞いたよ」

「二度？」ガリレオは顔をしかめてしばらくだまっていた。「わたしが塔から玉を落とすのを見たかね、シニョーレ・アプロイーノ」

「いや。小さな女の子が塔の中にかけこんだんで、あとを追っかけていたんだ。悪魔の足音は、中に入っている時に聞いたんだよ」

「ようく思い出してくれよ。二度目に悪魔の足音を聞いたのはいつだ？」

鐘楼守りは胸を掻きながらじっと考えた。「それから間もなくだねえ」

「ぼくが塔からおりる前かね？」

「いや、すぐあとだよ。その時、わしは外のベンチに坐っていた」

「学生が塔から落ちる前かね」

「ああ、落ちる前だね」

「もう一つ教えてくれ。学長の話だと、学生が塔から落ちた時、お前さんはドアのそばを離れなかったというんだが、落ちた時、見には行かなかったのかね」

「あの可哀そうな子どもらかね？　ああ、見たとも。しかし、戸口の見えない場所までは行かなかったね。誓って言うが、だれもあの戸口からは出てこなかった。あの二人を突き落としたのは悪魔だ。悪魔だよ、先生！」

ガリレオはていねいに頭を下げた。「ありがとう、シニョーレ・アプロイーノ。もう一度、塔を調べさせて貰うよ。いいかね？」

老人がぶつぶつ言いながら大きな鍵を出すと、学生はカンテラに灯を入れ、ガリレオの先に立って家を出た。

塔の中は日中より夜の方が一層寒く湿っぽく感じられた。二人は立ちどまり、暗い床を突き破って上まで続いている綱を見た。何本かある綱のうち、二本は太いがっちりとした樫のわくに結びつけてあった。

「どうしてその綱は縛ってあるのかね」とガリレオは聞いた。

「別にしておくためです。この綱は祝日だけに鳴らす鐘ので、そっちの方は鐘にひびが入っているので鳴らさないんです」

ガリレオはそのひびの入っているという鐘の綱を握って引いた。何の音もしない。「どこかに縛りつけてあるんだな」

「鐘楼の横木に縛ってあるんです。うっかり間違えて鳴らすといけないんでね」

ガリレオはサルビアーティの手からカンテラを取り、先に立って塔を登っていった。頂上の階に着くと、足の下に砂を踏んだ感触があり、ガリレオは回廊をゆっくりと見回った。

「先生、先生は、ビンチェンツィオとペッティロッソは殺されたと考えておられるんですか」

「ああ。確信があるね」

法律学生はしばらく黙っていたが、やがて、「今夜、先生のほかに二人が塔に入りたいと言ってきました」と言った。

「だれだ」

「学長とジョバンニ・デ・メディチです。おじは、断わるわけにもいきませんから、一緒に塔に登りました。二人はこの回廊をぐるぐると回っていたそうです。デ・メディチは、たしかに悪魔のしわざだと確信したようです」

「おや」と突然ガリレオは叫び、カンテラを回廊の狭い溝に近づけた。そして溝から薄い皮のきれはしを拾い上げた。

「それが何かの証拠になるんですか、先生」

ガリレオはうなずき、さっさと立ち上がると、鐘楼にかかっている鉄梯子を登っていった。鐘の暗い影の中に踏み込むと、掲げているカンテラの灯が不安げにまたたいた。しばらくしてガリレオは鐘楼からおりてきた。「さあ、帰ろう」とガリレオは言った。

教授と学生は黙ったまま鐘楼守りの家に戻った。帰る時、ガリレオはカンテラをさし上げて言った。

「サルビアーティ、これを貸してもらえないかね。今夜、まだほかに調べたいことがあるんだ」

「いいですとも。どこへ行かれるんです？」

「墓地だ」

「墓地で何をされるんですか」

「探しものがあるんだ」

「一人じゃ危いですよ、先生。ぼくも一緒に行きます」

ガリレオは学生の精悍な顔をじっと見た。

「先週、きみはぼくの胸に短剣をつきつけたじゃなかったかね、サルビアーティ。いつからぼくの味方になったんだ」

「先生が学長にぼくのことを言う機会はあったはずだのに、黙っててくださったからです」

「いいだろう」ガリレオはややあって言った。「一緒に来てくれ」

墓地では、月が墓石や彫像の上にあかるく照りわたっていた。足の下の草はしなやかで弾力があった。聖地から船に積んで運んできた聖なる土から生い出た草である。ガリレオは墓の間を縫い、斜塔の黒い影の中に入って足をとめた。

「この辺だろう」

「何を探しておられるんですか」

「二度目の実験のための鉄の玉だ」

しばらく探すうち、草むらの中に穴がみつかり、その中に埋まって十ポンドの鉄の玉が出てきた。そしてまたそこから一メートルばかり離れたところで一ポンドの玉が見つかった。ガリレオはそれをそっと拾いあげ、カンテラの光でしげしげと見た。そして突然、鉄の玉の表面についている茶色っぽい汚れを指さして言った。

「血だ」

「どういうことです」

「ぼくが考えていたことの証明だよ。いいかい。今朝、夜明け前に、犯人はここに来てぼくらの予行演習を見てた。そのとき、ぼくらは大聖堂の中で足音がしたのを聞いている。日の出の時刻に——きみのおじさんが庭の仕事に行ったすぐあと——犯人は塔に登り、鐘楼にかくれた。正午にぼくが二つの鉄の玉を落とすのを犯人はそこから見ていた。そして、ぼくがビンチェンツィオとペッティロッソを塔の上に残して下におりている間に、かくれていたところから出てきて持ってきた砂袋で後ろから二人の学生を殴った。小柄なペッティロッソの方は一発で倒れたが、体の大きいビンチェンツィオの方はそうはいかなかった。殴り合っているうちに砂袋が破れてしまった。さっき溝の中に破れた袋のきれはしが落ちていただろう。そのうち犯人は小さい方の鉄の玉をつかんでそれでビンチェンツィオの頭を殴った……」

「しかしバルコニーには血は流れていませんでしたね」

「こぼれた砂で急いで拭きとったのさ。そのあと、自分の姿を見せないようにしながら、気を失っているビンチェンツィオとペッティロッソを手すりによりかからせた。ぼくが下から見上げて、二人が手すりから身をのり出しているように見えた時は、すでに二人は気を失っていたんだ」

「でも、どうして二つの玉を塔から投げ落としたんでしょう」

「この事件を超自然的なもののしわざと見せるためさ。それでどうしたか。塔の裏側の、この墓地の見える方にまわって——こっち側には見物人がいなかった——鉄の玉を投げ落とした。玉が地面に落ちた時の音を、きみのおじさんは二度目の悪魔の足音と聞いたわけだ。最初の足音というのは、ぼくが投下した玉が落ちた音だよ」

法律学生は両手を上げて抗議した。

「そうしておいて犯人はビンチェンツィオとペッティロッソをつき落とした、というんですか」

「そうだよ」

「しかし、鉄の玉を投げ落とし、二人を突き落としておいて、犯人は消えちまったんですよ。おじは、だれも出てくるところは見ていません。先生はそのすぐあと、塔の中をてっぺんから下まで、探されたはずですが……」

「もちろん、犯人はあの決定的な瞬間――みんなの目が塔から落ちてくる二人の学生に向けられていたあの数秒間のあいだ――に脱出したのさ」

「しかし、そんな早業はできませんよ！」とサルビアーティは叫んだ。「二人の助手を突き落としたあと、六つの階段をかけおりなくてはならないんです。下に着いた時はもう、最初のショックは過ぎていて、おじはまた入口に目を向けていたでしょうからね」

「その通りだ。しかし犯人は二人の体を手すりから突き落としたあと、ひびのいった鐘から下がっている綱――きみのおじさんが横木に結びつけてあったあの綱――を滑りおりたんだ。おそらく、犯人は綱を固定しなければならないことに気づいたろう。しかしきみのおじさんがはからずも犯人の望み通りのことをしてくれてあったというわけだ。綱を伝っておりるのに何秒もかからない。だれもが――きみのおじさんも含めて――あのショッキングな事故に目を奪われていたその間に、犯人はだれにも気づかれずに塔の外へ逃れ出た、というわけだ」

「でも、先生、だれなんです、その犯人は？」

どこかの町の中で夜のしじまを破って犬が吠えた。ガリレオは身を固くした。そして、急いで一ポンドの玉を土の中に戻すと、カンテラの灯を吹き消した。

「今、そいつをつかまえるチャンスだ。犯人はこの二つの玉を土の中へ残しておくはずがない。さあ、向こうの生け垣にかくれよう」

ガリレオと学生は暗い影の中にしゃがんで待った。時はゆっくりと過ぎていった。月はもやのかかった空に傾き、斜塔の影が静かに墓地の上を這っていった。

真夜中頃とガリレオは思った――草を踏む音が聞こえ、一つの側だけを残して覆いをかけたカンテラの光が近づくのが見えた。

ガリレオは、その男が小さい方の鉄の玉を見つけて袋に入れるまでじっと待った。そして、出ていった。

「それをもう一度使うチャンスはないだろう」と大声でガリレオは言った。

一瞬、男は凍ったように動かなかった。次の瞬間、逃げようとする男をめがけてガリレオはとびかかり、土の上に引き倒した。サルビアーティはカンテラをつかみ、覆いをはね上げて、男の顔につきつけた。男はジョフレ・タレーガだった。

「あなたが二人を殺した犯人だということは、宵の口にあなたの家に行った時にわかった」とガリレオは言った。タレーガはかたく口を結んでそばの墓のかさ石に坐っていた。

「あなたは、あみから手を放して二つの玉が同時に土の上に落ちる音を聞いた時のぼくの勝ち誇った気持がよくわかる、と言いましたね。しかし、下にいた人には、あの高い所でぼくが持っていたあみが見えるはずがないんだ。とりわけ、真昼の太陽の逆光のなかではね。ということは、あなたか、あるいはあなたにそのことを話しただれかが、すぐ上の鐘楼の中から実験を見ていた、ということです。あなたにこの事件のことを話した学長はあの時ずっと下にいた。だから鐘楼の中にいたのはあなたよりほかにないわけだ！」

タレーガはうめくように言った。「わたしは、レオ、きみを助けるためにここへ来たんだ。二人の学生が死んだことは、まったくわたしに関係ない」

「シニョーレ・タレーガ」とガリレオは静かに言った。「これ以上秘密をかくし続けることはできない」

「何のことだ」

「パオロ・サルビアーティに、このぼくがお嬢さんの部屋にしのび込むのを見たと話した教授は、恐らくウソを言ったつもりではないでしょう。こんなことを言わねばならないのはほんとうに心苦しいんですがね、シニョーレ、しかし、ぼくにとっては一生の仕事がかかっているんです。リビアはビンチェンツィオ・バルビエリーニを夜部屋に入れたんです。ビンチェンツィオの背丈はぼくとほぼ同じだし、明るい色の髪は、月の光の中では赤く見えたかもしれない。それに、あの男はよくぼくの身ぶりや癖をまねてよろこんでいたから、見ていた教授にはぼくと見えたんでしょう。

ゆうべ、またビンチェンツィオはリビアのところへ行った。あなたは恐らくそれを知って、ビンチェンツィオを探した。そして、塔に登って実験の演習をしていたぼくらを見て、ビンチェンツィオを殺すことを思い立ったんです。ビンチェンツィオが女をものにしたことを人に吹聴していることを知り、あなたとお嬢さんの名前に傷がつくことが耐えられなかった。そしてあの男を殺し、目撃者としてあんたを告発する可能性のあるペッティロッソをも殺した」

タレーガはがっくりと肩を落とした。顔が急にひどく老けこんでみえた。

「これから一緒に学長のところへ行ってくれますね、シニョーレ」とガリレオは聞いた。

言葉なく、タレーガは立ち上がって二人のあとについた。

子守り

ルース・レンデル

小尾芙佐◎訳

Mother's Help
Ruth Rendell

《ミステリマガジン》1993年8月号

ルース・レンデル（一九三〇〜）

P・D・ジェイムズと並び立つ、英国ミステリ界を代表する作家である。ハイスクール卒業後、ウェスト・エセックスの地方紙《エクスプレス&インディペンデント》に入社したレンデルは、作家デビューを果たすまでそこで働き続けていた（レンデルという姓は離婚した夫のものであり、本来の姓はグレイスマンである）。

第一作『薔薇の殺意』（64年）は、広範な層の読者から支持されているレジナルド・ウェクスフォード主任警部シリーズの開幕作でもある。ただし日本ではシリーズものよりも単発作品のほうにファンが多いようである。他人には理解しがたい理由から一家皆殺しの凶行に走った女性を描く『ロウフィールド館の惨劇』（77年）やフェティッシュな性嗜好を持つ男の『わが目の悪魔』（76年）など、異常心理を題材としたサスペンス作品には他を圧倒するような存在感がある。また、バーバラ・ヴァイン名義では、ミステリというジャンルを越えた実験的な作風を試みており、パトリシア・ハイスミスの影響が見出せる。

レンデルの短篇は、一部が『カーテンが降りて』（76年）、『熱病の木』（82年）、『女ともだち』（85年／以上すべて角川文庫）の三冊で読むことできる。また、日本独自編纂の短篇集として『女を脅した男』（光文社文庫）がある。

初出：*The Copper Peacock and Other Stories*（1991）

1

　坊やは、この年の末には三つになる。年齢のわりには体が大きい。坊やの乳母《ナニー》を勤めているネルは、自分では謙遜して子守りと称しているけれど、坊やが口がきけない、きこうとしないのには心を痛めていた。おそらくただ口をきこうとしないだけのことなのだろう。というのもダニエルは耳が聞こえないわけではない、これはたしかだった。テストをしてくれた医者の言うには、知能はちゃんと発達しているそうだ。坊やの両親もネルも、あらためて言われるまでもなくそれは承知している。

　坊やは、自動車が大のお気に入りだった。なぜだかわからない、父親のアイヴァンも母親のシャーロットも車にかくべつな興味があるわけではない。車はもちろん一台あり、ふたりとも運転はするが、シャーロットは、エンジンの仕組みなどさっぱりわからないと認めている。息子の熱中ぶりを、両親はおもしろがっている。あさ目が覚めると、玩具の自動車をもって両親のベッドにもぐりこんできて、ミニチュアのトラックやトラクターを枕の上で走らせて大声をあげる。「ブルン、ブルン、ブルン」

「〈くるま〉って言いなさい、ダニエル」とシャーロットは言う。「〈トラック〉って」

「ブルン、ブルン、ブルン」とダニエルは言う。

ダニエルのお気に入りのひとつは、運転席のアイヴァンかシャーロットの膝にすわること、そして親たちの厳しい監視のもとで、ワイパーを動かすレバーやライトを点けるボタンを引っ張ったり、オートマチックのギアを〈ドライブ〉にいれたり、助手席の人間がベルトをしないと、ちかちか瞬くようになっているライトを作動させたり、ハンド・ブレーキをはずしたり、いうまでもなくホーンを鳴らしたりする。こんなことをやりながら、いつも「ブルン、ブルン、ブルン」と言っている。三つになる前の夏、とうとう〈ブルン、ブルン、ブルン〉のほかに〈くるま〉と〈トラクター〉と〈エンジン〉が言えるようになった。〈マミー〉と〈ダディ〉と〈ネル〉は、ずっと前から言うことができた。やがて言葉の数もふえて、ネルも心配するのはやめたとはいうものの、ダニエルはまだ単語をならべて文にしようとはしなかった。

「ひとりっ子のせいかもしれませんね」ある晩のこと、ネルはダニエルをベッドに入れてから階下におりてくると、アイヴァンにそう言った。

「ずっとひとりっ子かもしれないね」とアイヴァンは言った。

　彼は声をひそめて言った。仕事で遅くなったシャーロットが帰ってきて玄関でレインコートを脱いでいる。シャーロットが近くにいるので、ネルは、アイヴァンの謎めいた言葉に答えなかった。咎めるような笑いをうかべようとしたが、うまくいかなかった。シャーロットは、ダニエルにおやすみを言うために二階にあがっていき、しばらくするとアイヴァンもあがっていった。ひとりになったネルは、アイヴァンのことを考えた。なんてハンサムなんだろう、冷酷というほどではないけれど、なんだか傲慢なところがある。アイヴァンの冷酷さを思うと、ネルはひどく興奮した。シャーロットはいわゆる〈魅力的〉と呼ばれる女、でも世間のひとたち、あるいは特定のひとびとが、その魅力に惹かれるということはない。ネルの見るところ、アイヴァンよりはだいぶ年上らしい。ただ老けて見えるだけなのかもしれないが。

「四年前にきみに逢っていたらなあ」とある日の午後アイヴァンが言った。シャーロットは勤めに出かけ、彼は勤めを休んでいた。結婚してからもう四年になる。彼とシャーロットが三年目の結婚記念日にもらったカードをネルは見たことがある。

「そのころはまだ十七ですよ」とネルは言った。「まだ学校に行ってました」

「それがどうした？」

　ダニエルは、ミニチュアのランド・ローヴァーを手にもって窓がまちや幅木の上を走らせ、ドアの横枠をたどって走らせている、「ブルン、ブルン」と言いながら。椅子によじのぼったかと思うと、転がりおちてぎゃあぎゃあ泣きだした。ネルは抱えあげて両手で抱きしめた。

「きみは、とても美しい」とアイヴァンが言った。「ムリリョのマドンナのようだ」

アイヴァンはメイフェアにある画廊のオーナーで、ああいうものには詳しかった。彼は

ネルにそろそろダニエルのお昼寝の時間じゃないかと訊いたが、もうお昼寝をするような歳じゃないので、ふだんはお散歩に連れていきますとネルは答えた。「ぼくもいっしょに行こう」とアイヴァンが言った。

八月は仕事のほうは暇なので——シャーロットの仕事はそうはいかないが——アイヴァンはちょくちょく画廊のほうを休むようになった。シャーロットには、できるだけダニエルのそばにいてやりたいのだと言った。子供は、よほど夜遅くまで起こしておかないかぎり、父親というものをほとんど知らずに大きくなってしまうものだ。

「母親もね」とシャーロットは言った。

「だれもあんたに働けとは言っていない」

「その通りよ。あたし、そろそろ仕事をやめようと思っているの、そうすれば、ネルにいてもらう必要もないし」

ネルは車の運転ができなかった。買物に行くときはアイヴァンが運転を引き受けた。そのために特別早く帰宅した。家はヴィクトリア様式の一戸建ての住居で、馬車置場を改造

したガレージには、ロールブラインドみたいな引き下ろし式の扉がついていた。バックで車を出したあと、車からおりて扉をおろすのは面倒だが、シャーロットの言うように、扉を上げたままにしておくのは泥棒を招き入れるようなものだった。ネルは助手席にすわり、ダニエルは、うしろのシートにすわっていた。その当時は、後部座席の安全ベルトなどほとんど考えられもしなかったし、子供用シートもめったに置かなかった。

それは突発的な出来事だった。アイヴァンはギアを〈パーク〉にし、サイドブレーキを入れて、ガレージの扉をおろすために車からおりた。彼にとって幸運だったのは、ガレージの奥のコンクリートの床にオイルらしきものが溜まっているのに気づいて、それを調べようと二、三歩ガレージに踏みこんでいたことである。ダニエルが、「ブルン、ブルン」の叫び声とともに、いきなり運転席の背を乗り越えて、車のあらゆるコントロール装置につかみかかったのだ。ライトのスイッチを入れてアッパー・ビームにし、ギアを〈ドライブ〉にいれ、ウインドウに洗浄液をまきちらし、サイドブレーキを力いっぱい引っ張ってはずした。

車はぎらぎら照りつけるライトとともにいきなり走りだした。ネルは悲鳴をあげた。彼女には止め方もわからない、サイドブレーキがどれか、フットブレーキがどこにあるのかも知らないから、ただ、得意そうに笑っているダニエルを押さえこむのが精いっぱいだった。車は、数フィートのスロープをおりてガレージに突っ込んでいったが、床が平らになったところで速度がおちてゆっくりと止まった。そのあいだアイヴァンは爪先立ちになりガレージの奥の壁にへばりついていた。

ネルは泣きだした。ほんとうに怖かった。危険にさらされたアイヴァンを見て、彼女ははじめて、いままで気づかなかったこと、自分と彼のあいだのあらゆることをはっきりと理解したのである。彼はガレージから出てくると車のエンジンを切り、ダニエルを家のなかに連れていった。ネルは泣きながらそのあとを追った。アイヴァンは彼女を抱きしめてキスをした。彼女は膝から力が抜け、気を失いそうになった。ショックのためか、いやそれだけではなかっただろう。アイヴァンは舌の先でネルのくちびるをこじあけ、口のなかに舌を押しこみ、すぐに二階に行こうと言った。ダニエルがいるからだめとネルはうめくように言った。

「ダニエルはいつも、このいまいましい家にいるんだよ」とアイヴァンが言った。

シャーロットが帰宅すると、ふたりは、ダニエルのしたことを報告した。ふたりとも話す気分ではなかった、ことにシャーロットには。でもなにも言わないのは不自然だろう。シャーロットは、ダニエルにちゃんと言いきかせてちょうだいと言った。やさしく、でもきっぱりと、おまえのしたことはとてもいけないことなんだと説明してやってちょうだい。とても危険なことで、パパに大怪我をさせていたかもしれないと。そこでアイヴァンはダニエルを膝にのせて、やさしく、でも真剣に説教をして、きょうやったようなことはもう二度とやってはいけないよ、としっかり言いきかせたのである。

「ダニエル、くるまをうんてんする」とダニエルが言った。

それはだれもがはじめて聞いたダニエルの文章になった言葉だったので、シャーロットは、ことの重大さにもかかわらず、有頂天になった。この事件は他人には話さないほうがいいとだれしも思ったが、その合意はすぐに破られた。シャーロットは自分の母親と姑に話し、ネルは、ボーイフレンドに話してしまったとシャーロットに打ち明けた。ネルにはボーイフレンドがいるわけではなかったが、シャーロットにはいると思わせておきたかった。かかりつけの医者夫妻が、夕食によばれてやってきたとき、夫妻にも話した。アイヴァンは、同じ話を医者に（テーブルをかこんだほかの四人の客にも）繰り返し聞かせた。なぜなら、知恵が遅れていると思われていそうな子供の知能が、じつはまともだという証拠になるからだった。画廊で雇っているふたりの女性にも、機会を捕らえてこの話をしたし、シャーロットも、自分の上司とタイピストの女性に話した。

九月にシャーロットは二週間の休暇をとった。画廊のほうの景気もまだぱっとしないので、ふたりしてどこかへ行こうと思えば行けたのに、それにはネルもいっしょに連れていかねばならないし、シャーロットは彼女のために法外なホテルの勘定を払う気はなかった。シャーロットは息子といっしょに家にいることにし、ネルはおかげで午後から暇ができた。シャーロットの母親は、ネルがダニエルの愛情を容赦なく奪っている、とかねてから言っていた。アイヴァンはネルをA‐12号線沿いにあるモーテルに連れ込み、そこでは、アムステルダムで週末を過ごすためにハーウイッチに向かう途中の夫婦ということにした。

ネルは事態のこういう展開にはじめは不安だったが、いまはもうアイヴァンに首ったけで、いつでも抱いてもらいたいと思った。毎日数時間のことだが、彼に逢うたびに、セックスをしてもらいたがった。

「これからどうするか考えなければいけないね」とアイヴァンはモーテルの部屋で言った。

「駆け落ちするわけにもいかないしね」

「あら、それはだめ。あなたの坊やを失うことになるわ」

「自分の家と収入の半分も失うことになる」とアイヴァンが言った。

ふたりは夜遅く帰宅した。手はず通り、アイヴァンがまず先に、そしてネルはそれから半時間後に家に帰った。展示の内覧会の準備に追われて十一時まで仕事だったんだよ、とアイヴァンはシャーロットに説明した。シャーロットは夫の言うことを信じてよいものやらわからなかったが、ボーイフレンドと映画を見にいったと言うネルの言葉は信じた。ネルはしじゅうボーイフレンドと逢っている、どうやら本気で恋をしているらしいが、シャーロットは別に困らない。ネルは結婚するだろうし、結婚した女は、住み込みの子守りをやる気づかいはない。ネルが辞めれば、こちらは彼女を解雇する必要もない。シャーロットはネルに対して奇妙な感情を抱いていた。どういう感情かと訊かれても、はっきりとは答えられないが、おそらくそれはダニエルが母親の自分よりも子守りのほうになついているという単なる危惧だろう。

「あの子ったら、あなたのところに行かないで、あの女のほうに行くんだもの」とシャーロットの母親は言った。「気をつけたほうがいいわ」

ダニエルはいつもネルの膝に乗って彼女にしがみついている。お風呂もネルに入れてもらいたがる。寝るまえにお話を読んでもらうのもネルのほうがいい、淡いブルーの目と長い金髪のきれいな顔のネルのほうがいい。どうやら彼女のほっそりとした指の感触がことのほかお気に入りで、彼女にいつもまとわりついている。ある土曜日の朝、ネルが昼食用に野菜を切っていると、ダニエルがうしろから駈けよってきて彼女の両脚に抱きついた。ネルはダニエルの足音に気づかなかったので、思わず包丁を滑らせ、左手を人さし指からてのひらにかけてざっくり切ってしまった。

2

傷は、人さし指の第一関節から手首まで、手相見が生命線と呼んでいる線に沿ってななめに伸びていた。血を、ことに自分の血を見たネルはうろたえた。あっと一声さけんでから、怯えた綴り泣きのような声をあげた。テレビで見た油井のようにどくどくと血があふれてくる。カウンターに流れた血が縁からぼたぼたとたれているが、血を見てもいっこうに平気なダニエルは、人さし指で受けた血でカップボードの扉になにやら書きなぐっている。

キッチンに入ってきたシャーロットは、事態を察してひどく不機嫌になった。ネルがダニエルをあんなに甘やかしさえしなければ、ダニエルだって彼女に抱きついたりしなかっただろうし、したがって手を切ることもなかっただろう。ダニエルは、家の外の新鮮な空気を浴びればいい、それも包丁じゃなく移植ごてを手にもつ母親にしがみつけばよかったのだ。シャーロットは早めに昼食をすませて、午後は、表の庭の円形の花壇に〈リトル・ペット〉という薔薇を十二本植えたいと思っていたのである。

「それは縫わなくてはいけないわ」とシャーロットは言った。「破傷風の予防注射もしなくちゃ」ダニエルのやっていることに気づいた彼女は、彼をその場から引きはなした。

「こんなひどいことをして、ダニエル！」ダニエルは悲鳴をあげて、小さな拳でシャーロットを叩いた。

「病院へ行かないとだめでしょうか？」ネルが言った。

「もちろんよ。とにかくそこを縛って、止血をしなくちゃ」アイヴァンは家にいた、彼が書斎と称している部屋に。アイヴァンに、ネルを病院まで送ってもらうほうがいいと思ったが、そうすることに突如いわくいいがたい強い嫌悪感がわいた。いままでこんな気持になったことはなかったのに、アイヴァンをまたネルとふたりきりにさせたくなかったのだ。

「あたしが車で送るわ。ダニエルも連れていきましょう」

「ダニエルはアイヴァンにお預けしたら？」とネルは言った。すでに布巾で手をしっかりと包み、滲みだしてくる血が布にスコットランドの地図を描いていくのをじっと見つめていた。「アイヴァンにダニエルを見ていていただくようにお願いしてみたらどうでしょうか。たぶん」と期待をこめて、「それほど長くはかからないでしょうから」とつけくわえた。

「あたしの決めたことに口をはさまないでもらいたいの」シャーロットはぴしりと言った。

ネルは泣きだした。シャーロットの肩に顔を埋めて泣いていたダニエルが、両手をネルのほうにさしのべた。じれったそうな声をあげてシャーロットはダニエルをネルにわたした。キッチンのシンクで彼女が泥まみれの手を洗うあいだ、ネルは鼻をすすりあげ、ダニエルを小声であやしている。ふたりは玄関のラックからコートをとり、シャーロットはたまたま、義母が置いていったオリーブグリーンの綿入れのジャケットをつかんで、玄関のドアから外に出た。十二本の薔薇が、根を緑色のビニールに包まれて花壇の縁にぐるりと並べてある。ネルはダニエルをしっかり抱きしめてガレージの前に立っていた。布巾は包帯としてはあまり役立っていない。滲みでた血が、さっきまであったケイスネスとサザランドの地図をすっかりぼやけさせてしまった。それを見るとネルは気が遠くなりそうだった。それはアイヴァンがキスしてくれたときのあの気の遠くなるような感じとはまるでちがっていた。

シャーロットはガレージの扉を上げて車に乗りこむとバックで出てきた。そしてダニエルをネルの手から受け取ると、バック・シートにすわらせた。そこにはダニエルが、トラックやタンクやセダンといった玩具の乗り物の一連隊をいつもおいていた。さっきネルにひどい口のきき方をしてしまったことを悔やみながら、シャーロットは彼女のために助手席のドアを開けてやった。青ざめた美しいネル、よく似合う薄手の黒のレインコートに身を包んだネルは、ショックと痛みのせいかひどく弱々しそうに見えた。

「さあ、すわったほうがいいわ。頭をうしろにつけて目をつぶっていらっしゃい。顔が真っ青よ」

「ブルン、ブルン」とダニエルは言って、トライアンフ・ドロマイトを運転席の背中に走らせた。

アイヴァンが家にいるので、ガレージの扉はおろすまでもない。そのときシャーロットはふと思った、いくら彼と反目しあっているにしても、行く先ぐらいは告げてから出かけたほうがいいのではないか。だが彼女が玄関にたどりつかぬうちにドアが開いてアイヴァンが出てきた。

「いったいどうした？　なんでみんな大声出していたんだ？」

シャーロットは話した。アイヴァンが言った。「ぼくがネルを病院まで送っていく。ぼくが送ってやりたいと思うのはとうぜんだろう、それくらいきみにもわかってると思ったがね。こんなことになったときに、なぜすぐ知らせにこなかったのか、わからないよ」

シャーロットは無言だ。じっと考えこんでいる。アイヴァンの声にただならぬ憂慮のひびきを聞いたような気がする、愛しいひとのために示すような気遣いを。そして、奇妙なことに、むかし自分を惹きつけたあの表情が甦っていた。どう見ても、どこかの山賊か海賊だ。あとは金のイヤリングか、口にくわえた短剣でもあれば完璧だろう。

「あんたが行くことはないんだ」彼は、シャーロットに対して近頃くせになった乱暴な口調で言った。「みんながぞろぞろついていくなんて馬鹿げてる」

二と二をたして、さまざまなことがひとつひとつ腑に落ちて、ひとりぼっちの淋しい夜や夫の奇妙な口実の数々を思い出しながら、シャーロットは言った。「あたしはぜったい行くわよ。なにがなんでも病院までいくわよ」

「ご勝手に」

アイヴァンは運転席に乗りこんだ。そしてネルに言った。「しっかりしろよ、スイートハート。こんなむごい目に遭うなんて」

ネルは目を開けて、弱々しい笑みをうかべ、涙に濡れた青ざめた顔をおおっている淡い黄色の髪の毛を、よいほうの手でかきあげた。うしろに乗っているダニエルは両腕を父親の首に巻きつけて、トライアンフ・ドロマイトを父親のジャケットの襟の折り返しに走らせている。

「ガレージの扉ぐらいおろしてきてよ」シャーロットがわめいた。「せめてそれぐらいしたらどうなの。戻ってみたら、だれかが家に入りこんでステレオを盗んでいったらどうするの」

アイヴァンは動かない。ネルを見つめている。シャーロットはガレージの扉に近づいた。車のボンネットに背を向けて、扉をおろすために、引き手のへこんだ部分に手を伸ばした。グリーンの綿入れのジャケットは、ブルーのコール天のスラックスには不似合いで、いやに太って見える。

アイヴァンは両手をハンドルにかけたままゆっくりと首をまわしてシャーロットを見た。首にぶらさがっているダニエルは、玩具の車をアイヴァンの顎の下に走らせていく。「ブルン、ブルン、ブルン！」

「やめてくれ、ダニエル、たのむよ。そんなことするんじゃない」

「くるまうんてん」とダニエルが言った。

「ようし、わかった」とアイヴァンが言った。「それがいい」

アイヴァンはギアを〈ドライブ〉にいれ、ライトをつけ、フロントガラスの洗浄液を噴出させ、ワイパーを動かし、サイドブレーキをはずし、そしてアクセルを思い切り強く踏んだ。車が前に発進したとき、シャーロットは、扉をおろしきったまま腰をかがめていたが、ぎらぎら照りつけるライトに驚いて跳びあがった。大きな悲鳴をあげ、車を押しかえそうとするように両手を前にぱっと突き出した。その瞬間ネルは、目をかっと見ひらき、体はフロントガラスに突っ込みそうになりながら、シャーロットの顔を見た。まるでふたりの顔がふりまわされてごつんとぶつかりあったみたいだった。シャーロットは、お化けトンネルに出る悪鬼のように顔をゆがめ、ぬっとおおいかぶさってくるように見えた。それはネルが一生忘れられない光景だった。シャーロットの恐怖の表情、そしてなぜこうなったかというとっさの理解の表情も。

萎えた両手も、必死にふりまわす腕も、大型車の怪物のような推進力を押しとどめるには無力だった。シャーロットは絶叫しながら仰向けに倒れた。ボンネットが倒れた彼女を隠し、タイヤが彼女の体を乗り越え、車はガレージの扉に突っこみ、扉はこの猛襲の前にロールブラインドのようにひとたまりもなく砕けた。

扉の破片が車のボンネットやルーフ一面に降りかかった。三角形の鋭い破片がフロントガラスを砕き、フロントガラスは曇りガラスみたいになった。ネルはシートの上でがくんがくんと跳び上がりながら、ヒステリカルに悲鳴をあげつづけていたが、うしろの座席のすみに縮こまっていたダニエルは、黙りこくったまま外套の裾をつまんで口に押しこんでいた。

蜘蛛の巣状に白くなったフロントガラスで前が見えなくなったアイヴァンは、反射的に体をそらし、ブレーキを踏みこみ、サイドブレーキを引いた。車は、教会のオルガンの音みたいな低く響く音をあげた。急停車した車がときたまあげるような音だ。アイヴァンは両手をハンドルからはなし、額にかかった髪の毛を払うように頭を振りあげ、シートにもたれると目を閉じた。ひとが眠りにおちるときのように、深い静かな息づかいをしていた。

「アイヴァン」とネルが絶叫した。「アイヴァン、アイヴァン、アイヴァン！」

彼はのろのろと首をまわし、彼女とむかいあうと目を開いた。彼と目が合うと、ネルはたちまち黙りこんだ。そしてすすり泣いた。アイヴァンは片手を伸ばして彼女の頰にさわった、指の先ではなく、指の関節でそっとさわった。顎の縁からうなじにかけて指の関節をやさしく走らせた。

「手の出血が止まったね」彼は小声で言った。

ネルは膝の上の布に包まれた手を、じゅくじゅくした赤い塊りを見た。彼がなぜそんなことを言ったのか、どんなつもりで言ったのか、彼女にはわからなかった。「ああ、アイヴァン、アイヴァン、あのひとは死んだの？　死んだにきまってる――そうね？」

「きみを家のなかに連れもどす」

「あの家には入りたくない、もう死にたい。もういいから、死にたい！」

「ああ、そうだね、よく考えてみると、きみはこのままここにいるほうがいいかもしれない。しばらくのあいだ。それからダニエルもだ。ぼくは警察に電話をしてこよう」

　車の外に出ようとする彼をネルはひきとめた。彼のジャケットをつかんだまま泣いた。

「ああ、アイヴァン、アイヴァン、あなた、なんてことをしたの？」

「いやいや」とアイヴァンは言った。「ダニエルはなんてことしたの、だよね？」

3

　車体の下を調べおわり、戻ってくると、アイヴァンは運転席に膝をついた。そしてその顔をネルの顔にぐっと近づけた。「ぼくは家にもどる。事故が起きたとき、ぼくは家のなかにいた。衝突の音を聞いて外に飛び出し、現場を見るとすぐに家にとってかえし警察に電話をし、救急車を呼んだ」

「いったいなにを言っているのかわからない」とネルが言った。

「いや、わかってる。ようく考えろ。ぼくは二階の書斎にいた。きみはダニエルといっしょに車のなかにいて、頭をうしろにもたせかけて目を閉じていた」

「ああ、だめ、アイヴァン、だめよ。そんなこと言えない。みんなにそんなことは言えないわ」

「なにも言わなくていい。きみがショック状態にあってもおかしくない、いや事実、ショック状態だ。話はあとですればいい。そのころには気分もよくなっているさ」

ネルは両手で顔をおおった、包帯をしている手と右手とで。怯えた子供のように、指のあいだからこわごわのぞいた。

「ああ、そう、死んでいる」アイヴァンは言った。「あのひと——死んだの？」

「ひどい、ひどいわ。なにがなんでも、病院にはついていくって言ってくれたのに！」

「なにがなんでもガレージの扉は、おろしたってわけだ」

彼は家のなかに入っていった。ネルはすすり泣いた。頭をシートの背中に叩きつけると、大声で泣きわめいた。ダニエルのことはすっかり忘れていた。彼はうしろのシートにすわってコートの裾をしゃぶっており、玩具の乗り物たちは見向きもしなかった。車がガレージの扉を突き破った音を聞いたとき、ちょうど昼食をとっていた隣家のひとたちが、いったい何事が起こったのかと、車よせを走ってきた。ガス会社のヴァンからおりてきた男と、ペアガラスのパンフレットを配って歩いていた娘も現場に駆けつけた。灰色のうっとうしい日、この界隈の庭には、高い樹木が立ち並び、常緑の低木の植え込みもある。歩道にも木が生い茂っていた。だからだれも車がシャーロットを轢き、ガレージの扉に突っ込んだところは見なかったし、だれが車を運転していたか、見たものもいなかった。

隣家のひとたちが、ネルに手を貸して車からおろしていると、アイヴァンが玄関から姿をあらわした。ネルは、車の下から突き出しているシャーロットの足や、コンクリートの車道に飛び散っているシャーロットの血や扉の破片などを見ると、また悲鳴をあげはじめた。隣家の婦人がネルの顔をぴしゃりと叩いた。夫のほうがうまい具合にアイヴァンの役割の大部分をこなしてくれた。「ひどいもんだ。なんと恐ろしい悲劇だ。こんなちびちゃんが、またまた悪戯をやらかして、こんな恐ろしい結末をもたらすなんて思いもよらないことだよ」

「見ちゃだめよ」とペアガラスの娘は言って、ネルと、半分が車の下敷きになっている死体のあいだにパンフレットを掲げて目隠しにした。「お家のなかに入りましょう」

ネルは、植えられるのを待っている〈リトル・ペット〉の薔薇の苗を見るとまた大声で泣いた。隣家の婦人は、シャーロットのキッチンに入って、お茶をいれ、夫のほうはダニエルを抱いてきた。ダニエルはネルを見るとまた文章らしき言葉を口ばしった。

「ダニエルおなかすいた」

「この子の面倒はあたしが見るわ、なにか食べるものをさがすわね」と隣家の婦人は言って、お茶を注いだ。「こっちに連れてきてちょうだい、かわいそうなおちびちゃん。この子を責めちゃいけないわ、こんな無邪気な子供を。この子にわかるはずがないわ」

「ほうらね」ふたりきりになると、アイヴァンが言った。

「まさか、ダニエルがやったなんて、言うつもりじゃないわよね。そんなこと言えるはずないわ、アイヴァン」

「そうとも、ぼくは言えない、でもきみは言える。ぼくはあそこにはいなかった。書斎にいたんだ」

「アイヴァン、警察が来てあたしに訊問するわ」

「そうとも、それから検視審問がある、かならず。検視官がきみに訊問し、警察がおそらくもう一度訊問する、たぶん事務弁護士もきみに尋ねるかもしれない、いろんな連中がね、でもきっとみんな、きみにはやさしくしてくれるさ、連中はわかってくれるだろう」

「そんな嘘はつけません、アイヴァン」

「ああ、つけるとも。きみは上手な嘘つきだ。きみが考えだしたシャーロットについた嘘を覚えているだろう。あいつはきみの言葉を信じた。シャーロットにいったボーイフレンドのこともね。ぼくと寝たときは、ボーイフレンドと映画にいったとうまくごまかしていたよな。それに、なにも嘘をつくことはないんだよ。この前起こったことをありのままに話せばすむことさ、こんどはあの哀れなシャーロットが巻き添えをくったというだけさ」

ネルはわっと泣きだした。「ああ、どうしても泣かずにはいられない。どうしても。いったいどうすればいいの？」

「泣かずにいる必要はないんだ。きっとさんざん泣くほうがいいのさ。泣きやまなくてもいいから、そのままぼくの言うことをよく聞くんだ。ダニエルはみんなに言わないさ、だって、ダニエルはまともに話すことができないじゃないか。それにいずれにしてもそんなことは問題じゃないんだ、だってだれもあの子を責めたりはしないよ。隣のなんとか夫人が言ったこと聞いただろう、だれもあの子を、あの無邪気なおちびさんを責められないって。こんなことになるなんてあの子にわかるはずはないって。子供というものは、七つになるまでは、分別のつく年ごろになるまでは、自分のしていることがわからない、とみんな思っているのさ。みんな、ダニエルが車のなかでなにをするかよく知っているんだ、あの子がこの前やったことをみんな知っているんだよ」

「でもこんどはあの子がやったんじゃないわ」

「そんなことは二度と言うな。考えてもいけない。みんな、ダニエルがやったと思うだろう、きみはそれを裏付けてやればいいのさ」

「そんなこととてもできないわ、アイヴァン。とてもできそうもない」

「きみにそれができなかったら、ぼくがどうなるかわかっているだろう？」

ネルが答えるひまもないうちに、警察がやってきた。

なにしろダニエルが幼かったので、警察はいささか困難な立場に立たされたが、ダニエルは、父親が訊問を受けている部屋に入ってきて、アイヴァンの話を、いわば裏付けることによって彼らに協力したのである。

「ダニエルうんてん」

彼らはアイヴァンとネルに目配せをして、ひとりがダニエルの言葉を書きとめた。まるでダニエルの公判で証拠として使うために、彼の言ったことを書きとめているように、ネルには思われたが、当然、ダニエルが公判に付されることはない。ダニエルは玩具の車を手にもって彼女の膝にすわり、なにも言わなかった。あの日からこちら、ダニエルは二度と「ブルン、ブルン」と言わなくなったと、ネルはあとになってアイヴァンに言ったものの、ふたりとも、それについては確信がもてなかった。警察は引き揚げるときが来ると、ネルを病院にはこんでくれ、そこでようやく彼女は手を消毒してもらい、縫ってもらった。外来にいた看護師は、事情を知らなかったので、切ったときにすぐ来なかったのは残念だと言った。こうなってはたぶん傷痕が一生残るわね。

「しかたありません」とネルは言った。

「形成外科があるから」看護師は、朗らかに言った。

検視審問が行われるころには、車には新しいフロントガラスが入り、車体も塗り直されることになり、ガレージも、新しい扉を作るために寸法がとられ、ダニエルは、文章になった新しい言葉をいくつか言えるようになった。だがこういう事件の専門家たち、ふたりの医者、検視官、検視官事務所の所員ら全員が、あの土曜日の朝に起きた出来事については、ダニエルの耳にはいるところではいっさい触れぬほうが、心理学的見地から言っても賢明であろうと、意見の一致を見たのである。すくなくとも、ダニエルがもっと大きくなるまでは。彼には訊問はいっさいしないほうがいいだろうし、この時点で説諭を垂れるのも無益なことだろう。もっとも賢明なやり方は、ベルトを締めるか、そばでしっかり監視することです。ダニエルを二度と後部座席にひとりですわらせないこと、もしすわらせる場合はベルトを締めるか、そばでしっかり監視することを、父親にきつく言いわたすことだと、検視官は、審問の終了に際して言ったのである。

ネルは低い抑えた声で証言をした。何度か、もっと大きな声でと注意された。自分は車の助手席にすわっていて、気が遠くなりそうだったので目をつぶっていたと証言した。運転席にはだれもいなかった、シャーロットがガレージの扉をおろしにいったあと、ダニエルがとつぜん「ブルン、ブルン」とさけびながら、運転席に入りこみ、ハンドルをつかみ、ライトのスイッチをいれ、ビームをアッパーにし、ギアを〈ドライブ〉にいれ、フロントガラスの洗浄液を噴出させ、サイドブレーキをはずした。いいえ、彼がこんなことをしたのは、これがはじめてじゃないんです、前にもやったことがあるんで、でもそのときは、彼の母親が、車の前に立って、ガレージの扉をおろすためにしゃがみこんではいなかったんです。

検視官は、子供を止めようとはしなかったのかと尋ねたが、ネルはわっと泣きだし、そしていかにも芝居がかったしぐさで、でもじっさいは無意識のしぐさだったが、傷ついた手を、そのときはまだ厚く包帯のまかれた手を、てのひらを上にむけてさしあげたのだった。彼女は、このさき何週間も、何ヵ月も、そして何年も、その傷痕に見いっている自分に気づくことだろう。その白い傷痕は、人さし指の第一関節から、手首に近いところまで、掌のふっくらとした部分を切り裂いていた。結婚指輪をはめてくれるアイヴァンのほうにくすり指をさし出したときも、彼女はその傷痕を見つめていた。

〈偶発事故による死〉というのが、陪審員の評決で、〈偶発事故〉はあくまでも〈事故〉だからね、とアイヴァンは言った。ネルが自分の指を切ったのも偶発事故だったが、もしあのとき指を切らなかったら、こんなことは起こらなかったのではないかとときどき思うことがあった。じっさい、もしダニエルがうしろから駆けよって脚にしがみつかなかったら。だから、おかしな話だけれども、どっちみちダニエルのせいだったと言えるのかもしれない。このことをそれとなくアイヴァンに言うと、彼も同意したものの、それについて二度と口にすることはなかった。ネルも二度と口には出さなかった。ダニエルは、あの出来事をしっかりとその目で見たにもかかわらず、格別な障《さわ》りはなかった。アイヴァンとネルが結婚したとき、ダニエルは四つになっていて、ふつうの四歳の子供が話すように話していた。母親を亡くして淋しがる様子はなかった、だって、アイヴァンが言うように、ダニエルはいつもネルのほうが好きだったから。

ネルの娘が生まれたのは、結婚してから五年後で、もう子供はできないものとあきらめかけていた。赤ん坊のエマを見たダニエルが、自分の母親のことを尋ねてネルを驚かせた。

シャーロットはどうして死んだのかと訊いたのである。自動車事故なの、とネルは言ったが、これはアイヴァンと申し合わせてあった答えだった。

「いつか、あの子にもっと詳しく話さなければならないときがくるわ」とネルは言った。

「そのときはどう言うつもり？」

4

アイヴァンはなにも言わなかった。その表情は、用心深く、抜目なかった。歳を重ねるにつれ、さっそうとした海賊のような容貌を助長していたあの冷酷さは、いまの彼を残忍な狼のように見せていた。ネルは質問をくりかえした。

「シャーロットがどうして死んだのかとダニエルに訊かれたら、なんと答えるつもりなの？」

「自動車事故だと言うよ」

「あの子は、それでは満足しないんじゃない？　もっと詳しいことを聞きたがると思うわ。だれが運転していたかとか、ほかに事故に関係したひとはいないのか、とか」

「真実を話すよ」とアイヴァンは言った。

「真実なんて話せないわよ！　話せるはずがないじゃない。あんなことを話したら、あなたのことをどう思うかしら。あなたを憎むようになるわ。きっと、よそに行って話すかもしれない——自分の父親が——ねえ、わかるでしょ。正直言って、あたしには、とうてい言葉にはできないわ」

「そりゃうれしいね、きみにも言葉にできないことがあるとはね。こいつは喜ぶべき変化だな」アイヴァンは苛立つと、上唇をめくりあげるようにして歯と赤い歯茎をむきだす癖がある。

「ほんとに、ダニエルになんて説明するつもりなの、アイヴァン」

「そのときがきたら、シャーロットの死の真相を打ち明けるさ。法的な解釈にもとづけば、あの子に責任があるが、あの歳では責任を問うことはできなかったんだと話すよ。車のハンドルをにぎっていたのは彼で、シャーロットに車をぶつけたのも彼だと話すつもりさ」

「それが真実だと？」

「わかっているはずだぞ」とアイヴァンは上唇をゆがめ狼の顔で言った。「きみは検視審問でそう証言したんだ」

ダニエルは嫉妬して、自分の母親のことを訊いただけなのに、とネルは思った。妹のエマに嫉妬したのだ。これまでネルの愛情は自分ひとりに注がれていた、まあアイヴァンに注ぐ愛情のおこぼれと言ってもいいかもしれないが。ネルがこの新来者を連れてきたのを見て、彼女がもう自分ひとりのものではなくなったことを悟ったダニエルは、かつては自分にもほんとうの母親があったことを思い出したのである。

ネルにとっては彼女を思い出させるものはたくさんあった。あの〈リトル・ペット〉の薔薇を見るたびに――それは毎日だったが――シャーロットのことを思い出した。アイヴァンは、シャーロットの葬式の翌日、それを自分の手で植えたのだ。あの車は二度と使わず、新しい車の下取りに出した。エマが一歳になると、あの家から、もっと広くて古い家に引っ越した。ネルはあの薔薇から逃れられて幸せだったが、生命線に沿っていつまでも禍々しくついているあの白い傷痕、それが消えない自分の手から逃れることはできなかった。それにスコットランドの地図についつい見いってしまうこともあった。

新居に移ってからは、ベビーシッターがいなくなった。それまでは隣家の婦人が、ふたりの面倒を見てくれたが、まさか十マイルもはなれたところまで来てくれる気づかいはなかった。アイヴァンは何度も、子守りを雇ったらと提案したが、ネルはうんと言わなかった。ダニエルが母親より自分になついていたことを覚えていた。それに結婚してからのネルは、アイヴァンがもうけ仕事と称しているものにはずっとついていなかった。むろん働いてはいたが、それはダニエルとエマの世話をするという時間がかかるばかりの疲れる仕事だった。それに家のなかはいつもきれいにし、車の運転も習った。

アイヴァンの画廊に雇われている若い女性が、通りをふたつほどはなれたところに住んでいた。子供が大好きなので、週に一度はベビーシッターをしてもよいと言ってくれた。アイヴァンはネルに、名前はデニース、齢は二十三と言っただけだった。でもその女もとても美人で栗色の豊かに波うった長い髪の毛の持主だということを発見したとき、ネルはいささかショックを受けた。じっさいは、週に一度の必要はなかった。なにしろアイヴァンはしじゅう仕事の帰りが遅いし、たまに夕食に間に合う時間に帰ってくることがあっても、それから外出する気にはなれないのだった。

「エマは、ほとんど父親を知らずに大きくなるわ」ネルは言った。

「じゃあ、きみが子守りにでも出たらどうだ」アイヴァンが言った。「ぼくの稼ぐ分を稼げるなら、ぼくはよろこんで引退して子供たちの面倒をみるよ」

デニースは、ふたりの六回目の結婚記念日とネルの誕生日の夜に留守番に来てくれた。日頃からちょっと活動過度の気《け》があると思われるエマは、デニースがいるあいだずっと起きていて、デニースの膝にのって、デニースのハンドバッグの中身をいじりまわし、ベッドに連れていこうとすると泣き叫んだ。デニースは、あたしは子供が好きですからちっともかまいませんと言った。エマはデニースにしがみついていて、ネルが抱きとろうとすると拳固でネルを叩いた。

「車で送るわ」とネルが言った。

「あんたが送ることはない」とアイヴァンが言った。「ぼくが送っていくよ。きみはエマの面倒をみていなさい」

デニースにはよく話題にのぼるボーイフレンドがいた。留守番ができないというときは、ボーイフレンドとどこかに出かけるときだった。デニースを画廊まで迎えにくるボーイフレンドを見たことがあるとアイヴァンが言った。どんなひとなのとネルが訊くと、アイヴァンの答えはいつも、まあふつうの青年で、とりたてて言うところはないというのだった。ネルは、新しいベビーシッターをどこで見つければいいかわからなかった。でもときどき、デニースがボーイフレンドに本気で惚れてくれればいい、そうすれば結婚してどこかへ行ってくれるだろうからと思った。

いくら皮肉だとはいえ、ネルに仕事をしろとアイヴァンが言うなんて非常識な話だった。エマは、十八カ月の子供にしては異常なくらい活発なので、その面倒を見るだけで手いっぱいだった。エマは十カ月でもう歩きだし、夜は六時間以上はぜったい眠らない。もっともくたびれはてて昼日中にことんとひっくりかえって眠ってしまうこともある。エマがまだ言葉を一言も喋らなくても驚くにはあたらない、やることは、おませだけれども、ネルがダニエルに言ったように、暴れまわるのに忙しくて喋るひまがないのだった。

「あなたは三つ近くまでしゃべらなかったわね」ネルはうっかりして「きっと父方のほうになにかあるのよ……」とダニエルに言ってから、すぐに後悔した。

「うん」とダニエルは言った。「きっとそうだよ。ネルやぼくのお母さんのせいってことはありえないよ。ぼくはお母さんの身になにがあったのか、詳しく知りたいんだ」

「車の事故だったの」

「うん、知ってる。けど、詳しいことが知りたいんだ、じっさいはどうだったのか、正確に知りたいんだよ」

「あなたがもっと大きくなったら、お父さんが話してくださるわ」

ネルは謎めいた言い方をしたが、これは誤りだとネルにはわかっていた。アイヴァンに警告するつもりだったのに、この数日ずっと彼に会えなかった。金曜日の夜に外出の予定をたてていたのに、アイヴァンから電話があり、仕事が遅くなるから、デニースにはぼくから電話をして留守番の約束は延期してもらうと言った。その晩は真夜中にご帰宅で、土曜日の夜も帰ってきたのはほとんど真夜中だった。ダニエルは、日曜日の朝やっと父親を捕まえた。

「まあね、ダニエルも早く学校に行くようになればいいんだが」とアイヴァンはネルに言った。

「あと一年もあるわ」

「その年になったら、どこか寄宿学校に入れるのがいいかもしれない」

「あの子には家を出てもらいたくないの、ここにいてほしいわ。それからあの子があたしの子じゃないとか、あたしには関係のないことだなんて言ってもむだよ。だってあの子は、あなたの子供というよりあたしの子供だもの。あなたは、ずっとあの子を疎ましく思ってきたんですものね」

かつては烏の羽のように真っ黒だったアイヴァンの髪の毛は、はやばやと半白になりはじめていた。いまは狼の毛の色になり、生やしはじめた口髭は鉄のような灰色だった。おそらくそれは、上唇をめくりあげるという醜い癖にふけるとき、口のなかをあくまでも赤く、歯をあくまでも白く見せる引立て役になっているのかもしれない。もしあのひとが獣なら、あれは唸るっていうんでしょうけど、とネルの母親は言った、まさか人間が唸りはしないわよね。

「ぼくが、自分の子供を嫌っていると言うのか？」

「ええ、そう。そう言ってるの。人間は、自分が傷つけた相手を嫌うものよ、そんなこと、だれだって知ってるわ」

「なにをくだらないことを。このぼくがどうしてダニエルを傷つけたりするんだ？」

ネルは左の手を見おろした。それはいまやほとんど無意識のしぐさになっていて、チックのようなものだった。ネルはてのひらを下にむけ、傷痕を隠すために親指を人さし指の付け根にあてた。「あの子、シャーロットのことをあなたに訊いたでしょ？」

「あの子に言ってやったよ、それを話せるのは、きみだけだってね。きみは現場にいて、ぼくはいなかった。むろん、きみがまだあの子に話す心の準備ができていないなら、それはきみがきめることだって、言ってやった。きみのその手はなんとかしてもらいたいね。歳をとれば、薄くなって見えなくなるものでもないんだ。近ごろはそんな傷ぐらいきれいに治せるんだから、ぼくが費用を惜しんでいるわけじゃないしね」

デニースがこの前ベビーシッターをしてくれてからもう六カ月が経っていた。外には出ないので、その必要もなかった。いやふたりいっしょには出かけないといったほうがいいだろう。アイヴァンはいつも出かけていた。ネルは家にいてダニエルとエマの世話をし、家のなかをいつもきれいにしていた。それはもう執念みたいなもので、ネルの母親は、不健康なことだと言った。

ある日の午後のこと、掃除機を片づけようとしていると、いつも駆けまわっているエマが掃除用具を入れておく戸棚に彼女を閉じこめてしまった。なにしろ古い家なので、戸棚のドアも重くて頑丈で、ドアのノブは外についていて中にはついていなかった。ネルは、パニックにおちいるまいと決心して、エマをおだててドアを開けてもらおうと思った。

「おねがいよ、エマ、いい子だから、このドアを開けてちょうだい、エマ、マミーを出して……」

5

しばらくエマはドアの外に立っていた。くっくと笑っている声がネルにも聞こえた。

「マミーをだしてよ、エマ。エマはおりこうちゃんだから、ドアだって開けられるでしょ、でもマミーは開けられないの。マミーはおりこうちゃんじゃないから、ドアが開けられないの」

こんなふうにおだてて、こちらが下手《したて》に出てみたら、エマも言うことをきいてくれるかもしれないとネルは思った。くすくす笑いがやんだ。ネルは暗闇のなかで待った。戸棚のなかはまっくらで、ドアのまわりに射しこむ光さえなかった。戸棚は、ドア枠にぴったりとおさまっていた。家のちょうど真ん中にあり、室内の壁と、煙突を仕切る固い煉瓦の壁にはさまれていた。戸棚のなかの空気はどんよりと黒く、埃と煤のにおいがした。エマはまたくくっと小さく笑った。なんでそんなに小さく聞こえるのかという理由がわかった。エマはドアからはなれていこうとしているのだ。

「エマ、もどって。もどってマミーを出して。ノブをまわすだけでいいの、そうしたらドアが開いてマミーはここから出られるの」

小さな足音が軽い音をたてながら遠ざかっていく。その音をたてている足は、いつものようにちょこちょこと早くはなく、のろのろと動いているように思われた。ネルはその情況を理解して、心が沈むのをおぼえた。エマがさんざんはしゃぎまわって暴れたあとによくあることだった。エマはへとへとに疲れ果ててしまう。ふだんは潮時を見てエマをベッドに寝かせ布団をかけてやるのだけれど、母親がいなかったらエマはどうするだろう？　怪我でもするんじゃないか？　外に出たまま、家に入れなくなってしまうのではないか？　心配がもうひとつ増えた。ネルは両手の拳でドアをどんどん叩いた。ドアを蹴った。戸棚に閉じこめられてしまっただけでなく、娘が、二歳にもならない赤ん坊が、この古い大きな家のなかで、たくさんの階段やら曲がり角やら、危険な罠がたくさん待ち受けているこの家でひとりでふらふら歩きまわっている。エマは疲れている、くたびれきっている。地下室の扉を開けて、地下室の階段を転げおちはしないか？　電気のコンセントに指を突っこみはしないか？　マッチやナイフを見つけはしないか？　暗闇のなかで自分の手は見えないが、てのひらの傷痕の盛り上がりをもう一方の手でなぞることはできた。ドアを思いきりたたいて叫んだ。「エマ、エマ、もどってきて、マミーを出して！」

戸棚のなかは、漆黒の闇であると同時に空気も薄かった。もうじき空気がなくなりそうな気がする。外から空気は入ってこない、ここにある酸素を使いきってしまったら――自分は死ぬのではないか？　窒息するのではないか。ダニエルが戻ってくるのは何時間も先だ。アイヴァンは、最近の行動を考えれば、帰宅は真夜中すぎだろう。ここで大声を出せば、ここでドアをたたいてエネルギーを使えば、肺はたくさんの酸素を必要とするだろう。

ネルを救い出してくれたのはダニエルだった。エマがネルを戸棚に閉じこめてから一時間後、ダニエルが学校から帰ってきた。家に入るとだれもいない、こんなことはめったになかった。そのころには、ネルは叫ぶのもドアを叩くのも止めていた。石張りの床にしゃがみこんで両腕で膝をかかえて、埃と煤のにおいのする空気のなかの酸素を消費してしまわないようにじっとしていた。ダニエルは、少なくともあと一時間は帰ってこないだろう。ほんとうなら学校からじかにヴァイオリンの稽古に行くはずだったのに、ダニエルは楽譜を忘れて家に取りにもどったのである。

ダニエルが家に帰ったときにネルが家を空けていることはめったにないけれど、ほんとうならまだ帰宅する時間じゃないから仕方ないと彼は思った。彼がヴァイオリンのレッスンに行っているあいだは、いつも外出しているのかもしれない。時間があまりないので、まっすぐ自分の寝室にあがっていき楽譜をもってそのまま家を出るはずだった。でも居間のドアの前を通りすぎるとき、ピンク色のものがちらりと見えた、ピンク色のものなどあるはずがないところに。それは妹のピンクのジャンプスーツだった。エマは居間の絨毯の上で親指をくわえて眠っていた。掃除機の付属品の小さなブラシがそばに転がっていた。ブラシを見て、ダニエルの頭に閃くものがあった。掃除用具の入っている戸棚に近づくと、ネルが足音を聞きつけて叫んだ。

「ダニエル、ダニエル、ここよ。戸棚のなかよ！」

ダニエルが外に出してくれた。ネルは、髪の毛を蜘蛛の巣だらけにしてよろよろと出てくると、明るい光に目をぱちぱちさせた。ダニエルは、エマが悪いことをしたのをむしろ喜んでいるようだった。なにしろエマが生まれてから二年あまり経っているのに、彼はまだ嫉妬心を克服することができないでいたのだ。ダニエルはエマを叱りつけ、ネルもこのときばかりは、ダニエルを止めなかった。

アイヴァンがほどほどの時間に帰宅したのは、数週間ぶりだった。デニースをいっしょに連れてきた。やりのこした仕事があるとかで、アイヴァンはそれを自宅で仕上げようと考えたのである。ネルが午後の出来事をふたりに話すと、デニースは、ダニエルはなんてお利口で機転のきく子なんでしょうと言った。鋭い観察力に欠けていたら、そのまますぐに家を出ていってしまっただろうし、お気の毒なネルはいまごろどうなっていたやら。「あいつは、そうせざるを得なかったんじゃないのかい」とアイヴァンは言った。「もっと公正に言うならば、これは褒めてやれる善行の逆じゃないか。だってダニエルが楽譜を忘れるような不注意な人間じゃなかったら、あのとき家には帰ってこなかったはずだからね。そんな不注意な人間をどうして褒めてやれるかね？」

アイヴァンは不愉快そうに顔をしかめたが、デニースにむかってしかめたわけではない。彼とデニースは、八時まで新しいカタログ作りをやって、それから外に出て食事をする。夕食はとらなくちゃならないが、きみが料理を作る必要はないよ、とアイヴァンはネルにいつになくやさしく言った、ことにあんなひどい目にあったあとではね。ネルがぶじでほんとうによかったですね、とデニースが言った。ボーイフレンドにこの話をしたら、どんなにびっくりするかしら、そのときの彼の反応がたのしみだわ。

アイヴァンは夜遅くもどってきた。茶色の狼の目は、どんよりとして眠そうで、どこかうっとりしているように見えた。ネルがその昔よく知っていたあの目。翌日ネルはだしぬけに言った。ダニエルに母親の身に起きたことについて真相を話すときがきたように思うと。つまり、ほかのひとたちにも話すべきであって、したがって、自分が検視審問で偽証をしたことも認めなければならないが、どうしてもそうしなければ自分の気持がおさまらない、どうしても真実に直面しなければならない。アイヴァンは言った、ぼくが真実に直面すべきだと言うのか？　きみの言うことなんかだれも信じるものか、と彼は言った。

「別れるなら」とネルは言った。「子供たちの養育権を要求します。ダニエルがあたしの実子でなくても、かまわない、養育権を要求します。でもあなたには、どうでもいいことね？　あなたは子供が嫌いだもの」

「なにをくだらんことを。むろんぼくは子供が大好きさ」

「それからあなたはこの家とご自分の収入の半分は失うことになるわね」

「三分の二だ」とアイヴァンが言った。

「どうせダニエルを厄介払いしたいんでしょう。あの子に耐えられないのよね。なぜ耐えられないかと言えば、いつかは、真実をあの子に話さなくちゃならないとわかっているから、それはあなたにとっては破滅を意味する、あるいは、あの子に嘘をつく、それはあの子のこれからの人生を破滅させることだわね」

「なんとメロドラマじみているんだ、きみは」とアイヴァンが言った。「第一きみの考え方はまちがってる。とにかくぼくたちは別れない」

「さあ、どうかしら。あたしはこんな生活にはもう耐えられない」

彼はエマを膝の上に抱きあげて、マミーを戸棚に閉じ込めたりして、おまえはほんとうに悪い子だと、説教をはじめた。そんなことをするのは、とても危険なことなんだよ、だって戸棚には空気がないんだからね、人間が生きていくには、空気が必要なんだよ。エマはもじもじ身動きをして、なんとか膝からおりようと暴れた。おりられないようにアイヴァンがしっかり抱き締めると、こんどは膝の上でぴょんぴょん跳びはねた。おまえが怪我でもしたらどうするんだい、とアイヴァンはエマに言った。自分に照らしてひとを判断するアイヴァンは、他人への思いやりを説いてきかせるのは無駄だと思い、そう言ったのである。もしおまえが階段からおちて怪我でもしたらどうする？

エマが寝たあと、アイヴァンは、ふたりで新しく出直そうとネルに言った。夜もほどほどの時間に帰ってくるように努力する。デニースを辞めさせるのは、なかなか大変だけれども、いずれ自分のほうから辞職を申し出るだろう。それから、遅くまで残業をしなければならないようなプロジェクトは引き受けないようにしよう。

「ダニエルはどうするの？」とネルが言った。

アイヴァンはかすかな笑みをうかべた。悲しそうな笑み、とネルは思った。「ダニエルにはなんとかうまく説明するように考えるよ」ネルは、手の傷痕を彼に見られているような気がして、てのひらを裏返しにした。「あの子にこう言おう、きみは助手席にすわっていた、あの子はうしろにいて玩具の乗り物で遊んでいた、エンジンはかかっていた。あの子の責任じゃないことをはっきりと言いきかせるよ。それからこうも言っておこう、きみはひどく気分が悪くて、どうすればよいかわからなかった」

「あたしがわざと手を切ったような言い方はしないで。あたしは死ぬつもりはありませんからね。自分で自分の始末をつけるまでちゃんと生きのびるつもりですからね」

アイヴァンは答えなかった。七回目の結婚記念日にパーティをやるというのはいい考えじゃないか、と彼は言った。

アイヴァンが、最初の結婚で知り合ったひとびととはもう付き合いがない、ネルといっしょにこの家に引っ越してきたときに、もう遠くのひとになってしまった。でもネルの母親と妹、それから妹の夫、それからかかりつけの医師夫妻、それから隣人たち、そして画廊で働いてもらっている女性とその夫、それからデニースのあとをひきついでもらった女の子は招待した。バーベキューにふさわしい美しい月夜で、エマは九時になっても十時になっても庭で走りまわっていた。いたずらっ子で手に負えなかった。アイヴァンは、こいつはエネルギーがありあまっていて手がつけられませんよ、と医者に言った。

「活動過多というやつですかね」と医者は言った。

「まったく」とアイヴァンは言った。「たとえば、ほんの数週間前のことなんですがね、ネルを戸棚に閉じ込めてしまいましてね、ドアを締めて、そのまま逃げ出してしまったんですよ。息子がたまたま忘れ物を取りに家に帰ってこなかったら、どうなっていたかわかりませんよ。あの戸棚はいったん閉めると空気が入りませんからね」一座の者はみんな話をやめて、アイヴァンの話に耳を傾けていた。小さなチーズ・ビスケットを配っていたネルも、立ち止まってアイヴァンの話に耳を傾けた。「大目玉をくらわしてやりましたけどねえ、おわかりでしょうが、でもなにしろ二つですからねえ。むろんおませなところはありますがね、なんといったってまだ赤ん坊ですよ」アイヴァンの笑みは、狼みたいで、まるでいまにも月を仰いで吠えだしそうに見えた。「どうしてなんでしょうかねえ」とアイヴァンは言った。「うちの子供はふたりともきかんぼうで、ぼくの言うことをまったく聞きませんでねえ」

ネルは皿を取り落として悲鳴をあげた。画廊に雇われている女性がそばによってその顔をぴしゃぴしゃ叩くまでその場で悲鳴をあげつづけた。

リノで途中下車

ジャック・フィニイ
浅倉久志◎訳

Stopover at Reno
Jack Finney

《ミステリマガジン》1996年4月号

ジャック・フィニイ（一九一一〜一九九五）

広告代理店に勤めながら並行して小説を書き続け、一九四七年に「未亡人ポーチ」が本国版《EQMM》の年次コンテストに入賞した（日本版EQMM一九六〇年六月号掲載）。一九五四年に第一長篇『五人対賭博場』（ハヤカワ・ミステリ文庫）を発表、五人の大学生がリノの賭博場の金庫室を破ることに挑戦するという内容で、教養小説としての側面もある。第二長篇『盗まれた街』（55年／ハヤカワ文庫SF）は地方都市の住民が次々に贋者にすり替えられていくという恐怖を描いた、同テーマのSFの元祖と言うべき作品だ。続く『完全脱獄』（57年／ハヤカワ・ミステリ文庫）は脱獄、『クイーン・メリー号襲撃』（59年／ハヤカワ・ミステリ）は豪華客船の襲撃、というように長篇作家としてのフィニイは一作ごとに扱うテーマを変え、ジャンル横断的に作品を発表していった。

フィニイの第一短篇集『レベル3』（57年／早川書房）はSF分野の作品集だが、続く『ゲイルズバーグの春を愛す』（63年／ハヤカワ文庫FT）は、古き良き時代に対する憧憬の念が強く前に出た連作ファンタジイである。フィニイ作品にはこの世に現存しないものへの郷愁や、都会人の孤独や哀感を描いたものが多く、そうした傾向は晩年になると次第に強くなっていった。

Stopover at Reno by Jack Finney

初出：Collier's Weekly誌　1952年1月5日号

ホテルのボーイがドアを閉めていくのを待って、妻のローズが向きなおったとき、ベン・ベネルは目を合わせられなかった。

「部屋代はいくらなの？」ローズはかわいいブルネットで、スラックスに短いジャケットを着ている。その顔に疲れの小じわが刻まれているのが哀れでならない。

一瞬、ベンはためらった。それから、内緒めかしたウインクとともに、真実を妻に打ち明けた。ベンは頑丈な体格で、愛嬌のある顔をした男だった。「八ドル」

ローズは顔をしかめ、シェニール織のベッドカバーの上に腰かけて、ベンの顔を見つめた。「残りはいくらぐらい？」

「充分あるよ。心配するな」ベンは尻ポケットの財布を上からぽんとたたいた。それからネクタイをほどき、ワイシャツの襟のボタンをはずしはじめた。

「ベン、ほんとにだいじょうぶ？」ローズが小声でいった。「最初の予算よりうんと費用がかかったし、送金をたのめる相手はだれもいないのよ」

ベンは落ちつきはらってうなずいた。「バスの切符は通しで買ってある」――ふたたび尻ポケットに手をやって――「このポケットに四十五ドルと小銭。だから、食事代とホテル代をはらっても、サンフランシスコへ着いて三十何ドルか余る計算だ。キチネット付きの部屋の家賃が一週間で十五ドルとして――サター通りのアドレスをちゃんと控えてきた。ぼくの交通費と昼食代に五、六ドル。あとは食費。職は一週間以内に見つかるさ。だいじょうぶだよ、ベイビー」よれよれの上着をぬいで椅子の上にほうりだし、妻に近づいた。妻の前に立つと、優しい手つきで首すじのうしろをもみほぐしてやった。

「ときには冒険も必要だよ」ベンは妻をなだめるようにそうささやき、ふたりで何度も話しあったことをまたくりかえした。

「絶対安全に引っ越しができる金が貯まるまでニューアークにいたら、一生あそこから出られなくなってしまう。ところが、この方法だと明日の昼にはカリフォルニアへ着ける。喜んでくれよ」ベンはそうっと彼女をつついた。「だいじょうぶさ」

「わかったわ」ローズはにこっと微笑して彼を見あげた。「でも、わたしがへたばらなければ、今夜のうちにむこうへ着けたのにね」

ベンは両手をズボンのポケットにつっこんで、窓ぎわへ歩いた。「いいんだ。四日四晩のバス旅行は物見遊山とは大ちがいさ。ぼくもバテた。こうやって途中下車すれば、ひと晩ぐっすり眠って、明日元気いっぱいでサンフランシスコへ着ける」ベンは日の当たった街路を窓から見おろした。「職さがしにはそれが最高の方法だと思うな。とにかく、たまにはこれぐらいの贅沢をしたっていい」――またウインクして――「あのままだと、横になって眠るコツを忘れちまう」

「わたしは忘れてないわよ」ローズがにっこりして茶色のベッドカバーをはぎとると、枕と折り畳まれたシーツが現われた。「白いシーツ。きれいでまっさら」彼女は吐息をついて横になった。

ベンはほほえんだ。「すこし休めよ。昼寝したほうがいい。八ドル分の値打ちをいまからとりかえさないと」

「そうね」ローズは踵を片足ずつずらして爪先に靴をぶらさげ、床におろした。「あなたはどうするの？」枕に頭をおきながらきいた。

「もうすぐ寝るよ。もうすこししたら」ベンは両足をひろげ、大きな椅子にどすんと腰をおろした。「その前にちょっと新聞でも読もうかな。下まで買いにいってくる」

「わかった」ローズは目をつむり、「リノ」とつぶやいた。

「リノへくるなんてね。あのバスがリノを通ることさえ知らなかった」

それから目をぱっちりあけて、ベンに笑いかけた。「ねえ、離婚したいでしょ？」

「そんな金はないね」ベンは優しい口調で、「さあ、すこし休めよ」と念を押すと、ポケットからタバコのパックをとりだした。一本つけて椅子の背にもたれ、妻を見ながら天井に煙を吹きつけた。

一分と経たないうちにローズは眠りにおちた。ベンはもうしばらく彼女をながめてから、立ちあがり、椅子から上着をとりあげた。

ベンは一階でエレベーターを下りてロビーを横ぎり、売店に向かった。玄関のドアには厚い透明なガラスがはまり、そのむこうにネバダの強烈な日ざしを浴びて立っているドアマンが見えた。ギャバジンの乗馬ズボン、緑色の絹シャツ、クリーム色のソンブレロ。まるで歩道のカウボーイだな、とベンは思った。ポケットには五十セントが二枚と十セントが一枚あった。新聞を買って、エレベーターの前にひきかえし、ドアがあくのを待った。

ロビーの奥の大広間からたえず打ちよせてくる波音に似たひびきは、べつにそっちへ顔を向けなくてもなんであるか見当がつく。それはさまざまな物音の集まりだ。スロットマシンのレバーの重々しいひびき、ルーレットの象牙の球がころがる音楽的な小さい音、単調で一様な係員のコール、そしてときどきは銀貨の山が立てる景気のいいひびき。それがここまで聞こえてくる。

ベンは向きを変え、むぞうさにポケットへ手をつっこむと、カジノ見物にでかけた。物音のするほうに向かって広いロビーを横ぎりながら、ポケットのなかの手が無意識に半ドル銀貨をいじっていた。奥の部屋でギャンブルをしたい気持があるのに気づいて、胃のなかに不安がうごめいた。さっきローズにはあんなことをいったが、正直なところ、懐具合はひどく心もとない。一週間、いや、それ以上かけても、知らない町で職を見つけるのがどんなにむずかしいかはわかっていた。もし手持ちの金が底をついたら、そのあとはどうしたらいいだろう。

そこまで考えて、ベンは腹だたしげに肩をすくめた。一セントまで細かくやりくりしてきたここ何週間かの生活に、とつぜん嫌気がさしたのだ。もしこの先も不運がつづくのなら、一ドルやそこらがどっちへころんでも大差はないだろう。いや、おれたちはそこまで落ちぶれてないぞ、とベンは自分にいい聞かせた――せっかくリノまできたのに、一ドルの賭けもせずに帰れるか。とにかく――また肩をすくめて――一ドルだけ賭けてみよう。

ベンは広い入口で立ちどまり、カジノのなかを見わたした。

圧倒されるほどの広さだった。高い天井、ベージュのカーペットを敷きつめた床、地味なクリーム色と茶色の壁。窓はなく、はるか上の蛍光灯から柔らかな黄色の光が部屋を満たしている。クロムめっきの金具はピカピカ。壁にそって、スロットマシンの列がカーブしながら果てしなくつづいている。一瞬、ベンはぽかんと見とれてから、なかに足を踏み入れ、中央の賭博台へ向かった。

まだ昼前なので、ゲームが進行中のテーブルはふたつだけだった。ぶらぶらと近づいたベンは、ルーレットのテーブルのまわりにすわった五、六人の男女をながめた。だれもがせわしなくテーブルの上へ手をのばし、数字の記されたオイルクロスの上の区画へ色つきのチップをおこうとしているのがおかしくて、微笑がうかんだ。

しかし、ルーレットのルールはよくわからないので、クラップスのテーブルへ行ってみた。こちらは周囲に立ったプレイヤーの背中で、テーブルがなかば隠れている。ベンはふたりの客のあいだからテーブルに近づき、それがビリヤードの球台に似ていることを知った。ただ、テーブルのまわりは約三十センチの高さの黒っぽい手すりに囲まれ、緑色のフェルトの表面は白線で縦横に仕切られて、正方形と長方形の迷宮を形作っている。それぞれの区画には文字が記されている。フィールド、カム、ライン、ドント・カム——バー・エース、ビッグ・エイト、ビッグ・シックス。べつの区画には赤や黄の数字がはいり、また、ダイスのいろいろな組みあわせを描いた区画もあって、30対1とか、7対1とか、15対1とか書いてある。緑のテーブルの表面ぜんたいを仕切った正方形や長方形の区画に、ばらの銀貨や山になった銀貨がおかれている。こんなにたくさんの現金を見たのは、生まれてはじめてだった。ベンは片足に重心を移して、しばらくようすをながめることにした。

「第一投《カムアウト・ロール》です！」テーブルのうしろに立った、髪の黒い、スリムな体つきの男がいった。白のワイシャツに黒のネクタイ。小さい緑のエプロンは、しょっちゅうテーブルとすれあうズボンを守るためのものだ。まったくおなじ服装のパートナーがその横にいる。こちらはずんぐりした中年男で、「ポイントがきまります！」といった。若いほうの男がテーブル上の赤い二個のダイスへ木製の棒をさしのべたのが、ベンには物めずらしかった。

それはよく磨かれた薄い色の棒で、先端が直角に曲がっている——形も大きさも火掻き棒そっくりだ。二個のダイスはその小さいL字形の角におさまり、若い男は銀貨やチップの山を巧みによけながら、ダイスを手もとへひきよせた。それから、最後にスティックをひょいと振って、ベンの何人か右にいる細面の男の前へダイスをころがした。

細面の男はさっそく器用にダイスをすくいあげ、さっとその手を振りだした。ダイスは壁にぶつかって跳ねかえり、テーブルの上にころがった。二個がフェルトの上で同時に静止したときは、4と2の面が上になっていた。

「6が出ました！　シューターのポイントは6、フィールドは負け、カムの賭けは払いもどし！」若いスティックマンがそうさけんで、周囲を見まわすあいだに、中年のディーラーがテーブルの奥の縁に設けられたラックから銀貨の山をとり、もう片手で黄色のチップの山をとった。ディーラーはテーブルの上に身を乗りだして、負けた客の賭け金を集め、両手に持った山の底へと移した。それから、勝った客の賭け金の隣におなじ高さの山を並べていった。つぎにディーラーが6の正方形の上にマーカーをおくと、若いスティックマンがふたたびダイスを回収した。

ベンは、左にいる頭の禿げあがったアロハシャツの太った青年が、フィールドと書かれた区画へ二枚の銀貨をおくのを目にとめた。二焦点の縁なしメガネをかけた赤ら顔の男は、3の目のダイスがふたつ描かれた区画にひと山の黄色いチップをおいた。チップには$5と金文字がはいっていた。

細面の男は、テーブルの縁にのせた手のひらをくぼめ、そこにダイスをのせていた。いまのところ、どの賭けが勝ったのか負けたのか判然としないが、この男がまた6を出そうとしているのはわかる。ベンは思いだした――会社のパーティーで一度だけクラップスをやった経験があるが、このゲームのルールは簡単だ。もしこの男がもう一度6を出せば、テーブルにおいた賭け金が倍になる。7が出れば負けで、賭け金をとられる。この場合、この男にとってそれ以外の数は関係がない。

ベンにはこの男が勝つ予感がした。自分の前へ押しやられたダイスをとりあげ、しなやかな一動作で投げる手つきが気にいったのだ。ダイスはテーブルの上を勢いよく走って、壁に跳ねかえった。「イージー（ゾロ目でないこと）の4」とスティックマンが告げた。「フィールドに払いもどしを」中年男が身を乗りだし、フィールドと記された長方形のなかにあるすべての賭け金に同額を支払った。スティックマンが待ちかまえた男の手にダイスを返すと、ダイスがまたもやテーブルの上を走った。細面の男は、8を出し、10を出し、4を出した。

つぎに6が出ると、スティックマンがさけんだ。「6です！　ラインの勝ち！」中年のディーラーがソンブレロの男の賭け金と、フィールドの区画のすべての賭け金をとりあげ、いまダイスを振った男を含めた大半の客に払いもどしをした。

いまの賭けに勝ったのは、テーブルの前面から左右にカーブした細長い区画に張っていた客だった。その細い帯にはラインという文字が記されていた。この帯に賭け金をおいた客はダイスを振る男に賭けているわけだ、とベンはさとった。ラインに張った客は、シューターが勝てば勝ち、シューターが負ければ負けるのだ。

「新しいポイントがきまります！」とスティックマンがコールし、ディーラーが6の区画からマーカーをとりのけた。ベンはポケットから二枚の半ドル銀貨をとりだして、場に賭ける潮時をうかがった。

ベンは先の曲がったスティックがダイスをシューターの手にもどすのを見ていたが、ふいにこのシューターの能力を信じる気になった。この男が終始無言で、半可通のジャーゴンを素人っぽく口にしないところに好感が持てたのだ。それは経験ゆたかなクラップシューターの証拠であるような気がして、衝動的にベンはすぐ前のラインと書かれた細い帯の上へ半ドル二枚をおいた。

男が出したのは3だった。クラップスの第一投でその数がなにかを意味するのをベンは知っていたが、一瞬ぽかんとして思いだせなかった。ディーラーの手が彼の半ドル二枚を目の前でさらいとって、そのまま進んでいく。スティックマンの機械的な声がこう告げた。「クラップで負け！　フィールドの勝ち！」心のなかにささやかなショックが走り、ベンは抗議したくなった。

これではギャンブルをしたという実感すらない。賭け金をおいてから五秒と経たないし、なにも起こるはずがないように思える。あっというまの出来事。なのに、一ドルが消えてなくなった。そこに立ったまま、ベンはだまし討ちにあった気分だった。これではせっかくきたかいがない。リノで一ドルのギャンブル。損は覚悟していても、ころがるダイスをながめて、しばらくはそれなりのたのしみが味わえると思ったのに。ベンはむしゃくしゃして財布に手をやり、カジノに足を踏み入れたときからの決心を実行に移すことにした。まともなダイスの一投に一ドルを張ろう。

その言葉を心のなかで慎重にくりかえしながら、ベンは自分が本気なのを知った——この損はほかで埋め合わせよう。職さがしのあいだに二、三度昼食を抜けば、ローズに気づかれなくてすむ。この約束なら果たせるとわかって、やましい気分は薄らいだ。財布のなかにあるいちばん細かい札の五ドルを灰色の髪のディーラーに渡し、両替をたのんだ。

銀貨を一ドルだけ、といおうとして、テーブルの上に釣銭用の小額紙幣がないことに気づいた。見まもるうちに、ディーラーはテーブルの上にあるクロムの縁のついたスロットへ、ベンの五ドル札を押しこんだ。つぎにラックから銀貨の小さい山をつまみとり、それをベンの前におきながら指を軽くひねると、ひと目で五枚と見分けがつくように、銀貨の山が折り重なったまま横にずれた。

　ベンはなじみのない銀貨をとりあげ、四枚を慎重に左手に移した。五枚目の銀貨を自分の前において、決心を固めた。これがなくなったら、おれはこの部屋から出ていくぞ。

　スティックが、待っている男の手もとへダイスを押しやった。つぎにダイスが緑のフェルトの上で躍り、跳ねかえり、ころがってとまった。「ポイントは9です！」灰色の髪のディーラーがマーカーを移動させた。

　ダイスがもどされ、ふたたび投げられた。2のゾロ目が出た。またダイスがもどされ、またフェルトの上をころがった。1と3。客のひとりが払いもどしを受けたが、ラインと記された細長い帯の上の銀貨とチップはそのままだった。

　細面の男がまた赤いダイスをすくいあげて投げた。「ラインの勝ち、フィールドにも払いもどしを！」すでに中年のディーラーが勝った客への支払いをはじめ、ベンの銀貨のそばにもおなじ銀貨を一枚おいた。ベンのみぞおちにぞくぞくするような熱い感覚がひろがった。

　ここでやめようとは思わなかった。損はとりかえしたが、勝ち負けなしで帰ろうという考えは、まったく頭にうかばなかった。ベンは自動的に手をのばし、テーブルに一ドルを残して、あとの一枚をつまみあげ、手のひらにおさめた。動きのとまったダイスを見つめて、じっと待った。

賭け金の払いもどしが終わり、新しい賭け金が張られた。シューターがダイスをすくいあげた。テーブルの上をころがったダイスが、壁から跳ねかえってとまった。「ポイントは8です」疲れを知らない声が告げ、もうひとりがマーカーを移動させた。ふたたびダイスが投げられ、バウンドしたのち、6と1を上にしてとまった。「7、負けです！」

こうしてベンの一ドルは消え去り、ふたたび前とおなじ状態になった。左手に四ドル、右手に一ドル。

わざわざ考えるまでもなく、前とおなじ理屈がこんども通用するように思えた。この五枚目の銀貨は、もともと捨てたつもりだし、いまもそうだ。ベンはその大きな銀貨をラインと書かれた帯の上においた。

左にいた男が話しかけてきた。日焼けした農夫で、一ドル銀貨を三枚、半びらきの手の上でカチカチふれあわせていた。

「さっぱりいい目が出んなあ」その口調にふくまれているのは、冗談半分のありきたりのぐちだった。しかし、もっとましな目が出るはずだという楽観的な予想もまじっていた。

「もうじき出ますよ」ベンはうなずきながら答えた。それがこの場にふさわしい返事であることを願いながら、ここに集まった何人かの客にふと連帯感をいだいた。

「シューターの交代です。では張りきって」とスティックマンが告げた。「新しいシューターの第一投です」ずんぐりしたパートナーがテーブルの縁からひとつかみの赤いダイスをとりだし、いままでのシューターの左にいる中年婦人の前のフェルトの上にばらまいた。

中年婦人はおずおずと二個のダイスを選び、ごま塩頭のディーラーがほかのダイスをすくいあげた。恥ずかしそうに一ドルをテーブルにおくのを見て、ベンはこの女性が初心者なのを知った。きっとツキがあるぞ。ビギナーズ・ラックというやつが。そう思ったベンは、さっきの場慣れしたシューターの経験に賭けたのと、その考えが矛盾していることに気づかなかった。

彼女はダイスを投げたが、力が弱くて壁まで届かなかった。ベンはスティックマンのあごが上がるのを見て、もっと強く振れというだろうと予想した。だが、スティックマンはだまっていた。4と3のナチュラルが出たので、せっかくの勝ちにけちをつけるのを嫌ったのだろう。「7、勝ちです」とスティックマンは告げた。ふたたびベンの銀貨は二枚にふえ、その一枚を手にとった。

「第一投です。ポイントがきまります！」スティックマンはダイスを返しながら身を乗りだし、優しい声でシューターに教えた。「奥さん、もうすこし強く振ってください。むこうの壁へ当てるきまりですので」

彼女はすこし顔を赤らめてうなずいた。まだ手つきはぎごちなかったが、さっきより強くダイスを投げた。ダイスは壁に当たって跳ねかえった。5がふたつ。「5のゾロ目で10が出ました。ポイントは10、フィールドに払いもどしを!」そのあと——何度も何度も、勝ち負けに関係なく——彼女はダイスを振りつづけ、ひまがかかるのを詫びるようにテーブルの周囲をながめた。ようやく6と4が出た。「10です、ラインの勝ち」ふたたびベンの一ドルは二ドルになり、ふたたびその一枚を左手に移した。

賭け金が張られ、ダイスがころがった。4だ。出にくい目だな、とベンは思い、この女性への信頼を失った。彼女が7を出して負けるのが目に見えるようだった。ダイスは壁に当たり、ころがらずにそのまま下へ落ちた。「7、負けです」動く手がベンの一ドルをさらっていったあとに、ふたたび一ダースほどのダイスがばらまかれた。こんどのシューターはグレーのスーツの小男だった。

またもやベンは損得なしになった。右手に二ドルを持ち、小男がダイスを選んでいるうちに、その一枚をラインに張った。小男の腕がテーブルの上に振りだされてポイントがきまり、まもなくそれとおなじ目が出た。動く手がベンの一ドルにもう一ドルをつけたし、ベンはその一枚を手にとった。

小男はつぎの第一投で12を出した——「クラップ、負けです!」——ベンはまた一ドルを張った。これでは進歩がない、と彼は思った。小男の新しいポイントがきまり、それから二、三投をくりかえしておなじ目が出たとき、こんな考えが頭にうかんだ。勝ったときに一ドルをとり、負けたときにそれを場へもどすというやりかたでは、最終的にまちがいなく負ける。胴元が勝つ回数は負ける回数より多いはずだからだ。だから、シューターが——やっとベンはその用語を思いだした——二連勝か三連勝するほうに賭けて、倍々で張っていくほうが、勝つ可能性が高い。

自信はなかったが、むりな注文ではないような気がした。三連勝。そうすれば、この一ドルが一回目で二ドル、二回目で四ドル、三回目で八ドルにふえる。ベンはテーブルの上の二ドルに手をふれず、身動きもしなかった。グレーの袖がさっと動いてダイスが跳ねかえり、ころがった。小男はまたダイスを振りなおし、さらに二度、三度と振りなおした。

「7、負けです」

ベンの二ドルは消え、こんどは青い制帽の日焼けした空軍伍長の前にダイスがばらまかれた。

ベンは右手の一ドルを場においた。山形袖章のついた袖が振りだされ——「やりました、11！」——たちまちベンの一ドルは二ドルにふえた。茶色の袖がさっと動いた。「おっと、またまた11！」——そして二ドルが四ドルになった。目の前にある金を見て、つかのまベンの心臓は高鳴った。だがそこで、この簡単な奇跡が再現されるという信念はあっさり消えうせた。伍長がまたダイスをすくいあげたとき、ベンは手をのばして低い山になった四ドルをひっこめた。伍長は負けた。そして——潤沢な資金を手に——ベンはまるで自分が一種の超能力を発揮したかのように、驚きと成功のいりまじった感覚を味わっていた。

だれかがうしろから近づく気配にふりかえると、三十代の女性のふたり連れだった。ベンが左に寄って場所をあけると、ひとりが感謝の会釈をよこしてテーブルの前に近づいた。上物らしいシンプルなデザインのサンドレスを着た、魅力的な女だった。その連れは白のブラウスにペザント・スカートをはいていた。

ベンは一ドルをおいた。新しいシューターは、鋭い目をしたワイシャツ姿の三十男で、ふたりの女をじろじろ見つめていた。やがてその男は五回のロールで二回も自分のポイントを出し、ベンの前の山はまた四ドルにふえたが、そのままにしておいた。つぎに男が9、11、3、7と出したところで、ベンのささやかな銀貨の山はまたテーブルから消えてしまった。

三ドルの貯金をしっかり握りしめたベンは、そのなかの一ドルをラインに張り、隣の女がダイスを選ぶのを待った。ポイントがきまると、彼女は巧みなダイスさばきでまもなくその目を出し、ベンの一ドルは二ドルにふえた。いまだ、とベンは内心で彼女をうながした。もう一度やってくれ。ダイスは投げられ、ころがってとまった。「クラップ、負けです。フィールドに倍返しを」

ベンは腹立たしい思いで、また一ドルをおいた。この女は——いや、どいつもこいつも——へたくそだ。二連勝さえできず、ここぞというときにかならず失敗する。ふいにベンは自分でダイスを振りたくなった。

　女は右側の男の視線を注意深く避けながら自分のポイントを出し、ベンの一ドルは倍になった。しかし、いまのベンにはこの女が連勝するという確信がなくなっていた。ベンの見まもる前で、彼女は新しいポイントをロールしたのち、まもなく7を出して負けた。ふたたびベンの賭け金は消えてしまった。


　つぎはベンの番だった。ラインに一ドルを張り、あいた右手でダイスの到来を待った。もしこの一ドルが八ドルにふえたら、六ドルのプラスで切りあげればいい。ふいにわきあがった興奮のなかで、ベンはそのことをローズに話す場面を空想した。もし負けたら――そして、こっちの可能性のほうが高いのだが――そこでゲームをやめよう。

　ベンは目の前にばらまかれたダイスのなかから適当に二個を選び、角ばった、固い感触を手のひらに意識した。第一投だ。ダイスは跳ねかえり、フェルトの上にころがって、一個はすぐに止まり、6の目が出た。つぎの瞬間にもう一個も静止し、こちらも6が出た。

「クラップ、負けです！　フィールドに三倍の払いもどし」中年のディーラーがラインに張られた賭け金を集めはじめた。

　ベンは肩をすくめ、一瞬、ぼんやりと緑のフェルトを見おろした。しかたがないと考えながら、微笑をうかべようとした。これで遊びはおしまい。だがそのとき、鋭い不安が胃を刺しつらぬいた。またもやこっちへダイスを運んでくるスティックが目にはいったからだ。いまになってベンは思いだした――シューターは7が出て負けるまでダイスを振るきまりだ。だれもが――スティックマンも、そのパートナーも、テーブルの周囲の客も――ベンがまたダイスを振ると思いこんでいる。途中でおりた人間はこれまでにだれもいない。それに、もしここでテーブルに背を向けたら、まわりのみんなが軽蔑の笑みをうかべるか、ひょっとしたら笑いだすかもしれない。

ベンはうろたえ、とまどって――いまではスティックマンがいぶかしげに彼を見つめ、二個のダイスが彼の前で静止していた――しばらくためらってから、力なく腕をのばしてダイスをとりあげた。一瞬、逃げだしたい思いにかられ、ダイスを握ったままそこに立ちつくした。それから左手の四ドルのなかの一枚をラインに張り、テーブルの上にダイスを投げた。

この苦境に対するみじめな怒りにとらえられたベンは、ダイスの目に興味を失い、結果を見ようともしなかった。「クラップ、負けです。フィールドに払いもどし。カムは負け」ベンは首をめぐらし、ダイスが出した1と2の目を見つめた。ありえない――運命の残酷さに怒りのさけびを上げたくなった。

いまテーブルを去っても、だれもとめはしないとわかっていても、無言の人びとの前でベンはそうできずにいた。階上のローズのことを思い――この一瞬一瞬を憎みながら――

また銀貨を一枚おいて、ダイスを手にとった。ダイスを投げはしたが、さっさと負けてここからおさらばしたい気分だった。「ポイントは5にきまりました」とスティックマンが告げ、相棒のディーラーがマーカーを動かした。

さっさとけりをつけたい気分なので、つぎにダイスが8の目を出したときも、苛立ちしか感じなかった。それから、6、4、9のあと、ついに7が出て、賭け金はなくなった。弱々しい怒りのなかに、悄然とベンはとり残された。こんなにもあっさりと、無意味に、なんのたのしみもなく四ドルを失ったことに、苦い後悔を味わっていた。

しかし、まだテーブルに背を向けなかった。ローズのそばへ帰る一歩を踏みだす前に、しばらく時間が必要だった。こんどの損失はベンがひとりで償えるものではないからだ。これはふたりが身にしみて感じる損失だった。「クラップスをやって四ドル負けたんだ」とは、どうしてもローズにいえなかった。

若白髪で粋な服装をした女が――さっきの日焼けした農夫はいつのまにかいなくなっていた――いきなりナチュラルの7で勝った。ベンがぼんやりながめているうちに、彼女は賭け金をそのままでダイスを振って、ポイントをきめた。つぎにその目が出ると、一ドルだけ残して、あとの賭け金を場から引きあげてしまった。つぎは負けるぞ、とぼんやりベンが考えたとおり、まもなく彼女は負けたが、ベンから見るとそのやりかたのほうがはるかに分別があるように思えた。なぜなら三連勝を狙うのは——いまになって自分のあさはかさがよくわかるのだが——しみったれた資金しかない人間にとっては大きすぎるギャンブルだからだ。小さい賭けしかできないものには、二連勝したときに儲けをひきあげるのが、ただひとつの賢明な方法だ。いまごろ気がついても手遅れだが、もしその方法でやっていたら、四ドルの損と逆に、なにがしかの儲けが得られたかもしれない。

テーブルから離れてこの損失を決定的にする決心がつかずに、ベンは手のなかで二枚の銀貨をぼんやりとこすりあわせていた。つぎに、そっちへ目を向けた。あのしわだらけの本物の五ドル札の名残りは、この見なれない二枚の銀貨だけになった。さっきまで財布にしっかりしまいこまれていた、あの五ドル札がないのが恨めしかった。いま手のなかにあるピカピカの、あまり本物らしくない銀貨を見つめているうちに、ある考えが心のなかで大きく育ってきた。もしこの一枚を二連勝に賭けて勝てば、ちょうど一ドルの負け——はじめてこのカジノへはいってきたときの予定どおりになる。

その誘惑の強烈な力にベンは怖気づいた——もうすでに彼の心はむきになって、二連勝なら何度も見たぞとくりかえしている。つかのま、ベンは自分の心の動きをありありと見てとり、その一瞬にかぎって、ギャンブルの恐ろしい魔力を理解することができた。それが提供するものは、人生がめったにほかの形でさしだしてくれない、ささやかな奇跡という誘惑だ。これからのやりかたによっては、ほんの数秒以内に笑顔でこのテーブルから離れ、クラップスで一ドル負けたことをさりげなくローズに話し、それでまるくおさまることもありうるのだから。

　そこまで考えてみると、四ドルの損を決定的なものとして受けいれ、テーブルに背を向けてローズのもとに帰るのは、実に空虚でわびしい行動に思われた。ベンは結果に目をつむって、銀貨の一枚をラインに張った。ちょうどアロハシャツの太った青年がダイスを選んでいるところだった。


　ベンは勝った。その青年が10をポイントにきめ、その二、三度あとにおなじ目を出したのだ。ベンは汗ばんだ手で最後の銀貨を握りしめ、テーブルの上の二ドルを見つめ、もう一度勝ったら帰ろうと待ちかまえた。太った青年のつぎのポイントは、また10にきまった。それから6、つぎに5、11、そして7が出て、ベンの二ドルはさらいとられた。

　ほかに方法はない。考えるまでもない。ベンは最後の一ドルを張った。新しいシューターが——ツイードのジャケットを着た青年で、いきなり十ドルの賭け金を場においた——ポイントをロールしてから、まもなくおなじ目を出し、ベンは倍になった自分の賭け金を見つめた。

　ツイードの袖が動いてダイスをとろうとしたとき、ベンは急に手をのばし、場の二ドルをつまみとった。もしこの賭けに負けたら、決定的な損失になると考えただけで、急にそのリスクが耐えられなくなったのだ。青年が11のナチュラルで勝ったとき、ベンはあやうく嘆息をもらしそうになった。しかし、三連勝には賭けたくない。見まもるうちに、青年はポイントをロールし、つぎに7を出して負けた。

二連勝、その原則を守ろう――くそ、なにがなんでも守るんだ！　つぎのシューターであるメキシコ人の若い男が二個のダイスを選びはじめたとき、ベンは一ドルを賭けた。やがて男は、「はーっ！」という掛け声もろともダイスを振り、まもなく自分のポイントを出すのに成功した。ベンは賭け金をそのままにしておいた。「はーっ！」――男はクラップを出して負け、ベンは最後の銀貨を出した。「はーっ！」つぎのポイントは5になった。それから四度ダイスが振られたのち、7が出て、最後の銀貨は消えてしまった。

ベンの心のなかに、いくつかの血迷ったイメージが燃えあがった。自分が手をのばしてラックからきっかり六ドルをひったくり、カジノをとびだし、表の通りへ逃げて、そのまま姿をくらますところ。恥も外聞もなしに、金を返してくれと訴えているところ。テーブルのまわりをうろついて、こっそりだれかの六ドルを……。ベンはそんな空想を打ちきり、自分の身になにが起きたかを、むりにも考えようとした。六ドルをなくしてすませられる余裕はどこにもなかった。

ベンがながめているうちに、ダイスは11の目を出し、若いディーラーが15対1と書かれた11の区画に積まれた十枚の銀貨に手をのばし、枚数をたしかめた。それから、信じられないことに――いやおうなくそちらへ目が吸いよせられた――ディーラーが、幾山も幾山もの銀貨を、緑のフェルトの上を横ぎって、葉巻をくわえて11に賭けた男のほうへ押しやった――信じられないほどたくさんの銀貨。たった一回振ったダイスが、百五十ドルもの大勝を呼びこんだのだ。なけなしの六ドルを自分からとりあげた人びとが、なんの疑問もなくそんな大金を支払っていることが、ベンにはとても不当なことのように思われた。

両手をテーブルの縁におき、周囲の物音をシャットアウトして、ベンはローズへの言い訳を考えはじめた。ふたりの所持金が最低限度を割り、いまや完全に足りなくなったことを、なんとか妻に説明しなくてはならない。もともと充分な金額とはいえなかったが、いまでは明日にでも職を見つける必要にせまられている。

ベンにはわかっていた。この賭博台から遠く離れた静かな部屋にいるローズには、どうして夫がこんな不始末をしでかしたのか理解できないだろう。どうしてそんなことになったのか、自分にはわかる。この緑のフェルトを見つめるだけで心の動きが思いだせるが、その実感をローズに伝える言葉は見つからない。そもそもの原因は――ローズにこんなことをいってもちんぷんかんぷんだろうが――負けるたびに、もう一ドルだけとちびちび出したことにありそうだ。心の奥にこんな確信がひそんでいた。もし最初にこのカジノへはいってきたとき、六ドルまで賭けるつもりだったら、おそらく勝っていたことだろう。一度の賭けを当てにせずに、しっかり予備の資金を手に持っていれば、たとえ負けがこんでも、いずれは勝運がめぐってくるまで持ちこたえられただろう。

それがわかったいま、どうすれば六ドルをとりもどせるかをベンは知った。だが、それを知ったところで、興奮もなにもなく、ただ絶望があるだけだった。そんなことは不可能だからだ。かりに二十ドルの資金があれば、どこかの時点で連勝のツキに恵まれ、なくした金のすべてを一気にとりもどせるのだが。

しかし、両手をテーブルの縁にかけたまま、ベンは身動きもしなかった。心臓が高鳴りはじめたが、財布をとりだす気にはなれなかった。そこにはいっている札は、何カ月も苦労して貯めたもの、本物の金、切実に必要な金だったからだ。

やがて、ベンの心の振り子はもうひとつの選択へとゆれはじめた。あと一分たらずでローズと話しあうという選択のほうに。問題は、どうすればこの損をとりもどせるかをおれが知っていることだ、と両手でテーブルの縁をつかみながらベンは思った。しかし、それに必要な小さい動作にさえ、渾身の努力が必要だった。尻ポケットのボタンをはずして財布を出し、一枚の札を抜きとった。その札をディーラーの前へ軽くほうった。ディーラーは五センチの高さの銀貨の山をとり、それをベンに手渡した。

とたんに全身がくつろぎ、筋肉から緊張がひいていくのが感じられた。やっと薄氷の上から離れることができたのだ。つぎの賭け、たった一度の賭けでなにが起きようと、そんなものは気にならない。ただ、長い連勝のツキだけが重要であり、いまようやくそれを待つ心のゆとりができたのだ。

「第一投です！」ふたたびベンは周囲の動きと物音を意識し、あの内気な中年婦人がダイスを握ったのを知った。ベンは一ドルを賭け、それを失い、それからもう一ドルを失ったが、気分はむしろほがらかだった。さりげなくつぎの一ドルをラインに張った。左の手のひらには、心強い十七枚の銀貨の重みがあった。

若い空軍伍長がポイントをロールして、すぐにその目を出すのに成功した。つぎの第一投で7が出てまた勝ち。目の前には四枚の銀貨が並び、ベンは用心深くそのなかの三枚を手にとった。これで二十枚が手のなかにもどってきて、もう一枚が場にある。さっき二十ドル札をとりだしたときより、すでに状況はよくなった。損した金をとりもどす第一歩が踏みだせた。その金をとりもどした瞬間に自分がこのテーブルに背を向けるだろうことはわかっていた。そこでベンはささやかな想像をもてあそんだ。とりもどした金を、この部屋のむこうにある出納係の窓口で、きっかりもとのように――二十ドル札と、五ドル札と、半ドル銀貨二枚に――両替するのはどんな喜びだろうか。

ダイスは順送りにされていった。ソンブレロの老人、日焼けした魅力的な女性、二分間だけこのテーブルに立ち寄ったセールスマン。ベンは勝ったり負けたりだった。クラップ、負けです！　7、勝ちです！　ゾロ目の6、ラインの勝ち！　クラップが出ました、ラインの負け、フィールドに払いもどしを！　9のポイントが出ました、ラインに払いもどしを！　二十四枚の銀貨を手にしたとき、ベンは二ドルの損で切りあげようかとも思ったが、ここまできたら、一ドルの損もなしにこの部屋を出ていかなければ、という気がしてきた。ツイードの青年が三回つづけてクラップを出し、そのつぎのロールで自分のポイントを出せないうちに7が出てしまった。だが、こんな不運はめずらしいらしく、何人かの客がそんな意味の感想を口にした。そのあと四人のシューターが交代したが、だれも二連勝できず、ベンの手持ちは十六ドル、さらに十四ドルへと減っていった。ダイスの振り手が交代して十八ドル。つぎの六人のシューターのあいだは、勝ちも負けもなかった。ダイスが死んでる。ワイシャツ姿の男がそんな感想を吐いた。

ベンは自信たっぷりだった。軽い緊張はあったが、自信たっぷりだった。一度に一ドルずつ賭けていけば、このずっしりと持ち重りのする銀貨の塊がなくなることはありえない。そう考えて、システムどおりに賭けつづけた。二連勝に張り、そこで儲けをひきあげる。自信たっぷりではあったが、なにかが思惑と食いちがいそうな恐怖は、つねに心のすみのどこかにわだかまっていた。

おおぜいのシューターがたった一度の勝ちだけで負けていく単調な経過がつづき、ベンの手のなかの銀貨は残りすくなくなった。いまではぜんぶを拳のなかに握れるほどだった。つぎにアロハシャツの青年が四連勝をおさめた。ベンは三ドルの儲けを二回ひきあげ、手のなかの銀貨はまた重くなった。それから、テーブルを半周するあいだ、七人のシューターのうちで五人は一度も勝てず、あとのふたりも二連勝できなかった。ベンは銀貨をかぞえた。残りは十一ドル。そのあと二枚減って九枚になり、場に一枚を張ると残りは八枚しかなくなった。

ベンがダイスを振る番がきた。二連勝で三ドルをとりもどし、そのあとはポイントの4が出せずに負けた。またアロハシャツの青年にダイスがもどったとき、ベンの手には六ドルしかなく、それさえ失いそうな予感が胃のなかによどんでいた。

もはやほどこすすべはなかったし、ベンも対策を考える気がなくなっていた。手のなかの銀貨はただの賭け金にすぎない。勝ったり負けたりするたびに、いまや絶望にかられ、残された数すくない銀貨をもとでに、なんとか回収しなければならない金額を新しく計算した。やがて、二連勝が何度かくりかえされ、十一ドルまで持ちなおした。だが、そのあとは確実な下り坂だった。ときどき三ドルの儲けを手にしたものの、そのあいだに一回一ドルずつとられ、手持ちは六ドル、五ドル、そして、ついに四ドルに減ってしまった。

わけがわからなかった。ダイスが勝っては負け、勝っては負けをくりかえし、めったに二連勝がないのは、ありえないことに思われた。しかし、事実はいかんともしがたい。残りは三ドルになり、二ドルになり、つぎに7の目が出て負け、ベンは最後の一ドルをラインにおいた。両手がからっぽなのが嘘のようだった。

その一ドルもとられて、ベンはきびすを返し、エレベーターに向かった。もはや言い訳の文句を考える元気もなく、ローズには手短に悲しい報告をしよう、と思った。ギャンブルで二十六ドルをすってしまい、いまではサンフランシスコへの旅をつづける金もなくなったことを……。

ローズは眠っていた。ひらいた戸口に立ったベンは、ローズがベッドの上ですやすやと寝息を立てていることにめんくらっていた。腕時計に目をやり、自分が留守にしていた時間が、たったの三十五分だったのを知った。

ベンは忍び足で部屋のなかを横ぎり、ローズの正面の大きな椅子に腰をおろした。この一時猶予に対して感謝しながらも、待つ時間が恐ろしかった。まもなく首をそらして天井を見あげ、これからふたりでどうするかに結論を出した。

ローズをニューアークへ帰らせよう。財布に残ったもう一枚の二十ドル札と、バスの切符の払いもどし金でローズを故郷の友人たちのところへ帰らせれば、すくなくとも当座の部屋と食物はあてがってもらえるだろう。一方、自分はこのリノに残って働く。どんな仕事でもいい。その仕事が見つかるまでは、食事もぬきだ。

もしローズがここに残りたがったら？　また旅をつづけられる日がくるまで、どんな仕事でもえり好みせずに、ふたりで働こうといいだしたら？　ベンはそんなことを許す気はなかった。サンフランシスコと山ひとつ隔てただけのここまできたのに、ひきかえすしかないのだ。二十六ドルの損失はまさにそれを意味する。ローズを故郷へ帰らせなくては。

いまのベンの心は絶望に蝕まれていた。ローズが目を覚ました瞬間から、もう未来には絶望しかないのだ。たとえ自分がここで旅費を稼ぎだして故郷へ帰り、また働きはじめたとしても、それでどうなる？　一九四五年に復員してきてから一ヵ月後の状況にもどっただけではないか。それからまたこつこつ貯金をはじめ、また……。この戻り道は長すぎる。ベンは椅子の上でがっくり肩を落とし、すやすや眠っているベッドの上のローズに目をやって、彼女の姿を見るのもこれが最後ではないかと思いはじめた。


そこにすわって待つあいだ、ベンはタバコを吸いたくてたまらないのだが、音をさせるとローズが目をさますのではないかと不安だった。ここまで決心したあとでは、それをローズに打ち明ける瞬間が怖くなってきたからだ。罠にかかったけもののように、彼の心はこの苦境から逃げだそうと高い壁に向かって跳躍をくりかえしはじめた。そこへ降ってわいたように、新しい考えがうかんだ。もう一度階下へおりて、一か八かで最後の二十ドルをいっぺんに張ろうというものだ。絶望のなかで、ベンはうめきをもらした。

しかし、心臓がどきどきし、急に呼吸がせわしくなり、そして、脳が必死にその考えをもてあそびはじめるのはもうとめられなかった。もし、この案を実行に移して勝てば——

もはや三連勝でも二連勝でもなく、たった一度だけ勝てば――不可能を可能へとひきもどせるのだ。たった二分間で、残りの金を倍にふやし、絶望を新しい希望に変えることができる。そうなったとき、自分がどうすればいいかはわかっている。食事を一日一回に切り詰めよう。ローズに一部始終を打ち明け、彼女がなんといおうと――ベンの顔に歓喜の笑みがうかんだ――一日一回に食事を切り詰めて、六ドルの損を埋め合わせる。いちばん安くて、腹もちのいい食べ物をさがそう。そうすれば、サンフランシスコで一週間ふたりで暮らすことができる。そのあいだに、たとえ一日に二十時間かけても職を見つけよう。

ベンはそうしたいと思った。いまだ。この最後の二十ドル札を賭けよう！　胸がわるくなるほどの激しい衝動がこみあげてきた。冷たい理性の反動がこの最後の逃げ道を閉ざしてしまわないうちに、そうっとこの部屋から廊下に出て、あとはいちもくさんに廊下を駆けだそう。しかし、ベンは強いて自分を落ちつかせた。もし負けたら？　それと同時に、息苦しい興奮をわざと高まらせながら、財布をとりだし、虎の子の二十ドル札を見つめた。とつぜんひたいにふつふつと脂汗がにじんできた。もし負けたら？　解答はない。それはおよそ考えられない状況だ。

そこで心の振り子が逆の方向にゆれはじめ、荒々しい無謀な衝動は、もはやなにをもってしても抑えきれなくなった。一か八かでこの二十ドル札を賭けて勝とう。これから先の数分のこと以外、あらゆるものを心から閉めだして――狂おしい不安と高揚のなかで――

ベンは立ちあがった。それから部屋を横ぎり、そうっとドアをあけた……。

その広間とそこの物音は、さっきとすこしも変わっていなかった。大部分の客はまだテーブルのまわりに残っていた。新顔がふたり——ギャンブルというめずらしい経験にうれしそうな笑みをうかべている青白い平凡な顔の娘と、ピンクのスポーツ・シャツの男だ。その男の顔は濃く日焼けし、黒い髪をきれいになでつけていた。しばらくしてベンは気づいた。最近はあまり顔を見なくなった端役の映画俳優だ。その男が賭けているのは五ドルのチップだった。

ベンは二十ドル札を手にもとの場所へ近づき、いつそれを賭けようかとぼんやり考えた。シューターが五、六人交代するまで、踏んぎりがつかずに待っていた。それから——「新しいシューターです。さあ張りきって！」——ダイスが細面の男に渡された。はじめてベンがここへきたときに、ダイスを振っていた男だ。これにはなにかの意味があるように思える。ベンはラインの上に二十ドル札をおき、身をすくめる思いで結果を待った。

ダイスは緑のフェルトの上を走って壁に当たり、跳ねかえってころがった。「ポイントは5。5にきまりました」いまやこのゲームの一部となったベンは、自分の心が高い壁を飛び越えるのを感じる一方、もし負けたらという、むかつくような不安にさいなまれた。

細面の男が4を出し、また4を出し、6、そして11を出したとき、ベンはつぎで勝てること、もう7の出る時機が過ぎたことをさとった。不安は去り、興奮が高まってきた。男は8を出した。スティックがシューターにダイスをもどし、痩せた手がそれをすくいあげ、ベンは身を乗りだして、ダイスが踊りまわるのを見まもった。

「5が出ました。ラインの勝ち！」両手がわなわなとふるえだしたので、ベンはテーブルの縁をつかんでようやくふるえを抑えた。

中年のディーラーが勝った客に払いもどしをはじめ、ベンの二十ドル札の上に四枚の黄色のチップをおいていった。その瞬間、ベンはすばらしい気分を味わいながら、ゆっくりと空気を肺に吸いこみ、きちんと積まれた黄色のチップでフェルトに押しつけられている細長い緑の紙幣をながめた。

うんざりするほどなじみぶかくなった数字を、ベンは自動的に、機械的に復唱した。いま、自分は六ドルのマイナスだ。そのとき、ふいにわきあがった思考の衝撃で、体がこわばり、息がとまりそうになった。もういっぺん勝てば――いまの勝ちがきまった瞬間には驚くほど容易なことに思えたのだが――つぎの数秒間でもう二十ドルを儲ければ、こんどはプラスになる。大きなプラス、十四ドルものプラスだ。つかのま、その有頂天な考えは、さっきまでに経験したすべての苦悩を埋め合わせてくれた。全身のあらゆる神経と細胞で、ベンはそれを望んだ――この部屋をあとにして、ローズをゆり起こし、こんどはギャンブルに負けたのではなく、勝ったことを知らせたかった。

しかし、またマイナスになって不安のなかへ沈みこむのは、もうこりごりだった。待ちかまえるシューターの手もとに向かってダイスがフェルトの上を滑っていくのをながめてはいたが、賭け金をおく動作さえむりな気分だった。しかし、その必要はなかった。まだ、札もチップもそのままになっている。身を凍りつかせ、なにもせずに、ほとんど呼吸さえせずに、心の動きを抑えつけ、必死に自分にいい聞かせた——もしそうしたければ、最後の瞬間に手をのばして、賭け金を引きあげればいい。やがて、痩せた手がダイスを握り、テーブルの上でさっと動いた。ベンはふたたびゲームに参加したのだ。

ダイスはぶつかって跳ねかえり、勢いよくころがった。とつぜんふたつともテーブルの上で静止したが、ベンはその数を合計できなかった。目はそれを見ているのだが、直視することを避けていた。上を向いたふたつの面には白い点がごちゃごちゃとかたまりあっている。11か12だということはわかる。白い点ひとつのちがいが大きな分かれ目だ。

「やりました、11です！」その声が耳に飛びこんだとき、とつぜんベンはこの救済に大声で感謝を捧げたくなった。つぎに、この場にいる人たちへの——スティックマンと、日焼けした女と、ダイスを投げた細面の男への——目もくらむような愛情がわきあがった。

ベンは自分の賭け金に目をやり、払いもどしの喜びを思いきり味わおうとした。ディーラーの手が賭け金に近づいたとき、ベンは仰天した。黄色のチップが同額ではなく、倍額になってもどってきたからだ。動きつづける手があとに残していったのは、黄色のチップのひと山ではなく、ふた山だった。だが、そこではっと理解が生まれ、自分の勘ちがいに気づいて、ベンは両手がふるえはじめた。いま自分が賭けたのは二十ドルでなく、四十ドルだったのだ。二十ドル札のほかに五ドルのチップを四枚残しておいたために、これで三十四ドルのプラスになったのだ。

ベンは自分の儲けをとりあげた。黄色のチップと二十ドル札を両手に握りしめたときには、呼吸ができず、肺に空気を吸いこむ努力で背中が痛くなったが、それも念頭になかった。ぼうっとそこに突っ立ったままだった。ダイスがころがり、カジノ特有の物音はつづいていたが、ベンにはなにも見えず、なにも聞こえなかった。生まれてから経験したためしのない大きな安堵の念、不動の恍惚感に包まれていた。

まもなく周囲のものがふたたび意識にはいってきたとき、ベンはなによりも先にあることをした。緑色の紙幣を、五枚の黄色いチップといっしょに、ウォッチポケットの奥へしっかり押しこんだのだ。これで安堵の念は完全無欠になった。このまばゆいほどの至福は、いままでのどんな行動からも、いままでに味わったどんな酒からも与えられなかったものだ。涙がこぼれてきそうだった。ポケットのなかには、最初の四十六ドルのうちの四十五ドルがある。この地上のどんな力も、自分にそれを取りだせと命じることはできない。

ベンは手のなかのチップに目をやった。チップは七枚——三十五ドル——もあり、それをぜんぶすったとしても、たった一ドルの損ですむ。そこまでやる気はなかった。プラスのままでローズのところへ帰るつもりだが、こうなった以上は、このテーブルで深い喜びと安心を味わいながら、なにがあっても損はしないという確実な知識をいだいて、ギャンブルをする資格がありそうだ。

新しいシューターである空軍伍長が自分のポイントをきめるまで待ってから、ベンはチップを一枚賭け――そして勝った。ふと直感がひらめき、チップを二枚とも引きあげてつぎのロールを見送ると、果たして伍長は負けた。そのあとはワイシャツ姿の男に賭けて、一度は勝ち、チップをそのままにしておいて、つぎに負けた。

かまわない。なんの不安もなく賭けができるのは、そのことだけですでに快楽であり、ベンは心からそれをたのしんでいた。あるシューターに賭けて勝ち、べつのシューターに賭けて負けたが、そんなことはどうでもよかった。つぎはベンの番だが、シューターをつとめるだけのチップはある――八枚か十枚か、もうそれをかぞえてもいなかった。あとは、勝つにしても負けるにしても、それまでの儲けを金に換えてこの部屋を去り、ローズを起こして、笑いながらことのしだいを話して聞かせるのだ。

ベンが夢心地で待つうちに、隣の男が自分のポイントも出さず、7も出さずに何度かダイスを振った。ふたたびダイスがころがったが、勝ち負けには関係がなかった。「10、フィールドに払いもどしを」――ベンはぼんやりとテーブルを見つめながら待った。と、な

ん の前触れもなく、ある確信がいきなり心にわきあがった。つぎに自分の順番がきたら、四連勝か五連勝できる。それは確信以上のものだった。絶対確実な知識だった。信じるのでも、考えるのでも、感じるのでもない――知っているのだ。

その体験にベンは茫然となった。その特異な体験に畏怖の念が生まれ、左隣の男にそのことを打ち明けたくなった。これとおなじような感覚を経験した人間が過去にいくらでもいること、たんなる予感をはるかに上まわるこうしたとつぜんの予知が、人類とおなじぐらい歴史の古いものであることなど、ベンには思いもよらなかった。

毛すじほどの疑いもなく、ベンは自分が四連勝か五連勝すること、そして、いつそのときがくるかは、神秘的な知識の源泉におうかがいを立てるだけでよいことをさとった。いまでは一刻も早くダイスを握りたかった。いらいらしながら彼は待った。まもなく、隣の男が7を出して負け、ベンは八枚のチップをぜんぶラインにおいた。

ダイスが目の前にばらまかれた。ベンはそのなかの二個を選び、自分の手のぬくもりがダイスに伝わるのを待ってから、手首を振りだして、静かな自信でつぎに起きることを見まもった。

「6。6がポイントです。フィールドは負け」ダイスがテーブルの上を滑りながら手もとにもどってきた。それから四度、絶対に7は出ないという確実な知識のもとにベンはダイスを振り、四回目に6を出して、ラインの上のチップを倍にふやした。これで一回目だ、とベンは自分にいい聞かせた。回数をまちがえないことが大切なのはわかっていた。この必勝法は、四連勝か五連勝であって、六連勝ではないのだから。

つぎのポイントは10ときまり、そのつぎのロールでポイントが出た。ベンはディーラーがふた山のチップを四山にふやすのをながめたが、それよりもダイスを振るのが待ち遠しかった。これで二連勝。

ふたたびもどってきたダイスを、ベンはころあいの強さで振りだした――ダイスが手を離れた瞬間にいい手ごたえを感じ、クラップは出ないとさとった。4が出た。むずかしいポイントだぞ、と内心でつぶやいたとき、つかのま炎が衰え、疑念がきざした。しかし、炎はすぐにまた強く燃えあがった。4が出るまでダイスを振りつづければいいのだ。

4が出るまでには十二回かかった。周囲の客がそのことを話題にし、ダイスは何度もベンの手にもどってきた。やがて跳ねかえったダイスは、ふたつの2の面を上にして静止した。「ゾロ目の4、ラインの勝ち!」これで三連勝だ。ディーラーがベンの賭けの払いもどしをよこした――いままでは積みあげるチップの山がふえてきたので、むこうも慎重な手つきになっていた。ベンはそっちを見ようともせず、チップの枚数を計算しようともしなかった。そんなことをすれば、せっかくのツキが逃げてしまう。

支払いが終わり、ベンはつぎの第一投がらくに勝てるのを感じた。7か11だ。つぎに、11にちがいない、とさとった。その知識を受けいれて、自分の前のチップの山から十枚ほどをとりあげた。それを15対1と書かれた11の区画においたあと、すばやくダイスを振り、ふたつのダイスが壁にぶつかってからテーブルの上にころがるのを見つめた。張りつめた自信のなかで6と5が出るのを待ち、ダイスが静止したとき、そのとおりの目が出たのを確認した。「これはすごい、11です!」スティックマンの声にこもった興奮は本物で、ほかの客からもざわめきが起き、そしてベンは自分がみんなの注目を浴びているのに気がついた。ディーラーが11の区画におかれたチップを注意深くかぞえていた。

「十二枚ですね?」ディーラーが念を押すのに、ベンはいそいでうなずいた。すると、ディーラーは目の前のラックから二十枚の黄色いチップの山をつぎつぎにとりだし、ベンの前にふた山ずつおいていった。それを四回くりかえしたあと、さらにもうひと山をつけた。それから、ラインの上に積まれたチップの横におなじ高さの山をおきはじめた。

その瞬間のベンは、合計額を計算するどころではなかった。ディーラーのぶあつい手が黄色のチップの山を順々に押しやってくるのしか見ていなかった。最後にディーラーは、ラインの上でベンのチップをぜんぶひとまとめにした。幅三十センチ、奥行き十五センチの面積を、二十枚の高さの山が埋めつくしている。その信じられない巨大な堆積を形作っているチップの一枚一枚が、出納係の窓口へ持っていけば五ドル札に変わるのだ。

それから一分ほど経ってから、ベンはあることに気づいた。

若いスティックマンが、ぱりっとした仕立てのグレーのスーツを着た、表情のきびしい大男と、ひそひそ話しあっている。やがて大男が、それまで下に向けていた目をちらっと上げたのを見て、ベンはショックとともにさとった。あのふたりはおれのことを話している。

つかのまベンはうしろめたい思いになり、あのふたりはインチキを疑っているのではなかろうか、いまのダイスの振りかたにけちをつけるのではなかろうか、と考えた。そこでとつぜん理解が生まれた。心の一部が計算をすませ、そこに二百九十枚あまりのチップが積みあげられていることを知ったのだ。千五百ドル近い金がすぐ前のテーブルにある。

自分の賭け高はリミットを越えてしまったのだ。たぶん、一回の賭け高のリミットは千ドルぐらいだろう。自分はそれを越えた。だからスティックマンが、この賭けを受けていいかどうかをボスに問い合わせたわけだ。

グレーのスーツの大男は、すばやい小さなうなずきを返してくるりと向きを変え、むこうへ去っていった。スティックマンはダイスにスティックをのばした。「第一投です！」――テーブルに活気がよみがえった。「ポイントがきまります！」そして、ベンは自分の賭けが許されたのを知った。

そこで、はっと思いだした――自分のツキは五連勝までなのか、それとも四連勝までなのか？　四連勝したとき、すぐ知識の源泉におうかがいを立てるべきなのに、それを忘れていたのだ。いま、ベンはいそいでそうした。目をなかば閉じて精神を集中し、あのなじみぶかい知識がわきあがるのを待った。だが、それはやってこなかった。炎は消えていた。ダイスが目の前でとまった。このダイスを手にとるしかない、とベンはさとった。自分が周囲からの賛嘆の目を感じて愚かにものぼせあがっているうちに、むこうの相談がはじまり、結論が出てしまった。一瞬前が切りあげる潮時だったのに、もうそれは失われた。なにをするにも手遅れだ。あとはダイスを振るしかない。

失われた選択の道をくよくよ考えはじめないうちに、すばやくベンはダイスを振った。つぎになにが起こるかについては、もはやなんの知識もなかった。「8です。ポイントは8にきまりました!」スティックマンがそう告げ、ベンはいまやだれのものでもなくなったチップの山への後悔と憧れに満たされた。もうそれは自分のものではなく、胴元のものでもない。つぎにベンは思いだした。自分は負けるかもしれないが、勝てるかもしれない――この信じられないチップの山をとりもどすだけではなく、それを倍にすることもできるのだ。瞬間的に、自分の姿がきれぎれに頭にうかんだ。眠っているローズを前に、床にひざまずき、カーペットを二十ドル札でおおっているところ。ひとつかみの札を雨のようにローズの頭上に降らせているところ……。

もどってきたダイスが振られるのを待っている。ふたたびベンの心に不安が押しよせた。ここで気絶するふりをして床に倒れようか……。ベンはダイスを振った。9だった。たったひとつちがい！　勝ったときの喜び！　家が買える！　ひと月かけて自分にぴったりの職をさがしても、まだローンの第一回の払込み分が手もとに残る！　やろうと思えばなんだってできる。このおれ、ベン・ベネルが、このネバダ州リノのクラップスのテーブルで三千ドル近い大勝ちの手前までいったのは、嘘じゃなく、現実の出来事なんだ。それが決定的に確認されるのを待ちきれない思いで、ベンはダイスを投げた。「12です」スティックマンが静かに告げた。もはやほかの客の賭けの結果は口にされなかった。いまこのテーブルで重要なのはたったひとつの賭けであり、ダイスがまたベンの手もとにもどってきた。ベンはダイスを振り、ついに結果が出た。ダイスはフェルトの上で静止し、最初からベンがそうなると知っていたとおりの目がそこに出ていた。スティックマンはすこしためらってから、「7、負けです」と沈んだ声で告げた。中年のディーラーが、いかにも残念そうにチップの大きな山へ両手をのばした。

なんの強烈な感情もわいてこないのを、ベンはさとった。その瞬間には、自分にとって最初からそれが事実だったこと、希望はいだいたものの、ただの一度として勝つかもしれないと信じたことはなかったような気がした。黄色のチップの山がふたたびラックのなかのチップの大群に合流するのをながめていると、三千ドルの大勝ちという言葉のひびきそのものがばかばかしく思えてきた。ベンは明るくほほえんでスティックマンとディーラーに会釈し、テーブルに背を向けた。むこうも、客の何人かといっしょに、「次回は幸運を」といいたげな悲しい微笑をうかべた。中年のディーラーが、つぎのシューターの前にダイスをばらまきはじめた。

エレベーターを待ちながら、ベンは自分が千五百ドル近い勝ちをおさめかけた――いや、げんにそこまでは勝った、という実感をいだこうと試みた。あそこで切りあげて、チップを現金に換えることもできたのだ、と。だが、それを信じることはできなかった。いまは、すでに起きたことを除いて、ほかのどんなことも起こりようがなかった気がしていた。しかも、白昼夢のなかの大儲けや大損とおなじで、なんの後悔も感じていない。体の重心を反対側の足に移したとき、なにかが腹に食いこむのに気づいて、ベンはけげんな顔になった。それから微笑をうかべ、五枚の黄色のチップと二十ドル札をウォッチポケットからとりだすと、真鍮の格子のはまった出納係の窓口へひきかえし、チップを現金に換えた。

階上で――靴と、上着と、ネクタイをとってから――ベンはローズと向かいあってベッドに横になり、片手を彼女の体にかけて眠ろうとした。やがてローズが彼の手首を持ちあげ、腕時計をながめた。「ずいぶん長く下にいたのね」

「うん」ベンは目をあけなかった。

「どうして？」ローズはあくびをした。「下では新聞を売ってなかったの？」

「売ってたよ」ベンはためらった。「だけど、そのあとでカジノへ行ってね」そこでにやりと笑い、目をあけて彼女を見つめた。「ギャンブルをしてきたんだよ」

ローズはあくびを途中でやめ、目をまるくして彼の顔を見つめた。不安のこもった声がたずねた。「それでどうなったの？」

ベンは、そんな心配はおかしくてたまらないとでもいうように、妻にウインクした。いつかは打ち明けるときがくるだろうが、いまはそうしないでおこう、と思った。

「どうってことはない」とベンは答え、枕に頭を押しつけた。

「一ドル損をしただけさ」

肝臓色の猫はいりませんか

ジェラルド・カーシュ
若島　正◎訳

Who Wants a Liver-Coloured Cat ?
Gerald Kersh

《ミステリマガジン》1997年2月号

ジェラルド・カーシュ（一九一一〜一九六八）

カーシュはテムズ川沿いの町テディントンの出身である。作家になるまでは種々雑多な職を経験しているが、その中には三戦だけリングに上がったプロレスラーまで含まれている。一九三四年に長篇*Jews without Jehovah*でデビューを果たした。

カーシュの本質はやはり短篇作家である。ＭＷＡ賞最優秀短篇賞に輝いた「壜の中の手記」（同題の短篇集に収録。日本独自編纂／晶文社）は、メキシコで失踪したアンブローズ・ビアスの死の真相について書かれた作品だが、題名通り壜の中からビアスが最後に書いたと思われる紙片が出てくることから物語が始まる。このように、その作風は狭義の犯罪小説に限定されず、フィクションでしか描けないような奇妙な出来事を読者の前に突きつけることからカーシュの小説は始まる。そのためしばしば作品は入れ子構造をとり、ビアスの手記のような物語内物語が趣向として導入されるのである。たとえば『壜の中の手記』所収の短篇では「豚の島の女王」「ブライトンの怪物」などがそうした構造を効果的に使っており印象に残る。シリーズものでは『犯罪王カームジン　あるいは世界一の大ぼら吹き』（日本独自編纂／角川書店）がある。自身の犯行を大言壮語する男が主人公のユーモア連作で、珍妙なアイデアと主人公の醸しだすペーソスとが良いバランスをとっている。

Who Wants a Liver-Coloured Cat ? by Gerald Kersh
初出：*Neither Man Nor Dog*（1946）

ケンブリッジ・サーカスの近くに、一晩中あいているカフェがあって、真夜中すぎに奇妙な男たちがこっそりやってくる。そのカフェを、ロッコの珈琲バーと呼んでおこう。ロッコの店でじっくり待てば、ロンドンでとびきりの奇人たちの四割くらいには会えるはずだ。

チョコレート色の壁に囲まれ、煙のただよう天井からぶら下がっている蝿みたいに茶色くなったアラバスター・ランプの下で、謎めいた男たちが小さなカップのコーヒーをちびりちびりと舐めながら、真夜中すぎて何時間もそこにじっと座っている。

私も以前はよくロッコの店に通ったものだ。肝臓色の猫をつれた男に会ったのもそこだった。

そいつは疲れきった表情をして、陰気で顔色が悪く、顎が青々としていた。片方の足がどこか悪いらしく、重いものでも引きずっているみたいな足どりだ。深夜の常連たちとは様子がまったく違う。それでも、男はいつもロッコの珈琲バーにやってきて、毎晩毎晩、なにもせず、なにも言わず、ただ座ったままで、時間をつぶしている……というか、時間の方がつぶれてしまうまでじっとしている。

男が初めて話しかけてきたのは、一九三八年十一月の、ある夜遅くのことだった。

男はこう言った。「猫は好きか？」

「嫌いじゃないけど」私は答えた。

「ほう」相手はコーヒーを啜りながらつぶやいた。「おれは嫌いだな」そして、さらに奇妙なことを言った。「肝臓色の猫を見たことあるか？」

「肝臓色？」

「肝臓みたいな色だってことさ。濃いショウガ色だが、どこか紫がかっていて。つまり肝臓色だ。雄猫で、まるまると太っている」

「そんな猫は見たことないな」

「おれはある」奇妙な男はそう言って、体をふるわせた。「おれのところにいるんだ。どうもその猫が気にくわない」

「だったら捨てればいいじゃないか」私はたずねた。

男は笑った。笑い声を聞くと、どれくらい本当に疲れているかがわかるものだ。その男は死ぬほど疲れていて、くたびれきっていた。

「気が変だと思ってるんじゃないか」と男は言った。「たしかにおれは気が変なのかもしれん。だがそうじゃない。いいか、よく聞いてくれ。こんな話をあんたはどう思う？　神にかけて誓うが、これは本当に起こったことなんだ。

先月、六時半ごろに仕事から帰ると、猫が暖炉の前の敷物に座っていた。その目の前に、牛乳が皿に入れて置いてある。口をつけた様子はない。哀れな猫は、ぐっしょり濡れてやつれているように見えた。

そこでおれは女房に言った。『いつから猫を飼ってるんだ？』『今日の午後からよ』と女房は答えた。『買い物から戻ってきたら、その猫が敷物の上に座ってるの。いったいどこから入りこんだのか知らないけど、とにかく追い出す気になれなくて。どうも病気みたい。餌も食べないし、牛乳も飲まないの』

おれは言った。『そうか、まあそれじゃ、居させてやれ』おれは夕食をすませてから、椅子を暖炉に引き寄せた。しかしどうも居心地が悪い。

それはあの猫のせいだった。毛の色が気持ち悪くて……肝臓みたいな色だ……それにどうも変なところがある。毛並みを揃えたりしないし、普通の猫みたいに暖炉の前で目をつむったりもしない。じっとにらんでるんだ。

おれは早めに寝ることにした。その前に、玄関のドアをあけ、かがみこんで猫をつかみあげようとした。外に追い出すつもりだったのさ。ところが、つかまえられなかった――そいつはまるで豹みたいに唸り声をあげると、勝手に飛び出していった。

おれはそいつが階段を走っていくのを見た。それからすぐドアを閉め、ベッドのところに行った。女房がたずねた。『猫を追い出したの？』『そうさ』とおれが言うと、女房は安堵のためいきをついて言った。『ああよかった』

翌朝、おれは七時に起きて、台所に行った。途中、居間を通るときに、おれは仰天して飛び上がりそうになった。敷物の上に、あの猫が座っていたんだ。

おれは絶対にそいつが階段を走って下りていくところを見た。それなのに、家の中にいるなんて。その姿を見たとき、実に妙な気分がした。だが、ひょっとしたら、おれの脇をすりぬけてまた部屋に入ってきたのかもしれない、そう思うことにした。

紅茶をいれてやると、『どうかしたの？』と女房が言った。

『どうかした、って？』

『顔色が悪いもの』

おれは言った。『いや、なんでもないさ。ちょっと驚いただけだ。昨日の晩、たしかにあの猫を追い出したはずなんだが。またここにいやがる。わかってるぞ。おまえはあの猫が嫌いなんだろ。おれもだ。施設に電話して、引き取りに来てもらおう』

『お願いだから、今すぐそうして』と女房が言った。

そこでおれは着替えると、すぐに家を出て電話をかけた。それから仕事に行った。

その晩、女房の話では、係員が来て、猫をバスケットに入れて連れていったとか。おれたちは胸のつかえが取れたような気分になった。あの猫にはどこか恐ろしいところがあったからだ。

おれたちは早めに寝た。真夜中に、おれは突然目が覚めた。それというのも……夢ではないが、予感と言ったらいいか……嫌な感じがしたからだ。

おれはすっかり目が覚めて、体を起こした。聞き耳をたててみたが、なにも物音はしない。ベッドから抜け出して、居間に行ってみた。ドアは全部閉まっている。窓も。

だが、敷物の上には、緑色のものが二つあった。目だ。猫の目だ。

そう、またあの猫だった。あんな毛色の猫は二匹といない。おれは英雄なんかじゃないが、たいていの人間より臆病でもないつもりだ。それなのに、おれは怖くなった――そして頭にきた。

あんたも知ってるかもしれないが、おれはP社で外回りの仕事をしていて、車を使っている。その朝、おれは袋を借りた。猫をつかまえると、その袋に押しこんで、袋の口を余分なくらいの紐で縛った。それから袋詰の猫を車に放りこんで――そりゃ暴れやがったぜ――ソーントン・ヒースくんだりまで死にものぐるいで車を走らせた。

まだ袋詰になったままの猫を、ある家の玄関の段に置いてから、おれは車で戻った。土曜だったから、仕事は休みだ。帰ると、女房が大騒ぎしていた。『どこに行ってたの？』と女房はたずねた。『とにかく、これであの忌々しい肝臓色の猫を厄介払いできたってわけだ』それでおれは事の次第を話した。

女房は言った。『あんた、夢でも見てたんじゃないの』そして女房は指さした。暖炉の前の敷物に……そうとも。あの猫だ！

こんな訳のわからない話があるか？　おれは女房を見つめた。女房もおれを見つめた。『気が狂ったなんて思わないでくれ。そうじゃない――うんざりしてるだけだ』とおれは言った。『でも、名誉にかけて言うが、おれは半時間前に、十マイル離れた場所であの猫を捨てたんだ』

女房は言った。『べつに気が狂ったなんて思っていないわ。どこか不気味なのよ、この……猫。怖いの。普通の猫じゃない。食べもしないし、眠りもしない。それに、いつもじっとにらんでる。それに――ジョン――施設の人があの猫を連れていったのは、絶対にたしかなのよ。わたし、見たんですもの。それなのに……わたしが寝室から出てきたら、またそこに座っていて、じっとわたしを見てるの。ジョン――こいつはいったい何物なの？』

おれは言った。『さあ。でも、なあおまえ、どんな猫だってこれっぽっちの値打ちもありゃしない……だから、おまえとおれとで、こいつを獣医のところに連れていって、永遠に眠らせてしまおう』

女房はコートを着た。おれがつかみあげても、猫はじっとしたままだった。その手触りは濡れて冷たかった。おれたちはそいつを四丁離れた獣医のところに連れていった。そいつがガス室送りになるのを、おれたちは見守った。そしてじっと待った。獣医は蓋をあけて、こう言った。

『おや、変だな！』

何が変なのかなんてたずねたりはしなかった。想像してみればわかる。猫が消えたんだ。

『いったいどこに行ったんだろう？』と獣医はたずねた。その答えはわかっていた。

女房とおれは家に帰るのが怖かった。それでも勇気を出して戻ってみた。するとやはり猫はそこに座っていた。

それからというもの、そいつはそこにじっとしている。女房はベックナムに住んでいる妹の家に身を寄せた。おれも週末にはそこにいく。でも家には帰らない。正直な話、怖いんだ。

部屋の鍵を貸してやろうか？　自分の目でたしかめてみたらいい――肝臓色の猫が、暖炉のそばに座っているのを。外で待っててやるから。どうだ、見にいってみるか？」

夜も遅かったので、私は行けないと言った。だが、もっと遅くになってから、私は何か不思議でしかも真実にあふれた体験をしそこねたような、後ろ髪をひかれる思いを味わった。そこでロッコの店に戻ってみると、足を引きずった男はもういなかった。それから、その男の姿を見かけたことはない。

十号船室の問題

ピーター・ラヴゼイ

日暮雅通◎訳

The Problem of Stateroom 10

Peter Lovesey

《ミステリマガジン》2003年4月号

ピーター・ラヴゼイ（一九三六〜）

ラヴゼイは大学を卒業後教師の職に就いていたが、やがてスポーツ・ジャーナリストとしても活動するようになる。その取材の過程で生まれたのが、デビュー作『死の競歩』（70年／ハヤカワ・ミステリ）だ。これは十九世紀末のヴィクトリア朝イギリスを舞台とした歴史ミステリである。ここからクリッブ巡査部長とサッカレイ巡査が主役を務めるシリーズが始まり、CWA賞シルヴァー・ダガーを受賞した『マダム・タッソーがお待ちかね』（78年）まで八作が書かれた。その後ラヴゼイは、英国皇太子アルバート・エドワードを探偵役とする連作を一九八一年の『殿下と騎手』で開幕させるが、並行してノンシリーズの長篇も書いている。そのうちの一作が、大西洋航路を往復していた豪華客船モーリタニア号を舞台とした『偽のデュー警部』（82年）である。一九九一年の『最後の刑事』でラヴゼイははぐれ者の刑事ピーター・ダイヤモンドを主役とする現代ミステリのシリーズを書き始め、現在に至っている。

ラヴゼイの筆致は時に非常にシニカルだが、その特質は短篇になるとさらに顕著に発揮されるようだ。『煙草屋の密室』（85年）『ミス・オイスター・ブラウンの犯罪』（94年／以上すべてハヤカワ・ミステリ文庫）所収の短篇はどれも辛辣な笑いに満ちている。

初出：*Murder through the Ages*（2000）

一等船客用喫煙室での話題は、よからぬ方向に向かっていた。

「以前、完全犯罪で人を殺す方法を知っているという男がいましてね」アメリカ人作家のジャック・フットレルが言った。「それを五十ポンドで売ろうと、わたしにもちかけてきたんです。探偵小説家なら買うだろうということでね。断わりましたよ。作家は、完全でない犯罪を扱うのが仕事です。読者は殺人者が捕まるのを期待しているんですから」

「つまり、殺人が完全犯罪に終わっては、読者が満足しないというわけだな」いっしょにグラスを傾けていたW・T・ステッドが口を開いた。かつての従軍記者で《ペルメル・ガゼット》紙の編集者をしていたこともある彼は、六十を過ぎてあごひげも白くなっていたが、依然として活字のもつ力に強い関心を抱いている。「だが、新聞にとっては、格好のネタだ。新聞の世界では、知ってのとおり、結論の出る必要性がない。読者は、はらはらさせられる話に喜んで金を払う。どうなるかわからないところを、楽しむんだよ。いつかは問題が解決されると思ってるかもしれんが、われわれが答えを提供する義務はない。もちろん、それが出てくれれば記事にするがね。だが、永久に謎が続いて、読者が新聞を買い続けてくれるのなら、そんなにいいことはない」

「その古典的な例は、ホワイトチャペルの連続殺人事件でしょうかね」その場にいた三人目の男が言った。フィンチという若者で、このよからぬ話題を最初にもち出した人物だ。ストライプのブレザーに白い帆布《ズック》のズボンという服装は、海の上といえども、いささか派手な感じがする。

「あの切り裂きジャックのことかね」ステッドが言った。「あいつの正体は暴かれてほしくないな……国王の葬儀と戴冠式を合わせたより、たくさんの部数を売ってくれたんだから」

「ですが、完全犯罪とはとても言えないでしょう」とフットレル。「あちこちに手がかりを残していますからね。肉片や、壁の落書き、新聞社への声明文。警察が無能だから逃げおおせただけですよ。わたしの言う完全犯罪殺人は、まったく次元の違うものです」

「おや！　ついに出たな」ステッドはそう言うと、フィンチに向かってウィンクした。

「S・F・X・ヴァン・ドゥーゼン教授。〝思考機械〟だ」

「ヴァン・ドゥーゼンは殺人者じゃありませんよ」フットレルが言った。「事件を解決する側の人間です」

「誰のことを言っているか、わかるかね」ステッドは若者に向かって言った。「このフットレル氏の書いた小説には、きわめて難解な謎を解き明かす人物が登場するんだ。「十三号独房の問題」を読んだことはあるだろう？　ない？　じゃあ、楽しみがひとつ増えたわけだ。あれは、いままでで最も優れた密室トリックだよ。発表されたのはいつだったかな、ジャック？」

「七年前です――一九〇五年、ボストンの新聞でした」

「そして、何度も再版された」ステッドがつけ加えた。

「ですが、〝思考機械〟は一度も殺人を犯したりしていません」フットレルはなおも言い張った。「彼は法と秩序の側の人間です。さっき言いかけたのは、完全犯罪殺人を行なおうとしたら――もちろん小説の中でですが――新しい人物をつくり出さなければならないということです。悪魔のように頭が切れて、正体を明かすような手がかりをいっさい残さないような人物をね」

「そうすればいいのに。実にいい思いつきだ」

「読者には受け入れられないかと思いまして」

「ばかばかしい。冒険心はないのかね？　怪盗紳士ラッフルズがいるじゃないか。あれは強盗が主人公なんだから、まんまと逃げおおせる殺人犯がいて何が悪い？」

フットレルは黙ったまま、ワインをすすりながら考え込んだ。

そこにフィンチが軽い調子で口をはさんだ。「やるべきですよ。ぼくもそんな話を読んでみたいし、ほかにも大勢、そういう人たちがいるはずだ」

「書評で取り上げられるよう、わたしが手配しよう」ステッドも言った。

「あなたがたには難しさがわかっていないようですね」とフットレル。「何もないところから完全犯罪の話を生み出すことはできないんですよ」

「われわれ三人が知恵を出し合ったらどうだろう」とステッドが言った。「そうしたら、ニューヨークに着くまでに話をひとつつくり出せるかもしれん。面白いじゃないか！　どうだね、お二人さん？」

フィンチはすぐに賛成した。

だが、フットレルはさほど乗り気でなさそうだ。「お二人のご好意はなんともありがたいのですが――」

「なに、暇つぶしのお遊びさ。港に着く前の晩、夕食の前にここに集まって、それぞれの案を比べるというのはどうかね」

「いいでしょう」ようやくフットレルも、少しやる気が出たようだった。「カモメを眺めているよりはましでしょうからね。さて、そろそろ妻のようすを見に行ったほうがよさそうだ」

フットレルが去るのを見届けると、ステッドはフィンチに打ち明けた。「彼のためにはいいことだと思ってね。ジャックはまた犯罪小説に戻るべきなんだ。まだ三十七で、こつこつ仕事はしているのに、最初の成功以来、書くものの質が下がってきている。最近の作品ときたら、軽々しいロマンスものばかり。甘ったるくて、内容がからっぽで。マシュマロみたいなもんだ。いま書いている作品の題名にいたっては『貴婦人のガーター』（未訳。フットレルの死後出版された長篇で、夫人がタイタニック号の英雄たちに捧げた）ときた。まったく信じられん。これがあの、論理的思考力を駆使した、みごとな小説を書いた男だとはね」

「奥さんの影響が強すぎるということは？」

「あの愛らしいメイのかね？　そうは思わんな。彼女も作家なんだ。われわれのまわりにはそういう例が多い。ひょっとして、きみも作家じゃあるまいね？」

「違いますよ。ぼくは骨董品《オブジェ・ダール》の取り引きをやっていましてね。ニューヨークでの仕事が多いんです」

「じゃあ、旅行することが多いわけだ」

「多すぎるくらいです。ほんとうは家にいたいのですが、得意先がアメリカにいるものですから、年に数回は海を渡ります」

「そんなに大変なものなのかね」

「うんざりしますよ」

「誰かを雇って、代わりに行かせるというわけには？」

「以前は妻が——かつては仕事のパートナーだったので——代わりに行くこともありましたが、いまはありません。パートナーを解消しまして」

「なるほど、国際的な美術商というわけか。思い違いをしていたよ。あんまり殺人の話題に熱心だから、きわもの小説の作家かと思った」

「失礼しました。ぼくはさまざまな悪事を犯してきましたが、活字になったものはありません」

「さまざまな悪事？　まるで自分が、さっきまで話していた完全犯罪の殺人者であるかのような口ぶりだな」

内心ほくそ笑みながらも、フィンチは眉をひそめて言った。

「それはあまりな飛躍ですよ」

「そうでもないだろう。きみはいかにも、あの話題に惹かれているようだった。そもそも、言い出したのはきみじゃないか」

「ぼくが？」

「ああ、たしかにきみだった。誰かお目当ての被害者はいるのかね？」ステッドはウィットをきかせたつもりで言った。

「誰にでもいるんじゃありませんか？」

「それなら、動機も決まっているわけだ。残るは殺人の方法と機会だな。おそらく考えたことがあるだろうが、船旅というのは、完全犯罪殺人にとって、うってつけの状況なんだよ」

「死体を海に落とせるからということですか？　たしかに、いちばんの問題をかんたんに処理する方法ではありますね。もちろん、気づいてはいます。ですが、もうひとつ必要な要素があります。重要なものが」

「何だね？」

「うそをつく能力です」

「いかにも」ステッドの浮かべた薄笑いには、一抹のとまどいが表われていた。

「死体を海にほうって、あとは幸運を祈るだけ、というわけにはいきません」

「なかなかいいぞ。その調子でいくといい」ステッドは相手の若者よりも、自分自身を元気づけるために言った。「妙案が思いつければ、ジャック・フットレルが喜んできみのアイデアを小説に変えてくれるはずだ。またとない報酬じゃないか」

「不朽の名声とでも言えますね」

「そうさ。いつも思うんだが、せっかく殺人を犯して逃げおおせたのに、自分がいかにうまくやってのけたかを誰にも話せないとしたら、どういう気分なのだろう。誰だって、自分の成果は世間に認知してもらいたいはずだからな。だが、これで解決する。有名な作家が、その完全犯罪を小説にしてくれるんだから」

「じゃあ、さっそくとりかかりましょう」

立ち上がってその場を去る青年の姿を、ステッドは興味深げに見送った。


秘密を漏らしすぎたということはないはずだ、とジェレミー・フィンチは確信していた。

「誰だって自分の成果を世間に認知してもらいたい」というステッドの言葉は、的を射ている。だからこそ、殺人者の中には繰り返し罪を犯す者がいるのだ。そういう連中は、捕まって自分の行為が世間に知られるようになるまで、犯行を重ねずにいられない。フィンチには捕まる気などさらさらなかったのだが、自分のみごとな犯行を世間に知ってもらいたいという虚栄心だけはあった。みずからの犯罪を著名な作家による短篇というかたちで永遠に残すというアイデアは、ステッドのものなどではなく、フィンチ自身がずっと考えていたものだ。喫煙室にいた出版界でも有名な二人に近づいたのも、殺人の話題をもち出したのも、すべて計画のうえのことだった。

フィンチは自分の殺人を、人をあざむく方法としては最高のものと評価されたかった。フットレルのうまい文章で書かれれば、巧妙な手口を使った傑作として、チェスタートンの「見えない男」やドイルの「まだらの紐」と並ぶものになるに違いない。ただ今回の場合は、犯罪が現実に起こるという点で異なるわけだが。

計画をたてはじめてから、すでに何週間かが過ぎていた。獲物の行動を確実に把握しておく必要があったからだ。今回の航海は思わぬ幸運で、計画の実行にはまさに理想的な機会だった。ステッドが指摘したように、船旅というのは、殺人を実行するうえでのまたとないチャンスをもたらしてくれるのだ。

この航海では、一等船室のあるCデッキで日々起こることを把握しなければならない。これまでの大西洋便で彼が使ってきたのは、二等船室だ。それでも大型定期船の風情を味わうには、十分ぜいたくなものだった。いっぽう妻のジェラルディンは、女性がなんの心配もなくひとり旅をするには最高の部屋が必要だという理屈から、いつも一等船室を使っていた。そうしてこそ貞操が守れるものだというのが、彼女の主張だったのだ。ところが、結果は裏目に出る。ジェラルディンの前回のニューヨーク出張のあと、商売敵のディーラーが嬉々として伝えてきたのは、彼女が別の男に抱かれていたという話だった。愕然として妻を問いつめると、ジェラルディンはすべてを認めた。だが世間体を考えたフィンチは、あえて離婚をせず、自分なりの方法で妻の不貞の始末をつけることにしたのだった。

そんなわけで、航海が始まるとすぐ、彼はフットレルの〝思考機械〟なみの用心深さで獲物を観察し、船上の規則正しい生活によって必然的に制限されている行動を把握した。標的に選んだ哀れなヌーを見つめるライオンのような気分で、忍耐強く、いつも身を隠しながら、好機をうかがった。獲物に選ばれた男が、自分が悪さをした女の夫がフィンチだなどと気づく気配はない。好色な男の頭に、そんな考えが浮かぶはずはないのだ。六カ月前にジェラルディンを口説いたときも、ほんの軽い気持ちだったのだろう。その後も男は、同様に若くてきれいな、すぐその気になって寝てくれる女たちのもとを渡り歩いているのだ。

その男は、出航後四日目の夜、首を絞められて殺される運命にあった。

殺害の行われる場所は、Cデッキにある一等船室の十号室、ひとり旅のモーティマー・ハッチ大佐の部屋だ。奇妙な皮肉というか、その部屋の廊下をはさんだ向かい側は、ジャック・フットレルが完全犯罪殺人の筋を考え出そうとして歩き回っている船室だった。

モーティマー・ハッチは四十一歳。二度の離婚歴があり、男盛りをわずかに過ぎたというところで、口ひげともみあげには白いものが混じりはじめている。フィンチが几帳面に記録したところでは、大佐の船上での生活パターンは、二日目の時点ですでに決まり切ったものになっていた。八時ごろ起床し、一等船客用プールでひと泳ぎしてから、部屋で朝食をとる。午前中はスカッシュをやったり散歩をしたりして過ごし、トルコ式風呂に入ってから昼食。その後しばらく昼寝。三時ごろから六時くらいまでアメリカ人の一行とトランプに興じ、夜、夕食をすませるとダンスフロアへ行く。魅力的なダンスパートナーには不自由しない。白いタイと燕尾服でめかし込んだ大佐は、ダンスがうまく、軽やかなステップをふむ。ダンスのあとにバーへ行くときも、たいてい女性を連れている。

　サウサンプトンを出航して三日目の夜、最初のときと同じ一等船客用のバーで、フィンチはまたステッドとフットレルに会った。二人は上等なフランスワインのボトルを前にしており、通りがかったフィンチをステッドが誘ったのだった。「まあ、完全犯罪の計画で忙しいというのでなければだがね」

「計画の段階はもう過ぎましたよ」フィンチは二人に向かって言った。

「うらやましいな」とフットレル。「こちらは考えに詰まっていますよ。努力が足りないわけじゃないんですが。妻もわたしに業を煮やしています」

「決して絶望するなかれ《ニル・デスペランドゥム》、わが友よ」ステッドが言った。「われわれは、おのおのの案を集めて、作品を書くための一級品のプロットを提供しようと約束したじゃないか。どうやら、このジェレミー君の案はかなりの段階まで進んでいるようだ」

「ほぼ準備はできています」

「じゃあ聞かせてくれたまえ」フットレルは真剣な面もちで言った。

　ステッドがそれを手で制した。「いや、まだだ。ニューヨークに着く前の晩まで、お楽しみはとっておくという約束だからな。決めたことは守ろうじゃないか、諸君」

「これくらいならお話ししてもいいでしょう。約束には違反しないと思いますし」フィンチが言った。「バーの奥のほうに、口ひげと黒っぽい髪の男が見えますか？　ダチョウの羽根の髪飾りをした鮮やかな赤毛のかわいい子と、熱心に話している」

「ああ、さっき踊っているのを見たよ」とステッド。「女といるのが好きなようだな」

「ハッチ大佐です」

「彼なら知ってますよ」とフットレル。「わたしの部屋の向かいにいましてね。客室係《スチユワード》が同じなんですよ。そう、女性については、そのとおりですね。ゆうべ十号船室の前を通ったとき、中から女性のくすくす笑う声が聞こえていました」

「ぼくの言いたいのは、ハッチ大佐を観察しているってことなんです。彼がバーを出るときに、時刻を記録しているんですよ」

「軍人なら、毎日時間を決めて行動しているのかもしれんな」

「女性を口説いているときもですか？」とフットレル。

「今までのところはそうですよ」フィンチはにこりともせずに言った。「ぼくの予想では、大佐は十一時半ごろに席を立つはずです」

「女性の腕をとって？」

「まちがいなく」

そこで会話は別の話題に移っていった。「あなた、結婚は？」とフットレルがフィンチに尋ねたのだ。

「あいにくと別居していまして」

「すべての結婚がうまくいくとはかぎりませんからね。どちらが悪いと言い切れない場合もある」

「残念ながら、ぼくらの場合は片方が悪かったんです。しかも、ぼくではありません」

気まずい沈黙のあと、ステッドが口を開いた。「もう一杯どうだね？」

フィンチは、妻が不貞をはたらいたということだけを二人に話した。十一時二十八分、フィンチが予想した時刻にハッチ大佐は席を立ち、連れの女とバーから出ていった。

「賭けなくてよかったな」ステッドが言った。

「わたしはそろそろ寝ないと」とフットレル。「どこに行ったのかと妻に心配されそうですから」

「そうですね。ぼくもそうします。明日は一瞬たりとも気の抜けない一日になりそうですから」

ステッドは、そう言ったフィンチの顔をじっと見つめた。

出航から四日目を数える翌日、いつもどおり八時に起きたハッチ大佐は、それが自分の最期の日になるなどとは、考えもしなかった。プールでひと泳ぎしたあとの朝の行動も、いつもとまったく変わらなかった。十号船室から十四号船室までを担当する客室係のパーキンズが、朝食を運んできた。

「よくお休みになられましたか」

「ああ、十分すぎるくらいな」大佐はその晩の大半を、二十七号船室に泊まっている赤毛の金持ち娘を抱いて過ごしたのだった。「寝過ごすところだったよ」

「そうでございましょうとも」相づちを打ったパーキンズもまた、ゆうべはDデッキの船室でなまめかしい一夜を楽しんだのだった。上等なワインと食事のしめくくりとして、ハンサムな客室係と一夜のアバンチュールを楽しもうとする婦人もいるのだ。「けさは礼拝においでになりますか、それともお散歩に？」

「礼拝？　なんだ、もう日曜日か」

「ええ」

「教会の儀式にはさんざん出席したからな。散歩にするよ」

「かしこまりました」

トルコ式風呂に入ると、大佐の気分もすぐれてきた。昼食はヒラメの切り身とマトン・チョップのグリル、それにアップル・メレンゲ。そのあと一時間ほど、部屋で休んだ。ベッドカバーは、昼寝をできるようにと気をきかせたパーキンズによって折り返されてある。

午後いっぱいは、トランプやアフタヌーンティーで会話にいそしむ。六時に部屋に戻り、ディナーのために正装した。ベッドの上には、糊のきいた白いシャツが用意されていた。

七時十分前、大佐はディナーに出かけていった。七品からなるコースディナーは、その日の社交のハイライトだ。一等船客用の大食堂は、席数五百五十。ひとり旅や、親といっしょに旅をしているうら若い女性は、それこそ無数にいる。大佐は、今夜もまたひとり口説けるだろうということに自信をもっていた。

そのディナーの場に、ジェレミー・フィンチの姿はなかった。殺人計画が山場をむかえていたからだ。フィンチは一等船室の区域にある隔壁の裏に潜んでいた。乗客たちがディナーに行っているあいだ、客室係が部屋をかたづけて夜のしたくをするため、ドアの鍵があけたままにされることを、彼は知っていた。

フィンチは、パーキンズがハッチ大佐の部屋のドアをあけるのを待った。すべてが規則正しく行なわれており、彼には次に何が起こるかわかっていた。客室係は、それぞれの部屋のかたづけをするあいだ、ドアを半開きにしたまま、ゴミ集め用の大きな容器でおさえておくのだ。

フィンチはパーキンズがベッドを整えているすきに客室に忍び込み、バスルームに身を隠した。

日曜の夜には、ディナーのあとのダンスはない。だが、それぐらいのことでみずからの流儀を変える大佐ではなかった。彼は会話にかけても、ダンスの腕前にひけをとらないほどみごとなのだ。だがこの日は、バーに行ってシャンパンをいっしょに飲もうと誘っても、相手の女性はなかなかうんと言わなかった。大佐が狙いをつけた小柄なブロンド娘は、シャンパンを飲むと頭が痛くなるだの、十時までに部屋に戻れとパパにうるさく言われているだのと言う。ほんとうにその時間に戻ったのかどうか、父親が確かめにくるというのだ。では、十時半に彼女の部屋に行くからクラレットをいっしょに飲もうと誘ったが、それも断わられてしまった。十時半にはお祈りをしているし、日曜日にはいつもよりよけいにお祈りをするんだから、と。

どうも今夜はついてないようだ、と大佐はあきらめ、自分の船室に戻ることにした。

その日曜の夜、十一時四十分、マスト上の見張り台《クロウネスト》にいた熟練甲板員のフレデリック・フリートが鐘を三回打ち鳴らした。船の前方に障害物があるという合図だ。が、時すでに遅し。タイタニック号は針路上にある氷山に突き当たり、船底がぱっくり口をあけた。

Cデッキは衝突箇所のずっと上方にあったため、わずかに不快な振動が伝わってきた程度だった。だが、その下の三等船室では、何か恐ろしいことが起きたとすぐにわかった。

十二時を過ぎたころ、最初の救命ボートが海におろされた。その後の二時間の混乱と、救命ボートの周囲で繰り広げられた悲痛なドラマは、さまざまな文献に記録されている。救助は女性と子供が優先された。記録によると、作家の妻メイ・フットレルは、夫と離れることを拒んだが、無理やりボートに乗せられた。フットレルは妻に「これが最後のチャンスだ。行け！」と言ったと伝えられている。日付が変わった午前一時二十分のことだった。その後フットレルは、沈没による約千五百人の犠牲者のひとりとして、船とともに海へ沈むことになる。被害者の正確な数はわかっていない。W・T・ステッドもまた、非業の死を遂げた。

午前一時から二時にかけて、船上にはつかの間の静寂があった。乗客の多くは、遭難信号を受け取ったほかの船が救助にきてくれるだろうと期待していた。一等船客用ラウンジでは、八人のバンドマンが景気づけにラグタイムを演奏し、乗客の中にはトランプをはじめる者もいた。育ちのいい英国紳士は、取り乱したりしないものなのだ。

ステッド、フットレル、そしてフィンチの三人は、一本のワインを囲んで座っていた。「生きて帰れるかどうかはともかくとして」ステッドが口火を切った。「これが三人で集まる最後の夜になるだろう。約束のことは覚えているかな」

「約束？」フットレルは、まだ動揺を隠せないでいる。

「完全犯罪のプロットのことさ」

「ああ、あれですか？」

「あれについて話し合っても、いいんじゃないかね。そういう約束だったからな」

「小説にするほどのことは何も思いつきませんでした」これで話は終わりだ、とでも言うようにフットレルが答えた。

「そうか」とステッド。「わたしにも無理だった。架空の犯罪をつくり上げるという複雑なことには、わたしの頭がついていかなかったんだ。だが、フィンチ君なら何か面白い話をしてくれると思うのだが」

「なぜそんなことを思われるんですか?」フィンチはしらばくれた。

「きみはこの船に乗りこむ前から、何か計画をたてていたんじゃないか? そして、その計画をわれわれに打ち明けて、フットレルに完全犯罪のプロットを提供するのを楽しみにしていた。違うかね?」

「大まかには、そういうことです」

「よろしい。そして今夜、きみはそれを試した」

「誰かを実際に殺したってことですか?」フットレルは恐る恐る尋ねた。

「わたしはそう確信している。そうだね、フィンチ君? さあ、船は沈もうとしているんだ。みんな死ぬかもしれん。われわれは打ち明けるに足る相手だと思うがね」

フィンチは椅子にもたれ、唇を震わせながら考えていた。そしてついに口を開いた。

「そこまでわかっているのなら、自分で話されたらいいじゃないですか」

「ではそうしよう。われわれが最初に会った晩、きみはしきりに殺人の話題をもち出そうとしていたね。フットレルのみごとな出来の小説、つまり〝思考機械〟の物語を読んでいたに違いない。自分がひそかにたくらんでいた完全犯罪殺人を、著名な作家の文章でかたちにしてほしかったのだ」

「犯罪の計画を、という意味ですか？」

「いいや。計画だけじゃない。わたしが最初に疑いをもったのは、きみが奥さんのことを話したときだよ。大西洋を横断する船旅で奥さんが不貞をはたらいたと知って、ひどくショックを受けたという話だ。殺人の動機には十分じゃないか」

フィンチは肩をすくめた。

ステッドが続ける。「ゆうべきみは、このバーで、若い女性と親しげに話すハッチ大佐のことを話題にした。そして、彼ら二人がいっしょにバーを出る時間を、正確に言い当てた。きみが大佐の行動を調べていたことは明らかだ」

「そうですよ。自分でもそう言いました」

「大佐の行動パターンの把握が、計画にとって重要だったわけだ」

「そのとおり」

「今晩、きみはディナーに現われなかったな」

「それはどうですかね。遅れてきたのかもしれないじゃないですか」

フットレルが口をはさんだ。「実は、あなたの姿を見たんです。わたしはディナーに遅れていったんですが、わたしの部屋の近くの廊下で、あなたが隠れているのを見ましたよ。夕食をのがすことなど、まるで気にしてないようでしたね。何か別のことを気にしていたんでしょう」

「それこそが、モーティマー・ハッチを殺すことさ」ステッドがあとをひきとった。「フィンチ君、きみの奥さんを誘惑した大佐だ。きみは大佐の部屋に入る機会をうかがっていたんだ。客室係が部屋に入り、ベッドを整えたりパジャマを出したりするときがくるのを待ったんだろう。きみは開いたままのドアから忍び込み、部屋のどこか、おそらくドアから一番近いバスルームに身を隠した。どうだね？」

「まあ、いいところをついてますね」

「きみは大佐が帰ってくるのを待ったが、長く待つ必要はなかった。狙った女性を口説きそこねた彼は、いつもより早く部屋に戻り、ひとりで床に就いたのだ。鈍器で頭を殴るか首を絞めるかして、あっさりと彼を殺し、舷窓を開けて死体を押し出した。あたりはすでに真っ暗で、誰にも見られることはない。そしてきみは、誰にも気づかれることなく部屋を出た。きみに乾杯しよう。完璧な復讐だな。ほぼ完全な殺人と言える」

「どうして〝ほぼ〟なんですか？」

「われわれが見破ったからさ。完全犯罪は、誰にも見破られないから完全なのだ。しかも、きみが数ある夜のうち今夜を選んだというのは、皮肉なことじゃないかね」

「つまり、殺す必要はなかったかもしれないと？」

「それはいまにわかる」

「その話はほんとうなんですか？」フットレルがフィンチに向かって言った。「あなたはほんとうに大佐を殺したんですか？」

フィンチはうっすらと笑い、奇術師のように両手を広げた。「自分たちで確かめたらいい。いま立ち上がってダンスをはじめた人は誰ですかね」

二人がラウンジの反対側を見ると、バンドの前の広い空間でケークウォークを踊るひと組のカップルがいた。それはまさに、モーティマー・ハッチ大佐が、前日の夜をともにした鮮やかな赤毛の娘と再会した光景だった。女性の中には船を離れるのを拒み、運命を男性に託そうとする者もいたのだ。

愕然としたステッドは、自分のあごひげをぐっと引っぱった。「そんなばかな！」

「すっかりだまされたな」とフットレル。

フィンチは含み笑いをすると、悦に入ったようすで、ワインを自分のグラスについだ。

「まったく拍子抜けだ」とステッド。

「いや、そんなことはありません」フィンチが言った。「ぼくの話を聞きたいですか？　いま話しておいたほうがよさそうだ。もしあなたがたのどちらかが生き残ったら、この話を本にしてください。これはまさに、見破られなかった殺人なんですから。あなたがおっしゃったように、今晩ぼくは、大佐の船室で男を殺しました。首を絞めて、舷窓から死体を海に捨てたんです。誰にも知られませんでしたし、知られるはずもない」

「いったい誰を殺したのかね？」

「ぼくの妻を誘惑した不届き者ですよ。客室係ってのは、悪いやつらだ」

「客室係？」

「パーキンズですか？」とフットレル。

「連中は、自分たちが信頼される立場にいることを悪用するんです。モーリタニア号に乗っていたパーキンズが、どんなかたちにしろそれを利用した結果、ぼくは妻の不貞を人から教えられるという屈辱を受けました。そして、男の面目にかけて復讐をしなければならないと考えました。あいつの雇用先を調査したところ、このタイタニック号の処女航海で、一等船室の客室係として雇われていることを知ったんです」

年長の二人は、あっけにとられて言葉を失った。

ようやく口を開いたのはステッドだった。「きみにはほんとうに驚かされたよ。だが、はたして完全犯罪と言えるのかね、この殺人は。船があのままだった場合、うまく逃げられたと思うかい？　パーキンズがいないということになれば、担当だった乗客に気づかれるんじゃないのか」

「いや、この方法は完璧ですよ。もちろん、あいつが行方不明になったことが客室係のチーフに伝えられれば、船長の耳に届くことも考えられます。でも、殺人があったなどと考える者はいないでしょう。もし誰かがそう考えたとしても、このタイタニック号の処女航海のときに、船主のホワイト・スター・ライン社が一等船室で殺人の調査を始めると思いますか？　無理でしょう。事件のことは内密にされるはずです。パーキンズが担当していた乗客には、彼は体調をくずしたとでも伝えられるはずです。しかも、いったんニューヨークに着いてしまえば、捜査をするには手遅れです」

「確かにそうだ」とフットレル。「うまく逃げおおせるに違いない」

「どうですか、この話は？」フィンチは期待に胸をふくらませ、身体を前に傾けて尋ねた。

「〝思考機械〟にふさわしいでしょう？」

「論理の力というよりは狡猾さが売りの、次元の低い物語だという気がするね」とステッド。「だが、おもしろい小説にはなるかもしれん。どうだね、ジャック」

しかし、フットレルはステッドの話を聞いていなかった。

「あのバンドは何を演奏しているんでしょう。『主よ、みもとに近づかん』じゃないですか？」

「もしそうなら、きみの話が発表される機会があるかは疑わしいね、フィンチ君」

二時十八分、船内の明かりが暗くなったかと思うと、消えた。船が姿を消すまでに、二分とかからなかった。

ソフト・スポット

イアン・ランキン

延原泰子◎訳

Soft Spot

Ian Rankin

《ミステリマガジン》2005年10月号

イアン・ランキン（一九六〇〜）

イアン・ランキンはスコットランドのファイフ出身である。専業作家となる前は、エジンバラ大学文学部の非常勤講師の他、複数の雑多な職業を経験している（パンク・ミュージシャンも）。彼の看板作品である〈ジョン・リーバス警部〉シリーズは、エジンバラ警察の犯罪捜査部に奉職する一匹狼の刑事を主人公とする連作だ。第一作『紐と十字架』（87年／ハヤカワ・ミステリ文庫）から完結作にあたる『最後の音楽』（07年／ハヤカワ・ミステリ）まで十七作が刊行されている。ランキンは、第八作『黒と青』（97年／ハヤカワ・ミステリ文庫）でCWA賞ゴールドダガー、第十三作『甦る男』（02年／ハヤカワ・ミステリ）でMWA賞最優秀長篇賞を受賞した。また、ジョン・ハナー主演でテレビドラマ化もされている。

リーバスは徐々に歳をとっていくタイプの主人公で、北アイルランド紛争に軍人として参加した過去や、警官人生の中で見聞してきた事件によって心の深いところを傷つけられている。そうした陰影の濃い人物造形に魅力の源泉があるのだ。

短篇集はリーバスもの七篇を含む『貧者の晩餐会』（02年／ハヤカワ・ミステリ文庫）が翻訳されており、ランキンは長篇とは一味違った顔を見せている。特にノンシリーズの作品には実験的なものが多く、構成も引き締まっている。

初出：*Dangerous Women*（2005）

毎晩のように、デニス・ヘンシャルは仕事を家に持ち帰った。

しかし、それを知る者はいない。持ち帰ろうがどうしようが、看守仲間は気にもとめないだろうとデニスは思っている。いずれにせよ、同僚の目に映るデニスは、いささか変わり者であって、定規とカミソリの刃を傍らに置き、自分の事務室にこもって一日中手紙に目を凝らしているという男なのだ。カミソリについては注意深く取り扱わねばならなかった。それがここの規則である。知らない間にくすねられないように、いつも厳重に保管している。毎朝出勤してくると、机の引き出しの鍵を開け、カミソリの数を数え、一枚だけ取り出す。その刃の切れ味が鈍くなると、自宅に持ち帰り、キッチンのゴミ箱に捨てる。事務室の机の引き出しは一日中鍵をかけてあるし、在室しているとき以外、ドアの鍵もかけておく。トイレに行くために二分間部屋を開けるときですら、ドアに鍵をかけるし、もちろん使用中のカミソリも引き出しに収めて鍵をかける。用心するに越したことはないからだ。

ファイル・キャビネットは四つの引き出しすべての持ち手に、長い金属棒を垂直に通して固定してある。所長が初めてこの部屋に来たとき、所長はこの独自の用心深さについて何の感想ももらさなかったが、それでもデニスと話している間じゅう、背の高い緑色のファイル・キャビネットへちらちらと視線を向けずにはいられなかった。

看守仲間はデニスがそこに何かを隠していると思っていた。ポルノ雑誌とウイスキーを。事務室に引きこもり、片手にウイスキー瓶を摑み、片手をズボンの中に突っ込んでいるのだろう、と。デニスはあえてその誤解を解こうとせず、作り上げられた別の自分のイメージをこっそり楽しんでいた。ほんとうのところ、キャビネットにはアルファベット順に分類された手紙しか入っていない。受刑者と、外部にいる友達や愛する人をつなぐ手紙だ。すべて〝UTF〟とみなされたもの。配送不可という意味。刑務所内の日常生活について必要以上に詳しいものや、危険と思われる内容のものは、UTFとなる。悪口やら性的な内容は別に構わないのだが、刑務所の検閲官がすべての手紙にまず目を通すことに気づいたとたん、たいていの手紙はお上品なものとなる。

手紙の検閲がデニスの仕事だった。彼はその仕事に熱心に取り組んでいた。問題のある文章に定規で下線を引き、カミソリの刃できれいにそこを切り取る。切除された部分を規定の紙に貼り、日付、受刑者の氏名、削除の理由などをタイプで打ち込んだあと、ファイル・キャビネットに収めるのだ。毎朝、届いたばかりの郵便が彼を待っていた。午後にはここから出される手紙を検閲する。発送する封筒は切手を貼られ、宛名も書かれているが、デニスが内容を確認して許可を出した上でないと、封をすることはできない。

デニスはコウバーン・ストリートの骨董屋で買い求めた、木製のペイパーナイフで手紙を開封した。それは柄に細長い顔のようなものが彫られているアフリカ製のナイフだ。それも部屋を空けるときには、必ず鍵のかかる引き出しに入れる。もともとこの部屋は事務室ではなかった。最初は販売所のようなものだったらしい。一辺が二・五メートルほどの正方形の部屋で、一方の壁面の高いところに、鉄格子入りの小窓が二つ並んでいる。ファイル・キャビネットの向かい側の隅には、何本か金属パイプが通っていて、所内の物音がそこからかすかに漏れてくるように思えた。くぐもった話し声、命令する怒声、金属の鳴る音や振動する音。デニスはポスターを二枚壁に貼っていた。一枚は暗い歴史を持つ荒涼としたグレンコウの谷で、そこへ一度行ってみようとかねがね思いながら、まだ訪れたことがない。もう一枚はイースト・ニュークの漁村を波止場から撮った写真である。デニスは両方とも等しく気に入っている。そのどちらかを見つめ、ハイランドの荒野か、のどかな海岸にいる自分を思い描き、エジンバラ刑務所の騒音と悪臭から逃れて、つかの間の休憩を取った。

悪臭は朝がいちばんきつい。換気されなかった監房のドアが一斉に開け放たれ、不潔な男たちが体を掻いたりげっぷをしたりしながら出てきて、朝食へぞろぞろと向かうからだ。デニスは受刑者と——直接的に——接触する機会は少なかったが、それでも彼らを知悉しているように思えた。手紙を通じて知っている。受刑者の手紙は稚拙な表現や綴りの間違いが多いにもかかわらず、雄弁で、ときには感動的ですらあった。〝おれに代わって子供たちを抱きしめてやってくれ……幸せだったときのことしか考えないようにしている……おまえと会えない一日が過ぎると、おれの身が少しずつ削られていくようだ……ここを出たら、やり直そうな〟

ここを出る。その魔法の時について語られた手紙は多い。過去の過ちが消され、新しい出発が可能なその日。人生の大半を刑務所で過ごしているような累犯者でさえ、二度と間違いは起こさない、きっと立ち直ってみせる、と手紙の中で誓っている。〝今年もまた結婚記念日を一緒に過ごせないが、いつもおまえのことを思ってるよ、ジーン……〟ジーンのような妻にとって、そんな手紙はたいして慰めにもならない。ジーンの出す手紙は裏表五枚以上もあって、稼ぎ手のいない所帯の苦しさをめんめんと書き綴っている。〝ジョニーが荒れてるわ、タム。それがわたしの病状に悪い影響を与えていると医者が言ってます。ジョニーには父親が必要なのに、わたしのもらう薬は増えるばかりよ〟

ジーンとタム。離れて暮らす二人の人生が、デニスにはメロドラマのように思われた。

ジーンはしょっちゅう夫の面会に来るのに、毎週夫婦は手紙のやりとりをしていた。ときどき、デニスは手紙の主を見るために、刑務所を訪れる面会者を観察した。面会者がそれぞれ分かれて各テーブルに座り、受刑者と向き合うと、それが手紙の主を知る手がかりとなった。タムとジーンは両手を固く握りしめ合うだけで、抱き合ったりキスしたりはせず、周囲の夫婦の派手な愛情表現に困惑しているようにすら見えた。

デニスがタムとジーンの手紙を部分削除したことは、たまに問題のある箇所が見つかったときですら、めったとなかった。デニスの妻は十年前に家を出て行った。それでも妻の額入り写真がいくつか、今でもマントルピースに飾ってある。笑顔の妻が彼の手を握っている写真もあった。ビール缶を片手にテレビを見てくつろいでいるときなど、ふとその写真に目が行くことがある。グレンコウの谷や港のポスターと同じく、その写真は彼を別世界へ連れて行った。そんなとき、デニスは立ち上がり、手紙を広げてある食卓へ向かった。

手紙をすべて自宅へ持ち帰るわけではない。興味を覚えた男女関係のものだけだ。コピーのできるファックス機も買ってある――コピー機自体を買うよりも安上がりだ、と店員に勧められたのだ。帰宅すると、革のショルダーバッグから手紙を取り出して、コピーを取る。翌朝、手紙は事務室へ戻される。やってはならないことをしており、所長がそれを知ったら立腹するだろう、少なくとも不快感を示すだろうとわかっていた。しかし何も害はないと思っていた。ほかの誰かが読むわけではない。自分のためだけにコピーしたのだから。

最近、一人の受刑者に興味をそそられた。そのトミーという受刑者は一日二回手紙を書いた——どうやら切手代には不自由しないらしい。彼にはジェマという恋人がいて、流産をしたようだった。トミーは自分に原因があるのではないか、彼が収監されたことのショックが流産につながったのではないか、と悩んでいた。デニスはまだトミーと会ったことはないが、その若者に何か慰めの言葉をかけてやりたいと思った。

いや、何も言うまい。関わり合いにはなりたくない。

数カ月前には、モリスという男に関心を持った。モリスは週に一、二度、熱烈な恋文を書いた。だが、いつも宛名の女の名前が違った。朝食の列の際に、どの男がモリスなのかを看守から教えてもらった。モリスはありふれた男だった。頬を歪めて笑う痩せこけた野郎。

「あいつには面会者が来るのか?」デニスは看守にたずねた。

「馬鹿言うんじゃない」

デニスはとまどって肩をすくめた。モリスが手紙を書く相手の女たちは市内に住んでいる。訪問できないはずがない。モリスの住所と受刑者番号は手紙の上部に記されてあるのだ。

しばらくして所長がちょっと部屋へ来てくれとデニスに言い、今後モリスの手紙を発送してはならないと告げた。モリスは電話帳から名前を拾い、赤の他人に自分の妄想を事細かに書き記しては送っていたのだった。

　看守たちはあとで笑い合った。「あちこちへ手紙を出してりゃ、万に一つでも的に当たると思ったんじゃないか」と一人が言った。「そうよ、意外とたらしこめるかもしれんぞ。世間には、筋金入りの常習犯に惚れる女もいることだし……」

　なるほど、筋金入りの常習犯か。エジンバラ刑務所にはそんなやつらがわんさといる。しかしデニスは誰が監房の主かを知っていた。ポール・ブレインだ。強盗や麻薬売人よりもはるかに大物のブレインは、自分の周辺にうごめくそんな雑魚を無視していた。刑務所内を歩くとき、彼の周囲には見えない支配力の空気が生じ、彼が招き入れない限り、誰も半径一、二メートル以内には近づかなかった。チッピー・チャーマーズという子分がいて、その見え隠れする存在が、ブレインの力を知らしめた。と言っても、ブレインに用心棒が必要なわけではない。ブレインは百九十センチの長身で、分厚い胸板を持ち、いつも両手を軽く握っている。何事をするにも、悠然とした態度を崩さない。彼は刑務所内で敵を作ったり、看守を怒らせたりする気は毛頭なかった。さっさと刑期をつとめあげ、帰りを待ち受けている自分の帝国へ戻りたいだけなのだ。

　それでも、ブレインは入所するやいなや、自然と刑務所のリーダー格になった。ギャングや小悪党は、ブレインの近くでは足音を忍ばせて敬意を示した。ブレインは脱税、詐欺、詐取などの罪でついに有罪を宣告され、六年の刑に服している。すでに服役後数カ月が経っており、あと三年ちょっとで出所することになるだろう。ここへ入ってから、少し痩せたようだが、頬の色がいささか悪くなったとはいえ、かえって健康そうになった。受刑者は誰でも皆、同じような冴えない顔色となり、それは〝ムショ焼け〟と呼ばれている。ブレインの妻が面会に来るときは、いつもより多い人数の看守が面会ホールに集まった。何か不測の事態が起こりそうだからではなく、ブレインの妻がいい女だったからだ。

「たまらねえな」看守の一人がデニスにウインクして言った。

妻はセライナという名前だった。二十九歳で、ブレインより十歳も若い。休憩時間に、看守たちが紅茶とサンドイッチを口に入れながら、彼女の噂に花を咲かせている間、デニスは口をつぐんでいなければならなかった。というのは、彼らよりも妻について詳しく知っていたからだ。

ほぼすべてを把握していた。

妻はグラスゴー郊外の高級住宅地、ベアーズデンに住んでいる。そこは刑務所から六十五キロほどしか離れていないが、夫の面会には毎週ではなく隔週にしか来ない。それでも手紙は寄越した。夫の手紙一通に対して、四、五通も書いてくる。その内容ときたら……

〝びっくりしないでね。夜も眠れないほど、あなたのあそこが恋しくてたまらない！　嘘じゃないわ、ポール。淫乱な女なの、わたしは。朝まであなたにまたがっていたい……〟

そんな文章がえんえんと綴られている合間に、噂や日常生活の話が混じっていた。〝心配なので明日イレインに電話するわ。俗物のビルにつきまとわれているようなの。うちに泊まってもらうつもり。ほっとするんじゃないかしら。さて、あなたの意見は？〟

そんなくだらない情報からも、セライナの日常を感じ取れるので、胸のうちを明かすような内容と同じくらい、心惹かれた。初めの頃の手紙には、ショートスカートとホルターネックのキャミソール姿で、首を傾げ、腰に手を当ててポーズしている彼女のポラロイド写真が入っていた。それからも写真入りの手紙が続いた。デニスは写真をコピーしたかったが、自分のファックス機にはうまく入らなかったので、新聞販売店へ行って、そこのコピー機を使った。コピー写真は粒子が粗くて、出来が悪かった。それでもそれを自分の蒐集品に付け加えた。

〝昨夜はベッドで自分を満足させようとしたけれど、あなたとは全然違うの。そんなの無理よね？　枕の横にはあなたの写真を置いてるわ。でも本物じゃないんだもの。わたしの送った写真で元気を出してね。取り立てて報告するほどのことは何もないんだけど……南へフレッドは行ったわ。つらいことね、デニーズと別れるなんて。喧嘩ばかりしてたんだもの、あの夫婦は。頼りがいのない男だわ〟

別の手紙には、生活が苦しいと記してあった。まだ仕事が見つからないが、求職中だと書いている。デニスは少し調べ物をして、ブレインに関する新聞記事を見つけた。ブレインの隠し金、数百万ポンドを警察はまだ発見できない、とある。数百万ポンド？　だったらセライナはなぜ愚痴っているのだ？

この前セライナが面会に訪れたとき、デニスは彼女が来たら教えてくれとあらかじめ看守に頼んでおいた。その日、面会室ホールに入りながら、デニスはなぜか緊張していた。背中を向けて座っているセライナがいた。脚を高々と組んでいるので、スカートが太ももまでめくれ上がり、日焼けした筋肉質のふくらはぎが見える。ぴっちりした白いTシャツの上にカシミアのピンク色のカーディガンをボタンを留めて着ている。ブロンドの豊かな髪が流れるように片方の肩にかぶさっていた。

「すげえ女だろ？」看守がにやにやして言った。

写真よりもいけてる、とデニスは言いたい気持ちだった。そのとき、ブレインの視線が自分に向けられているのに気づき、慌てて横を向いたが、その一瞬前に、こちらを振り返って、夫の注意をそらしたものが何なのかを見定めようとしているセライナの姿が目に焼き付いた。

デニスは自室に急いで戻ったのだった。ところが数日後、廊下を歩いているときに、ブレインとチャーマーズが連れ立って向こうからやってきた。

「いい女だろ？」ブレインが言った。

「何のことだ？」

「どういうことかわかってるだろうが」ブレインはデニスの真ん前で立ち止まり、デニスをじろじろと見た。「礼を言わなければならんな」

「どういうことだ？」

肩をすくめる。「看守ってのがどんなやつらだか知ってるんでね。写真を猫ばばするやつもいる……」たっぷりと間を置く。「あんたは口数の少ない男だと聞いた。よろしい。それはいいことだ。手紙だが……あんた以外は誰も読んでいないんだろうな？」

デニスは何とかブレインから視線をそらさずに、うなずいた。

「よろしい」ブレインが再び言った。

ブレインが歩み去ったあと、その半歩後ろを付き従うチャーマーズが振り返って、デニスを悪意のある目つきで睨みつけた。

デニスはさらにあれこれ調べてみた。ブレインは学齢期に達して以来、さまざまな犯罪に関わってきた。十六歳で暴力団のリーダーとなり、グラスゴー周辺のコンクリート・ジャングルに君臨した。ライバルを刺殺して服役したが、あるギャングの息子の殺害に関与した容疑では、かろうじて有罪を免れた。知恵をつけた現在は、自分の周囲に支配力の見えない場を作り上げている。身代わりに服役する〝兵隊〟が一連隊はいるのだ。悪名が轟いているので、今更危害を加えたり、脅迫したりしてまで他人を屈服させる必要はない。そういうことは子分にやらせ、自分は高価な背広に身を包み、毎日オフィスに出勤して、表向きはタクシー会社や警備会社など十数社のオーナーである。

セライナは会社の受付嬢として雇われ、やがて秘書、そして個人秘書へと昇格し、ブレインと「ゴッドファーザー」のシーンを思わせるような、大勢の身内に囲まれた結婚式を挙げた。セライナは頭の悪い、ただのブロンド女ではなかった。よい家庭の生まれで、大学も出ている。デニスは考えれば考えるほど、セライナがブレインを〝夜も眠れないほど〟恋しがっているとはとうてい思えなかった。これも上っ面だけの言葉にちがいない。セライナは夫にあらぬ夢を見させて、おとなしくさせたいのだ。なぜだろう？　タブロイド紙がその答えを示唆していた。〝切れる頭脳と美貌を兼ね備え、しかも犯罪組織の親分である夫の薫陶よろしきを得た、極妻——彼女は敵の集中攻撃にも屈することなく、これからの銃撃戦を陣頭指揮することができるのではないか？〟

食卓でデニスは考え込んだ。セライナの写真を見つめては、さらに熟考した。皿の料理が冷えるのも構わず、テレビを消したまま、手紙を順番に読み返した……あの日焼けした脚や片耳にかけた長い髪を思い浮かべた。隠し事のなさそうな、澄んだあの瞳、あらゆる男の視線を惹きつける、あの顔。

頭の切れる美人。夫と並ぶと、まるで美女と野獣だ。デニスは冷えて固まってきた惣菜を口に押し込みながら、週末が来るのを心待ちにした。

土曜日の朝、デニスはセライナの家の向かい側の歩道に寄せて、自分の車を停めた。もう少し立派な家を想像していた。新聞は〝邸宅〟呼ばわりをしていたが、実際はそっけない二階建て一戸住宅で、一九六〇年代に建てられたもののようだった。前庭は舗装されて車二台分の駐車スペースになっている。そこにスポーツカー仕様の銀色のメルセデス・ベンツが、これみよがしに停まっていた。その横にはカバーをかぶせられたもっと大きな車がある。それはおそらくブレインの車で、持ち主が帰るまできっちりとカバーでくるんであるのだろう。どの窓もレースのカーテンが閉められていて、背後に人の気配はなかった。デニスは腕時計を見た。まだ十時前だ。週末にはセライナも朝寝をするのかもしれない。自分の知り合いには、そうする人が多いからだ。自分自身はいつも夜が明ける前に目覚め、そのあとはもう寝つけない。今朝は近所のカフェへ出かけ、新聞を読みながら紅茶を飲み、ジャムをつけたトーストを食べた。ここへ着いたら、また喉が渇いてきた。魔法瓶を、ついでにサンドイッチや何か読むものも、持ってくればよかったと思った。この通りに駐車しているのは自分の車だけではないが、午前中ずっとここにいたら、住人に怪しまれるにちがいなかった。いや、住人は慣れっこかもしれない。記者などの張り込みに。

するこ とがないので、ラジオをつけ、中波局や超短波局を次々と八、九局も出してみたあとで、クラシック音楽を流していて曲の合間のおしゃべりが少ない放送局を選んだ。それから何の変化もないまま一時間が過ぎた。そのとき、ブレイン家の前まで来て停まった車が、クラクションを三回鳴らした。色あせた古いヴォルヴォである。車から降りたのは、中肉中背の、髪を後ろに撫でつけた男だ。黒いポロシャツに黒いジーンズ、黒革の七分丈コートという服装。どんより曇った日だというのに、サングラスをかけていた。市内の日焼けサロンで焼いたような、浅黒い肌。男は門を開けて玄関へ歩み寄り、拳でドアを叩いた。口から何かが飛び出している。デニスはカクテル用のスティックではないかと思った。

上着をすでに着こんだセライナが戸口に現われた。銀の鋲飾りがついたデニムのジャケットだ。体の線があらわに出るほどぴったりした白いズボンをはいている。男の頬に軽くキスをし、男が腰に手を回そうとすると体をくねらして逃れた。セライナのなまめかしさに、デニスは思わず息を飲んだ。ハンドルをきつく握りしめていた手を緩め、男の車へ向かう二人の会話を聞き取ろうとして、窓ガラスを下ろした。

男がセライナに身を寄せて何かを囁いた。セライナは男の肩を叩いた。

「フレッド！」セライナが甲高い笑い声を上げた。フレッドという男はふふふと笑い、満足げににんまりとしていた。セライナがフレッドの車を見てかぶりを振った。

「メルセデスで行きましょうよ」

「おれの車じゃいけないのかい？」

「それ、汚いんだもの、フレッド。女を買い物に連れて行きたいんなら、もっと上等の車じゃないとだめよ」

セライナは車の鍵を取りに家へ入り、その間にフレッドがゲートを開けた。二人はセライナの車に乗り込んだ。デニスは身を隠さなかった。セライナに自分を見てもらいたいような、憧れている者がいることを認めてもらいたいような気持ちもあった。ところがデニスが目に入らないかのように、セライナはフレッドに話しかけている。

フレッド？

〝南へフレッドは行ったわ……〟

しかしフレッドは南へ行っていない。ここにいるのだ。なぜセライナは嘘を書いたのか？　夫に怪しまれないためかもしれない。

「悪い女だよ」デニスはそうつぶやきながら、銀色のメルセデスを尾行した。

セライナは猛スピードで飛ばしたが、市内へ入る道路がたちまち混んできた。土曜日の買い物客の車だ。デニスは見失うことなくメルセデスのあとを追い、ソウキホル・ストリートの背後にある高層駐車場ビルへ入るメルセデスに続いた。セライナは満車の三階に一時停止し、女性の車が出て行って駐車スペースが一つ空くのを待っている。デニスは隙を見て、もう一階上がった。そこは空きスペースがたくさんあった。車に鍵をかけ、坂を歩いて下りると、ちょうどセライナとフレッドがショッピング・センターへ入ろうとしていた。

二人はまるで恋人同士のようだった。セライナがさまざまな洋服を試着するたびに、フレッドはうなずいたり、肩をすくめたりしていたが、一時間も経つとそわそわし、うんざりした様子になった。二人はショッピング・センターを出て、ジョージ・スクエアの反対側に並ぶブランド・ショップへ向かった。セライナは袋を三つ持ち、フレッドがもう一つを持っている。セライナは茶色のスエードのジャケットをフレッドに言葉巧みに勧めたが、フレッドは何も買わなかった。買い物はすべてセライナのものばかりで、セライナがすべて現金で支払っていた。数百ポンドは遣っているだろう。デニム・ジャケットのポケットに突っ込んだ札束を引き抜いては支払っている。

生活に困っているなどとセライナはブレインへ愚痴っているけれど、それは真っ赤な嘘ではないか。

二人は昼食をしにイタリア料理店へ入った。デニスは自分も休憩を取ることにした。パブに走り込んでトイレを借り、近くの店に入って水のボトルとサンドイッチと夕刊の早刷りを買い求めた。

「おれは何をしてるんだ?」サンドイッチの包装を開きながら、デニスは自問した。おのずと笑みが浮かんだ。なぜなら自分は楽しんでいるからだ。今日の土曜日は、最近の記憶にないほど、実に楽しい。レストランから二人が出てくると、フレッドはワインを何杯も飲んだらしく、気分がよくなったようだった。空いた片手をセライナの肩に回して歩いているうちに、買い物袋を取り落としてしまった。それ以後は買い物袋を持つことに専念していた。二人は駐車場ビルに戻った。デニスはメルセデスを尾行したが、車がベアーズデンへ向かっており、帰路についているのだとまもなくわかった。メルセデスが自宅の駐車スペースに入っている横を、デニスは通り抜けた。左側をちらりと見ると、驚いたことに、セライナが運転席側のドアを閉めながらこちらを見つめていた。顔を特定しようとするかのように、目を凝らしている。すぐに横を向き、まだほろ酔い気分のフレッドを家へ連れ込んだ。

所長の秘書のミセズ・ビートンはデニスが資料を見たい理由を説明すると、快く承知してくれた。

「最近の手紙に、フレッドという男の名前が出てきたんです。注意すべき人物かどうか確かめたいので」

その言葉だけで納得したミセズ・ビートンは、ポール・ブレインの資料を捜し出して渡してくれた。デニスは礼を言って、自室に戻り、ドアに鍵をかけて閉じこもった。分厚い資料だった。コピーのできるような量ではない。そこでデニスはそれを読み始めた。フレッドは難なく見つかった。フレッドこと、フレデリック・ハートは、ブレインの所有するタクシー会社の名目上の経営者である。ハートは営業区域や流しのルートをめぐって、商売敵の会社を脅しつけ、問題を起こした。起訴されたが有罪にはならなかった。デニーズという名前の妻に関する記述はなかったが、新聞の切り抜きで探していたものが見つかった。フレッドは妻帯者で、十代の子供四人の子持ちである。高さ二・五メートルほどの塀に囲まれた、元公営住宅に住んでいる。法廷を出るときに撮られた、険しい顔つきの、今よりはずいぶん若く見える新聞写真すらもあった。

「やあ、フレッド」デニスはつぶやいた。

セライナの次の手紙が届いたとき、デニスはその手紙が夫にではなく自分に宛てられたものであるかのように、胸が高鳴った。封筒の匂いを嗅ぎ、手書きの住所を見つめ、時間をかけて開封した。便箋を開く。たった一枚だけで、両面に書いてある。

読み始めた。

〝あなたがいないので、とても淋しいわ。デニーズがときどき買い物に行こうと言って寄ってくれます〟

嘘つき。

〝毎日、家から一歩も出ないでじっとしているので、ぶち込まれるってどんな感じなのか、よくわかる！〟

デニスは何がぶち込まれてるんだか、知れたものじゃないと思った。

彼はベアーズデンへ夜のドライブへ出かけるようになった。ときには少し離れた通りに車を停め、近所の者が散歩しているかのように装って、セライナの家の前を往復した。その前で立ち止まって腕時計を見たり、靴紐を結びなおしたり、さも電話がかかってきたかのように携帯電話を耳に当てたりもした。天気が悪い日は、停めた車の中にいるか、低速で周辺を回った。そのうち地域にも詳しくなり、住民の顔も何人か憶えた。近所の人たちもデニスを知るようになった。少なくとも顔を憶えた。もう知らない人間ではないので、怪しまれない。この近くへ越してきたばかりの男だと思われたのかもしれない。会釈をされたり、笑顔を向けられたりし、ときおりは短い会話を交わしさえした。ある夜、デニスの車がセライナの家の通りに入ったとき、売り家の看板が目に入った。一瞬、おれが買おう！　とデニスは思った。それを買って、セライナの近くに住むのだ！　ところが売り家の看板は、セライナの敷地にしっかりと据え付けてあった。ブレインはこのことを知っているのだろうか？　そうは思えなかった。手紙にそんな話は一切書かれていなかったのだ。もちろん、セライナが面会に訪れたときに、それを相談したとも考えられるが、デニスはこれもまた、セライナが夫に隠している秘密の一つにちがいないと感じた。なぜ家を売るのだろう？　ほんとうに金に困っているのだろうか？　もしそうだったとしたら、ポケットに入っていたあの札束は何だ？　デニスは歩道際に車を停め、看板にある電話番号を書き留めた。携帯電話でその番号にかけてみたが、事務弁護士の事務所へは午前九時以降にかけ直してくださいというメッセージが流れた。

デニスは翌朝の九時に電話をかけ、その売り家に関心があると告げた。「売り主は早く手放したがっているんでしょうかね？」とデニスはたずねた。

「どういう意味でしょう？」女性の声がたずねた。

「価格に交渉の余地があるのかと思ったもので。たとえば、本気で買う意志がある場合などには」

「価格は確定しています」

「売り急いでいるときは、そういうことが多いですね」

「この物件はすぐに売れますよ。もし興味がおありなら、今週中にでも家の中をご覧になることをお勧めします」

「家の中を見る？」デニスは下唇を噛みしめた。「そりゃいいな、そうしよう」

「もしご都合がよかったら、今夜予約のキャンセルが出ているんですけど」

「今夜？」

「八時です」

デニスはためらった。「八時だね」とおうむ返しに言った。

「それでよろしいですね。では、お名前は……」

デニスは唾を飲み込んだ。「デニー。フランク・デニーです」

「電話番号を教えていただけますか？」

デニスは冷や汗を掻いていた。携帯電話の番号を教えた。

「では、そういうことで。ミスター・アップルビーがご案内いたします」

「アップルビー？」デニスは眉をひそめた。

「この事務所の者です」女性が説明した。

「では、持ち主は在宅じゃないんですね？」デニスはたずねながら、少し緊張がほぐれてきた。

「そのほうを好む持ち主もおられるので」

「わかった……それでけっこうです。では八時に」

「失礼します、ミスター・デニー」

「いろいろとありがとう……」

　それ以後は放心状態で一日を過ごした。とうとう、頭をすっきりさせるために、刑務所内を散歩することにした。まずは中庭、それから建物内。顔見知りの刑務官もいる。デニスは初めから検閲官だったわけではない。以前は皆と同じく、看守だったのだ。週末も含め二十四時間をシフト制で働き、汚物やキッチンの臭いに我慢しなければならなかった。同僚の中には、空席になった検閲官の仕事を受けたデニスを、馬鹿だと言う者もいた。残業手当が出ないからだ。

「おれに合ってる仕事なんだ」とデニスは当時そう言い切った。所長も同じ考えだった。しかし今は疑問に思えてきた。惑乱した頭を抱えて、金属製の階段を上がった……自分がどこへ行こうとしているかをうすうす自覚していたが、自分を止められなかった。チャーマーズが白塗りの煉瓦壁に巨体をもたせかけ、開けられた入り口の門番役を務めていた。監房の中ではブレインが組んだ手に頭を載せてベッドに横たわっていた。

「元気かい、ミスター・ヘンシャル？」ブレインの呼びかける声で、デニスは自分が戸口で立ち止まっていることに気づいた。デニスはいかにも用事ありげに、腕を組んで見せた。

「ああ、あんたはどうだ？」

「あまり調子がよくないね」ブレインは組んだ手をゆっくりとほどいて、胸を叩いた。「心臓がな、以前みたいに元気じゃない。うーんと、何ていう病名だったか？」ブレインがにやりと笑うと、デニスも笑みが漏れそうになった。「あんたはいいよな。一日の仕事が終ったら、家へ帰れる。パブにちょいと立ち寄ってビールを一杯……それともやさしい美人の奥さんが待ってる家へまっすぐ帰るのか？」ブレインは少しして付け加えた。「いや、済まん。忘れてた。確かあんたは奥さんに逃げられたんだったな？　男ができたのか？」

デニスは答えなかった。その代わり、問い返した。「あんたの女房はどうなんだ？」

「セライナか？　あいつは夫を裏切らない女だよ。知ってるだろうが……あいつの手紙を全部読むんだものな」

「面会にあんまり来ないじゃないか」

「それが何だってんだ？　来ないでくれたほうがむしろいい。刑務所ってのはな、体にしみつくんだ——あんたが夜に帰宅したとき、ここの臭いがまだ鼻にまつわりついてるんじゃないか？　あんたは愛する女をこんなとこに来させたいか？」ブレインは頭をベッドに戻し、天井を見上げた。「セライナは家でクイズを解くのが趣味なんだ。クイズ雑誌を買い集め、クロスワードをやる……そんなことが好きなんだよ」

「ほんとか？」デニスはセライナの姿を思い描いて、笑みをこぼしそうになった。

「それと、あれは何て言ったっけ……アクロバティックスか？」

「アクロバットが好きなのか？」確かにあの女は曲芸的な離れ業を演じているとデニスは思った。

ブレインはかぶりを振った。「似たような言葉なんだが。セライナは夫を裏切らない女だよ、覚えておいてくれ」

「そうしよう」

「あんたはどうなんだ？　奥さんが逃げてからずいぶん経つが——女はいるのか？」

「そっちには関係ないことだ」

ブレインが嬉しそうな笑い声を上げた。「セライナに一目惚れしない男なんて、これまで会ったことがないね」立ち去るデニスに、ブレインが言った。

デニスは思った。そうだろうとも。男はフレッドだけではないのかもしれない。彼女の買い物に金を出してやっている男が、ほかにもいるのだ。それとも、夫には内緒で、夫の隠し金を散財しているのだろうか。だったら、そろそろ、金を掻き集めて高飛びする潮時にちがいない。デニスはあることに気づいた。自分は今、セライナに圧力をかけられる。夫に知られたくないセライナの秘密を自分は握っているのだから。ついでに言えば、フレッドの弱みも摑んでいるのだ。さらに散歩を続けながら、デニスはそんなことを考えて元気が出た。

「ミスター・デニーですか？」

「そうです」デニスが応じた。「ミスター・アップルビーですね？」

「さあさあ、お入りください」

ミスター・アップルビーは、すっきりと背広を着た六十代後半の太った小男で、てきぱきしていた。狭い玄関のテーブルに置かれたリストに、デニスの署名を求めたあと、目録が必要かとたずねた。デニスが欲しいと答えると、パンフレットを渡してくれた。この家の各所のカラー写真を含む、設備や敷地のデータが記された四頁のもの。

「ご案内しましょうか、それとも自由にご覧になりますか？」

「一人でだいじょうぶ」デニスは答えた。

「何か質問がありましたら、ここにいますので」ミスター・アップルビーが椅子に座ると、デニスはいかにも熱心そうに目録に目を通した。やがて居間へ入り、玄関から自分の姿が見えないことを確認したのち、ようやく周囲を見回した。家具は新しそうだが、けばけばしい。鮮やかなオレンジ色のソファ、大きなテレビ、もっと大きなカクテル・キャビネット。雑誌や新聞がマガジン・ラックに押し込んである。クイズ雑誌も見えるので、ブレインの言葉もあながち嘘ではない。写真の額はないし、外国土産の思い出の品もない。雑然とした置物類は、よく売れる大型店から購入した大量生産品のように見えた。細い花瓶、文鎮、ろうそく立て。玄関へ戻り、ミスター・アップルビーに微笑を向けてから、キッチンへ入った。仕切り壁が取り除かれて、ダイニング・ルームとはガラスのドアでつながっている。ダイニング・ルームからはフレンチ・ドアを開けて庭へ出られる。〝ニジンスキー社製のシステム・キッチン〟と目録にあり、電化製品もカーテンも敷物のすべてでも一括で売られるとある。セライナがどこへ行く気なのか知らないが、何も持って行くつもりはなさそうだ。

一階で最後に残った狭い二室は、クローク・ルーム兼トイレと、〝寝室4〟と記された部屋だが、そこは物置に使われていた。段ボール箱や婦人服をかけたラックが押し込んである。デニスはドレスを撫で下ろし、裾をまさぐった。ドレスに鼻を押し当てて、セライナの香水のかすかな残り香を嗅ぎ取った。

二階へ上がると、寝室が三室あった。〝マスター・ベッドルーム〟は〝バラード社製のバスルーム付き〟の寝室と宣伝している。マスター・ベッドルームはほかの寝室よりもはるかに広く、寝室として使用されているのはその部屋だけだった。デニスは引き出しを開けて、セライナの服を触った。洋服ダンスも引き開け、さまざまなドレスやスカートやブラウスを目で楽しんだ。もちろんブレインの服もたくさんあった。高価そうな背広数着や、カフスボタンをすでに着けてある、ストライプのワイシャツなど。セライナはここを出る前に、夫の服を捨てるのだろうか？

ほかの寝室は、それぞれ〝夫用〟と〝妻用〟の書斎になっていた。夫用の書斎には、犯罪小説や戦争小説、それにスポーツ選手の伝記のたぐいが詰まった本棚と、書類を積んだ机があり、ステレオのそばにはグレン・キャンベルやトニー・ベネットなどの往年のアルバムが置いてあった。

セライナの書斎は雰囲気が違った。ここにもクイズ雑誌があるが、すべてが整然と片づいている。片隅に使用されていない編み機が置かれ、もう片隅にはロッキングチェアがある。デニスは棚から写真アルバムを引き抜き、ぱらぱらとめくっていくうちに、浜辺でピンクのビキニを着たセライナが、カメラに向かって、かまととぶった笑みを浮かべている写真を見つけた。デニスは廊下をちらっと振り返った。下の階でミスター・アップルビーの、くしゃみを押さえようとする音がした。デニスは写真を一枚、アルバムから抜き取り、ポケットに入れた。そしてパンフレットを読みながら階段を下りていった。

「いい住宅でしょう」ミスター・アップルビーが言った。

「まさしく」

「それに固定価格での販売ですんでね。早く決断してください。きっと明日の四時までには売れてしまいますよ」

「そうなんですか？」

「きっとそうなります」

「とにかく、一晩考えてみたいので」デニスは我知らず、ジャケットのポケットを押さえていた。

「そうなさってください、ミスター・デニー」ミスター・アップルビーはドアを開けてデニスを通しながら言った。


翌朝目が覚めると、デニスはたくさんのセライナに囲まれていた。

昨夜は遅くまで開いている店へ入って、カラー・コピーをしたのだ。けちらないことにし、コピーを二十枚作った。店員が写真とコピーの多さを見て、何か言いたげだったが、詮索をしないだけの分別を持っていた。

セライナの写真はベッドにもソファにも食卓にも散らばっている。廊下の床にすらある。写真を落としてしまったとき、拾わないでおいたからだ。本物の写真は仕事場へ持って行き、机に入れて鍵をかけた。午後の面会時間に、ドアをノックする音がした。ドアの鍵を開けると、看守が腕組みをして立っていた。

「おい、見に来るか？」

「ミセズ・ブレインが面会に来たんだね」デニスは平静な口調を装ったが、その実、いきなり動悸が激しくなっていた。

看守が両手を大きく広げて見せた。「ショウタイムだ」にやにやしながら言う。

ところが意外にも、セライナは一人ではなかった。フレッドを連れてきている。二人はブレインに向かい合って座り、セライナが一方的にしゃべっていた。デニスは驚愕したが、感銘も受けた。これから夫を捨てようとする女が、夫と会う最後の機会だというのに、不倫相手の男を連れてくるとは。これは危険すぎる行為だ。そのことを知ったブレインは激怒するだろうし、外の世界にはブレインの仲間がたくさんいる。ブレインはセライナを痛めつけはしないだろう。彼女にそうとうぞっこんのようだからだ。しかしフレッドは……フレッドとなると、そうはいかない。殺すぐらいでは物足りないのではないか。それなのに、フレッドは片手をだらしなく椅子の背にかけ、いかにものんきそうに座っている。以前の雇い主もしくは友達を訪れたと言わんばかりの態度で、ブレインに話しかけられたときにはうなずき、セライナとはほんの少し間隔を空けて座って、無意識な体の動きから親密さをブレインに悟られないようにしている。もしかしたら、〝南へ行った〟という作り話をし、デニーズと縒りを戻したなどと言っているのかもしれない。

デニスはフレッドをよく知りもしないのに、うとましく思った。フレッドという人間、フレッドの商売、金が儲かっているはずなのにおんぼろ車に乗っていることが許せなかった。グラスゴーでセライナの体に腕を巻きつけていたフレッドが憎かった。自分よりも金を持ち、自分よりものにした女の数がはるかに多いにちがいないフレッドが憎かった。

あんな男にうつつを抜かして、セライナはどういう気なんだろうか。訳がわからない。ただし……ただし、セライナは逃げたあと、責任をなすりつけられる男、ブレインの怒りのはけ口となってくれる男が必要となる。デニスは微笑をもらした。セライナはそう考えつくほど、打算的な、頭が回る女なのだろうか？　そうに決まっている。デニスは一瞬たりとも疑わなかった。セライナは間抜けな亭主だけではなく、フレッドもてあそんでいるのだ。なんと完璧な計画ではないか。

ただ一つ、小さな問題点がある。デニス自身だ。今やすべてを見通した男。物思いに耽っていたデニスは、ぼうっとして何も見ていなかった。まばたきをして目の焦点を合わせると、セライナが振り向いてこちらを見ていた。セライナがこちらを凝視し、かすかな微笑を浮かべた。

「あの笑顔はおれたちのどっちへ向けたんだろう？」隣にいる看守がデニスにたずねた。

デニスは確信していた。セライナはデニスの顔に気づいたのだ。自宅の前を車で通りすぎた男だとわかったにちがいない。セライナは向き直って夫に何か言い、フレッドがさっと振り向いて、こちらを睨みつけた。

「ああ、おっかねえ」隣の看守がつぶやき、低い声で笑い出した。しかしフレッドが見たのは看守ではない。デニスなのだ。

ブレインはテーブルに目を伏せており、ゆっくりとうなずき、妻に何か言った。妻がうなずき返す。帰る時間になると、セライナはいつもより大げさに夫を抱擁した。それは縁切りのキスというものだ、とデニスは思った。セライナは高いハイヒールの靴音を響かせて立ち去りながらも、ごていねいに夫に手を振った。もう一度キスを送る仕草をする。フレッドは面会室を見回し、ほかの女を値踏みして肩をすくめ、自分がこの中でぴかいちの女の連れであることに満足げだった。

デニスは自室に戻り、電話をかけた。

「残念ながら遅かったですね」と相手が言った。「あの家は今朝売れました」

デニスは受話器を置いた。セライナは出て行く……二度と彼女に会えないかもしれない。もはや、どうにもできないではないか？

待てよ。

三十分後、デニスは自室を出て、いつものようにドアに鍵をかけた。刑務所内を歩いて、ブレインの監房の開いたドアを入った。チャーマーズが相変わらず、ドアマンを務めている。

「客だよ、ボス」チャーマーズが太い声で告げた。ブレインはベッドに座っていたが、立ち上がってデニスに向き合った。

「あんたに関して妙なことを聞いたんだが。あんたはセライナにぞっこんらしいな。家の前を車で通るあんたを見たとセライナが言っとるぞ」ブレインは一歩詰め寄り、冗談めかした口調だが、硬い表情をしていた。「どうしてそんなことをする？　上司が喜ぶとはとても思えんぞ……」

「奥さんは見間違えたんだよ」

「そうかな？　セライナは車の色も車名もちゃんと知ってる。緑色のヴォクスホール・カヴァリエだ。思い当たる節はないのか？」

「奥さんは見間違えたんだ」

「そう言い通す気か。セライナに心を奪われる男が多いと確かに言ったが、あんたみたいに極端な行動を取る者はおらん。セライナを尾行してるのか？　家を見張ってるのか？　あれはおれの家でもあるんだぞ。何回そんなことをやった？　車で前を通り抜けたり……カーテンを透かし見たりしやがって……」ブレインの頰に血が上り、声が震えてきた。デニスはブレインとチャーマーズに挟まれている自分に気づいた。近くに看守はいない。

「あんたはヘンタイなのか？　自分の部屋に閉じこもって、他人のラブレターを読みふけるんだな……それで興奮するんだろ？　家に帰っても女房がいないもんだから、他人の女房の尻を嗅ぎまわりやがって。所長が聞いたらどう思うかな、おい？」

デニスは顔を歪めて叫んだ。「頭の鈍いやつだな！　おまえの目をかすめて何をやられてるんだか気がつかないのか！　女房はおまえの金を派手に遣い、友達のフレッドとよろしくやってるんだぞ。おれは見たんだ。だがもう家も売れたことだから、すぐにも高飛びしちまうさ。さっきは女房としての最後の面会に来たんだ。それなのに何も気づかない大馬鹿者だよ、おまえは！」

「嘘つけ」ブレインの額に汗が浮いてきた。顔が土気色に見え、呼吸が荒くなった。

「おまえがここに入った日からずっと、彼女はおまえを騙していたんだ」デニスが早口に言った。「手紙には生活が苦しいと書きながら、女物の服屋を回って湯水のように金を遣ってた。フレッドと買い物に行ったんだぞ、念のために言うと。フレッドが買い物袋を持ち、それを抱えて彼女の家へ入っていった。何時間も入ったきりだったよ」

「嘘だ！」

「すぐにわかることだ。家へ電話してみるといい。電話がまだつながるかどうか。それとも次の面会を待ってみるか。いいか、それはいつになるやら、ずいぶん先だろうよ……」

ブレインが両手を前に出したので、デニスはひるんだ。だがブレインは殴りかかるのではなく、デニスの体にすがった。それでもデニスは悲鳴を上げたが、ブレインはデニスの制服をぎゅっと摑んだまま、ずるずると膝をついた。チャーマーズが助けを求めて叫び、走ってくる足音が聞こえた。ブレインが息を詰まらせ、胸をかきむしりながら仰向けに倒れた。足がねじれていた。その瞬間、デニスは思い出した。〝心臓がな、以前みたいに元気じゃない……〟

「心臓発作だと思う」デニスは最初に駆けつけた看守に言った。

所長はデニスの説明を求めた。デニスにはその前に言い訳を考える時間の余裕があった。通りかかっただけ……ちょっと立ち話をしていたら……いきなりブレインが倒れた……

「チャーマーズの話と合致するな」所長がそう言い、デニスは胸を撫で下ろした。もちろんブレインには彼の主張があるだろうが、それが言えるのは生還した場合である。

「命を取りとめるでしょうか、所長？」

「病院からじきに説明があるだろう」

呆然とした表情のチャーマーズが監房の戸口で見守る中を、ブレインはウェスタン・ジェネラル病院へ急送されたのだった。チャーマーズがぽつりと言った。「二度と会えないかもなあ……」

デニスは自室へ戻り、ドアをノックする音を無視した。話を聞きたがって看守仲間がやってきたようだった。彼はピンクのビキニを着たセライナの写真を取りだした。今頃は何もかもかっさらって逃げていることだろう。それは自分が手を貸したも同然なのだ。

だがセライナがそれを知ることはない。

終業時刻の直前に、また所長から呼び出しがかかった。きっと悪い知らせだろうと予想していたが、所長が口を開いたとき、彼は腰を抜かすほど驚いた。

「ブレインが脱走した」

「え？」

「病院から逃げたんだよ。仮病だったんだ。病院で男女が待ち受けていた。女は看護師、男は用務員の服装をしてな。ブレインに同行した刑務官の一人は殴られて脳震蕩を起こし、もう一人は歯を二本ほど折られた」所長がデニスを見た。「あいつはきみを騙したんだ。われわれ全員をだ。あいつは心臓発作なんかではなかった。女房ともう一人、男が今日面会に来た。そのとき最終的な打ち合わせをしたんだろう」

「でも……」

「きみは運悪く居合わせたんだ。なぜなら倒れるときに看守か誰かがいたら、いかにもほんとうらしく見えるじゃないか」所長は書類に目を戻した。「きみはタイミングが悪かっただけだ……しかし刑務所にとっては、おおいに頭の痛い事態となった」

デニスはふらつく足で自室へ戻った。そんなはずはない……そんなはずは。どういうことだ……？　終業時間をとっくに過ぎても、座り込んだまま動けなかった。ようやく、リモコンで操られているかのように立ち上がり、車で帰路についた。自宅の椅子にぐったりと沈み込んだ。夜のニュースでその事件が報道された。病院のストレッチャーからの劇的な逃亡。そう、最初からそういう計画だったのだ……家を売り払って見事に高飛びするという。夫婦で、あるいはフレッドを従えて。フレッドは不倫相手ではなく共謀者であり、セライナとともにブレインの脱走計画を練ったのだった。デニスはブレインに宛てたセライナの手紙のコピーを取り出し、一通ずつ目を通して、見逃した箇所がないかを確かめた。ない。もちろんあるはずがない。夫婦は面会時に少しずつ計画を立てたのだ。話を誰かに聞かれたり、唇の動きを読まれたりする危険はあった。しかし、そうしたにちがいない。それ以外には考えられないから……手紙や写真に囲まれていると、セライナの記憶が体を駆けめぐり、デニスは落ち着いて座っていられなくなった。買い物へ出かけたあの日、彼女の家、彼女の服……

デニスは行きつけのパブへ出かけ、ウイスキーとラガー・ビールを注文した。ウイスキーを一口で呷り、残った数滴をチェーサー用のビールに混ぜた。

「今日はきつい日だったんだな、デニス?」常連が声をかけた。デニスはその男を知っている。とにかくファースト・ネームなら知っている。トミーだ。デニスと同じぐらい長年、ここに通い続けている男。実際のところ、知っているのは、ファースト・ネームと配管工だということだけ。顔見知りについて、実はいかに何も知らないかを考えると、驚くばかりだ。

もう一つ、知っていることがある。トミーはクイズが好きなこと。クイズやパズルが趣味だ。この店のパブ・クイズ大会でチーム・リーダーを務め、カウンターの後ろには彼の優秀さを証明するトロフィーが飾ってある。今は、タブロイド紙の〝ちょっと一休みの頁〟を開き、クイズに熱中している。クロスワード二つをやり終え、ほかのものに挑戦しているところだ。そう言えば、セライナもクロスワードをやっていた。

クロスワード……ブレインが口にした、もう一つのものは何だっけ。アクロバティックスだったか？

「トミー」とデニスは呼びかけた。「アクロバティックとかいう、言葉のパズルってあるかね？」

「知らないな」トミーは新聞から目も上げなかった。

「じゃあ、それに似た言葉では？」

「アクロスティックじゃないかな」

「アクロスティックって何だ？」

「連続している単語や文があって、その最初の音を拾っていくんだ。暗号文にはよく使われるよ」

「最初の音か……？」

トミーが詳しく説明しようとしたときには、もうデニスは戸口へ向かっていた。

〝びっくりしないでね。夜も眠れないほど、あなたのあそこが恋しくてたまらない！　嘘じゃないわ、ポール。淫乱な女なの、わたしは〟

その手紙に、〝びょういん〟の文字が隠されていた。デニスは数時間かけて見つけた解答を見つめ続けた。セライナの手紙は隠されたメッセージがないもののほうが多い。隠してある場合は、たいていみだらな内容を記した文だった。そうすれば、デニスのように、きわどい部分ばかりを何回となく読むのに忙しくて、暗号に気づかれないからだ。

〝心配なので明日イレインに電話するわ。俗物のビルにつきまとわれているようなの。うちに泊まってもらうつもり。ほっとするんじゃないかしら。さて、あなたの意見は？〟

イレインとビルとは何者なのだろうか、どういう関係にあるのだろうかなどとデニスが悩んでいる間に、セライナはまったく別のメッセージを送っていた。〝しんぞうほっさ〟という暗号を。セライナはデニスをまんまと引っかけた。デニスはつゆほども疑わなかったのだ。

〝南へフレッドは行ったわ。つらいことね、デニーズと別れるなんて。喧嘩ばかりしてたんだもの、あの夫婦は。頼りがいのない男だわ〟

〝みつけた〟

何を見つけたのか？　現金に決まってる。ブレインの札束をまたしても見つけたのだ。

ブレインは妻を引きつけておくためにか、もしくは、一度に散財してしまわないように、少額ずつセライナに渡したにちがいない。セライナに宛てたブレインの手紙には、金の隠し場所が織りこんであった。家のあちこちに分けて金が隠してあったのだ。ブレインの暗号のほうが、セライナのよりもへたくそだった。セライナにあれほど夢中ではなかったら、デニスだって必ず気づいたにちがいなかった。

セライナにのめりこんでしまった自分。あの写真……あのみだらな内容……すべてが暗号を見抜く妨げとなった。

今やセライナは行ってしまった。消えた。ゲームを終え、デニスを相手にするのをやめたのだ。これからはジーンとタムたちなどの常識的な手紙に戻らなくてはならない。現実の世界に。

あるいはセライナを追跡するかだ。自分に向けられた、あの微笑……茶番に加担したデニスを楽しむかのような、共謀者めいた微笑。セライナはまた手紙を書くだろうか、次回はデニスに宛てて？　もし手紙が届いたら、自分はセライナを追って旅立ち、その道すがら手紙に隠された謎を解いていくのか？　今はただ待つのみだ。

犬のゲーム

レジナルド・ヒル

松下祥子◎訳

The Game of Dog

Reginald Hill

《ミステリマガジン》2006年4月号

レジナルド・ヒル（一九三六〜二〇一二）

　レジナルド・ヒルは、イングランド北東部の港町、ハートリプールの生まれであり、オックスフォード大学のセント・キャサリンズ・カレッジを出ている。彼こそは、一九九〇年代後半から二〇〇〇年代にかけての《ＨＭＭ》の看板作家であった。ヒルの代表作は『社交好きの女』（70年／ハヤカワ・ミステリ）に始まる〈アンドルー・ダルジール警視〉シリーズである。巨漢で口が悪く、無学な蛮人という印象を受けるダルジールであるが、その内面は豊かで、他人に対する思いやりと権力に屈しない反抗心に満ちている。ダルジールと対比するために置かれたキャラクターがインテリ警官のピーター・パスコーで、彼が理解しがたい変人としてダルジールを語り、呆れながらもその聡明さに惹かれていく過程を描くことで、作品に奥行きが加わった。シリーズ長篇には毎回明確なライト・モチーフが置かれており、それによって全体が立体的に構成されるのも魅力の一つである。
　ヒルはパトリック・ルエル名義の冒険小説なども良いが、短篇作家としても優秀である。『パスコーの幽霊』（79年）『ソ連に幽霊は存在しない』（87年／ともにハヤカワ・ミステリ）の二作に精髄が集約されており、たとえば脱獄ものの大傑作「スノウボール」などを見ればその煌きは明らかである。

初出：*Mysterious Pleasures*（2003）

きっかけをつくったのは〈パンチボウル〉亭の主人、チャーリー・フィールズだった。同じ苗字の偉人と同様、チャーリーは犬と子供があまり好きではなかった（アメリカの喜劇俳優W・C・フィールズの言葉「犬と子供とは共演するな」）。実際、根っからのヨークシャーのパブ亭主らしく、チャーリーは金、ジェフ・ボイコット（ヨークシャー生まれのクリケット名選手）、それに自分の流儀のほかは、なにもあまり好きではなかった。

だが、金を客のポケットから彼のレジに移すためには小さい連れを店に入れてやるしかないとなると、彼は腹をくくって、キャンキャン騒がない、けんかをしない、排泄しない、ひどくにおわないのであれば、隙間風があって居心地の悪い裏手のバーに入るのはかまわない、と言った。

これは子供だ。犬のほうは、同じ穏当な条件で、正面の居心地のいい小部屋に入れてもらえた。

　十月のとある霧の夜、空のグラスを前にすわっている客がいないのを確かめようと、チャーリーがハッチから小部屋の中を覗くと、目に入ったのは愛犬家の心がしみじみと温まる光景だった。

　一隅にはテリアがすわり、きらきらした目を飼い主の顔にじっとあてていた。飼い主はうつらうつら眠っているようだ。赤々と燃える暖炉の前に体を伸ばして横たわっているのは年取ったブラッドハウンドで、まるで銅像みたいに見えるが、セロファンがカシャカシャいうとその大きな頭をもたげ、バーベキュー・ビーフ味のポテトチップスをもらうのだった。張り出し窓際のテーブルの下ではボーダー・コリーとミニチュア・プードルが灰皿に入れてもらったビールを仲よく舐め、その上では飼い主二人がヨークシャー人らしい言葉少ない会話――これに比べたらハロルド・ピンターの書く台詞すらギルバート&サリヴァンの早口歌に聞こえる――を楽しんでいた。ドアの脇のテーブルには小さな雑種犬がいて、しだいに狭まる円を描いてじりじりと這っているものだから、のんびりすわった飼い主の片脚はいつのまにか椅子の脚に縛りつけられていた。

　この人物はピーター・パスコー主任警部、犬クラブの最新メンバーだった。雑種犬はティッグといい、幼い娘のペットだ。日暮れが早くなると、いくら保護心の強い猛犬がいっしょでも娘に外を歩かせるのはいやだったから、夕方の散歩は彼が引き受けたのだが、その折り返し点が〈パンチボウル〉亭だった。あるじめじめした夜、ブラッドハウンドが飼い主のあとについてとぼとぼ入っていくのを見たので、彼も従い、ここ二週間ほどのあいだにほとんど常連になっていた。もっとも、ほかの客たちに礼儀正しくこんばんはと挨拶するくらいで、言葉を交わすほど長居はせず、誰がどの犬の飼い主かをおぼえた程度だった。

「なんてこった」この光景をしばらく見ていたチャーリー・フィールズは言った。「あんたがたと犬ときたら！　血のつながった親子かと思うところだ！　もし火事になって、人間一人か飼い犬か、どっちかしか助ける暇がないとしたら、考えちまうだろうよ！」

「いやあ、チャーリー」プードルが言った。「その人間があんたなら、考えるまでもないね！」

この反撃に応酬しないうちに、チャーリーはバーに呼ばれていなくなったから、プードルはほかの客たちが同意するようにくすくす笑うのを聞いて気をよくした。

笑い声がしだいに静まると、ボーダー・コリーがふいに言った。「ヒトラー」

「え？」

「ヒトラーを助け出すくらいなら、このフロスを先に助けるね、絶対だ」

客たちはこれを考えてみた。異議は出なかった。

「ジョー・スターリン」プードルは言った。

「ヨークシャー・リッパー」ブラッドハウンドは言った。

どちらもみんながうなずき、通過した。

コリーはテリアのほうを見たが、彼はまだ眠っているようだった。それからパスコーに目がいった。パスコーは警察官として、すべての人命を尊いものと見なす義務がある、と説明しようかと考えた。だがそれから、燃えて灰になったティッグを抱えて家に帰り、この点を娘に向かって説明しようとするところを頭に描いた。そして思った。そうきまじめになるなよ、パスコー。パブのおしゃべりってだけじゃないか！

「マギー・サッチャー？」彼はおずおずと言った。

これでみんなはしばし黙った。

「いや」ブラッドハウンドは言った。「そりゃ、悪い面もあったさ、だけど、いいこともいろいろやった。彼女を焼け死なすわけにはいかないな」

「おれは助けない。ああ、それどころか、その火に石炭をくべてやるね、くべるような石炭が見つかればな」プードルが唸るように言った。「あいつはおれの炭鉱を閉鎖にして、おれと仲間のほとんどをぼた山にうっちゃったんだ、くそばばあめ」

ブラッドハウンドは議論を始めそうな様子になったが、コリーが言った。「いや、こういうことはみんなで百パーセント賛成しなきゃだめだ」

すると、テリアがふいに半身を起こし、目をあけて、「おれの女房の母親！」と言ったから、すっかり緊張が解けた。

　それからの数週間に、ゲームは形を成していった。正式なルールはないが、参加者が本能的に理解するルールがあった。そして、火あぶり候補に誰を選ぶかを見れば、パスコーにはふつうに質問するよりよほどよくみんなの人柄がわかった。ヨークシャーのパブにあっては、男の私生活は男の私生活だ。単刀直入な質問をするのはかまわないが、それは自分が単刀直入な返事を受け入れられる場合に限る。パスコーはあるとき、ブラッドハウンドと二人きりになった機会に、どういう仕事をしているのかと軽く尋ねてみた。

「エキスパートのつもりだがね」ブラッドハウンドは答えた。

「ほう。何のエキスパートです？」

「他人のことにくちばしを突っ込まないエキスパートさ」

　文句は言えないな、と彼は思った。それならこっちが警察官だと教える必要もないのだからありがたい。

　みんなが腹蔵なく話し合う唯一の話題は犬のことだった。パスコーはそれを聞き、また観察して、やがて犬たちの性格や癖にも通じていった。よぼよぼのブラッドハウンドのフレッドは、獣医から三度も死んだと宣告されたが、そのたびに鼻を明かしてやった。バーベキュー・ビーフ味のポテトチップスが大好物で、ほかの味のを差し出されると、冗談じゃないとばかりに吠える。コリーのフロスは牧羊犬になるはずだったのだが、羊におびえる犬と知った農夫に農場から追い出されたのを救われた。彼女はプードルのパフに恋していた。パフはビールだけは彼女と分け合ったが、ほかにはなにもいっしょにするつもりはないらしく、それで政治的に正しくない飼い主が名前をパーシーからパフ《ゲイ》に変えたのだった。テリアのトミーは天才だ。死んだふりは見事だし、後ろ足で立って、左と言われれば左手を、右と言われれば右手を差し出せる。さらに極めつきがあった。「火！」と命じられると、暖炉へ行き、そばの容器に入ったつけ木の一本を抜き出し、先を炎の中に入れてから、戻ってきて主人の煙草に火をつけるのだ。ティッグはいつもこのパフォーマンスを軽蔑したようなあくび混じりに見ていた。大好きなロージー・パスコーを除けば、人類とは犬に仕えるために存在するのであって、その逆ではない。人にへつらってその尻の穴に鼻を突っ込むような犬の鼻を自分の尻の穴に近づけるつもりはなかった。

犬たちに一つ共通点があるとすれば、救助順番リストでペットより下に位置づける人間なら一人、いや数人はいると、飼い主たち全員が主張していることだった。そして、ゲームはまもなくかれらの夜の会合に欠かせないものとなり、ルールはきちんとした討論の結果ではなく、言わず語らずのうちに決まっていった。

ゲームはいつも誰かが「ヒトラー！」と言うと始まった。そのあとは、ほかの客たちが思いつくままましゃべった。候補者が挙がると、賛成と言うか、うなずくかして承認し、満場一致ならゲームは次に進む。異議が出ると、推薦者は公平な発言の機会を与えられ、それから反対者は自分の意見を述べるか、あるいは納得したと認める。満場一致の賛成票が集まらなければ、候補者は救われたとされる。そして、ゲームはたいていテリアが「おれの女房の母親！」と宣言して終わりになったが、たまにはほかの誰かが「あいつの女房の母親！」と叫んで終了することもあった。

最初にミセス・サッチャーで失敗したパスコーは、候補を歴史上の人物に限っていた。ネロはみんなに憎まれたし、リチャード三世を火の中に置き去りにすべきだという弁論も成功した。だが、現存の人々の記憶にある時代に近づき、第一次世界大戦で英軍を指揮したヘイグ元帥を挙げると、驚くほどの抵抗にあい、撤退を余儀なくされた。一方、〝神の手〟ディエゴ・マラドーナが火から救い出されたのは、パスコーが一人断固として反対意見を譲らなかったおかげだった。

このゲームを妻のエリーに説明すると、彼女は不快そうに鼻にしわを寄せ、「男ってこれだからね！」と言った。「おいおい」彼は逆らった。「ちょっとした遊びってだけだぜ。だいたい、きみならどうなんだ？　ティッグかジョージ・ブッシュかとなったら、どっちを救い出す？」「そこよ」彼女は言った。「こういう深刻なことをゲームになんかできないわ」これを聞いて彼は言った。「女ってこれだからな！」

霜が降りて冷え込み、ふだん零下の気温をものともしないティッグさえへこたれそうな十二月のある晩、人と犬は北極点にファミリー・レストラン〈リトル・シェフ〉を発見した探検者のようにパブの小部屋に飛び込んだ。

ブラッドハウンドを踏みつけない範囲で、火の燃えさかる暖炉にできるだけ近づくと、二人は凍った体がじわじわと解けていくうれしい苦痛に身をまかせた。解凍過程が充分進み、一フィートくらい下がったほうが賢明だとようやく認めたときになって、部屋の中が物理的には暖かいのに、雰囲気が明らかに陰鬱だとパスコーは気づいた。彼が挨拶しても、気のない唸り声しか返ってこなかったし、犬たちさえしゅんとしているようだった。

彼はハッチのところまで行き、チャーリー・フィールズに声をかけた。

「今夜はスコッチをもらうよ、チャーリー」彼は言った。それから、声を低くして訊いた。「連中、どうしたんだ？　お通夜だってもうちょっと明るいぞ」

「そうはずれちゃいないな」チャーリーは言った。「じゃ、レニーのこと、聞いてないのかね？」

ほかの男たちのことを犬の種類で考えるのにすっかり慣れっこになっていたパスコーには、レニーとはテリアのトミーの飼い主だと理解するのに一瞬かかった。今夜、レニーは来ていなかった。

「ああ。何があった？」

「ゆうべ、家が火事になった」

「なんだって。無事なのか？」

「あいつは無事だ」

「で、トミーは？」

「あいつも無事だ」

パスコーは一秒ほど考え、その考えの向かっている場所が気に入らなかった。

「誰か被害にあった人はいるのか？」彼は訊いた。

「ああ」チャーリー・フィールズは言った。「あいつの女房の母親。焼けて灰になっちまった」


翌朝、アンディ・ダルジール警視はしだいに不信の念を募らせながら、ピーター・パスコーの話に耳を傾けた。

話が終わると、巨漢は言った。「こないだの晩、夢を見た。ウィールディが来て、自分はチャールズ皇太子と結婚することになった、白いウェディング・ドレスの結婚式になるが、その写真掲載権を《ハロー！》か《ＯＫ》か、どっちの雑誌に売ったらいいだろう、と訊いた」

「で、どっちにしたんです？」

「階下に降りて強いのを一杯やるほうにしたよ。だが考えてみると、あの夢のほうがきみの今の話よりよっぽど筋が通っている」

彼はデスクに広げた地方紙を見た。〝ハートソップ・アヴェニューの英雄〟という見出しのもと、犬を抱き、肩に毛布を掛けて、くすぶる家の外で消防士に慰められている男の写真が載っていた。その下の記事にはこうあった。〝ミスター・レナード・ゴールド（38）はリベラル・クラブから戻ると、ハートソップ・アヴェニューの自宅が燃えているのを発見した。義母の、ミセス・ブリュンヒルデ・スミス（62）がまだ建物の中にいると知った彼は、止めようとする手を振り切って中に駆け込み、彼女を助け出そうとした。不幸にしてその勇気ある行動のかいもなく、火の手はすでに広がり、彼が二階へ行くことはできなかった。のちにミセス・スミスの遺体は二階の一室で見つかり、ミスター・ゴールドは駆けつけた消防隊の手でからくも避難することができた〟

「はっきりさせよう」ダルジールは言った。「この男は英雄だ。あやうく焼け死にそうになりながら義母を救おうとして、結局、第二級火傷で入院治療とあいなった。一方、犬好きの連中がパブでやるばかなゲームがあって、そのためにきみはこの男が犬を助け、婆さんをわざと火の中に置き去りにしたのではないかと疑い、捜査したい。そういうことか？」

「まあ、そんなところです」パスコーは言った。

「で、それを裏づける証拠はあるのか、きみのやる犬のゲームとやらは別として？」

「ありません」パスコーは言った。「でも、まだ調べていません。火事のことをゆうべ初めて聞いて、まずあなたにお話《ラン》してご意見をうかがいたいと思いましたので」

「もっとうんと速く走《ラン》る必要があると思うよ」ダルジールは言った。「そのまま走り続けてわたしの目の前から消えてくれるとありがたい。もうちっとましなことはないのか、たとえば仕事とか？　趣味は自分の時間に限ってもらいたいね」

「事実を言わせていただけば」パスコーはとりすまして言った。「これはわたしの時間です。今日は非番なんです、お忘れですか？　でもどのみち、不審死の捜査はだいたいわたしの仕事だといつも思っていました」

「不審？　消防署からここに連絡があって、あの火事は怪しいと言ってきたのか？　それとも、鑑識のラボのやつが、あの婆さんの死に方は腑に落ちないと言ったか？」

「いいえ。でも、そういう種類の不審じゃありません」

「すると、どういう種類の不審なんだね、ピート？　たとえきみの言うことが本当だとしたって、犯罪とやらはどこにある？」

「きっとなにかあります」パスコーは言った。「公訴局に電話して、あそこの弁護士と話をしてみます、いいですね？」

「どうしてもというならな」ダルジールはため息をついた。

「じゃ、ついでに訊いてくれ、《ハロー！》と《ＯＫ》とどっちを選ぶか」

公訴局とアンディ・ダルジールの意見が一致することはめったにないが、今回はそのめずらしい機会の一つのようだった。

彼が話をした弁護士は若い女性で、職業にふさわしくポーシャ・シルクという名前だった（ポーシャはシェイクスピア『ヴェニスの商人』の裁判官、シルクは英語で勅選弁護士のこと）。ほかの状況ならつられて笑い出したくなるような感じのいい笑い声を上げ、彼女は引用句を聞かせた。「汝殺すなかれ、だが生かしておこうと、おせっかいに努力することはない（A・H・クラフの詩）」

「でも、救おうと思えば救える相手を死なせたら……」と彼が言い返そうとすると、彼女はさえぎって言った。「医者と患者のような職業的関係にあるか、教師と生徒のような保護義務があるときだけね。でも、もしあなたが運河べりを歩いていて、誰かが水の中でもがいているのを見たとするでしょう。そのときすぐに飛び込んで救おうとしないのは許しがたい態度だと考える人もいるでしょうけど、それは犯罪じゃありません。たとえ犯罪だとしたって、あなたがおっしゃるような状況で、その人が故意に女性でなく犬を選んだと証明するのは非常にむずかしい」

止められたからといって選んだ道を簡単にあきらめないからこそ、パスコーはアンディ・ダルジールの専制下で生き延び、繁栄してきたのだ。ミズ・シルクとの話が失望に終わったあと、彼はすぐ消防署に電話して、キース・リトルとしゃべった。彼はハートソップ・アヴェニューの火事を調べる役目を与えられた消防官だった。

「いや、怪しいことはなにもなかった。あればそちらに連絡していたよ。火元は一階の居間。話では、死んだ女性はチェーン・スモーカーだった。どうやら、まず火がついたのは古いソファだった。クッションのあいだに煙草の吸殻。クッションは難燃性の生地を使うという規制ができる前の代物で、やがて勢いよく燃え上がった。いったん詰め物にまで火がつくと、ぱーっと広がったはずだ。そのあとは、まあなにしろ古い家で、木の床、木の梁、壁は木の鏡板張りのところさえあった。ああいう古い家はマッチを投げられるのを待ってる焚き火みたいなものだ。ところで、どうして訊いてきたんだ？　なにか怪しいことでも嗅ぎつけたのか？」

「いや」パスコーは正直に答えた。「好奇心ていうだけだ。こっちの管区の出来事だし、わたしはミスター・ゴールドをちょっと知っているもんでね。彼とは話した？」

「うん。まだ入院中だ。英雄、と呼ばれている。わたしに言わせりゃ、大馬鹿だよ。うちの若いのが二人、救出に入っていかなきゃならなかった。彼は煙を吸い込んで半分意識不明の状態で、シャワー室にうずくまっていた。悪くすれば、うちのやつらだって命を落としていたところだ」

「消防士は犬も救出したのか？　《イヴニング・ニューズ》の写真で彼が抱いている犬だが？」

「いや。うちのやつらが彼を外に運び出したとき、犬は待ち構えていたらしい。すごく心配そうにまつわりついていたって、かれらは言っていた。救急車にいっしょに乗っけてやらなきゃならなかったほどだ。愛されたかったら、犬を飼うことだな」

「シャワー室には窓はなかったのか?」

「あった。でも、大人の男が抜けられる大きさじゃない」

「死んだ女性はどこで見つかった?」

「彼女の部屋は居間の真上だった。趣味はベッドに寝そべって、ウォッカのボトルを片手に、すごい音で音楽を聴くことだったみたいだ。なんにも聞こえたはずはない。実際、かなり酔っ払っていたんなら、火が寝室の床板を焼いて上に広がるより前に、眠ったまま死んでいただろう。ま、そう思いたいね。うちのやつらだってとうてい二階には上がれなかった。あの馬鹿英雄を助け出しただけでも、よくやってくれたよ」

そのあと病理学研究室に電話して、ミセス・スミスはやはり炎に焼かれる前に煙を吸って窒息死していたと確認されると、これ以上できることはないようにパスコーには思えた。今朝、非番だが仕事で確かめたいことがあると言うと、エリーはあまりいい顔をしなかったから、彼は巨漢になにか言いつけられないうちに、そそくさと署を出た。

ハートソップ・アヴェニューはパスコーの家から〈パンチボウル〉亭を挟んで反対側に一マイル半のところにあり、帰宅途中にそのあたりを通る理由はなかった。しかし、気がつくと三十分後、彼はゴールド家の焼け跡の前に駐車していた。

車を降り、焼けて外壁だけが残っている建物を眺めた。買い物袋を提げた女が二人、前を通りかかった。歩き過ぎながら、一人が相手に向かってわざと大きな声で言った。「他人の災難を見て楽しむ人がいるでしょ、ぞっとするわねえ」

彼女はそのあと隣の家の門に入っていき、連れはそのまま歩き去った。

パスコーはポケットから身分証を出し、急いでこの隣人のほうへ行った。

「すみません」彼は声をかけた。

彼女はぶすっとした顔を向けたが、身分証を見ると、態度が和らいだ。

「さっきあんなことを言って、すみませんでした」彼女は謝った。「野次馬かと思ったもんですから。昨日はずいぶんたくさんいたの。歩いたり、車で来たりして、じろじろ見るのよ。食屍鬼《グール》ですよ、まったく」

「おっしゃるとおりです」パスコーは言った。「でも、人間てそういうもんですよ、残念ながら。ゴールドさんたちをよくご存じなんですか？」

「ええ、ええ。グレタ、というのはミセス・ゴールドですけど、うちに泊まっています。住む場所がどうにかなるまでね。かわいそうに、ひどいショックを受けてますよ」

「火事になったとき、奥さんはよそにいたようですね」

「ロンドンへ行ってたんです、学校時代の友達を訪ねるのと、クリスマスの買い物をするのでね。彼女も行きたがったんですけど、グレタのお友達は、招待したのはグレタ一人だとはっきり言ったみたいで」

彼女とはブリュンヒルデ・スミスのことだろうとパスコーは察した。

「すると、ゴールド夫妻とは仲よくしていらっしゃるんですね？」

「ええ、ええ。いいかたたちですわ。とても静かで。まあ、彼女がここに移ってくるまでは、静かでした。でも、死人の悪口を言っちゃいけないわね」

パスコーは長い経験から、これは悪口が出てくる前触れだとわかった。デーン人の酒場で「フウェット！」と聞けば『ベーオウルフ』の語りが始まると客にわかっているのと同じだ。

二分後、彼はミセス・ウリーの台所にすわり、お茶を飲みながら、レニー・ゴールドの義母に関する話に耳を傾けていた。これによれば彼女はグレンデルの母（古英語の叙事詩『ベーオウルフ』で、主人公は怪物グレンデルとその母を退治する）も顔負けだった。

ミセス・ウリーはグレタ・ゴールドの友達で、打ち明け話の相手でもあり、家族の背景を教わっていた。母親のブリュンヒルデ・ホッターはドイツのハノーヴァー生まれだが、六〇年代にイギリス人の兵士と結婚し、彼が除隊になるとロンドンに落ち着いて、そこでグレタが生まれた。彼女は一九八五年にレニー・ゴールドと結婚したが、キルバーンにあるグレタの実家から車でほんの十分のところに家を持ったのが間違いだった。一九九〇年になると、レニーはもう辛抱の限界に達していた。彼は生まれも育ちもロンドンなのだが、できるだけ首都から遠い場所に仕事をさがし、その結果、中部ヨークシャーに来ることになったのだった。

「うまくいっていたのよ」ミセス・ウリーは言った。「彼女はたまに訪ねてきたけど、短いあいだのお客さんなら我慢できるじゃない？　終わりが見えればね。それに、ミスター・スミスはあまり長いこと家を離れているのが好きじゃなかったのよ。その彼は五年前に亡くなった。当然、グレタは母親に、気持ちが落ち着くまでこっちに来てしばらく泊まるようにすすめたの。二週間くらい、と思ってね。せいぜい一ヵ月。ところがまあ、グレタの言葉によれば、ずっといっしょに暮らそうと実際に母親に言ったことはなかったんだけど、なんとなくそうなっちゃった。ヒルダは――そう呼ばれていたのよ、ブリュンヒルデじゃ発音がむずかしいからね――ヒルダは脚が悪かった。循環系の問題、と彼女は言っていたけど、わたしに言わせりゃ、脂肪系の問題よ。人間の手足はあんな重さに耐えるようにはできてないもの。体の大きな女でね、食べさせるのに大金がかかったでしょうよ。今あなたがいらっしゃるその席にね、ミスター・パスコー、彼女がすわって、わたしのお手製のヴィクトリア・スポンジ（ジャムを挟んだ丸いケーキ）を一個すっかりたいらげたのをこの目で見たわ。四つに切ったのが、あっというまに消えた。そのうえ、あとで主人に椅子を補強してもらわなきゃならなかったのよ、彼女がすわったあと、すっかりぐらぐらになっちゃったから」

ミセス・ウリーによれば、スミス未亡人には過食のほかにもたくさん欠点があった。チェーン・スモーカー、一方的に話をしまくる、よく娘に向かってドイツ語でなにか言い、それはその場にいる人に対して失礼なコメントだから英語では言えないというのが明らかだった、ベッドに寝そべってお気に入りのレコードをすごい音でかけるのが好き（「ワグナーよ」ミセス・ウリーは言った。「ジョージ、というのはうちの人ですけど、彼がああいうのを好きなもんで、わたしにもわかるの。でも、主人はわたしがあんな金切り声なんか耐えられないと知っているから、ヘッドホンで聴いてますけどね」）、それに逃げられない相手をつかまえては、グレタがレニーみたいな役立たずの怠け者と結婚したのは悲劇だと、口うるさくこぼしていた（「一度、わたしに言ったことがあるのよ」ミセス・ウリーは言った。「〝レニー・ゴールドって、ユダヤ人の名前だと思わない？　ええ、そりゃ二人は教会で結婚式を挙げたけど、あたし、あの男がシャワーから出てきたところを見たのよ。あそこがまるで皮をはいだウサギみたいだった〟ですって。よしなさいよ、ひとのことをそんなふうに言って恥ずかしいと思わないの、ってわたしは言ってやったんですけどね、彼女はへらへら笑って、ちゃんとお見通しだとでも言うみたいに、鼻を指でついたわ」）。そしてなにより、彼女はトミーを憎んでいて、あの犬は不衛生だ、自分は犬アレルギーがある、あれは処分すべきだ、と言っていた（「すごくかわいい犬なのに」ミセス・ウリーは締めくくりに言った。「しかも、お利口さんなの。きっと、コルディッツ収容所の番犬だった、例の狼みたいな犬だったら、彼女にもうちょっと好かれたでしょうけどね！」）。

ミセス・ウリーの許しを得たパスコーは庭に出て、隣の焼けた家を見た。こちら側にガレージがあり、その傾斜した屋根が母屋の壁につながっていて、そのすぐ上に小さい四角い窓がついている。窓は閉まり、ガラスにひびが入っているのは、火事の熱のせいだろう。

「ひどいもんでしょう？」明るい声がした。

振り向くと、丸々太った禿げ頭の男がいて、ジョージ・ウリーだと自己紹介した。

「あの窓ですけど」パスコーは言った。「あれはレニーが発見されたシャワー室の窓ですか？」

ウリーはそうだと言った。

「あの犬にはドアみたいなもんだった」彼は続けた。「レニーはトミーのためにあれをいつもあけておいたんだ。トミーが鍵をかけた家の中に一人でいるとき、出ていけるようにね。感心な犬でねえ。何度も見たことがあるんだが、あの窓からひょいと出てきて、ガレージの屋根を伝って、あそこにある雨水を貯める樽の上に飛び降りる。それからやるべきことをやったら、同じようにして戻るんだ」

「でも、あの窓は閉まっている」パスコーは言った。「レニーはゆうべ、あけていかなかったんでしょうね、トミーは家の中に一人きりじゃなかったから。ミセス・スミスがいた」

「彼女か」ウィリーは妻と同じ抑揚で言った。「彼女なら、犬が出ていきたい様子だとわかったって、出してやりゃあしなかったね。実際、犬が家の中で粗相すれば、文句をつける材料ができていいとでも思っていたでしょうよ」

「あまりお好きな相手ではなかったようですね」パスコーは言った。

「すみません、彼女が死んだことはわかっているが、嘘はつきませんよ。迷惑な女だった。グレタすら彼女がいなくなったのを残念には思わないんじゃないかな、いったんショックから立ち直ったらね。ああ、もしレニーが彼女を救おうとして死んでいたら、それこそ悲劇でしたよ。あいつが家の中に飛び込んだとき、わたしは目を疑った」

「その場にいらしたんですか？」パスコーは言った。

「ええ。いっしょにリベラル・クラブに行ってたんです。われわれは自由主義者《リベラル》ってわけじゃない。いまどき、そんな人がいますか？　だけど、いいビールを出すし、値段も手ごろでね」

「でも、トミーは連れていかなかった？」

「ええ。クラブは犬は立入禁止、それが規則なんだ」彼はにやりとしてつけ加えた。「女もね、〝レディーの夕べ〟は別にして。そう、なかなかたいした場所ですよ」

「そんな感じですね。じゃあ、トミーはどこに置いていったんだろう？　家の中にいたはずはないですよね？」

「そうだな。庭に犬小屋があって、天気がいいときはそこにいるけど」

「なるほど。で、いっしょにクラブから帰っていらしたと……」パスコーはうながした。

「そうです。わたしの車でね。アヴェニューに曲がり込んだとき、わたしは言ったんだ。あれっ！　ありゃなんだ？　人が一人二人うろうろしているのが見えたんです。いつもならすごく静かなのに。するとレニーが、あっ、おれのうちだ！　と言った。ええ、一階にはもう火がまわっていた。ヒルダがまだ中にいるのはわかった。彼女の寝室に明かりがついていて、ハイファイからワグナーががんがん聞こえていたからね。レニーは車から飛び出した。あいつがあんなに動揺したところは見たことがない。どうしていいかわからないみたいに、おろおろしていた。わたしがそのへんの人に消防に電話したかと訊くと、したという答えだった。レニーは家の脇を走っていった。裏手から中に入れないか、見ようとしたんだろうね。それからまた表に戻ってきた。わたしは彼をつかまえて、だめだ、レニー、手の施しようがない、もうじき消防が来る、と言ってやった。だけど、彼はその手を振り切って飛び出し、あっと思うともう玄関ドアから中に入っていた。追いかけたが、熱がすごくて近づけなかった。遠くからサイレンが聞こえて、もうすぐ助けが来るとはわかったものの、最悪の事態を本気で心配しましたよ。しかも悪いことに、家の脇からトミーが駆け出てきて、レニーが中にいるよといわんばかりに興奮して吠え立てたんだ。消防士たちがレニーを助け出してくれて、もうあんなにほっとした経験は生まれて初めてですよ。トミーはうれしがって大騒ぎ、ひきつけでも起こすんじゃないかと思ったくらいだ。あいつも病院にいますよ。ルール違反なんだが、あの二人を離すことはとてもできないからね」

「ええ、愛し尊敬し合っていますよね」

「そのとおり。あれ、というと、あなたもレニーとトミーをご存じですか？」

「ええ。犬の散歩をするとき、会うことがあるんです」

「そうか」ウリーは微笑して言った。「火事のあとで警察官なんかが何をしているんだろうと、不思議に思っていたんだ。じゃ、個人的興味ってわけですか？」

「ああ、ええ。近所に住んでいるもんで、レニーとは知り合いだし、ちょっと状況を見ておこうと思って」パスコーは言った。嘘をついて、気が咎めた。

「その気持ちはわかる」ウリーは言った。「ところで、病院にお見舞いにいくつもりはないですか？」

「ええ、まあ、いずれ」パスコーは漠然と言った。

「実は、昼休みに連れていってやるって、女房に約束したんですよ。そのあとグレタを連れて帰ってきて、ちゃんと昼飯を食べさせようってね。それで今、戻ってきたんですが、実をいうと職場ではよく思われてなくて。出なきゃならないミーティングが三十分後にあるし、とても間に合いそうに……でも、もしあなたが病院にレニーを見舞いにいかれるんなら……」

まあ、いいよな、とパスコーは思った。どうせ午前中はもうほとんどつぶれてしまったし、当初の疑念はこの三十分のあいだにますますばかげたものに見えてきたので、彼はひどく罪悪感を感じていた。

彼は言った。「ええ、そうしましょう」

「よかった！　恩に着ますよ！　じゃ、うちの奥さんにそう伝えてこよう」

二人で家の中に戻ろうとしたとき、ウリーはふいに笑い出して言った。「こんなふうに思っちゃいけないんだが、あとで考えたらつい、にやりとせずには……」

「なんです？」

「ワグナーには通じておられますか、ミスター・パスコー？」

「多少は」

「ええ、車を降りて、家が焼けているのを目にしたとき、二階の窓からがんがん聞こえていた音楽ってのが「神々の黄昏」だったんです。いちばん最後、ジークフリートの火葬の積み薪に火がつけられたところですよ。ブリュンヒルデが馬にまたがり、炎のまっただ中に飛び込む。皮肉ですよねえ？」

「いつだって笑えますよ、ワグナーは」ピーター・パスコーは言った。

病院へ行くと、レニー・ゴールドは小さな個室でぐっすり眠っていた。妻が付き添い、トミーもそばにいて、パスコーを旧友のように迎えた。

グレタ・ゴールドはほっそりした、青白い顔の女性で、ヴァルキューレというよりライン川の乙女という風情だったが、彼女は言った。「この子、ここに入れてやるお許しはいただいたんですけど、家に連れて帰らなきゃなりませんわ。大丈夫です。また来れるって、ちゃんとわかっていると思いますから」

「ええ、絶対わかってますよ」パスコーは言った。「すごく利口な犬ですからね。彼がレニーを大好きなのは知っています」

「そうなんです」グレタはテリアに向かって微笑した。「わたしより犬のほうをよけい愛してるんでしょうって、ときどき主人に言ってやるんです」

「なにを言うの」ミセス・ウリーは言った。「レニーはあなたをほんとに大事にしてるじゃないの」

「ええ、わかってるわ。ほんの冗談。でも、トミーは彼にはほんとに大切なの。長い時間留守にしたときなんか、家に電話することがあったくらい、トミーが留守番電話で彼の声を聞いて安心するようにって。あの子まで失わないですんで、ほんとによかった。そんなことになっていたら、とてもたまらない……」

目に涙があふれた。ミセス・ウリーは彼女の肩に腕をまわし、抱き寄せた。

パスコーはベッドの脇にぎこちなく立ち、眠る患者を見下ろした。レニーの両手は包帯を保護するためビニール袋にくるまれ、顔と頭も火傷を負っていた。どんなにか憎む理由のあった女を助けようとして、これほど苦しい目にあったんだ、とパスコーは思い、罪悪感が利息つきで戻ってきた。

ミセス・ウリーは言った。「わたし、グレタを待合室まで連れていって、お茶を飲ませてあげますわ、ミスター・パスコー。長くはかかりませんから」

「ええ。そうしてください」

女二人は出ていった。トミーはいっしょに行きたい素振りを見せたが、パスコーは声をかけた。「トミー、来い。伏せ。待て」

犬は駆け戻り、ベッドの下に横たわると、彼を見上げた。目を輝かせ、耳を立て、次の命令を待っている。

こんな指示を出したら、ティッグはどんな反応を見せるだろうとパスコーは考えた。最終的には従うかもしれないが、それまでたっぷり考え、山ほどあくびをするだろう。彼はちびの雑種犬をとても愛していたが、それでもこちらを目下と見なさないペットがいるのはすてきだろうと思った。主人の言葉ならなんでも神の声同然に思うペット……

神（GOD）は犬（DOG）の逆綴り……犬のゲーム……神のゲーム……

頭の中に情景が浮かんだ。ゴールド家の居間の暖炉の前に置いたバスケットの中にトミーが横たわっている。電話が鳴る。ややあって留守番電話のスイッチが入る。神の声が言う。「トミー」犬は耳をそば立てる。体を起こす。神の声は言う。「火！」犬は暖炉へ行き、そばに置いてあるつけ木を一本取って炉格子のあいだから差し入れ、火がつくと……どこへ持っていく？　たとえば、ソファだ。二個のクッションのあいだに煙草がささっている。彼は煙草に火をつけ、つけ木を落とし、自分のバスケットに戻る。煙草は燃え、つけ木も燃え、やがてクッションが……。クッションの一部にはなにか染み込ませてあったかもしれない。掃除用の溶液で、可燃性と注意書きのついているものとか……

火事になる。犬はそれを意識する。しばらくすると、これは近くにいないほうがよさそうだと悟る。階段を上がり、いつもの出口、シャワー室の窓へ向かう。

だが、窓は閉まっている。

隙間風が寒いと思ったのか、レニーが戻ってきて犬の糞を見つければいい気味だという、まったくの悪意からか、ブリュンヒルデが窓を閉めていたのだ。煙が階段を上がってくると、トミーは吠え出す。しかし、急を知らせるその声は「神々の黄昏」の大音量にかき消される。ベッドのブリュンヒルデはウォッカに酔い痴れ、ワグナーのゲルマン的炎にひたりきっていて、すぐ下で勢いを増してきたちゃちなアングロ・サクソンの火には気づかない。

レニーは帰宅する。トミーが飛んでくるだろうと予想している。犬が現われないので、彼は家の脇へ駆けていき、シャワー室の窓が閉まっているのを見る。

パニックに陥って、彼は表に戻る。火はごうごうと燃えさかり、熱は激しい。だが、トミーが中にいる。彼は友達の手を振りほどき、炎の中へ飛び込む。トミーがどこにいるかはわかっている。彼は窓をあけ、犬を出してやる。

それから、おそらくは愚かなことだが、犬が自分に対して負けず劣らずの愛情を持っているのではないかと心配になり、トミーが主人のそばにいようとして戻ってくるのを防ぐために、また窓を閉める。そして床にくずおれ、死を覚悟して待つ。

偉大な創意工夫の物語……

偉大な悪事の物語……

偉大な勇気の物語……

あまりにも不条理な物語だったから、自分の右腕たる男がこんな話で頭を汚染させたのかとアンディ・ダルジールにちょっとでも怪しまれたらたいへんだと、パスコーはぞっと身震いした。

こういうばかばかしいファンタジーは、せいぜいお伽話の世界、現実逃避の娯楽映画の世界、子供じみた室内ゲームの世界に属するものだ。

たとえば、犬のゲームのような。

彼は目の前に横たわる、火傷を負ったかわいそうな英雄に向かって、口だけ動かして〝ごめんよ〟と言った。

レニーの目があいた。

見上げ、焦点を合わせると、相手を認めた。

彼はなにか言おうとした。

主人の目が覚めたのに気づいたトミーはベッドに前足をかけ、枕の高さまで頭を上げた。尻尾を激しく振っている。

レニーは袋詰めになった片手を伸ばしてテリアの頭に触れ、痛みに顔をしかめた。

それからパスコーを見て微笑し、ウィンクすると、またなにか言おうとした。

「なんだ？」パスコーは言い、屈んで顔を寄せた。

「ヒトラー！」レニーは言った。

フルーツセラー

ジョイス・キャロル・オーツ

高山真由美◎訳

The Fruit Cellar

Joyce Carol Oates

《ミステリマガジン》2006年4月号

ジョイス・キャロル・オーツ（一九三八〜）

ニューヨーク州ロックポートの出身で、シラキューズ大学在学時に《マドモワゼル》誌の一九五九年カレッジ・フィクション賞を受賞、同校卒業後はウィスコンシン大学で修士号を取得し、二十五歳で最初の短篇集を上梓している。以降は大学で教鞭を執りながら並行して執筆活動を続け、詩・小説・戯曲のみならず批評も手がけるなど、数多くの作品を著している。O・ヘンリー賞や全米図書賞など受賞歴も多数あり、ノーベル賞受賞の噂が幾度となく囁かれた作家である。

そのオーツの作品は、ミステリ・アンソロジーに収録されることが多い。自然主義的な視点から人間をとらえるとき、そこに犯罪という切り口が浮かび上がってくるのは必然であり、かつ、オーツには異常心理への関心も強いため、ジャンルを越えてスリラーとして読める作品も多く手がけているのである。傑作集『とうもろこしの乙女、あるいは七つの悪夢』（13年／河出書房新社）に収録された諸作のように、異常心理下で引き起こされた事態、あるいはそうした心理状態そのものを描くことを目的とした短篇は、必ずやミステリ読者にも愛されるはずである。

また『ブラックウォーター』（92年／講談社）、『生ける屍』（95年／扶桑社ミステリー）のように実際の事件から着想を得たものは、犯罪実話小説の要素を含んでいる。

初出：Ellery Queen's Mystery Magazine誌　2004年3、4月号

「ピアリー。この名前に心あたりは？」

「ペリー？　ないわ」

「ピアリー。リサ・ピアリーだ」

その声、電話から聞こえてくるシャノンの兄マークの声は、注意深く抑制されていた。ここ八カ月のあいだ、シャノンはマークと何度も電話で話をしてきたが——父親の病気、急激な衰弱、そして死、葬儀の手配、葬儀、それから今は事後処理について。呆然としたシャノンの頭のなかでは、残された作業は洪水のあとの汚泥の山のようだった——マークの声が今朝はどこかちがうと気づくまでには、少し時間がかかった。共有していない感情、シャノンにはわからないマークだけの感情が表われているようだった。

「リサ・ピアリー。思いだした——あの女の子？　誘拐された子ね？　公園から。わたしが高校二年のとき」早口で、神経質なしゃべりかたになった。シャノンは自分の声にうろたえ、嫌悪を催したが、自分を抑えることができなかった。「あれは――一九八九年だった？　ちょうど今ごろの季節。六月ね」

新聞の大見出しや十歳の子供の写真のぼんやりとしたイメージが押し寄せてきた。記憶の奥には恐怖と、漠然とした恥ずかしさがあった。十三年前の初夏、ポスターやちらしが花びらのようにいたるところに散っているのをシャノンは目にした。どぎつい黄色の縁取りと縦長の黒い文字が叫んでいるようだった。

行方不明

行方不明

行方不明

悪夢の季節だった。ストライカーズヴィルで子供が誘拐されたことなど今まで一度もなかったのだ。オンタリオ湖の南にある小さな町の歴史のなかで一度も。マートル・パークで子供が〝消えた〟ことなど一度もなかった。マートル・パークは起伏の多い、森のある公有地で、深い谷間に貫かれており、シャノンとマークが育ったリー一家の住居があるハイランド・アヴェニュー沿いの古い広大な地所に隣接していた。

マークが言った。「ここに来たほうがいい、シャノン、今すぐに」

ここがどこかということに疑問の余地はなかった。

シャノンはストライカーズヴィルの親戚の家に滞在していたのだが、車で町を横切ってハイランド・アヴェニューに向かった。六月上旬、ニューヨーク州北部のこの町は明るく、風が強かった。つい二、三週間前には早朝に霜が降りたというのに、あと一週間もすれば熱波が来そうだった。シャノンにとって、現在の生活から抜け出してストライカーズヴィルに戻るのは未解決の過去に戻るのと同じことだった。憂鬱で、哀しい気分になった。両親が亡くなるまえからそうだったが、今では憂鬱さが倍加していた。母親の死後、父親がますます扱いにくく――頑固に、厳格に、それでいて意気盛んに――なり、ここ数年、自分をひとりにしておいてくれと頑強に主張していたことをシャノンは思いだしていた。〝自分の土地で、自分の思いどおりに〟死ぬつもりだと言ってきかなかった。〝すべてを〟遺してやる、と言っていた。〝おまえたちが手を触れることのできるものすべてを〟と。奇妙なことばだった。しかしそれを言うなら、私生活においてリー氏はいつも奇妙な話しかたをした。彼はふたりの子供を不安にさせ、怒らせ、疲れさせたが、それでもなお子供たちは、父親が度胸のある負けん気の強い老人で最後まで誇りを持っていたと認めざるをえなかった。

去年までのリー氏は、〝かくしゃくとした〟とか〝お達者な〟と呼ぶにふさわしい、恰幅のよいエネルギッシュな老人だった。成人した子供たちにとっては心配の種だったが、他人からは敬意を集めていた。週に数回はYMCAのプールで朝食前に何往復も泳ぐような男で、朝食をとる〈ブルー・ポイント・ダイナー〉では、現代のアメリカに対して強硬な意見を持つ辛口の〝キャラクター〟としての名声を獲得していた。トレーニング中のスポーツ選手のような軽快さで、早足をひけらかすように近所を散歩しては、出会う人すべてに「おはよう！」と声をかけるたぐいの男だった。七十歳で退職するまでは、押しの強い成功者、ナイアガラ郡きっての不動産業者だった。地元の商工会議所の役員で、ストライカーズヴィルの第一長老派教会の執事でもあった。四十年のあいだシュライン会（フリーメイスンの外郭団体である友愛結社）の熱心な会員であり、フィラデルフィアでおこなわれる総会には必ず出席していた。だがリー夫人の死後、急に体面を気にしなくなった。今まで表に出さなかった側面、家族だけが知っていた側面——秘密主義で、気分屋で、冷笑的な性格——が顕著になりはじめた。シャノンとマークは親戚から、彼が無礼になったと言われた。曰く、招待を断わられた。大往生した伯母の葬儀に、ひげも剃らず、だらしのない身なりで現われたうえ、途中で帰ってしまった。酔っぱらっていた、など。リー氏はハイランド・アヴェニュー沿いの家で、世捨て人のようになっていった。シャノンとマークは、それぞれストライカーズヴィルから測ったようにほぼ同じ距離だけ離れた町に住んでいたのだが、子供としての本分を尽くして順番に父親を訪ねては、逐一報告しあった。病気に苦しむ高齢の親の面倒を見るのは、感情面での難題であると同時に、知的な課題でもある。精巧な詩を解釈するようなものだ。なんの気なしに発せられたことばを注意深く解読することを強いられる。そういうことばこそが本心を示すものかもしれないからだ。最後の入院のまえにリー氏を訪ねたシャノンは、急いでマークに電話をかけてこう言った。「父さんの体が壊れそう。骨が縮んでもろくなっているみたい。昔はあんなに背が高くて、頭を高く掲げて立っていたのに、今ではわたしより背が低いなんて。それで、皮肉を言うときの声で〝上げ底の靴でも履いているのか？〟なんて訊くのよ」

リー氏はその時点で七十四歳だった。現代の平均からすればそう高齢というわけでもない。まもなく彼は、何カ月も耐えてきた抗がん剤治療が自分のがんには効いていないと知ることになった。シャノンは兄に向かって、父さんなんて大嫌い、わたしは父さんがこわい、とは言いたくなかった。たぶんそれは百パーセント正確なところではなかったから。ほんとうは、父さんはなぜわたしを愛してくれないの、なぜずっと愛してくれなかったの、長いあいだ待っていたのに、と言いたかった。

シャノンはハイランド・アヴェニュー三十八番地の見慣れた私道に入った。正面の芝生が伸びすぎており、そこここにタンポポが生えているのが目障りだった。水の染みのついた新聞やちらしが、家の正面の伸びきった繁みのなかに散らばっていた。見るたびに片づけようと思うのだが、毎回忘れていた。シャノンとマークが子供だったころには、マートル・パークのそばのハイランド・アヴェニューは、ストライカーズヴィルでいちばんの高級住宅地だった。今となっては大きな古い煉瓦もコロニアル様式の家も、明らかに見劣りがする。六月の明るさと強い風のなかで、重いスレートの屋根、いくつもの出窓、すすで黒っぽくなった煙突が、放棄されたもの特有の雰囲気を醸しだしていた。裕福な人々はもはやハイランド・アヴェニュー沿いに住もうなどとは思わなかった。今の流行は、もっと新しい郊外の住宅地用の家で、大きさは昔と同じでも、造りは現代風のしゃれたもの――梁の露出した天井、独立型の田舎風キッチン、屋内プールなど――だった。リー氏は、〝マクマンション〟と呼ばれる周囲の環境と不釣り合いなこういった大邸宅を、独特のウィットをもって揶揄していた。リー氏の不動産会社はこうしたこれ見よがしの邸宅のための土地の斡旋はしなかった。

マークはサイドポーチで煙草を吸いながら待っていた。座り心地のいい籐製の長いブランコに腰かけたりはせず――暖かい晩など母親はよくここに座っていたものだ、鳥たちの夕べの祈りを聞いているの、と本人は言っていた――彼は立っていた。苛立ちを隠しきれない様子で。

「マーク、何かあったの？」

シャノンはマークの顔をまじまじと見た。が、兄の表情からは何も読み取れなかった。

マークは家のなかへとシャノンを促した。昨日の晩もここに来て、一緒にさまざまなものを整理したばかりだった。〈エステート・マネジャーズ〉が運び出せるように、分類して、荷札をつけたのだ。シャノンはすぐに、なじみのある圧迫感——目の奥の鈍痛のような圧迫感、ほんとうはちがうのに、目が覚める直前に見ていたと思い込んでいる夢のような圧迫感——に襲われた。かつてはリー氏の両親に所有され、威厳をもって堂々と通りに向かって立っていたコロニアル様式の煉瓦の建物が、みすぼらしい姿になり果て、リー氏が知ったら屈辱を感じるような価格で売りに出される。家はほこりと鼠のにおい、そしてかすかに薬くささの混じるすえたにおいがした。シャノンは、それが何カ月もの無益な治療を経て死にゆく父親の体から出たにおいだとは思いたくなかった。どの部屋にもすでに家具は少ししかなかったが、足の踏み場がなかった。シェードのはずされた電気スタンド、鏡や壁掛け、何十年ものあいだ読まれたことのない革表紙の本の山などのまんなかに、段ボール箱や業者用の樽があったからだ。マークにもシャノンにも、両親が大事にしていた持ち物をしまっておく場所はなかった。

「お互い、何か取っておくべきじゃない？　少なくとも形見になるものを」とシャノンは言った。マークは答えた。「いいよ、なんでもほしいものを持っていって」

キッチンのテーブルの上に、ペンキのはげた金属の箱があった。ほこりと蜘蛛の巣に覆われていた。大きさは横六十センチ、縦四十五センチ、高さ三十センチほど。「地下室にあったんだ、父さんの古い作業台の下に」とマークは言った。シャノンはふたの開いたその箱に近づいた。口がからからに渇いた。見たことのないものだった。

「なんなの、これ？」

「自分で見たら」マークは小さなころからまじめだった。冗談もめったに言わなかった、少なくともシャノンに向かっては。ものごとを大げさに言ったり、脚色したりする性格ではなかった。きちんと見るべき？　のぞき見するだけじゃだめかしら？　とシャノンは思った。子供のころなら、興奮に震えてくすくす笑いながら、目を両手で隠して指の隙間からのぞき見るという方法もあった。大人になった今は正面きって見るしかなかった。

マークは煙草を吸いながら、シャノンを残してポーチへと出ていった。父親の持ち物だった箱の中身について、シャノンがひとりでじっくり考えられるように。マークは箱から何ひとつ取り出したりせず、おそらく見つけたときの順番のまま――岩石の層のようだ――動かしていないのだろうと、シャノンは思った。

いちばん上は黄ばんだ新聞の切り抜きだった。《ストライカーズヴィル・ジャーナル》の一面全体。**少女が行方不明に。十歳の少女が行方不明。ナイアガラ郡警察による行方不明事件の捜査は難航。ピアリー一家によれば、身代金の要求はないとのこと。リサ・ピアリー、十歳。マートル・パークでの誘拐事件として捜査続行。**少女が〝消えた〟――公園で遊んでいるうちに〝姿を消した〟。十二歳の姉を含む数人の子供たちと一緒だったが、〝迷子になった〟ようだ。園内をはしる谷間は、公園を大きくふたつに分けていた。谷間の向こう側のエリアは、草が生い茂り、ごみも散らかっていたが、ピクニック用の木立があった。シャノンの記憶によればそこは常緑樹に覆われたロマンティックな場所で、リサ・ピアリーが犬と遊んでいた、あるいは犬を追いかけていったのもそこだと思われていた。ほかの子供たちが一緒にいたのは三十分ぐらい。そのあとは誰も彼女を見つけられなかった。

ピクニック用の木立の向こうの道路で州外ナンバーの車がうろうろしていたという記事がいくつか。該当時刻ごろ公園でよそ者を――男を――見たと主張する人が何人か。ひとりはそれが〝黒人〟だと信じていた。とにかく〝黒い肌だった〟と。ひげを生やしており、サングラスをしていた。黒っぽい服を着ていた。〝背が高かった〟――〝背は低くがっしりしていた〟――〝二十代後半ぐらい〟――〝三十代後半ぐらい〟。

リサ・ピアリーを誘拐した犯人は見つからなかった。遺体も出てきていない。これまで知られているかぎり、身代金の要求もなかった。捜索隊、地元警察、ボーイスカウト、郡内のあらゆる場所から集まった市民ボランティアたちの活動が、何日にも、何週間にも及んだ。ストライカーズヴィルは恐慌をきたした、とくに小学校に通う子供たちのいる家では。電柱、壁、塀のいたるところに、リサ・ピアリーの無邪気な笑顔のポスターが貼られていた。**行方不明。迷子。わたしを見かけなかった？**

最後には、リサ・ピアリーはストライカーズヴィルの伝説になった。あの悪夢は、シャノンにとっては過ぎ去った、思春期のひとつの季節に属するもので、大人になった今思えば、十代のころの音楽や髪型や洋服などと同じように、もはや遠く、ほろ苦い思い出のなかにあった。こうした思い出は人を恥じ入らせるものであり、決して輝かしいものではなかった。

リー一家の二エーカーの地所は、マートル・パークのうっそうとした森に隣接していた。土地のその部分には起伏があってむきだしの岩もあり、野ばらが咲いていた。誘拐事件後の何週間かは、当時五十二歳で壮健だったリー氏も一度か二度、捜索に加わった。リサ・ピアリーの無事な帰宅につながる情報に対しては二万五千ドルの賞金が支払われることになったが、リー氏はその基金に寄付もした。父親が震える声でこう言ったのを、シャノンは思いだした。「臆病な犯人は今ごろ子供と一緒に千キロ以上離れたところにいるに決まってる。犯人があの子を生かしておくように祈るだけだ」

新聞の切り抜きの下には、ポルノ雑誌から破り取ったような写真があった。裸の幼い少女の鮮明なアップだった。口紅、ほお紅、アイライナーなどでけばけばしい化粧をして、髪を逆立てた少女もいた。下は四歳にもなっていないような子供から、上は十一歳ぐらいまで。少女たちの顔は、呆然としているか、歪んだ泣き顔か、もっと悪いものになると、教えられたとおりカメラに向かってずるそうな笑みを浮かべていた。

「いやだ」

シャノンは愕然として、箱から後ずさりした。

マークはドアのところからシャノンを見ていた。「箱の底を見ろよ。触らずに、見るだけ」シャノンは言われた通りにした。おぞましいものが出てきた場合に備えて、気を強く持って。目に入ったのは、子供用のプラスチックの髪どめと、汚れた白の短いソックスが片方、白っぽいブロンドの巻き毛がひとふさ。

マークが言った。「それから、この鍵があった」

鍵？　どこの？　涙がにじんでちくちくする目で、シャノンは今度はマークの手のひらにある鍵を見つめた。少し錆びた、家庭用のふつうの鍵に見えた。

「箱のなかにあった」とマークは言った。「見てまわったんだけど、フルーツセラーの鍵だと思う。ドアに南京錠がかかっていた」

フルーツセラー。もう何年ものあいだ思いだしたこともない場所だった。

実際にはセラーというほどのものではなく、地下室の古い部分――一八九〇年代後半に建てられた最初の家に付属する部分――にあるただのクロゼットだった。何十年かのあいだに家は大きく改築され、拡張され、近代的になった。新しく増築した部分がもとの家と同じくらいの大きさになった。きれいな新しい地下室もつけたされた。床はコンクリートでリノリウムをかぶせてあった。フルーツセラーだけが土の床のまま残された。一九六〇年代よりもまえの時代、今より素朴に思える昔の時代の名残りとして。当時はシャノンの祖母のように裕福な女たちでさえ、何時間もの労働を必要とする手のかかる作業をこなし、果物を瓶詰めにして保存したものだった。その瓶詰めがしまわれていたのがフルーツセラーだ。地面をくりぬいて石とモルタルで壁をつくった洞窟のような場所で、立派なウォークイン・クロゼットほどの大きさがあった。シャノンが七年生だったころのある春の日、古いフルーツセラーをきれいにするのを手伝ってちょうだいと母親のリー夫人に頼まれ、夫人とともに蜘蛛の巣のはった湿っぽい場所から、古くなった果物の瓶詰め（洋梨、桃、さくらんぼなど）を運び出した。わざわざ開けてみようとは、まして食べてみようなどとは、誰も思わなかった。二十年もまえのものだから腐っているはず、毒よ、とリー夫人は言った。どこか魅力的だった――シャノンは思いだして身震いした――毒かもしれない果物が入った重い瓶詰めを手にしているのは。皿にのせれば、もしかしたらふつうの缶詰めの果物のように見えるかもしれない（たぶんにおいがするだろうけれど。フルーツセラー自体、いやなにおいがした）。何十年ものあいだにたまったごみをすべて取り除くことはできなかったが、ふたりは棚だけは空《から》にした。リー夫人は隅のほうに掃除機のノズルを向けただけで、あとはまたドアを閉めてしまった。

シャノンが憶えているかぎり、フルーツセラーのドアに南京錠などかかっていなかった。なんのために、あのドアに錠をかけたのだろう？

「開けなくてもいいんじゃない」

「いや、だめだよ」

シャノンとマークは地下室の古い部分にいた。新しい部分よりも天井が低い。ひどく湿っぽいにおいがした。マークはフルーツセラーのドアのまえに立ち、錆びた南京錠に差し込もうと不器用に鍵をいじった（そう、ドアには南京錠がかかっている、誓って言えるが今まではなかった、とシャノンは思った）。頭上からの弱い光のなかでは——光は水分に反射して虹色に揺れていた——鍵穴は髪の毛のように細く見えた。シャノンは無理やり唾を飲み込んだ。喉の奥に黒くて冷たいものを感じた。背の高い自信家の兄が汗をかき、手を震わせているのが見えた。彼の頭のてっぺんの髪が薄くなっているのを見て、シャノンは刺すような満足感を覚えた。マークはニュー・イングランドの有名なプレップスクールの校長で、命令して人を従えるのに慣れた男だったが、今は背を屈めて立ち、不安そうな様子で、錆びた南京錠に鍵を差し込もうとしていた。シャノンは言った。声がかん高くなった。「開けなくていいわよ、マーク」

「だめだ」

「もう。大嫌い」

自分が何をしているかもよくわからないままに、シャノンは兄の手から鍵をひったくり、ぎこちない動作でむやみに遠くへ投げた。鍵は壁に当たって音を立てた。光りながら床に落ちる様子がはっきりと見えた。マークの悪態が聞こえてくるまえに、シャノンは地下室の新しいほうへと走って出た。こちらは天井が高く圧迫感が少ないが、頭上の明かりでやはり目が痛くなった。混乱しながらシャノンは思いだしていた、小さかったとき、家じゅう父親のあとをついてまわったことを。父親はめったに家にいなかった。地下室にある作業台と呼ばれるもののそばで父親を見つけたことがあった。そこには金づち、ペンチ、ドライバーなどのほかに、電動工具もあった。明るい声で「パパ？」と呼びかけたことを憶えている。話し相手になってあげたら喜ぶはず、と思い込んで階段を下りていくと、パパがいた、こちらに背を向けて作業台のところに座っている。何かをすばやくマニラ封筒にすべり込ませ、その封筒を引き出しにしまい、引き出しをしっかりと閉めた。雑誌だったような気もするけれど、尋ねたりはしない、パパは知りたがりの女の子が好きじゃないから。

シャノンは父親の顔を思いだそうとしていた。そのころはまだ若かった。父親の笑顔、眼鏡が光っていた。思いだそうとしても思いだせないのが、がっしりした黒縁の眼鏡の奥の彼の目だった。だけどもちろんそこにあったはず、パパの目は。そしてパパはわたしに向かって微笑んでいた。「なんだい、シャノン。どうしてここに来たんだ？」

編集ノート

書評家、ライター
杉江松恋

日本版《エラリイ・クイーンズ・ミステリ・マガジン（以下ＥＱＭＭ）》は、一九五六年六月八日に発刊された（月号としては七月号）。初代編集長は都筑道夫、定価百円で毎月八日が発売日とされた。初期の表紙画はハヤカワ・ミステリの装幀も行なった勝呂忠である。具象画ではなく油彩の抽象画を使った表紙は格調高く、一九五七年にはＭＷＡ美術賞も受賞している。

手元にその創刊号がある。編集子による門出の辞などは特になく、代わりに二人の海外作家による讃辞が掲載されている。Ｅ・Ｓ・ガードナーとハーバート・ブリーンである。ガードナーの文章は、第二次世界大戦前に日本に旅行した際の印象を書いたものだ。そのころガードナーは弓術に関心を持っており、日本の弓師を訪問し、「靴をぬいでゴザの上にすわったり、彼等の仕事ぶりを見物したりしながら」過ごしたという。さらに「当時、合衆国に於ける日本の商品のほとんどが安かろう悪かろうの品物」だったが、今日では「日本製の精巧な双眼鏡やカメラや顕微鏡その他の商品が高度の技術で製作され、従ってメイド・イン・ジャパンのトレイド・マークは定評ある高級品を意味するという、新しい見方が生まれつつあ」る、と持ち上げてガードナーは文章を締めくくっている。現在のようにわが国のミステリが独自の進化を遂げた状況をガードナーが予期していたわけでもなく、単にリップサービスだったのだろうが、ちょっとおもしろい。二人の他にはアガサ・クリスティー、エラリイ・クイーン、スタンリイ・エリンらからも讃辞が寄せられており、それらは第二号以降に紹介された。

記念すべき創刊号の掲載作品はカーター・ディクスン「魔の森の家」、スチュアート・パーマー&クレイグ・ライス「三人目の男」、T・S・ストリブリング「ジャラッキ伯爵釣りに行く」、エラリイ・クイーン「運転席」、スタンリイ・エリン「パーティーの夜」、ジェイムズ・ヤッフェ「喜歌劇殺人事件」、ダシール・ハメット「雇われ探偵」、ジョン・コリア「死者を鞭うつ勿れ」、マイクル・イネス「エメラルド」の九篇である。掲載作のいくつかにはクイーンが本国版《EQMM》で行なった解説文が併載されており、それがないものには編集長である都筑道夫がやはり解説を寄せている。短篇そのものもさることながら、この「おまけ」も読者には嬉しいのである。一篇一篇が、さっと読み流してしまってはもったいない珠玉のように感じられるからだった。

また、表紙裏に「エラリイ・クイーンについて」、目次の裏に「E・Q・M・M（ママ）誌について」という文章が掲載されている。後者にはエラリイ・クイーンが一九三三年に創刊した《ミステリ・リーグ》誌と、その実質的な後継誌である本国版《EQMM》誌の沿革が記されている。その中に「クイーンはその編集方針として、全誌面を新作のみで埋めずに、過去に発表されたまま埋れてしまっている傑作をほり出して再録することにした。（中略）今までに発行されたアンソロジイなどによって誰にも容易に読むことが出来るような作品は一切オミットしている」とある。毎号が小さなアンソロジーとなるように意図された雑誌だったわけである。

本誌に遅れること数年、一九五八年八月に日本初のハードボイルド専門誌《マンハント》（あまとりあ社、現久保書店。一九六三年七月号に終刊し、一九六三年八月号〜一九六四年一月号まで《ハードボイルド・ミステリィ・マガジン》として継続）、一九五九年八月に小林信彦が編集長を務める総合娯楽誌《ヒッチコック・マガジン》（宝石社。一九六三年七月号終刊）が創刊され、翻訳ミステリ雑誌は三誌鼎立時代を迎える。翻訳ミステリ紹介の黄金期がもしあるとすれば、それはこの時期だろう。

《EQMM》は創刊十年目の一九六六年一月号より誌名を《ハヤカワ・ミステリマガジン（以下HMM）》と改め、本国版掲載にこだわらず、独自の選択を行なって作品を決定するという編集方針に切り換えた。そのように本国版との関係は変化したが、毎号をアンソロジーの如くして誌面を充実させるという姿勢は長く維持されてきたのである。その歴史は重要な意味を持っている。ＥＱＭＭ／ＨＭＭを読んで翻訳ミステリの、あるいは短篇ミステリのおもしろさに目覚めたという人は多いはずだ。

ミステリ周辺の小説世界を読者に垣間見せるという役割もこの雑誌は担ってきた。一九六〇年からの第二代の小泉太郎（生島治郎）編集長期には西部小説特集（一九六一年九月号）、ボクシング小説特集（一九六二年十月号）があり、第三代に常盤新平が就任すると都会小説特集（一九六三年十月号）が組まれて、アーウィン・ショー、ジョン・チーバーなどが紹介された。毎年八月号の定番となった幻想と怪奇特集が初めて掲載されたのも常盤編集長時代である（一九六八年）。一九七二年八月号からは翻訳者浅倉久志の肝煎りで「ユーモア・スケッチ」連載が開始された（ユーモア・スケッチは浅倉の造語である）。欧米の文芸誌や総合雑誌に掲載される笑いをテーマにした小品を蒐集していく試みであり、コーリイ・フォードやアート・バックウォルドなどの作家はこの連載によって日本の読者にも知られるようになった。

また、最初期の誌面は小説のみで埋められていたが、一九五七年五月号より話題作紹介や海外ニュースなどの匿名コラムが目次を飾るようになった（いずれも執筆者は都筑道夫）。それらはやがて雑誌の売りものとなり、福永武彦「深夜の散歩」や大井廣介「紙上殺人現場」といった後世に残る連載も始まるのである。都筑道夫「黄色い部屋はいかに改装されたか?」、小鷹信光「パパイラスの舟」、山口雅也「プレイバック」、瀬戸川猛資「夜明けの睡魔」といった連載が後世に与えた影響は極めて大きい。
それらがすべて一冊の雑誌で読むことができたのだ。読者にとって「ミステリマガジンの発売日」とは輝かしいものであり、胸を躍らせながら書店に駆けつけなければならない特別な日であった。このことはどんなに強調しても過ぎることはない事実である。

本書は、その《ミステリマガジン》一～七〇〇号の掲載作の中から読むべき作品を精選したベスト集である。五十八年間にも及ぶ長い歴史を一冊に凝縮するのは誠に困難な作業であり、必ずしもそのすべてを網羅できたわけではない。また、版権などの諸事情によって収録を希望しながらも叶わなかった作品もある。そうした不備はすべて編者の責任である。

作品の選択にあたっては、過去に日本で刊行された個人短篇集やアンソロジーには採られたことがない単行本未収録作であることを条件とした。作家によっては代表作とされるものではない短篇が入っている場合があるのは、そのためである。たとえば収録作のうち「二十五年目のクラス会」は、作者の看板作品のうちでも比較的知名度の低いレオポルド警部シリーズから採った。シリーズものの作品はできるだけ拾うように心掛けた。《ミステリマガジン》の歴史は、こうした名キャラクターによって作られたものでもあるからだ。ジェイムズ・ヤッフェのママ、ウィリアム・ブルテンのストラング先生など、読者それぞれに懐かしく思い出すキャラクターがいるだろう。

また、右に述べたようにEQMM時代、HMM時代を通して《ミステリマガジン》は幅広く短篇作品を紹介してきた。「リノで途中下車」のジャック・フィニイが醸す都会小説ならではの切ない味、「肝臓色の猫はいりませんか」のジェラルド・カーシュのいわゆる〝奇妙な味〟、「フルーツセラー」ジョイス・キャロル・オーツのジャンルの壁を超えた存在感の示し方など、それぞれの短篇が担っているものもまた本誌の重要なピースなのである。

もちろんミステリとしての要素も軽視したつもりはない。アームストロング「アリバイ探し」、ブランド「拝啓、編集長様」のアイデアの妙味にはぜひ注目いただきたい。カー「決定的なひとひねり」、マシスン「名探偵ガリレオ」などの短篇は、本国版《EQMM》においてそれらの作家を見出したクイーン編集長の炯眼を示す作品だ。どうしても一篇を収録したかったブラウン「終列車」（後出にあるように、創刊四〇〇号記念特大号にも収録）とアーサー「マニング氏の金のなる木」は、もっとも《ミステリマガジン》らしかった時代を体現した作品である。編者のお気に入りはハイスミス「憎悪の殺人」で、文章でしか表現できない世界がここにあると考える。もちろん、どの作品も〝シェフのお薦め〟である。どうか楽しんでいただきたい。

なお、EQMM／HMM掲載作品の中からベストを選ぶ試みは過去にも行なわれている。創刊四〇〇号（一九八九年八月号）がそれで、精選された四十篇が再録された。この際も既存の刊行物で容易に読めるものは極力外す、異色作家短篇集収録作など狭義のミステリの範疇に収まらないものは積極的には採らない、といった配慮が行なわれている。カテゴリーと一覧を掲載しておくので、ご参考にどうぞ。

【名探偵たち】

カーター・ディクスン「魔の森の家」、アガサ・クリスティー「お宅のお庭はどうしたの」、クレイグ・ライス「グッドバイ、グッドバイ」、エラリイ・クイーン「七月の雪つぶて」、ロイ・ヴィカーズ「百万に一つの偶然」、A・H・Z・カー「誰でもない男の裁判」、クリスチアナ・ブランド「婚姻飛翔」、ハリイ・ケメルマン「九マイルは遠すぎる」、ローレンス・ブロック「窓から外へ」、ビル・プロンジーニ「近くの酒場での事件」

【ユーモア探偵】

ロバート・L・フィッシュ「アダム爆弾の怪」、ジョイス・ポーター「急げ、ドーヴァー！」

【密室】

バリイ・ペロウン「穴のあいた記憶」、ウィリアム・ブルテン「ジョン・ディクスン・カーを読んだ男」

【うまい犯罪、しゃれた殺人】

ハリイ・ミューヘイム「埃だらけの抽斗」、トマス・フラナガン「うまくいったようだわね」、パトリシア・マガー「勝者がすべてを得る」、ヘンリイ・スレッサー「気の休まる古い家」

【サスペンス、クライム・ストーリー】

コーネル・ウールリッチ「死者もし語るを得ば」、ジェイムズ・ヤッフェ「家族の一人」、マーガレット・ミラー「谷の向こうの家」、P・D・ジェイムズ「処刑」、ジョン・D・マクドナルド「二日酔い」、パトリシア・ハイスミス「復讐」、シリア・フレムリン「静かな遊び」、ジョー・ゴアズ「サン・クエンティンでキック」

【異色短篇】

ロバート・ブロック「頭上の侏儒」、ロアルド・ダール「番犬に注意」、シオドア・スタージョン「輝く断片」、レイ・ブラッドベリ「遊園地」、フレドリック・ブラウン「終列車」、ジャック・フィニイ「愛の手紙」、シャーリイ・ジャクスン「美しき新来者」、デイヴィッド・イーリイ「そこだけの小世界」、スタンリイ・エリン「警官アヴァカディアンの不正」、ジョン・コリア「ナツメグの味」

【都会小説】
デイモン・ラニアン「ミス・サラー・ブラウンのロマンチックな物語」、ジョン・オハラ「さよなら、ハーマン」
【リドル・ストーリー】
フランク・R・ストックトン「女か虎か」
【クリスマス・ストーリー】
ジョルジュ・シムノン「小さなレストラン」

おことわり

本書には、今日では差別表現として好ましくない用語が使用されています。

しかし作品が書かれた時代背景、著者が差別助長を意図していないことを考慮し、当時の表現のまま収録いたしました。その点をご理解いただけますよう、お願い申し上げます。（編集部）

アメリカ探偵作家クラブ賞受賞作

二〇一〇年最優秀長篇賞
ラスト・チャイルド　上下
ジョン・ハート／東野さやか訳

失踪した妹と父の無事を信じ、少年は孤独な調査を続ける。ひたすら家族の再生を願って

二〇〇九年最優秀長篇賞
ブルー・ヘヴン
C・J・ボックス／真崎義博訳

殺人現場を目撃した幼い姉弟に迫る犯人の魔手。雄大な自然を背景に展開するサスペンス

二〇〇七年最優秀長篇賞
イスタンブールの群狼
ジェイソン・グッドウィン／和爾桃子訳

連続殺人事件の裏には、国家を震撼させる陰謀が！　美しき都を舞台に描く歴史ミステリ

二〇〇二年最優秀長篇賞
サイレント・ジョー
T・ジェファーソン・パーカー／七搦理美子訳

大恩ある養父が目前で射殺された。青年は真相を追うが、その前途には試練が待っていた

二〇〇一年最優秀長篇賞
ボトムズ
ジョー・R・ランズデール／北野寿美枝訳

八十歳を過ぎた私は七十年前の夏の事件を思い出す——恐怖と闘う少年の姿を描く感動作

ハヤカワ文庫

話題作

二流小説家

デイヴィッド・ゴードン／青木千鶴訳

しがない作家に舞い込んだ最高のチャンス。年末ミステリ・ベストテンで三冠達成の傑作

解錠師

スティーヴ・ハミルトン／越前敏弥訳

プロ犯罪者として非情な世界を生きる少年の光と影を描き世界を感動させた傑作ミステリ

ルパン、最後の恋

モーリス・ルブラン／平岡敦訳

永遠のヒーローと姿なき強敵との死闘！　封印されてきた正統ルパン・シリーズ最終作！

ようこそグリニッジ警察へ

マレー・デイヴィス／林香織訳

セレブな凄腕女性刑事が難事件の解決目指して一直線！　痛快無比のポリス・サスペンス

駄作

ジェシー・ケラーマン／林香織訳

死者の原稿を盗んでベストセラー作家に成り上がった男は途方もない陰謀に巻き込まれる

世界が注目する北欧ミステリ

ミレニアム 1
ドラゴン・タトゥーの女 上下
スティーグ・ラーソン／ヘレンハルメ美穂・他訳
孤島に消えた少女の謎。全世界でベストセラーを記録した、驚異のミステリ三部作第一部

ミレニアム 2
火と戯れる女 上下
スティーグ・ラーソン／ヘレンハルメ美穂・他訳
復讐の標的になってしまったリスベット。彼女の衝撃の過去が明らかになる激動の第二部

ミレニアム 3
眠れる女と狂卓の騎士 上下
スティーグ・ラーソン／ヘレンハルメ美穂・他訳
重大な秘密を守るため、関係者の抹殺を始める闇の組織。世界を沸かせた三部作、完結！

催眠 上下
ラーシュ・ケプレル／ヘレンハルメ美穂訳
催眠術によって一家惨殺事件の証言を得た精神科医は恐るべき出来事に巻き込まれてゆく

契約 上下
ラーシュ・ケプレル／ヘレンハルメ美穂訳
漂流するクルーザーから発見された若い女の不可解な死体。その影には国際規模の陰謀が

レイモンド・チャンドラー

長いお別れ
清水俊二訳
殺害容疑のかかった友を救う私立探偵フィリップ・マーロウの熱き闘い。MWA賞受賞作

さらば愛しき女よ
清水俊二訳
出所した男がまたも犯した殺人。偶然居合わせたマーロウは警察に取り調べられてしまう

プレイバック
清水俊二訳
女を尾行するマーロウは彼女につきまとう男に気づく。二人を追ううち第二の事件が……

湖中の女
清水俊二訳
湖面に浮かぶ灰色の塊と化した女の死体。マーロウはその謎に挑むが……巨匠の異色大作

高い窓
清水俊二訳
消えた家宝の金貨の捜索依頼を受けたマーロウ。調査の先々で発見される死体の謎とは？

チャンドラー短篇集

キラー・イン・ザ・レイン
レイモンド・チャンドラー／小鷹信光・他訳

チャンドラー短篇全集1　著者の全中短篇作品を、当代一流の翻訳者による新訳でお届け

トライ・ザ・ガール
レイモンド・チャンドラー／木村二郎・他訳

チャンドラー短篇全集2　『さらば愛しき女よ』の原型となった表題作ほか全七篇を収録

レイディ・イン・ザ・レイク
レイモンド・チャンドラー／小林宏明・他訳

チャンドラー短篇全集3　伝説のヒーロー誕生前夜の熱気を伝える、五篇の中短篇を収録

トラブル・イズ・マイ・ビジネス
レイモンド・チャンドラー／田口俊樹・他訳

チャンドラー短篇全集4　「マーロウ最後の事件」など十篇を収録する画期的全集最終巻

フィリップ・マーロウの事件
レイモンド・チャンドラー・他／稲葉明雄・他訳

時代を超えて支持されてきたヒーローを現代の作家たちが甦らせる、画期的アンソロジー

ロング・グッドバイ

The Long Goodbye

レイモンド・チャンドラー

村上春樹訳

私立探偵フィリップ・マーロウは、億万長者の娘シルヴィアの夫テリー・レノックスと知り合う。あり余る富に囲まれていながら、男はどこか暗い蔭を宿していた。何度か会って杯を重ねるうち、互いに友情を覚えはじめた二人。しかし、やがてレノックスは妻殺しの容疑をかけられ自殺を遂げてしまう。その裏には哀しくも奥深い真相が隠されていた。新時代の『長いお別れ』が文庫で登場

傑作ミステリ

11の物語
パトリシア・ハイスミス／小倉多加志訳
絶対に忘れることを許されぬ物語、十一篇がここに集結。デビュー作も収録の傑作短篇集

ジェゼベルの死
クリスチアナ・ブランド／恩地三保子訳
舞台上のセットから落下して死んだ女性。不可能状況下での事件にコックリル警部が挑む

完全脱獄
ジャック・フィニイ／宇野輝雄訳
脱獄不可能とされる巨大刑務所からの脱獄計画を描く、異色作家の奇想天外なサスペンス

最期の声
ピーター・ラヴゼイ／山本やよい訳
ピーター・ダイヤモンド警視の妻が頭を撃ち抜かれた死体で発見された。シリーズ衝撃作

紐と十字架
イアン・ランキン／延原泰子訳
エジンバラで起こった少女誘拐事件は奇妙な殺人事件へと発展した。リーバス警部登場作

天の光はすべて星

The Lights in the Sky are Stars

フレドリック・ブラウン

田中融二訳

一九九七年、人類は星々に対する情熱を失い、宇宙開発計画は長い中断の時期に入っていた。星にとり憑かれたもと宇宙飛行士マックスは無為の日日を過ごしていたが、木星探査計画を公約に立候補した女性上院議員候補の存在を知り、彼女を当選させるべく奮闘する。もう一度、宇宙へ――老境に差しかかりつつも、静かに、熱く夢に向かう男を、奇才ブラウンが情感豊かに描く古典的名作

ハヤカワ文庫SF

編者略歴　1968年生，慶應義塾大学文学部卒，書評家　著書『読み出したら止まらない！　海外ミステリー　マストリード100』他

HM=Hayakawa Mystery
SF=Science Fiction
JA=Japanese Author
NV=Novel
NF=Nonfiction
FT=Fantasy

ミステリマガジン700【海外篇《かいがいへん》】

創刊700号記念アンソロジー

〈HM㊷-1〉

二〇一四年四月二十五日　発行
二〇一五年十一月十五日　三刷

（定価はカバーに表示してあります）

編者　杉《すぎ》江《え》松《まつ》恋《こい》
発行者　早川　浩
印刷者　草刈龍平
発行所　株式会社 早川書房
郵便番号　一〇一-〇〇四六
東京都千代田区神田多町二ノ二
電話　〇三-三二五二-三一一一（大代表）
振替　〇〇一六〇-三-四七七九九
http://www.hayakawa-online.co.jp

乱丁・落丁本は小社制作部宛お送り下さい。送料小社負担にてお取りかえいたします。

印刷・中央精版印刷株式会社　製本・株式会社フォーネット社
Printed and bound in Japan
ISBN978-4-15-180301-7 C0197

本書は活字が大きく読みやすい〈トールサイズ〉です。